∽ 데이비드 포스터 월리스의 말 ∽

- 제게는 삶이 깜빡이는 섬광등처럼 보여요. 제게 생각할 거리를 퍼부어 대죠. 그래서 제가 하는 일의 상당 부분은 거기에 어떤 질서를 부여하거나 그걸 이해하는 일이에요.

- 그러니까 소설이 우리를 위해 할 수 있는 어떤 마법 같은 것이 있다는 게 제 말의 요지예요. 그런 마법 같은 일은 열세 가지나 있을 수도 있지만, 우리가 그중 어떤 것에 관해 이야기할 수 있는지는 아무도 몰라요. 다만 그중 한 가지는 세상이 우리에게 어떻게 느껴지는지를 포착하는 감각과 관련이 있어요. 그래서 독자가 "나와 같은 또 다른 감성이 존재하는구나"라고 생각할 수 있죠.

- 작가들이 가진 건, 자리에 앉아서 주먹을 불끈 쥐고 사람들이 대개는 어느 정도까지만 인식하고 있는 것을 고통스러울 정도로 절실하게 인식할 수 있는 면허와 자유예요.

- 지금까지 전 자아를 글쓰기에 완전히 쏟아붓고 있어요. 제게 남은 유일한 한 가지예요. 제가 원하는 한, 세상으로부터 먹이를 받아먹을 수 있는 유일한 방법이죠.

- 전 그 세상에 한 번도 살아 본 적이 없어요. 제가 아는 모든 사람이 사는 그 세상 말이에요. 여러 책을 읽으면서 제가 좋아했던 부분의 90퍼센트가 외로움에 관한 대화라는 걸 전에는 몰랐어요.

- 기자님과 제가 삶에서 이른 시기에 얼마간의 성공을 거두었다고 한다면, 우린 궁극적으로 운이 좋은 거예요. 그런 성공이 아무 의미가 없다는 걸 남보다 이르게 깨닫게 되니까요. 그러니까 무엇이 내게 의미가 있는지 찾아가는 과정을 일찍 시작하게 된다는 말이에요.

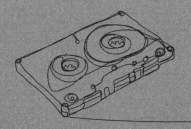

◆ 이번 책 집필이 무척이나 힘들었다는 기억이 생생해요. 그냥 끝까지 참아 냈어요. 뭔가를 정말로 끝낸 거죠. (…) 덕분에 제 안에 얼마간의 근육이 붙었어요. 그걸 제 남은 평생 쓸 수 있고요. "그래. 난 이제야 작가야"라는 생각이 들어요.

◆ 실은 그보다 훨씬 더 큰 야심을 품은 측면도 우리 안에 있어요. 제 생각에 우리에게 필요한 건—물론 제가 그걸 줄 수 있는 사람이라는 건 아니지만—우리가 똑똑하다는 걸 다시금 가르칠 수 있는, 진지한 예술이에요.

◆ 상당히 어려우면서도 충분히 좋고 재미있는 글을 쓰고 싶었어요. 기꺼이 책을 읽고 싶을 정도로요. 그 과정에서, 독자가 본인이 생각하는 것보다 더 자발적이라는 점을 알려 주고 싶었어요.

◆ 게다가 헤아릴 수 없이 슬프고 방향감각을 완전히 상실했다 해도, 인생을 돌이킬 수 없을 정도로 망쳐 버린 건 아니라는 생각을 하게 됐어요. 어떤 면에서는 흥미로웠어요.

◆ 음, 내가 누굴 위해 사나? 내가 무엇을 믿나? 내가 무엇을 원하나? 이런 질문들은 너무 깊고 심원해서 그걸 소리 내어 말하면 오히려 지극히 평범하게 들려요.

◆ 저는 사람들이 추하게 행동하는 이유가 살아 숨 쉬는 인간이라는 것이 너무 두렵기 때문이라고 생각해요. 사람들은 정말로 두려움을 느껴요.

◆ 삶에서 상대방이 인간으로서 귀중한 존재라는 이유로 그들을 상당한 예의, 사랑, 사심 없는 순수한 관심으로 대하던 때를 생각해 보세요. 우리 자신에게도 그렇게 할 수 있어야 해요.

◆ 우리 자신에 대한 기대는 아주 가는 선과 같죠. 어느 정도까지는 그런 기대가 자극이 되고 영감을 안겨 주고 엉덩이에 불붙은 듯 우리를 움직이게 하는 원동력이 되죠. 하지만 그 정도를 넘어서면 그 기대가 독이 되고 우리를 마비시켜요.

Although
Of Course
You End Up
Becoming Yourself

처음부터 진실되거나,
아예 진실되지 않거나

데이비드 립스키
이은경 옮김

xbooks

차례

일러두기

1 David Lipsky, *Although Of Course You End Up Becoming Yourself: A Road Trip with David Foster Wallace*, Broadway Books, 2010을 완역한 것입니다.

2 본문의 주는 옮긴이의 것입니다.

3 권말 「대화에 나온 작품들」은 원서를 따르되 독자의 편의를 위해 한국어판 쪽수를 추가하였습니다.

서문

만약 글에 상징 부호가 있다면, 그건 닻이자 몸이 깊숙이 꺼져 드는 안락의자의 형상일 것이다. 그러나 내가 데이비드와 악수를 한 순간부터 우리는 멈추지 않았다. 그의 강의를 함께하고서, 우리는 자동차 열쇠, 탄산음료, 낯선 사람들, 호텔 방이라는 한 편의 로드트립 영화로 빠져들었다. 공항, 택시, 그리고 아침, 저녁으로 다른 도시에 발을 디디는 얼떨떨한 느낌.

이 서문은 DVD로 치면 영화를 정말로 좋아해야 관심을 가질 해설 부분이다. 그러니 주메뉴로 돌아가 얼른 영화를 재생하길 권한다. 이 로드트립은 데이비드 포스터 월리스의 『무한한 재미』*Infinite Jest* 북투어의 마지막 일정이었고, 난 기자 자격으로 그에게 묻고 그는 그간 살아온 이야기를 들려주었다. 그는 대인관계에서 타고난 카페인 같은 존재였다. 정신이 또렷이 깨어 있는 사람이라 그 매력과 생기가 거부할 수 없을 정도였던 그는 사람들에게 커피 한 모금 같은 힘을 발휘했다. 덕분에 난 그 누구와도 경험해 보지 못한 불면의 닷새를 보냈다. (마지막 날, 우리는 비행기로 세 개 주를 건너고서 또 차를 몰고 고속도로를 225킬로미터가량 달렸는데, 난 아직도 자정이겠거니 생각했다. "시계 좀 제대로 봐요." 데이비드가 코웃음을 쳤다. "새벽 2시 20분이에요. 이 정신없는 사람 같으니라고.") 그렇게 여행은 끝이 났고, 우리는 다시 멈추어 섰다. 떠나기가 힘들고 슬펐다. 독자들은 내가 좀 더 머무르려고 취재 핑계를 대면서 머뭇거리는 모습을 보게 될 것이다.

마치 고속도로에서의 대화 같았다. 늦은 밤, 세상에 단 한 대뿐인 자동차, 얼음으로 뒤덮인 아침 나절의 도로, 다른 운전자들을 향해 질러대는 고함. 길 위에서의 역동이 있었다. 불평, 도저히 참아 줄 수 없는 식사, 앞 좌석 탑승자들끼리 갑작스레 느끼는 유대감. 서로서로 읊어 대는 영화 속 명장면, 아름다운 경치에 절로 영화음악이 되는 라디오 노랫소리. 다른 사람도 나처럼 삶을 살아 왔음을 알게 해주는, 활주로를 힘차게 비상하는 듯한 깨달음을 주는 말—이런 이유들로 우리는 여행을 하지 않는가.

건너뛰어 보면, 1996년 3월 5일 이른 오후다. 하늘에서 폭풍우를 쏟아 내려고 단단히 벼른 듯, 공기 중에는 막 지워 놓은 잿빛 칠판 같은 기운이 서려 있다. 데이비드가 청바지 주머니에 손을 찔러넣은 채 작은 1층짜리 벽돌집에서 막 나온 참이다. 그가 키우는 검은 개 두 마리가 손님맞이를 하는 건지 순찰을 도는 건지 신나서 연신 뛰어 댄다. 그는 둥근 안경을 끼고 있다. 안경 너머의 눈빛에서 두어절의 문장이 확연히 느껴진다. **하다못해 이젠.** 난 내 감정적 어조에 대해 얼마간의 소중한 믿음을 지니고 있다. 그 어조가 진실로 복잡다단하고, 사람 마음을 꿰뚫어 보고, 헤아릴 줄 알고, 지극히 남다른 것이라 믿고 싶다. **제발 나에게 깊은 인상을 받기를 바라는** 꽤 노골적인 마음이다. 우리의 본격적인 첫 대화는 치즈 무더기에 산사태가 날 듯 토핑이 쌓인 시카고식 피자라는 깜짝 놀랄 만한 첫 식사를 하면서였다. 그는 요란하게 몰려와 자신의 약력을 취재하는 기자들을 상대로 그들의 약력을 직접 조사해 작성해 보고 싶다고 말한다. "제가 주도권을 조금이나마 도로 가져올 수 있는 방법이죠." 그가 말한다. "기자는 마음만 먹으면 기사를 원하는 방향으로 쓸 수 있겠죠. 그 점이 제게는 **극도로** 불안해요." 그의 말대로 한다면, 그 조사는 가히 그의 특기라 할 수 있는 심층적인 내적 탐구가 될 터였다. 어떤 걸 살리고 지울지 아직 시작도 하지 않은 감독 앞에 놓인 날것의 필름, 편집하지 않은 카메라 영상처럼. 이 지성인의 희극은 너무도 거대하고 신중하고 사려 깊어서 자꾸만 그 덩어리에 걸려서 넘어지고 만다. 이 책도 그런 모습이었으면 한다. 그게 데이비드가 싫어하지 않을 방식으로 그에 관한 책을 쓰는 한 가지 방법이 아닐까 싶다.

이제 오후 2시다. 그의 거실 카펫 위에 막 가방을 내려놓았다. 카펫 위가 어수선하긴 하지만, 그 모습마저 반듯이 접어 넣은 병원 침대보처럼 체계적으로 정돈된 것처럼 느껴진다. (그 모양새가 그에게 어떤 안도감과 의욕을 안겨주든, 대중에게 그럴듯한 설명이 되도록 하기 위해 거기에 꼬리표가 붙고 면밀한 조사가 이루어질 것이었다.) 우리는 식탁에 놓인 여성 잡지 두 권을 놓고 이야기를 나누었다. (데이비드는 『코스모폴리탄』 구독자다. 그는 「몰래 바람을 피웠어요. 사실대로 말해야 하나요?」 코너를 일 년에 몇 번이고 읽으면 "신경계가 근본적으로 진정이 된다"고 말한다.) 그의 침실에 커튼 대신 걸린, 아이들이 좋아하는 보라색 공룡 바니가 그려진 수건과 벽에 붙은 불만 많은 가수 앨라니스 모리셋의 큰 포스터를 보고도 놀랐다. 이제 막 맥스웰 카세트테이프를 개봉해서 녹음기에 넣은 참이다. 기자에게는 늘 기분 좋고 떳떳한 순간이다. 장전된 총알 한 방, 광을 낸 구두, 임무 준비 완료. 난 오늘 뉴욕에서 도시가 아직 잠 속을 헤매고 있는 새벽 다섯 시에 일어나 택시를 불렀다. 길가에 죽 펼쳐진 맨홀에서 김이 모락모락 솟아올랐다. 그러고서 비행기를 타고 두 시간을 날아 시카고로 와서 렌트카로 또 두 시간을 달려 이곳으로 왔다. 만약 우리 모습을 만화의 한 장면으로 그린다면, 내 몸 주변에서 동선이 마구 뻗어 나오도록 그려야 할 것이다. 그리고 데이비드의 머리 위에는 엉킨 실타래 모양으로 검은 칠을 마구 해야 할 것이다. 데이비드는 2주 동안 북투어를 다니면서 낭독회, 사인회, 홍보 행사를 했다. 그는 채 정리되지 않은 여행의 기억이라는 덤불과 덩굴을 넘어 나를 향해 걸어오면서, 어마어마하게 유명해진 누군가의 집 철망 담장 뒤에서 내게 손짓을 하는 중이다.

나는 서른 살이고, 그는 서른네 살이다. 우리 둘 다 머리가 길다. 그의 잡지책 더미 위에다 녹음기를 올려놓자 그가 부탁 하나를 한다. 여행하는 내내, 본인이 한 말 중에서 곤란하거나 불쾌하게 들릴 수 있는 내용은 본인이 취소할 수 있었으면 좋겠다고 말한다. (그는 믿기지 않을 정도로 솔직하고 개인적인 이야기를 숱하게 할 터였다. 그가 한번은 초조함을 드러내며 주춤하게 되는데, 본인이 시에 대해 다소 야박한 태도를 보였다고 생각한 대목에서였다. 독자들은 여기서 그가 한 말을 아침 아홉 시부터 오후 다섯 시까지 일하고, 결혼해서 같은 침대를 쓰는 부부들이 등장하는 표현과 함께 만나게 될 것이다. 그는 더 알찬 동사를 사용했다.) 그런 부분만 제외하면, 이 책은 내가 녹음기를 켠 순간부터 닷새 간의 저녁 식사, 논쟁, 진입차선, 친구들, 낭독회, 먼 곳에 있는 쇼핑몰, 그의 개들, 그리고 그가 내게 유언처럼 마지막으로 남긴 말에까지 이른다. 그것은 그에게 크고도 복잡한 의미를 지닌 말이다. 그가 세상을 떠나고서, 나는 그 한 주를 돌아보았다. 놀랍기도 하고 마음이 울컥했다. 그와 무척이나 닮아 있었다. 그는 자기가 춤을 추는 식으로 그 한 주를 보냈다.

들어가며

되도록 빨리 들어가는 말을 마무리하고 싶어서, 내가 데이비드에 관해 말해야 할 나머지 내용은 「마치면서」 부분에 넣었다. 그의 생김새가 어떤지, 그가 어떻게 세상을 떠났는지, 지인들이 그를 어떻게 생각했는지, 처음 만났을 때 우리가 어떤 사람들이었는지에 관한 중요한 내용이다. 그가 막 거둔 어마어마한 성공은 그의 인생에 그림자를 드리우고 영향을 미칠 터였고, 우리는 그 사실에 관해 많은 이야기를 나누게 된다. (4년이 지나 그는 2000년 대선에 관한 글을 쓰고서 그 글을 편집자에게 보내달라고 에이전트에게 부탁했다. "[혼자 불안해서 이러는 걸 알지만] 아직도 좋은 글을 쓸 수 있"다는 걸 보여 주기 위해서.) 나는 두 권의 책을 냈고 앞으로 또 한 권이 나올 예정이지만, 한 번도 성공을 해보지 못했다. (그 경험은 마치 사람들 무리 속에 서 있지만 황금 총알이 나만 비껴가는 듯한, 명중 일보 직전의 상황

같았다.) 그리고 이런 처지 덕분에 난 흥미로운 사회적 접근법을 갖게 되었다. 내가 큰 성취를 이루어 사람들을 감동시킬 수 없다면, 내 포부가 얼마나 현실적인지, 내 기대가 얼마나 소박한지 보여 줌으로써 사람들에게 깊은 인상을 줄 수 있을지도 모른다고 믿게 된 것이다. 그래서 데이비드가 거창하고 사색적인 주제로 뛰어들 때면, 난 TV를 보는 기분 좋은 밤, 성사된 거래, 아침에 마시는 커피 등 사사롭지만 소중한 기쁨에 대해 그에게 상기시켰다. 그는 자신이 가진 것보다 더 나은 것을 원했고, 그것이 우리의 논쟁 중 하나였다. 나는 그가 이미 가진 바로 그것을 원한다. 또 그가 자신의 상황이 더 나아질 수 없이 완벽하다는 사실을 직시하기를 바란다. 그 모든 내용이 「마치면서」에 담겨 있다. 우리가 함께한 시간이 막바지에 다다를 무렵, 그가 『무한한 재미』를 두고 책의 구성에 관해 재미난 말을 한다. "이 책은 덩어리들로 나누어져 있어요. 뚜렷한 종결이나 마지막 행들이 있어요. 그런 게 나올 즈음이면 나가서 담배나 뭐 그런 걸 피우고 들어올 때가 된 거죠." 이렇게 담배를 피우며 쉬게 될 때가 오면 「마치면서」를 읽어 보길. 데이비드의 작품을 사랑하는 나에게는 닷새 동안 내가 가장 좋아했던 순간들이 그의 글처럼 들린다. 그는 워낙 타고난 작가였기에 산문처럼 말할 줄 알았다. 내게는 큼지막한 헤드폰을 낀 신사복 차림의 사내가 체육관에 들어와 자유투를 연이어 쉰 차례나 넣는 광경을 보는 마법과 같다. 이게 바로 세상이 그를 향해 활짝 열린 찰나, 서른네 살 데이비드의 모습이었다. 그의 말을 빌리자면, "온갖 소용돌이와 미친 듯 돌아가는 원들"이다.

 마지막으로, 그가 언급하게 될 사람들을 소개하고자 한다. 보니 나델은 그의 에이전트로, 멋지고 어머니처럼 자상하지만 그보다 불과 한 살 더 많을 뿐이다. (1989년 병원에 입원해 있던 데이비드를 만나러 갔을 때 그녀는 제일 먼저 가위를 찾아 그의 머리칼을 잘라 주었다.) 마이클 피치는 『무한한 재미』를 담당한 편집자이다. (피치는 현재 데이비드의 책을 출간한 리틀 브라운의 대표이자 아주 좋은 사람이다.) 잔은 『롤링스톤』의 소유주이자 편집자인 잔 웨너로, 내 상사이기도 하다. 소개는 이 정도면 충분할 것 같다. 데이비드는 『무한한 재미』 이전에 『시스템의 빗자루』(소설의 또 다른 고속도로)와 『희한한 머리카락을 가진 소녀』(단편집)라는 두 권의 책을 썼다. 야도(Yaddo)는 예술가들의 공동 작업 공간으로, 많은 유명 작가가 그곳을 거쳐 갔다. 데이비드는 대개 운동선수 같은 억양으로 말을 한다. 그가 키우는 개 두 마리의 이름은 드론과 지브스이다.

마치면서

데이비드는 키가 188센티미터에 한창일 때는 몸무게가 90킬로그램 정도 나갔다. 짙은 눈동자에 목소리가 나긋했고 턱이 권투선수처럼 남자다웠다. 뾰족한 입술산이 매력적인 입매는 그의 이목구비 중에 단연 돋보였다. 그는 전직 운동선수의 자태로 여유롭게 걸었다. 몸 쓰는 일은 무엇이든 즐겁다는 듯, 발뒤꿈치부터 발소리가 쿵쿵 울려 댔다. 그는 모든 사람의 삶이 응축된 것처럼 보이는 눈빛과 목소리로 글을 썼다. 그 형태는 사람들이 절반밖에는 의식하지 못하는 것이자 상점이나 출퇴근길에서 흘깃 보고 지나치는 배경 연기였다. 독자들은 그의 문체의 후미진 곳과 빈터에서 몸을 웅크렸다. 그의 삶은 잘못된 종착지에서 끝나는 지도였다. 그는 고등학교 시절 내내 우등생이었고, 풋볼과 테니스를 했고, 애머스트 칼리지를 졸업하기 전에 철학 논문과 소설을 썼다. 이후 문예창작학 석사 과정을 밟고 소설을 출간했으며, 저돌적으로 악을 쓰며 서로 폄하하고 싸워 대는 편집자와 작가들 무리가 자신에게 넋을 잃고 사랑에 빠지도록 만들었다. 또 천 쪽짜리 소설을 출간해 미국에서 천재에게만 주는 상을 받았고, 지금 살아 있음이 어떤 의미인지 절실히 느끼게 해주는 여러 편의 에세이를 썼으며, 캘리포니아의 한 대학에서 문예창작학 특별 교수직을 얻었다. 결혼을 했고, 또 다른 책을 출간했다. 그리고 46세의 나이에 목을 매 생을 마감했다.

자살은 너무도 강렬한 결말이다. 뒤로 거슬러 올라가 시작을 뒤흔들어 놓는다. 강력한 중력을 지닌다. 끝내 모든 기억과 인상이 그 방향으로 끌려간다. 나는 데이비드의 죽음에 관한 글을 써달라는 요청을 받고서, 그의 친구들(모두 작가였고, 집필 작업을 하던 중 엉겁결에 내 호출에 응했다), 그리고 가족(지성 넘치고 친절한 분들로, 내가 말을 건네기가 힘들었다)과 이야기를 나누었다. 그들이 괴로워했던 한 가지 이유는 데이비드가 생전에 그토록 활기 넘치고 유쾌해 보였기 때문이다. 나는 하버드 의과대학의 한 정신의학 교수와 이야기를 나누었고, 그는 명쾌하고 단호한 표현으로 빠르게 말했다. 사실은 중립적이지만 너무 길게 말하면 슬퍼질 수도 있다는 듯이 말이다. 교수는 전문가로서의 태도를 보였다. 본인이 데이비드를 개인적으로 치료한 적은 없다는 점을 내게 상기시키면서도 기본 원리—누구나 약을 복용하기를 꺼린다는 사실—를 이야기해 주었다. "저 역시도 약 복용하기를 싫어하거든요." 나는 교수에게 데이비드가 1989년부터 나딜이라고 하는 강력한 1세대 항우울제를 처방받았다는 사실을 알려 주었다. 이 약은 1950년대에 개발된 약답게 상당히 많은 부작용을 달고 다녔는데, 그중 최악은 심각한 고혈압을 유발할 수도 있다는 가능성이었다. 2007년에 데이비드는 이 약을 복용하는 걸 중단하기로 했다. 교수는 이 사실을 듣고 곧바로 침묵했다. "어떤 패턴이 존재해요. 약이 유독 잘 들으면 환자는 다시 우울해질 거라고 생각을 못해요. 이걸 거짓 안심이라고 합니다. 환자는 본인이 괜찮다고, 다 나았다고 느끼고서 약을 끊었으면 좋겠다고 생각하죠. 그렇지만 안타깝게도 증상이 재발할 가능성이 있고 실제로 그런 경우도 흔합니다. 게다가 이전에 효과가 있던 치료라도 반응이 전과 같지 않을 수 있어요."

지금까지가 데이비드에게 벌어졌던 상황이다. 나딜 복용 시에는 초콜릿, 염지육, 특정 종류의 치즈, 무슨 이유인지는 모르겠지만 너무 익은 바나나 같은 식품의 섭취가 금지된다. 게다가 각종 음식 속에 알게 모르게 섞여 있는 특정 성분이 이 약물과 결합하여 촉매 작용을 한다. 모든 이들이 데이비드의 삶에서 마지막 5년은 가장 행복한 시기였다고 입을 모은다. 결혼, 안정, 석양이 비치는 행복한 결말이 있는 바닷가가 펼쳐진 캘리포니아. 2007년 늦봄, 데이비드, 그의 아내 캐런, 그의 부모님 짐과 샐리가 페르시아 식당에 앉아 있었다. 데이비드가 음식을 잘못 먹은 모양이었다. 심각한 복통이 수일간 계속되었다. 의사들은 그가 얼마나 오랫동안 나딜을 복용해 왔는지 듣고선 적잖이 놀랐다. 유연 휘발유와 안테나 달린 TV가 사용되던 디지털 이전 시대에 고되게 일을 하던 사람들이 복용하던 약이었으니 말이다. 의사들은 나딜을 끊고 새로운 약을 시도해 보길 권했다.

"그때 운명이 결정된 거예요." 데이비드의 여동생 에이미가 담담하지만 상처 입은 목소리로 말했다. "지난 20년간 제약계가 크게 발전했으니 부작용 없이 지독한 우울증을 떨쳐 낼 방법이 있다고 의사들이 말했어요. 그들은 나딜만이 데이비드를 살게 할 약이라는 사실을 전혀 몰랐던 거죠."

그러고서 데이비드는 휴약기라고 부르는 기간을 거쳤다. 이전 약을 서서히 끊은 다음 새로운 약을 차츰 복용할 예정이었다. "데이비드는 힘들 거라는 걸 알았어요." 조녀선 프랜즌이 내게 말했다. 그는 소설 『인생 수정』으로 전미도서상을 수상한 작가로, 데이비드의 성인기 2막에서 그의 가장 절친한 벗이었다. "힘들지만 그는 일년 정도는 약 바꾸는 일에 할애할 여력이 된다고 생각했죠. 잠시나마 본업을 제쳐놔도 된다고 생각했어요. 알다시피, 그는 완벽주의자였잖아요. 그는 완벽하길 원했고, 나딜을 복용한 건 완벽하지 못한 일이었어요."

프랜즌은 이 점을 강조하고자 했다. (인터뷰에 응한 프랜즌은 작가로서의 의무를 게을리하지 않으려는 모습을 보였다. 얼마간은 날 제치고 본인이 주도해서 이야기를 하려고 했다.) 데이비드는 자기 비판적인 성향이 있어서 이따금 즐거운 사람들 무리 속에서 혼자 어울리지 못하는 사람이 되기도 했다. 그래도 그는 행복했다. 결혼 생활과 삶을 사랑했다. "이게 주된 이야기예요. 아홉 가지 이유 중 첫 번째 이유죠. 그는 이런 낙관주의, 행복, 용기를 갖고서 한 발짝 더 나아가려 했어요. 모든 표지가 올바른 방향을 가리키고 있었어요. 상황이 순탄했기 때문에 그는 어떤 근본적인 변화를 일으킬 만큼 기반이 충분히 탄탄하다고 생각했어요. 그런데 운이 나빴고 일이 제대로 안 풀렸어요."

의사들은 다른 여러 약을 처방하기 시작했으나 번번이 실패였다. 10월이 되자 증상이 심해져 데이비드는 다시 병원 신세를 지게 되었다. 몸무게가 줄기 시작했다. 그해 가을, 길게 자란 머리와 강렬한 눈빛 ─ 그는 다시 대학생 같은 모습이 되었다. 마치 애머스트 대학 교정에서 갓 나온 것처럼.

에이미와 통화를 할 때, 그는 가끔 '예전의 데이비드'가 되었다. 에이미는 이렇게 말했다. "작년에 데이비드에게 최악의 질문은 '어떻게 지내?'였어요. 그런데 주기적으로 보지 않는 사람하고는 저렇게 안부를 묻지 않고 대화를 하기가 거의 불가능하잖아요." 데이비드는 무척 솔직했다. 그는 이렇게 답하곤 했다고 한다. "잘 지내지 못해. 잘 지내려고 노력하는데 그게 안 돼."

그해는 좋게도 나쁘게도, 빠르게도 더디게도 흘러갔고, 그는 이따금 갑작스러운 나락에 빠져들었다. 머리 위 하늘은 아득하게만 보였다. 5월 초, 그는 본인이 가르치는 소설 수업을 듣는 졸업반 학생 몇 명과 카페에 앉아 있었다. 그는 학생들이 초조해하며 던지는 작가의 미래에 관한 몇몇 질문에 답해 주었다. 이야기가 끝나갈 무렵, 그는 목이 멘 듯 목소리가 갈라졌다. 학생들은 그가 농담을 한다고 생각했다. 그중 몇몇은 웃기도 했다. 후에 생각하면 마음에 사무칠 기억이었다. 데이비드가 훌쩍였다. "웃으려면 맘껏 웃어봐. 난 여기서 울고 있을 테니. 너희 전부 정말 그리울 거야."

어떤 약도 듣지 않았다. 6월에 데이비드는 스스로 목숨을 끊으려 했다가 결국 다시 병원에 입원했다. 의사들은 열두 차례에 걸친 전기경련요법을 처방했다. 그가 늘 두려워하던 치료였다. "무려 열두 번이었어요." 데이비드의 어머니가 거듭 말했다. "너무 잔인한 치료였어요." 데이비드의 아버지가 말했다. "그해는 데이비드에게 완전히 지옥이었어요." 그의 어머니가 말했다. "그러고서 의사들이 나딜을 다시 처방하기로 했어요."

걱정이 된 프랜즌이 7월에 비행기를 타고 와 데이비드와 일주일을 보냈다. 데이비드는 일 년 만에 몸무게가 30킬로그램이나 줄든 상태였다. "본 중에 제일 야위어 있었어요. 눈빛에 어떤 감정이 서려 있었죠. 두려움, 극도의 슬픔, 자기가 멀리 동떨어져 있다는 느낌. 그래도 함께 즐겁게 지냈어요. 기력이 10퍼센트밖에 되지 않는데도요." 데이비드는 깡마른 사람들만 하는 농담도 할 줄 알았다. 그는 전에는 몰랐다면서 이렇게 말했다. "집에 있는 의자들이 어찌나 딱딱한지." 프랜즌은 데이비드와 거실에 앉아 개들과 놀곤 했다. 데이비드가 담배에 불을 붙이러 나가면 개 두 마리가 따라 나갔다. "우리는 이런저런 논쟁을 벌였어요. 그가 늘 하던 말이 있었어요. '개는 입이 그 자체로 소독제예요. 아주 깨끗하죠. 사람의 침과 달리, 개의 침은 세균에 대한 저항성이 굉장히 강해요.'" 프랜즌이 떠날 때, 데이비드는 와주어서 고맙다고 했다. "제가 가서 함께 시간을 보내도록 허락해 주어서 오히려 제가 고마웠어요." 프랜즌이 내게 말했다.

6주가 지나고 데이비드는 부모님에게 비행기를 타고 서부로 와 달라고 부탁했다. 나딜은 효과가 없었다. 항우울제 복용을 중단할 때 나타나는 큰 위험이었다. 환자가 떠났다 다시 돌아왔으나 약이 이미 외면해 버린 셈이다. 데이비드는 잠을 잘 수 없었다. 집 밖으로 나가기를 두려워했다. "제가 가르친 학생들이라도 마주치면 어떡하죠?" 그의 아버지는 내게 이렇게 말했다. "그 애는 사람들이 자기 모습을 보기를 원치 않았어요. 보기에 너무 참혹했어요. 만약 학생이 그 애를 봤다면 곧바로 껴안아 주었을 거예요."

데이비드의 부모님은 열흘간 머물렀다. 데이비드와 부모님은 새벽 여섯 시에 일어나 개들을 산책시키고, 함께 DVD를 보고 이야기를 나누었다. 샐리는 데이비드가 좋아하는 음식을 만들어 주었다. 고기를 넣은 파이, 캐서롤, 크림을 얹은 딸기 등, 마음의 위안이 되는 푸짐한 음식이었다. "우리는 그 애에게 살아 있어서 정말 다행이라고 계속 이야기해 주었어요." 그의 어머니가 말했다. "그렇지만 그때도 그 애가 이 세상을 떠날 것만 같은 느낌이었어요. 그 애는 상황을 견디지 못했어요."

부모님이 떠나기 전 어느 날 오후, 데이비드는 무척 심란한 상태였다. 샐리가 그와 함께 바닥에 앉아 있었다. "전 그 애의 팔을 어루만지기만 했어요. 제가 엄마라서 다행이라고 말하더군요. 전 영광이라고 말해 주었어요."

9월 중순, 캐런은 데이비드를 개들과 함께 놔 두고 몇 시간 집을 비웠다. 그날 밤 캐런이 집으로 돌아와 보니 데이비드가 목을 매 죽어 있었다. "그 모습을 머릿속에서 지울 수가 없어요." 데이비드의 여동생이 내게 말했다. 그러고서 현명하고도 다정한, 그 상황에서는 하기 힘들었을 말을 한마디 보탰다. "데이비드와 개들이 함께 있었을 테고 날이 어두웠을 거예요. 데이비드는 분명 개들의 입에다 입맞춤을 해주면서 미안하다고 했을 거예요."

작가들은 중대한 내적 전환에 대해 두 가지 중요한 주제를 갖는 경향이 있는데, 이건 아주 짧게 축약한 플레이리스트나 다름없다. 바로 그들의 작가 인생과 병치레이다. 제임스 조이스가 마르셀 프루스트를 파티에서 우연히 만났을 때의 유명한 일화가 있다. 아마 헤비급 챔피언들 간의 농담이 오고 갔으리라 짐작할지도 모른다. 조이스가 말했다. "전 눈이 너무 안 좋아요." 프루스트가 말했다. "전 위가 약해요. 뭔가 방법이 없을까요? 실은 지금도 당장 자리를 떠야 할 판이에요." (조이스가 그보다 한술 더 떴다. "저도 같은 처지예요. 누가 제 팔을 잡고 부축해서 끌고 가 줬으면 좋겠어요.") 데이비드는 그들 같지는 않았다. 우선 극소수의 사람을 제외하고는 자신이 우울증 진단을 받았다는 사실을 말하지 않았다. 게다가 그는 사람들이 보통 상상하는 작가의 모습과는 거리가 멀었다. 그는 늘상 대마초를 끼고 사는 사람 내지는 운동선수 같았다. (작가 마크 코스텔로는 데이비드의 성인기 1막에서 그의 가장 친한 벗이었다. 그는 데이비드에게서 "더트 밤"^{dirt bomb}이라는 일리노이 은어를 배웠다고 했다. "데이비드는 다소 거칠고 지저분한 테니스 선수의 모습이었죠." 코스텔로가 말했다.) 데이비드는 대학 대표팀에서 뛰다가 훌훌 털어 버리고 팀을 나온 사람 같았다. 머리칼이 삐져나온 채 두건을 쓴 거구의 사내. 누군가에게 제기차기를 하자고 했다가 상대가 거절하면 그를 두들겨 팰 것만 같은 사람이었다.

거기에는 의도가 있었다. 학창 시절 데이비드는 몽환적인 눈빛, 민감한 정치적 태도 등 전형적인 문학청년의 모습을 무척 싫어했다. 그는 그런 무리를 베레모 가이라고 부르면서 이렇게 말했다. "**아직도** 제가 저를 작가라고 칭하길 싫어하는 한 가지 이유는 그들과 같은 부류로 오해받기 싫어서예요."

그의 곁에 다가가려는 독자에게는 뜻밖의 말이지만 무척 조심스러우면서도 충분히 수긍이 가는 재밌는 말이다. 일리가 있다. 책은 사회적 대용물인 까닭에 사람들은 자신이 함께 어울리고 싶은 작가의 책을 읽는다. 장이니, 쪽이니, 소설이니, 기사니 하는 것들은 그 다음 일이다. 사실에 입각한 정보 전달용 글을 쓰는 작가일지라도, 독자는 시험 칠 때 공부 잘하는 친구 옆에 앉아 그 답안지를 몽땅 베끼려 하는 것처럼 그 작가에게서 사실을 수집한다. 에세이에서 가장 극명하게 드러나는 데이비드의 작가로서의 자아는 독자들이 만난 최고의 친구였다. 그의 자아는 어느 것 하나 놓치지 않고 포착하고, 속삭이듯 농담을 건네고, 인간적인 문체로써 성가심, 권태, 내지는 끔찍함으로부터 독자들을 휩쓸어 온다.

마크 코스텔로는 애머스트 칼리지에서 데이비드를 만났다. 둘은 기숙사 배정을 위한 제비뽑기로 친구가 되었다. "데이비드는 가장 좋은 방을 배정받으려고 수학적으로 머리를 잔뜩 굴렸어요. 최적의 게임 이론을 생각해 내려고 했죠. 다른 한 명과 협조를 해서 2인실을 달라고 할 셈이었어요. 아무도 그렇게는 하지 않을 테니까요. 그러고서 우리는 서부 매사추세츠에서 최악의 숫자를 뽑았어요. 덕분에 대형 쓰레기통 바로 옆에 있는, 말만 2인실인 1인실에서 살았죠." 두 동거인은 교정을 거닐었다. 신호등을 건널 때면 '데이브 쇼'가 펼쳐졌다. 데이비드는 사람들의 걸음걸이, 말하는 방식, 고개를 기울이는 습관, 사람들이 자기 삶을 이야기하는 방식을 순식간에 간파해 흉내 내곤 했다. "사람들이 하는 걸 그대로 모방하는 게 아니라 일종의 포착을 했어요. 제가 평생 만난 사람 중에 그렇게 할 수 있는 사람은 아무도 없었어요." 코스텔로가 말했다. "믿기지 않을 정도로 민첩하고 무척 재밌었어요. 데이브에게는 다른 사람 몸에 들어갈 수 있는 능력이 있었어요."

작가 메리 카는 1990년대 초에 데이비드와 교제했다. 당시 그는 인생 최악의 시기에서 빠져나오는 중이었다. 두 발을 딛고 섰음에도, 회복이 완전치 않아 발 아래 땅이 여전히 불안정하게 흔들릴 게 분명했다. 그러나 데이비드는 마치 정보 사냥을 하러 나온 듯, 세상 모든 걸 다 호주머니에 넣고 흐뭇해하는 사람이었다. "데이터가 그의 머릿속으로 들어가면 불꽃이 마구 튀었어요. 상상도 못할 만큼 재밌었고 그 전력량이 어마어마했어요. 자기 주변 세상을 향한 홍미와 호기심이 그야말로 대단했어요. 비유하자면 일반인보다 1초당 촬영률이 높았다고나 할까요. 절대로 멈출 줄을 몰랐어요. 쉬지 않고 세상을 게걸스럽게 집어삼켰어요."

당시는 데이비드가 『하퍼스』에 글을 기고하기 시작할 무렵이었다. 그의 글이 실리면 잡지사 직원들이 "복도를 걸어 다니면서 그의 글귀를 주거니 받거니 했다"고 카리스 콘이 말했다. "아니면 글과 관련해서 그와 대화를 나눈 이야기를 서로 하려고 했어요. 이 작가에 대한, 그가 글로 쓰고 말하는 모든 것을 둘러싼 열기였어요." 『하퍼스』의 편집자이자 기고가인 콘은 데이비드를 『하퍼스』로 끌어들인 장본인이었다. 데이비드가 이 잡지사가 있는 뉴욕을 방문했을 때, 그들은 이곳저곳을 다녔다. 그야말로 애머스트 출신 데이브를 큰 화면으로 보는 격이었다. "뉴욕에 있는 데이비드라니. 그 자체로 쇼였어요. 그는 모든 것에 놀라고 즐거워했어요. 누구보다도 월등히 명석했지만 태도는 달랐어요. 대부분 어디를 가든 진심으로 기뻐했어요. 마음이 통하는 사람들 무리와 있다면요. 모든 것에 놀라워하고 흥미를 보였어요. 그렇게 항상 모든 걸 주시하지 않았다면 그런 글을 쓰지 못했을 거예요. 그의 통찰력으로 세상을 본다면 더 많은 걸 보게 될 거예요. 그는 6감이 아니라 6.5감까지 동시에 쓰는 사람이에요. 제정신으로 감당하기 어려웠겠죠. 하지만 그는 그걸 우리와 공유했고, 정말 고마운 일이라 생각해요. 그와 나눈 대화는 즐거운 사회적 경험이자 문학적 경험이었어요."

그를 그저 알기만 해도, 재미난 곳에 가게 되고 세상이 당혹스러우면서도 놀랍고 생동감 넘치는 월리스 식으로 돌아가는 경험을 하게 된다. 데이비드는 『무한한 재미』의 집필을 마치고서 콘을 비롯하여 몇몇 사람에게 자기가 쓴 원고를 우편으로 보냈다. 그러니까 그들은 일종의 제품 시험 사용자들, 문학계의 포커스 그룹이었던 셈이다. 콘은 출퇴근 길에 지하철에서 원고를 읽었다. 두툼한 소설책 한 권이 그녀의 옆 좌석에 버젓이 자리를 차지했다. 출퇴근하는 사람들은 그 두꺼운 원고와 그녀를 번갈아 보고는 웃곤 했다. "구경거리였죠. 웃기기도 했고요. 사람들이 재밌다고 생각했어요. 전 무척 자랑스러웠고요. 그 책을 사랑했어요. 아무도 그 책이 뭔지는 몰랐는데, 그 느낌이 좋더라고요."

데이비드는 조너선 프랜즌과 작가로서는 가장 자연스러운 방식으로 만났다. 데이비드는 독자이자 팬으로서 그를 만났다. 데이비드가 프랜즌에게 그의 첫 책에 관해 멋진 편지를 써서 보냈고, 프랜즌이 답장을 해 둘이 만나기로 했다. 그러나 데이비드는 모습을 드러내지 않았다. 데이비드로서는 절망의 나락에 빠져 있던 시기라 달력을 확인하는 간단한 일조차 쉽지 않았던 거다. "그는 약속을 해놓고 잊어버렸어요." 프랜즌이 당시를 떠올렸다. "그는 나오지 않았죠. 약 때문에 꽤 힘든 시기였어요." 90년대 중반에 프랜즌은 데이비드와 수월하게 만날 구실을 찾게 되었다. "데이브와 만나려고 늘 기회를 엿봤어요." 1995년에 글쓰기와 읽기의 이유에 관한 중요한 글을 쓰려던 프랜즌은 데이비드를 만나기 위해 기차에 올랐다. "우리는 주차장에서 만나 구석에 앉은 채로 세 시간이나 보냈어요. 전 계속해서 말했죠. '내 글에 넣을 인용구가 필요해. 내 글에 넣을 인용구!'" 장차 유명한 책을 쓰게 될 두 작가가 깊이 잠든 차들과 콘크리트 방호벽 사이에 앉아 몇 시간이고 이야기를 나누는 모습을 상상하는 건 멋진 일이다. 데이비드의 제안으로 그들은 책의 목적이 외로움을 떨쳐 내는 것이라는 결론을 내렸다.

출간 관련 일로 뉴욕에 갈 때면, 데이비드는 프랜즌과 함께 지냈다. 당시는 작가가 모든 경비를 부담해야 하는, 그가 유명세를 얻기 직전의 시기였다. "그가 제 집에 지내러 오곤 했을 때는 식단을 조절하기 전이었어요. 제가 알기로 그는 가게에서 산 포장된 브라우니와 씹는 담배로 연명했어요. 그가 제 집에 와서 가장 먼저 한 일은 재활용 쓰레기봉투에서 가장 큰 토마토 캔을 골라 살펴보는 것이었죠. 알다시피, 그는 캔 안에만 기가 막히게 침을 뱉었어요. 그러곤 캔을 아주 꼼꼼하게 씻은 다음 다시 재활용 쓰레기봉투에 넣었죠. 그가 가고 나면, 캔에 밴 노루발풀 냄새가 집안에 희미하게 서려 있곤 했어요."

프랜즌은 딱 한 번 데이비드를 문학계 인사들이 모이는 파티에 끌고 간 적이 있었다. 두 사람은 같이 현관을 지나 들어갔다. 그런데 프랜즌이 주방에 갔을 때 데이비드가 사라졌다. "돌아와서 샅샅이 뒤졌죠. 알고 보니 데이비드가 절 따돌리려고 화장실로 갔다가 곧바로 현관을 통해 나갔더라고요. 한 시간 반 정도 지나 집으로 돌아가 보니 데이비드가 절 당혹스럽게 한 일화들을 당시 제 여자친구와 이야기하고 있더라고요."

만남과 헤어짐은 그에게는 우려스러운 일이었다. 데이비드는 늘 대화 중에 몇 발짝 앞서 들을 줄 알았다. 그는 영어 어법에 관한 에세이에서 헤어짐을 심도 있게 다루었다. 절반은 본문에서, 절반은 각주에서. 그가 세상을 떠난 지 나흘 밤이 지나고서, 나는 그 책을 꺼내 친구에게 전화로 그 대목을 읽어 주었다. 데이비드가 얼마나 정신이 맑고 재밌는 사람인지 알려 주려고 말이다. 반쯤 읽는데, 내가 그를 귀찮게 하지 않고 내버려 두는 일에 얼마나 무심했는지 떠오르기 시작했다. 나에 관한 내용은 아니었으나, 미처 자세를 취하기도 전에 볼은 홀쭉 들어가고 턱은 접힌 채 사진을 찍힌 것 같은 찝찝한 느낌이었다. 그는 이렇게 썼다. "당신과 내가 아는 사이라고 하자. 우리집에서 대화를 나누는 중인데, 어느 순간 내가 대화를 그만하고 당신이 집에서 나가 주었으면 한다. 대인관계에서 무척이나 민감한 순간이다. 내가 그 상황에 대처할 수 있는 방법을 모두 생각해 보자. '이런, 시간이 벌써 이렇게 되었네', '이야기를 다음에 끝낼 수 있을까요?', '지금 자리를 떠주시겠어요?', '그만 가', '나가', '당장 여기서 꺼져', '어디 다른 데 간다고 하지 않았나요?', '이제 그만 나설 때가 되었네, 친구', '그만 가 봐, 자기야', 아니면 전화 끊을 때 하는 가장 쉽게 할 수 있는 말 '바쁘신데 제가 너무 오래 붙들고 있었네요'… 현실에서 나는 늘 대화를 마무리 짓거나 누군가에게 그만 가달라고 부탁할 때 어려움을 겪는 것 같고, 때로는 그 순간이 너무 민감하고 인간관계 특유의 복잡함으로 가득해서 거기에 압도당하고 만다…. 그래서 머릿속이 하얘져서는 완전히 단도직입적인 태도를 보이고 만다. '이제 대화는 그만했으면 하고, 제 집에서 나가 주셨으면 합니다.' 당연히 내가 무척 무례하고 퉁명스러운 사람으로 보이거나 반은 자폐증이 있는 사람으로 보일 처사이다…. 실제로 이런 식으로 친구들을 잃었다."

일에 있어서 그는 정확하고 겸손했고, 본인이 어떤 종류의 일을 잘할 수 있는지 계약자로서의 전략적 감각이 있었다. 작가 인생을 시작하려고 마음먹은 사람들은 훈련 중인 운동선수나 꿈에 그리던 야구리그에 진출한 사람들처럼 자기 직업 분야에서의 경력과 생애의 각종 수치에 치이고 만다. 이런 숫자와 대략적인 수치는 가정과 관련이 많다. 처음 책을 출간한 나이, 처음 상을 받은 나이, 첫 번째 결혼, 첫 번째 위기, 때로는 첫 번째, 두 번째, 또는 세 번째 이혼. (데이비드는 이런 숫자 따위를 외우는 날 보고 놀릴 것이다. 독자들도 여기에 가세해 날 놀려도 좋다.) 우리가 만났을 때, 데이비드는『무한한 재미』를 갓 출간하고서 확신을 얻은 상태였다. 모든 걸 제쳐 놓고 본인의 직업에 최대한 소임을 다했다는 확신이었다. 이는 관대한 확신이다. 나는 기차를 타고 루앙으로 가서 차를 빌리기 전, 헤밍웨이가 F. 스콧 피츠제럴드에 관해 썼던 글을 계속해서 생각했다. 피츠제럴드는 최고의 소설을 이제 막 탈고한 상태였다.

그는 작가, 발행인, 에이전트, 비평가 [그리고] 성공적인 작가가 된다는 것을 둘러싼 문학계의 떠도는 소문과 경제적 조건에 대해 내게 질문하고 이야기했다. 그는 냉소적이면서 기지 넘치고 무척 쾌활했으며 매력적이고 또 마음을 끌어당기는 면이 있었다. 마음을 끌어당기는 사람을 경계하는 사람이라 할지라도 나처럼 느꼈을 것이다. 그는 본인이 쓴 글을 전부 대수롭지 않다는 듯 이야기했으나 그 말에 신랄함은 없었고, 나는 그가 이번에 쓴 책이 무척 훌륭하기 때문에 지난 책들의 결점을 두고 가혹하게 말하지 않으리라는 걸 알았다. 그는 내가 그의 새로운 작품 『위대한 개츠비』를 읽기를 원했다…. 사람들은 그가 그 작품에 대해 하는 이야기를 듣는다 해도, 그 작품이 얼마나 좋은지 모를 것이다. 다만 그가 겸손한 작가들이 무척 좋은 글을 썼을 때 보이는 수줍음 같은 것을 본인 글에 대해 갖고 있다는 사실만은 알아챌 것이다.

데이비드가 세상을 떠나고서 몇 달 후, 그의 여동생 에이미가 내게 편지를 보내왔다. 기자들이 찾아와 데이비드가 어떤 사람인지 물었지만, 질문이 늘 똑같은 우려스러운 지점으로 돌아간다는 것이었다. 그의 공포증, 약점들로 말이다. "제가 걱정이 많아요." 그녀가 편지에 썼다. "데이비드는 명랑하고 별나기도 하지만 너그러운 오빠였어요. 천재로 태어난 덕에 우울증을 앓았죠. 그렇지만 삶에 행복한 순간도 많았어요. 우스갯소리 하기를 좋아했고, 본인은 물론 다른 사람들도 기상천외하도록 재밌게 놀려댔어요. 전 지금 이 상황에서 깨어나고픈 마음도 있지만, 어딜 향하든 데이비드가 정말로 세상을 떠났다는 증거뿐이에요. 제가 과연 데이비드를 살아 있던 모습으로 기억할 수 있을까요?"
이것이야말로 이 책이 지향하려는 또 다른 지점이다. 쥐고 있던

카드가 모두 좋은 패로 드러나고, 떠났던 배들이 일제히 귀항했던 서른네 살의 나이에 데이비드가 어떤 사람이었는지에 관한 기록 말이다.

1996년 2월, 나는 데이비드에 관한 기사를 쓰라는 지시를 받았다. 당시 나는 파티에 있었는데, 친구 하나가 오더니 내 옆 소파에 털썩 앉으며 이렇게 말했다. "불쌍한 데이비드 포스터 월리스. 그는 아무 잘못이 없어. 이런 관심이 쏟아지는 것 말이야. 참 이상해. 네가 아주 강하게 나가지 않으면 기사 쓰기가 힘들 수 있어. 안 그럼 모든 관계가 데이비드 포스터 월리스 때문에 틀어질 거야." 친구가 고개를 휙 돌리며 나침반처럼 방 안의 사람들을 가리켰다. "여기 있는 남자들 전부 속으로는 데이비드 포스터 월리스가 되고 싶어 해. 그래서 그의 기사가 신문에 실릴 때마다 벌컥 화를 내지. 그런데 여자들은 전부 '데이비드 포스터 월리스, 정말 멋져'라고 해. 그래서 남자들이 '난 데이비드 포스터 월리스가 정말 싫어'라고 하는 거야. 내가 아는 간절한 작가들은 전부 그에게 집착해. 자기들이 하고 싶어 하는 걸 그가 이뤘거든." 난 어깨를 으쓱하고 눈을 깜박이면서 친구에게 대체 무슨 말을 하는 건지 모르겠다고 말했다. 서른 살의 나이일 땐 오해와 무지라는 마법에 많은 신념을 쏟아붓는다. 중력의 존재를 인정하는 게 내가 곧 추락함을 의미한다거나 "결핵"이라는 말만 해도 곧바로 열과 기침이 나는 것과 같다.

실은 개인적인 곤란이긴 한데, 내 여자친구는 한동안 오로지 데

31

이비드의 책만을 읽었다. 그것도 아주 꾸준히 야금야금 말이다. 어느 날 오후, 여자친구가 머리를 식히러 담배를 들고 주방으로 갔을 때 나는 그만 여자친구의 컴퓨터에 이런 이메일이 와 있는 걸 발견하고 말았다. 여자친구가 편집자인 친구에게 질문을 했고 그 친구가 답으로 보낸 메일이었다.

월리스는 외모가 멋져. 머리가 덥수룩하게 길고 몸집이 커. 락스타 같기도 해. 땀을 많이 흘려. 머리에 두건을 두르고서 도시적인 미국의 경험에 참여하지. 결혼은 하지 않은 것 같아. 또 물어본 게 뭐였더라?

삶은 우연한 사건들의 축적이다. (그 반대에 대한 굳은 믿음은 데이비드를 만나면서 버리게 되었다. 나는 정말로 좋은 사람이라면 삶에서 만사가 **의도적으로** 돌아가게 할 수 있다고 믿었다.) 결국 난 우연이라는 이야기의 주인공이 되었다. 내가 일하는 잡지사를 소유한, 활기와 흥미가 넘치고 매사에 발 **빠른** 잔 웨너가 우연히 『뉴욕 타임스』를 펼쳤다가 데이비드의 사진을 보았기 때문이다. 1996년 초, 까칠하게 자란 수염, 긴 머리칼에 두건을 쓰고 고개를 살짝 기울인 데이비드의 사진은 도처에 깔려 있었다. "이런." 잔이 말했다. "이 사람 우리 과인데. 립스키를 보내자."

그리고 여기 내가 있다. 작가 인생과 병치레라는 고민거리를 안고서. (데이비드가 작가의 삶에서 화려하고 허세가 낀 측면에 영향을 받지 않았다는 이야기는 아니다. 그는 그런 면을 기름기가 잔뜩 낀 부분이라고 불렀고, 본인이 행여 파티에 죽치고 앉아 있는 사람 내지는 다른 작가들의 사진을 보고 왈가왈부하는, 글쓰기는 제쳐둔 유명인사가 될지도 모른다는 두려움이 있었다. 내가 이 사실을 마크 코스텔로에게 말했더니 그가 웃었다. "그래요. 그때는 그가 진지했어요. 문학계에서 허세 따위는 모조리 몰아낼 셈이었죠." 그는 잠시 멈추더니 무표정한 얼굴을 했다. "그런데 또 데이비드가 다른 사람들이 관심의 중심이 되는 자리에서 얼마나 버틸 수 있었을지 잘 모르겠네요.") 여기서 잠시 하던 이야기를 미뤄 두고, 내 녹음기 이야기를 하려 한다. 내가 데이비드의 거실에 있는 잡지 위에 올려 놓았던 녹음기 말이다. 누군가를 처음 만날 때면, 그 사람은 대개 그가 종사하는 직업을 대표하는 대사처럼 보이기 마련이다. 이는 그 직종에 종사하는 사람을 오도가도 못하게 붙잡아 두는 난감한 발언이다. 데이비드는 작가로서 꽤 수월한 삶을 살고 있는 젊은 작가처럼 보였다. 어떤 세련된 문화적 상자가 열리든, 그에게 나는 그저 값비싼 장비를 갖춘 한 명의 기자로 보였을 것이다. 그는 자기가 한 재치있는 말들을 내가 녹음기에 대고 되풀이할 때마다 짜릿한 쾌감을 느꼈다. 나는 그에게 유명인사와의 게임에서 여러 번 우위를 차지해 본 약삭빠르고 노련한 전문가로, 또 한 명의 유명인사를 사냥하러 일리노이의 야생으로 쳐들어온 기자였을 것이다.

사실을 말하자면 데이비드는 내가 인터뷰한 세 번째 유명인사이자 최초의 작가였다. 320달러나 하는 그 녹음기를 사면서 손바닥에 땀이 나고 조금만 걸어도 심장이 입 밖으로 튀어나올 지경이었다.

데이비드를 만났을 당시, 나는 거의 완전한 재정 파산을 한 지 불과 28개월 지난 시점이었다. 그게 내게는 병치레였다. 매일 아침 눈을 뜨면 조각상과 정원이 보이던, 대학에서 공부하며 지냈던 시절은 장차 바깥의 길가와 대금 청구서를 마주하기에는 그리 좋은 대비책이 되지 못했다. 우편함은 매주 신용카드 신규 가입을 권하는 광고지로 가득 찼고, 덕분에 나는 신용카드 세계의 거물로 거듭날 운명을 안고 대학을 졸업하게 되었다. 번지르르한 구애에서 비난이 난무한 이혼으로 이어진 고전적인 로맨스였다. 나는 신용카드, 전화번호, 기본 케이블 채널, 아파트를 잃었다. 내 주머니에 돈을 넣는 건 원자로 소용돌이에 돈을 던지는 격이었다. 잠깐 숨을 돌리고 나면 돈이 눈 깜짝할 새에 공중분해되어 있었다. 나는 지갑을 갖고 다니지 않기로 했다. 옛 생각만 날 것 같았다. ATM기를 찾는 일은 거의 불가능한, 극적인 일이 되었다. 운명을 맞닥뜨린 남자의 최대 난관이었다. 나는 화면에 찍힌 잔액을 애써 외면하려 하는 고객이 되었다. 마음 약한 운전자가 참혹한 교통사고 현장으로부터 눈길을 돌리려 하는 것처럼 말이다. 이런 처지는 내가 은행 계좌마저 잃을 때까지 몇 년간 계속되었다. 1994년, 뉴욕 임대차 계약을 신청하러 가서 내 사회보장번호를 기재했다. 이 때문에 어떤 비상등이 깜빡이고 경종이 울릴지 전혀 알지 못한 채였다. 다음 날 아침 내가 모습을 드러내자, 나와는 멀고도 먼 세상에서 존경받는 삶을 이룩한 몸집이 큰 동유럽 남자 집주인이 내 엉덩이를 걷어차고 싶지만 참는 중이라고 말했다. 그는 내게 바짝 다가와 섰다. "당신 신용평가 기록이 어떤지 알아요?" "아니오." 내가 대답했다. "음. 아무 말 않겠어요."

나는 야심과 다다름에 대한, 영화와도 같은 미국적인 신념을 길잡이 삼아 살아왔다. '어느 장소에 이르는 최선의 길은 내가 이미 그곳에 가 있는 것처럼 사는 것' 말이다. 마법 같은 생각이자, 언어를 배울 때 사용하는 효과적인 공부 방식이기도 하다. 프랑스어만 듣고 말하면 마침내 프랑스어 실력이 는다. (대학에서도 이 방식을 쓸 수 있도록 준비시켜 준다. 기둥들과 완만한 언덕. 학생들은 아테네인이 되거나 부자가 될 것이다.) 소설만 생각하고 소설에 관해서만 이야기하다 보면, 마침내 세상이 날 둘러싼 서점이 된다. 눈을 낮추는 건 합리적이지 못하다. 불운일 뿐 아니라 본격적인 침몰에 가까워지는 일이니. 나는 칠 년 동안 소설가처럼만 살았고 두 권의 책을 냈다. 그리고 이 방식이 효과가 없다는 사실을 몸소 증명했다.

나는 『롤링스톤』에 일자리를 얻었다. 갑자기 돈이 생기니 폭풍우에서 빠져나와 환하고 고요한 강당에서 우산의 물기를 흔들어 털어 내는 기분이었다. 어둠도, 축축함도, 소음도 돌연 사라졌다. 20대 초반에는 루이스 클라크 탐험대처럼 재정적 탐험가로서의 감각을 배운다. 이 시기에는 일상의 나날과 대금 청구 주기가 걸어서 건넌 강, 지도에 나타난 초원, 꽂아 놓은 깃발과 같다. 난 이 감각을 20대 후반이 되어서야 되살렸다. 첫 은행 계좌, 집으로 배달되는 첫 신문, (신용불량자를 위한 담보부의) 첫 신용카드. 사람들은 언론계에 종사하면 가장 좋은 점이 여행이라고 생각했다. 기내식을 먹거나 건물

35

들이 하늘과 맞닿아 있는 선이 바뀌는 모습을 보는 게 좋다는 얘기가 아니다. 어딘가에 소속돼 있다는 느낌, 다시 말하면 임무를 완수하기 위해 회사에서 나를 필요로 한다는 이유로 누군가가 애써 수고를 들여 비행기 표를 예약하고 차를 빌리고 호텔 방을 예약해 준다는 사실이 좋다는 얘기다. 비행기 탑승권 한 장 한 장이, 더불어 은은한 미소를 띤 승무원 한 명 한 명과 야간의 기내 조명이 놀랍도록 교묘한 칭찬처럼 느껴졌다.

나는 바이러스에서 회복하듯 가난에서 벗어났다. 의심이 들기도 하고 감사한 마음이 들기도 하면서 내 운을 시험하고 싶다는 마음이 들지는 않았다. 돈을 내고 버스를 탈 수 있었고 식당에 가서도 느낌표 표시가 붙은 저렴한 메뉴를 선택하지 않아도 된다는 사실에 무척 안심되었기에, 몇 년 동안 나는 월급을 주는 이가 어떤 말을 하더라도 거기에 토를 달지 않았다. (토를 단다는 것은 30대가 돼서야 가능한 일이었다. 20대 후반은 순응의 시기가 되었어야 했다.) 나는 넓고 칙칙한, 복도가 길고 헛간 같은 방들이 있는 아파트의 일부를 빌렸다. 자연사 박물관 길 건너에 있는 곳이었다. 내가 쓰는 전용 입구가 있었고, 함께 사는 이들은 궁합이 썩 잘 맞지는 않는 백슈타인이라고 하는 나이 든 부부였다. 둘의 다툼은 소란스럽고 끝이 없었고 고통스러웠다. 안나 백슈타인은 TV를 볼 때면 남편 아서가 함께 보기를 원했다. 반면 남편의 바람은 소박하지 그지없는 것이었다. 그는 그저 혼자 있고 싶어 했다. 안나는 투덜대곤 했다. "알지. 당신 알잖아. 어떻게 그럴 수 있어. 어떻게 날 기만할 수 있어. 당신과 함께 볼 수도 있었는데 말이야. 그 프로가 얼마나 **재밌었는데!**" 그럼 난 그걸 받아적곤 했다. 낮이면 나는 책상, 창문, 고급스러운 화장실, 그리고 잡지의 멋진 표지와 활기 속에서 시간을 보냈다. 사람들은 전부 근사했고, 저마다의 머리 위에는 위층에서 벌이는 파티나 캘리포니아의 화창한 날씨처럼 흥미진진한 미래에 대해 설레는 기대가 가득했다. 퇴근하고 집으로 가서는 신물나는 벡슈타인 부부의 말다툼을 듣곤 했다. 난 이 두 세상이 접촉하는 것을 상상하기를 좋아했다. 까칠하게 수염이 자란 귀티나는 사내 잔 웨너가 내가 사무실에 놓고 간 폴더를 주려고 우리 집에 들르는 거다. 우리 넷, 그러니까 잔, 나, 아서, 안나가 현관에서 마주치고 내가 홀린 듯 설명하는 모습. "잔. 이쪽은 저와 함께 사는 분들이에요. 벡슈타인 부부요. **결혼한 사이예요.**"

그러나 세상일은 꾸준히 더디게 돌아갔다. 해야 할 일은 눈의 온도, 열기, 욕구를 낮추는 것이 전부였다. 내가 원하는 바를 기꺼이 (조금이나마) 조정하고, 고개를 숙인 채 다른 사람들이 부탁한 것을 믿을 만한 일정에 따라 내어주는 것.

그리고 그때, 데이비드는 본인이 자처해서 쓴 글을 갖고서 도시에 지진을 일으켰다. 사람들 무리, 박수갈채, 도시의 대대적인 불안 발작. 크루즈선을 주제로 쓴 그의 글이 1996년 1월에 세상에 모습을 드러냈다. 그 글은 풍경을 훤히 밝히고 그의 소설이 도약할 활주로를 마련했다. 사람들은 그 글을 복사하고 팩스로 보내고 전화 통화를 하면서 상대방에게 읽어 주었다. 그는 일상적이면서도 거창한 일을 해냈다. 모든 사람의 머릿속에 있는 목소리를 포착해 낸 것이다. 초대 손님이 한 명인 토크쇼였다. 그건 사무실 복도를 오가고 입맞춤을 하고 화장실에서 생각에 곰곰이 잠길 때의 불평이었다. 저마다 다른 생각의 범주들이었다. 책,「쥬라기 공원」, 예술의 별난 거래 조건, 악담, 아무 이유 없이 사람을 갑자기 우울하게 하거나 행복하게 하는 일들. 그건 사람들이 정리와 조직에 시간을 들이기만 한다면 자기 머리가 실제로 소리를 낼지 모른다고 자만하는 방식이었다. 그리고 그의 소설이 찾아왔다. 그의 사진이『타임』,『뉴스위크』에 실렸다.『에스콰이어』는 한발 더 나아가 그의 소설을 천재의 작품이라 불렀다. (반감을 불러일으킬 수도 있는, 특례와도 같은 두려운 찬사였다. 말로 드러나지 않은 나머지 반쪽은 "이걸 읽는 당신은 천재가 아니야"였기 때문이다.)『뉴욕 매거진』은 '올해의 소설' 상이 그의 이름이 쓰인 안전 금고에 고이 보관돼 있다는 시답잖은 말까지 덧붙였다. 그의 이름마저도 흘러넘치는 느낌이었는데, 세 어절이나 발음해야 했기 때문이다. 데이비드 포스터 월리스. 그 이름은 특별한 사례이자 디럭스 버거였다.『타임스』는 처방전을 읊듯, 전공의가 증상을 열거하듯 몇 달 동안 한 목소리를 냈다. 데이비드는 "수년 만에 그토록 강렬한 호기심을 자극한 최초의 젊은 소설가"였다.

그러고서 데이비드가 뉴욕에 도착했다. 2월, 태양이 제 빛을 못 내고 보도에서 물이 뚝뚝 떨어지는 불리한 달이었다. 그가 누구와 사귀는지, 그가「찰리 로즈」와「투데이」쇼를 어떻게 거절했는지(미디어를 정제하고 송출하는 게 일인 도시로서는 출연 섭외를 거절한 그의 행동이 기사 작위를 거절하는 일처럼 부적절하지만 용감한 행동이라 여겨졌다.) 갖가지 소문이 돌았다. 이스트 빌리지의 바 KGB에서 열린 그의 첫 낭독회는 출퇴근 시간대의 지하철처럼 인산인해를 이루었다. 맨 앞줄에 앉은 여자들은 앞다투어 그에게 눈빛을 보냈고, 뒤편의 남자들은 씩씩대며 그를 노려보고 질투했다. 타워 북스에서 있었던 두 번째 낭독회는 출판인들의 밤이었다. 출판사 간부들은 서로 반대편 흉벽에 있는 적들처럼 고개를 끄덕이는 인사조차 하지 않았다. 그리고 사람들이 북적이는 출간 기념 파티가 이어졌다. 이런 자리면 어김없이 검은색 옷을 차려입는 사람들이 있어서, 본 중에 제일 분위기가 밝은 장례식장 같았다. 데이비드는 화장실 옆 복도에 서 있었다. 사람들이 별처럼 눈을 반짝이며 그에게 다가가 악수를 청하고 축하를 해주고는 그의 곁에 가까이 서서 술잔을 기울이며 그를 바라보기만 했다. 그는 원자로처럼 매력을 뿜어냈다. 나는 그를 자세히 관찰했다. 그가 어떤 기분인지 가늠할 수가 없었다. 급기야는 그에게 심경이 어떤지 물어볼까도 생각했다. 아니, 나는 그런 요청이야말로 하지 말자고 스스로 다짐한 터였다. 그는 겸연쩍고 들뜨면서도 편안해 보였다. 개인용 수영장을 차지한 사람처럼. 중간 중간 그는 양해를 구하고 화장실로 갔다. 나는 그가 화장실 거울에 비친 본인에게 조언을 구하고, 이 모든 상황이 자신 덕분임을 상기하는 모습을 상상했다(서른 살의 나이에 저지르는 또 다른 실수다. 그 나이 때는 모든 사람이 가문과 배경이라는 가면 뒤에서 근본적으로 본연의 모습을 간직한다고 생각한다).

그러고서 그는 북투어를 떠났다. (몇 년 전에 나도 북투어를 간 적이 있다. 70블록을 이동해 서점에서 파는 내 책에 사인을 했다. 투어가 끝나고는 지하철을 타고 집으로 돌아와 짐을 풀고 요양을 했다.) 그는 도시의 보이지 않는 공기로 남아 자신이 낭독을 했던 자리에 안개처럼 서려 있었다. 나는 여자친구에게 내가 자리를 비울 동안 책을 다 읽었으면 좋겠다고 이야기했다. 나는 비행기를 타고 시카고로 가서 차를 몰고 블루밍턴으로 갔다. 타인의 삶으로 뛰어드는 기자의 묘한 경험이었다. 사람들이 지인에게 발끝으로 걷듯 조심스럽게 하는 질문(사랑, 부모, 돈, 원한)들을 나는 월급을 받고서 두 발을 과감히 딛고 의무적으로 했다. 데이비드는 본인이 취재 대상이라는 느낌을 덜기 위해, 그러니까 내가 끈질기게 꼬치꼬치 캐묻기 좋아하는 손님 같은 존재 비슷하게 보이게 하려고, 나를 손님방에 묵게 해주었다. "제 여분용 담요가 기자님 여분용 담요예요." 그가 말했다. 나는 한밤중에 잠에서 깼다. 그가 키우는 개 중 한 마리가 길게 울부짖다가 멈추기를 계속했다. 그때 잠결에 갈라진 듯한 데이비드의 목소리가 들렸다. "지브스. 그만해." 너무도 생경했다. 새벽 두 시. 내가 모르는 이 사람. 데이비드 월리스가 자기 개를 달래는 소리를 내가 듣고 있다니.

우리의 대화 속에서 내가 늘 어깨에 힘을 주고 사리에 밝은 조언을 하는 모습을 보게 될 것이다. 수표에 이서하세요. 제안을 받아들이세요. 시간을 버세요. 좀 쉬세요. 그건 내가 8년 동안 전파하도록 훈련받은 실용적인 원칙이었다. 데이비드는 계속해서 거대한 이야기를 하고 난 거기에 맞서 사소한 이야기를 한다. 지금 잘하고 있어요. 너무 깊게 생각하지 마세요. 소박한 기쁨이란 일과 아침에 마시는 커피죠. 마치 남동생이 어린 나이에 학교에서 어설프게 배운 내용을 갖고 형에게 깊은 인상을 남기려 애쓰는 식이다. 마침내 한시름 놓은 때는 비행기 안에서였다. 그렇다. 그는 나보다 더 기민했고, 재치도 더 뛰어났다. 난 그를 즐길 수 있었고 그에게 필적하려는 노력을 그만두었다. 헨리 포드가 말한 로드트립 방정식, "두 남자는 50킬로미터 넘게 함께 여행을 해야 서로 편안해진다"는 말처럼 우리는 차 안에서 편안해졌다.

그러고서 난 떠나야 했다. 집으로 돌아와 보니, 내가 그의 세상에 발을 담가 두고 싶어 했다는 걸 알았다. 일주일 후에 데이비드가 큼지막한 상자를 내게 보내왔다. 내 구두 한 짝이 상자 안에서 뒹굴고 있었다. 시카고 베어스 메모지도 한 장 들어 있었다. 메모지에는 웃는 얼굴 표시와 함께 이렇게 쓰여 있었다. "기자님 거 맞죠?" 난 맨발의 멍청이가 된 기분이었다.

다행스럽게도, 나는 기사를 쓰지 않아도 되었다. 원래는 기사를 쓰려고 노력했고, 데이비드가 그 글을 읽는 걸, 그 글을 그리고 나를 꿰뚫어보는 걸, 엑스레이 사진을 들여다보듯 뭔가 미심쩍은 부분을 찾아내는 걸 계속해서 상상했다. 그때 잔이 생각을 바꾸었다. 그래서 나는 헤로인 중독자(어쨌든 그들은 나보다 훨씬 더 곤경에 처해 있었다) 취재를 위해 시애틀로 가게 되었고, 그 일이 훨씬, 훨씬 더 쉬웠다. 나는 데이비드의 에이전트인 보니 나델에게 전화를 걸었다.

데이비드는 기사가 나갈 생각에 심경이 복잡한 참이었고, 나는 그에게 반가운 소식을 전해달라고 나델에게 부탁했다. (데이비드의 여동생이 후에 내게 말하길, 그는 악감정이 없었다고 한다. "데이비드가 당신을 괜찮은 사람이라고 했어요. 한 5년 만에 오빠 입에서 나온 칭찬이었죠. 제가 당신을 보면 좋아할 거라고도 했어요." 이런 내용을 내가 직접 쓰고 있자니 속이 불편해진다. 이 글이 내 가슴 속에서 턱하고 걸리는 것 같다. 그는 그렇게 인간관계에 무심하면서도 사람을 가만두지 않는 재주가 있었다. 사람들은 그에게서 호감을 사고 싶어 했다.) 난 더욱더 맨발이 된 심정이었다.

몇 년이 지나고 나는 원했던 바들을 조금씩이나마 경험하게 되었다. TV에 출연하고, 책을 계약하고, 베스트셀러 순위에도 올랐다. 그러곤 내가 데이비드로부터 그런 경험을 얻어내 내 것으로 만들려 부단히 애썼다는 사실을 깨닫고서 당황했다. 그런 내 모습은 절박하고 옹졸했다. 난 머릿속에서 이메일을 수도 없이 썼고, 한두 번은 실제로 컴퓨터에다가 썼고, 한번은 다 쓴 다음에 그걸 열었을 때 어떻게 읽히는지 보려고 내게 직접 보내 보았다. 열어 보니 조금은 제정신이 아닌 상태에서 쓴 메일 같았고, 그걸 내가 열어 본 게 천만다행이라고 생각했다. 난 그의 책을 읽었고, 그를 생각했고, TV에서 한 번 본 걸 빼고는 그를 다시 보지 못했다.

그가 세상을 떠나기 일 년 전쯤, 그와 함께 했던 날들을 곱씹어 보았다. 우리는 다시 그의 어지럽혀진 거실에, 폰티악 자동차에, 데니스에 앉아 있었다. 한 가지가 계속해서 내 마음을 울컥하게 했다.

우리 둘 다 그토록 어렸다는 점이다.

그러나 우리가 여기 있다. 그 여행을 생각하니, 데이비드와 내가 차 앞 좌석에 앉아 있던 모습이 떠오른다. 밤이다. 씹는 담배, 탄산음료, 담배 냄새가 풍겨 온다. (씹는 담배는 기침약을 한 트럭 갖다 부어 진창이 된 잔디밭 같은 냄새가 난다.) 창문 틈으로 차가운 공기가 스며든다. R.E.M.의 노래가 흘러나온다. 차 바퀴에서는 기다란 벽에서 테이프가 깔끔하게 끝도 없이 뜯겨 나오는 듯한, 다소 졸린 소리가 난다. 한편 우리는 꼼짝 않고 있는 듯 보인다. 내가 나눠 본 최고의 대화다. 우리는 모든 주제를 이야기한다. 데이비드의 삶은 내 짐작보다 더 힘겨웠고 더 똑똑했다. 난 그걸 알아챘다. 그의 삶은 내 삶과는 달랐다. 삶의 모든 부분이 감정으로 충만했다. 우리 둘 다 각자의 삶이 어느 방향으로 흐를지 모른다. 우리 둘 다 다다름의 여러 시점에서 어떤 사람이 될지 결정하려고 노력하는 중이다. 우리는 누구나 중요시하는 관심사에 관해 이야기를 나눈다. 무엇을 원하는지, 어떻게 해야 좋은 사람이 될 수 있는지, 글을 어떻게 읽어야 하는지, 글을 어떻게 써야 하는지, 타인을 어떻게 생각해야 하는지 등을 말이다. 그가 한 말 중 몇 가지는 내 삶을 바꾸었고 내 토크쇼 멘트의 일부가 되었다. 그 말들은 내가 혼자서 읊는 인용구 목록에 보태졌다. 24시간만 혼자 있게 해주세요. 그러면 정말로 똑똑해질 수 있어요. 그가 마이클 라이언을 마주친 순간은 야심이 사람에게 어떤 영향을 미칠 수 있는지를 고스란히 보여 준다. 그가 내 성격이 어떻다고 짐작했을까. 타인은 내게 무엇을 기대할까. 나는 내게서 무엇을 기대해야 할까. 데이비드는 사람을 더는 외롭게 하지 않기 위해 책이 존재한다고 생각했다. 그는 조너선 프랜즌과 이야기를 나누면서 이런 결론에 도달했다. 프랜즌은 날 울컥하게 하는 슬픈 말을 했다. 그는 데이비드를 잃는 게 마치 공상과학 영화에서 자그마한 형체가 우주선 출입구로부터 떨어져 나가는 모습을 보는 것 같았다고 했다. 갑작스럽고 완전하고 조용한 사라짐 말이다. 좀 있더니 그가 말했다. "이제 보니 데이비드가 모든 답을 갖고 있었던 것 같지 않나요?" 난 데이비드가 12년 후에 죽게 된다고 해서, 그 말이 내게 의미했던 바가 바뀌지는 않는다고 생각한다. 독자들은 데이비드와 내가 존 업다이크를 두고 맹렬하게 설전을 벌이는 모습을 곧 보게 될 것이다. 아니, 이미 보았는지도 모른다. 어쨌든 존 업다이크는 만사가 일시적이라는 한시성을 띤다고 해서, 그로 인해 만사가 무용지물이 되지는 않는다는 글을 쓴 적이 있다. 내 뇌리에 박혀 수시로 들려오는, 그것도 묘하게 희망적인 순간에 들려오는 또 다른 그의 문구 하나를 옮겨 보면 이렇다. "모든 것이 하늘 아래서 끝이 나고 만약 일시성이 아무런 소용이 없는 것으로 드러난다면, 현실의 그 무엇도 뜻을 이루지 못한다." 그래서 난 할 수만 있다면, 데이비드에게 그와 함께한 날들을 다시 돌이켜볼 수 있어서 정말 기뻤다고 말하고 싶다. 그에게 고마움을 표하고 싶다. 날 거기에 있게 해주어서 고마웠다고 말하고 싶다. 덕분에 삶으로부터 돌아서서 안도하는 대신, 삶이 무엇인지 다시금 상기할 수 있었다고 말해 주고 싶다. 그리고 책을 읽어서 훨씬 더 외롭지 않았다고 그에게 말해 주고 싶다.

처음부터 진실되거나

아예 진실되지 않거나

첫째 날

데이비드의 집

수업이 있기 전 화요일

거실에서 체스 두는 중

그의 개들이 카펫 위에서 한가로이 어슬렁거리고 있다.

1996년 3월 5일

그러니까 우리가 투어를 다니는 중에 "뭔가 말을 하고서 5분 후에 기사에 실지 말라고 부탁하면 그렇게 해주세요"라는 당부를 명심하라는 거죠?

제가 요즘 너무 피곤해서 실수를 자주 하거든요. 그렇게 해야만 일을 망치지 않을 것 같아요.

[그는 개를 두 마리 키운다. 그중 한 마리인 드론이 데이비드가 앉아 있는 의자를 줄곧 물어뜯는다. 그는 팬들 때문에 전화번호부에 본인 전화번호를 올리지 않은 상태다.]

"팬"이 적절한 표현인지 모르겠네요….

[책장을 바라보다가 그가 체스판을 꺼낸다. 체스를 두고 싶어 한다. 그래서 우리는 체스를 두는 중이다.]

제가 스물다섯 살이었을 때는 이런 상황을 바랐어요. 그렇지만 지금은 신경 안 써요. 물론 제 책이 자랑스러워요. 책이 관심을 받아서 기뻐요. 그런데 저에 관한 글이나 기사는 (a)절 불편하게 하고 (b)제게 해로워요. 글을 쓸 때 절 의식하게 되거든요. 지금보다 절 더 의식할 필요는 없는데 말이에요. 미칠 노릇이죠. 제가 지금 상황에 익숙해지기까지는 시간이 좀 걸릴 거예요. 솔직히 말하면, 지금 이 상황이 어떻게 끝날지 모르겠어요. (체스판을 바라보며) 이런 젠장!

리틀 브라운이 양장본과 페이퍼백 판권을 동시에 사들였어요. 차기작에 대한 선금을 받았다면 제가 돈을 많이 벌었겠지만, 그럴 수는 없고 그래서…

[그는 차기작 소설을 위한 돈 따위에는 관심이 없다. 지인들이 말하길 그게 가장 현명한 길이라고 한다. 그 역시 알고 있는 내 지인들에 관해 이야기하는 중이다. 홍보 투어 중 차기작 거래를 성사시킨 사람들이다.]

믿기지 않아요. 원래 일을 다 하지 않으면 돈을 받을 수 없는 건데, 전 선금을 받고 책을 썼어요. 그 점에 있어서는 좀 **망한 것** 같아요.

(남부 특유의 느린 목소리로) 전에도 이런 일로 데인 적이 있어서 이제 다시는 그렇게 못 해요.

이번 책은 선택의 여지가 **없었어요**. 이미 진행 중인 상태였어요. 조사해야 할 게 무척 많았기 때문에 사실상 학생들 가르치는 일과 조사를 병행할 수가 없었어요. 그래서 다 제쳐두고 책에 전념하기로 했죠. 하지만 선금을 미리 받지 않았다면 훨씬 더 재미있었을 거예요.

[그는 팝 음악이 나오는 지역 대학 방송국의 라디오를 듣는 중이다. 무척 오랜만에 듣는 노래다. INXS의 「It's the One Thing」. 데이비드가 고개를 끄덕이며 이 밴드의 노래 중 「Don't Change」를 좋아한다고 말한다.]

알다시피, 전 이십 대를 무척 힘들게 보냈어요. 아니야. 그럴 리 없어. 내가 얼마나 천재적인 작가인데. 내가 쓰는 글은 죄다 기발할 거야, 어쩌고저쩌고…. 이런 식이었죠. 그러다 삼사 년 동안 완전히 혼자 틀어박혀서 비참하게 지냈어요. 그러니 액수가 **얼마든**, 돈은 제게 가치가 있어요. 다시 그 상태로 돌아가지 않으려면요. 대책없이 태평하거나 쓸쓸하게 들릴 말이라는 건 알지만, 사실이에요.

이 책을 쓸 무렵 스물여덟 살이었고, 원래는 책을 완성하지 않으면 돈을 받을 수 없는 상황이었어요. 그런데 선금을 받았고, 개인적으로는 유익하게 썼어요.

여기 있으면서 유명해진 걸 느끼나요?

제가 가르치는 대학원 학생들이 막연하게나마 느끼는 것 같아요.

학생들도 그런 명성을 좇아야 할까요?

미국의 중서부 아이들은 동부 아이들과는 다르다고 생각해요. 『타임』과 『뉴스위크』는 꽤 무시할 수 없는 존재죠. 그래서 아이들이 어느 정도 안다고 생각해요. 학생들이 수업 시간에 그런 주제로 이야기를 시작하면 전 성질을 버럭 내요. 그래서 학생들이 무서워서 그런 이야기를 안 하는 것 같아요.

왜죠?

학생들에게나 저에게나 해롭기 때문이에요. 그 수업은, 음… 그러니까, 전 수업에 배우러 가요. 제 글에 관해서 말하러 가는 게 아니에요. 수업에서 가르칠 때 저는 독자의 입장이지 작가의 입장이 아니에요. 그 이상은 극히 불편해요. 제가 작가의 입장이라면….
　글쓰기 수업에서는 선생이 글 쓰는 방법을 어떻게든 가르쳐 준다는 이상한 사기 같은 게 있어요. 선생이 학생에게 작가가 어떻게 글을 쓰는지 가르쳐 줄 수 있다는 거죠. 그래서 이런 수업에서 명성이 자자한 작가들을 강단에 세우려 하는 거예요. 좋은 작가로서의

50

역량이 좋은 스승으로서의 역량과 관계가 있다는 식으로요. 전 그렇게 생각하지 않아요. 전 정말 좋은 작가이지만 스승으로서는 형편없는 사람들을 많이 알아요. 그 반대의 경우도요. 가르치는 일이… 음, 물론 가르치는 일이 제 글쓰기에 도움이 많이 된 건 사실이에요. 그래서 그냥 딱 거기까지만 생각하는 건지도 몰라요. 하지만 작가들은 보통 자기만의 시간을 최대한 많이 확보하려고 하죠.

[그가 체스를 두면서 흥얼거린다. 체스 실력이 엄청나게 뛰어나지는 않다. 그러나 콧노래에는 능하다.]

가르치는 일이 제게 어마어마한 지장을 주지는 않았어요. 그렇죠? 아이구 이런. 자, 이제 한 번씩 더 두고 일어나야 해요. 이를 닦아야겠어요. 전 의료보험 때문에 일자리를 구했어요. [일리노이주립대학교]

[욕실 수납장: 토폴 치약이 무척 많다. (그는 흡연자다.)
개들: "드론은 제가 잠시 돌보는 개예요. 조깅하는 중에 우연히 마주쳤어요." 그래서 집으로 데려왔다고 한다.]
"인생에서 끔찍한 실수를 저질렀어. 오슈코시에서 보험이나 팔아야 해"라는 심정이죠.
[우리는 존 바스 그리고 시련을 겪었던 다른 작가들에 관해 이야기하는 중이다. 어딘가 잘못된 장소에 있다는 갑작스러운 느낌. 그가『무한한 재

미』를 집필하기 전에 느꼈던 불안감.] 전 이런 상황이 많은 작가에게 찾아온다고 생각해요.

[데이비드가 애리조나주립대에 들어갔을 때 작가 에드워드 애비가 교수로 있었다. 로버트 보스웰이 다른 누구보다도 데이비드를 많이 도와주었다.]

저는 바스에게 완전히 사로잡혀 있었어요. 괴상한 일이라는 건 알고 있었어요. [왜 데이비드가 그를 따라서 홉킨스 대학에 가지 못했을까, 아니 가지 않았을까. 그가 자신의 두 번째 책의 가장 긴 부분을 집필할 때 모델로 한 것은 존 바스였다.]

◆◆◆

차 안(내가 렌트한 그랜드 앰)
수업에 가는 중

그런데 기자님은 시간을 때우면서 있어야 할 거예요. 제가 여러 사람한테 소리를 많이 지를 거라 연구실에도 있지 못할 거거든요. 수업은 짧게 마치려고 해요. 우리는 내일 새벽 다섯 시에 일어나야 하니까요. 엉망진창이네요. 학생들이 불쌍하죠. 제가 2주나 자리를 비우는 바람에 학생들 전부 상의할 것도 많을 텐데 말이에요. [매사에 무척이나 세심하다.] 저, 평소에는 지금보다 훨씬 더 좋은 선생이에요. 정말로요.

낭독회 할 때처럼요?

아니요.

잘하시던데요.

고마워요. 타워 북스는 딱히 유쾌했던 곳이 아니었어요. 낭독회 시작 전에는 늘 불안해하는데, 그 느낌이 너무 불쾌하고 싫어요. 게다가 제 글은 소리 내어 낭독하면 별로예요. 미친 사람처럼 보이기 일쑤죠. 주로 주최 측에서 글자 크기를 키워서 준 원고를 보고 읽어요. 대학에서는 일 년에 한두 번쯤 낭독회를 하는데 제가 읽을 대목 열 개를 주면 주최 측에서 그중 다섯 개를 골라 글자를 확대해 주더라고요.

　타워 북스에서는 다른 걸 낭독했어요. 잡지 『스핀』에 나온 너무 귀여운 여자 분이 거기 있었다는 이유만으로요. 그녀는 같은 내용을 두 번 듣기를 싫어했어요. 그래서 제가 계획을 완전히 틀어 버렸죠. (웃음) 그녀를 다시는 보지 못했어요.

[작가 엘리자베스 워첼♦이 KGB에서 있었던 데이비드의 낭독회에 참석했다. KGB는 로어 맨해튼에 있는, 브레즈네프와 프라우다를 주제로 한 바이다. 그녀는 바로 앞줄에 서 있었다. 알고 보니 우리 둘 다 엘리자베스와 지인 사이였다.]

엘리자베스가 어떻게 거기 서 있었는지 모르겠어요. 가장 좋은 자리를 차지한 셈이죠. 본인만 가진 기술을 써서요. 그녀는 정말로 다정해요. 참 **좋은 사람**이에요.

　열여덟 살이 되면 우리는 맘속에 대통령이 되고 싶어 하는 바람이 있다는 걸 깨달아요. 그런가 하면 우리가 선택한 성별에서 매력적인 사람들과 죄다 잠자리를 하고 싶은 바람도 있죠. 그러니까… 그녀는 좀 더…그녀가 늘 우울한 게 우연은 아니에요. 모르겠어요. 어쩌면 제가 온갖 묘한 것을 그녀에게 투영하고 있는지도 모르죠.

♦♦♦

데이비드의 수업
수업명: "고급 산문"

♦ 미국의 유명 작가이자 기자로 『프로작네이션』(*Prozacnation*)이라는 회고록에서 우울과 중독에 관한 개인적 이야기를 들려주었다. 2020년 1월, 52세의 나이로 사망했다.

[녹음을 하고 싶지 않다. 적는 게 편하다.]

형광등, 책상, 강철로 된 휴지통, 신발 냄새, 스웨터 냄새, 벽에 걸린 시계, 데이비드가 자주 앉지는 않는 큼지막한 책상. 학생 열다섯 명. 옛날 유대교 회당에서 그랬듯, 여학생들이 남학생들과 다소 떨어져 앉아 있다. 데이비드는 프라이 신발을 신고 파란색 두건을 머리에 두르고 있다. 손에는 다이어트 펩시 콜라를 들고서.

데이브는 이번 주에 학생들의 황당한 실수를 몇 가지 발견했다.

데이브 수업 시작하기 전에 기초문법 공부 좀 합시다.

학생들이 웃는다. 그는 이상적인, 학생들이 바라 마지않는 교수다. 기지가 번뜩이는 작가, 동시대에서 널리 인용되는 작가, 매력적이고 유쾌하고 심지가 곧은 사람.

학생들은 또 다른 사실을 안다. 두건을 쓴 저들의 스승이 3주 만에 갑자기 유명인사가 되었다는 것을. 학생들은 그 사실을 어떻게든 입에 올리고 싶어 한다.

학생1 유명해지는 거 아직 안 끝난 거였어요?
데이브 (얼굴을 붉힌 채 웃으며) 2분만 더 있으면 끝나.
(뒤쪽에 있던 학생이 갑자기) 호레이쇼, 난 이 사람을 잘 안다네. '무

한한 재미'가 넘치는 사람…♦

데이브 알았어. 인용은 한 번만 해.

그의 언론 출연에 관한 잡담이 빠르게 오고 간다. 흥미진진하다. 그들의 사적인 삶의 일부, 이 강의실과 수업이 갑자기 온 세상에 공개되었다.

학생 2 『시카고 트리뷴』에서 교수님 연구실을 묘사한 방식이 좋았어요.

학생 3 이제 딕 바이텔하고 힐러리 클린턴 버금가는 사람이 된 건가요?

데이브는 투어 중 비행기 안에서 너무 불안해져서 줄곧 무덤을 상상했다고 말한다.

학생 4 제 묘비에는 페퍼로니와 버섯을 넣어 주세요. (가게의 테이크아웃 피자를 연상시키는 농담)

데이브 거기엔 "쪽지 시험"이라고 넣는 게 더 나을 것 같은데.

♦ 『무한한 재미』의 제목은 셰익스피어의 『햄릿』의 대사에서 따왔다. "I knew him, Horatio, a fellow of infinite jest, of most excellent fancy."(호레이쇼, 난 이 사람을 아네. 무한한 재담에 기막힌 상상력을 지닌 친구였지.) 학생은 지금 그 구절을 인용하고 있다.

학생들이 잡지에 실린 그의 사진을 두고 이야기한다. 데이브가 얼굴을 더 붉힌다.

데이브 '너무 입속까지 다 보이게 크게 웃었나' 하고 생각하진 않았어. '이게 정말 나야?' 싶기는 했지.

데이브는 휴지통 두 개를 뒤진 끝에 스티로폼 컵을 찾아든다. 씹는 담배를 뱉을 용도이다. 그는 다이어트 펩시 콜라를 마시는 중이다.
  그가 유명인사에서 범상치 않은 능력을 지닌 스승으로 돌연 바뀌면서 수업이 시작된다.

데이브 다음 주에는 면담 시간이 있어요. 가벼운 읽을거리를 가져오세요. 복도에서 기다려야 할 테니까.

학생들이 쓴 글에 관한 이야기가 시작된다.

데이브 (아주 실용적인 조언을 한다. 소설 쓸 때 해야 할 많은 작업 중에서, 인물, 플롯, 소리, 속도를 비롯한 열두 가지를 줄곧 파악하고 있어야 한다는 내용이다.) 그렇지만 첫 여덟 쪽을 쓸 때 관건은 독자가 이 대목을 읽는 중에 책을 **벽에다** 집어 던지고 싶지 않게 하는 거야.

그가 강의실 안을 돌아다닌다. 유쾌하고 힘이 넘친다. 순간 어떤 생각을 하더니 돌연 빠르게 무릎 굽히기를 한다. 학생들 전체가 웃는다. 학생들이 그를 정말로 좋아한다.

데이브   나도 알아. 기분이 너무 좋아. 그래서 스쿼트 하는 중이야.

첫 번째 글: 입매가 로잔나 아퀘트를 닮은 예쁜 학생이 쓴 이야기이다. 데이브는 늘 TV에 빗대어, 학생들이 쓴 글을 이야기한다. "내가 보기엔 샘과 다이앤 이야기 같은데. 아니면 「해리가 샐리를 만났을 때」 같기도 하고."

강의실 형광등이 꺼졌다 켜졌다 하며 조용히 깜박거린다. 데이브가 올려다본다.

그가 마음에 들어하는 또 다른 학생의 글: 아주 개방적이지만 자제할 필요가 있다. "이건 우리한테 머리를 들이밀고 게워 내는 느낌인데…"

그보다는 마음에 들지 않는 학생의 글: "그냥 캠퍼스의 사랑 이야기이군. 말해 줄 게 있는데, 보통 사람들한테는 이런 이야기가 그리 흥미롭지 않아…."

이제 책상에 앉는다. 토론과 이야기가 흥미진진해질 때마다 그가 목을 길게 내뺐다가 움츠린다.

이번에 심사 대상이 된 학생은 펑크족 남학생이다. 모히칸 헤어 스타일에 은색과 노란색으로 된, 펑크족 목걸이를 하고 있다.

데이브   살아 있는 화자를 만들어 내기란 정말 어렵지. 나한테서 데려가.

학생들   어떻게요?

데이브의 조언은 코미디 같다. 학생들을 웃게 만든다.

데이브   재치 넘치고 똑똑한 화자를 만들려면, 그가 이따금 재밌고 똑똑한 말을 하게 만들어야 해.

그가 실수하더니 곧바로 말을 잇는다. "잠깐 헷갈렸어요."

그가 잠시 멈춘다. 가만히 있는다. "미안해요. 트림 좀 할게요."

그의 언변은 기민하고 매끄럽다. 아스테어를 연상시키는 면이 있는 좋은 가르침이다.

그가 캠퍼스 사랑 이야기에 대해서 이렇게 말한다. "글쓰기 수업 교수들이 제일 끔찍해 하는 게 바로 이거예요. '그들의 시선이 맥주통 너머로 마주쳤다…'"

글쓰기에서 핵심은 개인적인 관심사와 일반 사람들의 즐거움을 구분하는 법을 배우는 일이다. 그러려면 본인 나이대에 추구하는 자기 본위의 태도를 조금이나마 버리면 도움이 된다. 그는 이렇게 말한다. "난 스물세 살 때보다 서른네 살인 지금 나에게 더 몰두해 있어. 뭔가가 내게 흥미로우면 그게 다른 사람들에게도 흥미로울 거라고 저절로 상상하게 되니까. 내가 상점에 갔던 일을 30분 동안 여러분에게 이야기할 수 있어. 하지만 그 내용이 나한테 흥미로운 만큼 여러분에게 흥미롭지는 않겠지."

수업 내용을 다시 정리하면서 수업이 끝난다. 저마다 공책이 덮이고 책가방이 책상 위로 올라온다. 드르륵 하는 요란한 소리와 함께 학생들이 일어선다. 이번 주의 두 가지 교훈이다.

데이브　절대로 이런 문장은 쓰지 마세요. "그들의 시선이 맥주통 너머로 마주쳤다…." 그리고 "내게 흥미로운 게 남한테는 아닐 수 있다는 점" 명심하시고.

수업이 끝난 후에도 활기찬 좋은 분위기이다. 그가 나에게 물 한잔을 가져다준다.

데이브　저 없을 동안 어디에 가 있을 건가요?

이 물컵이 아까 그 담배를 뱉은 스티로폼 컵이 아니기를 난 바란다.

◆◆◆

일리노이주립대학교 복도
수업 후 동료들과 이야기하는 중

"성공적으로 치렀어요?" [동료들이 『무한한 재미』 투어가 어땠는지 묻는다.]

사람들이 저한테 뭘 던지지는 않았으니 성공이라고 봐야겠죠. 한두 해 먹고살 돈은 벌었으니 그만하면 충분해요.

♦♦♦

둘이서 차로 향하는 중

전 늘 다시 돌아가 글과 씨름해요. [그는 소설 두 편 전체의 원고를 손으로 썼다.] 이번 책 최종 원고는 컴퓨터로 작성했어요. 순전히 주석 때문에요. 본문과 주석 사이를 왔다 갔다 해야 해서요.

♦♦♦

저녁식사
모니칼스 피자집
블루밍턴

여기서 담배 피울 수 있어요? 재떨이가 있네요. [지금 식당에서 나오는 음악은 휴이 루이스의 「Heart of Rock n' Roll」이다. 데이브가 말한다. "「I Want a New Drug」는 80년대에 제 주제가나 다름없었어요."]

이제는 인구 십만 명이 안 되는 소도시에서만 담배를 피울 수 있는 것 같아요.

아주 어렸을 때 『시스템의 빗자루』라는 소설을 썼어요. 제 학부 논문이 소설 초고였죠. 책에 좋은 부분도 분명 있어요. 그렇지만 움찔하죠. 심지어 사인회 때에도 사람들이 그걸 가져와서 거기에 사인을 해달라고 해요. 그럴 때마다 전 젊음이 곧 신선함이라는 한때의 생각만 없었어도…라는 생각을 해요. 기자님은 그런 걸로 덕보기에는 너무 어렸겠군요. 책을 쓴 게 80년대 중반이었으니까요.

페이퍼백 말하는 건가요?

출판사에서 양장본을 충분히 팔아서 그쪽에서 뭐라고 했냐면…

제2의 제이 매키너니라는 평이 있었죠.

음… 다시 거론하긴 좀 곤란한 말이에요. 제 책은 완전히 다른 종류의 소설이었으니까요.

본래는 홍보 목적으로 한 말이었을 텐데 이렇게 성공하다니 잘됐네요.

네. 그래요.

지금 국내에서 가장 많이 거론되는 작가가 되셨어요.
[내가 이런 식으로 말하다니 당황스럽다.]

구분해야 할 중요한 게 있어요. 이런 점에 있어서는 전보다 훨씬 더 분별력이 생겼어요. 제 책이 좋은 점도 있어요. 그런데 두껍고 어려운 책이기도 하죠. 이 책이 정말 좋은 책인지 아닌지는 앞으로 한두 해 동안은 아무도 모를 거예요. 그래서 지금 이 상황이 **좋은** 점도 많아요. 제가 이렇게 이름을 널리 알리게 된 사실을 이용해서 여자와 잠자리를 하고 싶은 적도 한두 번 있었어요. 그런 일이 실제로 일어나지는 않았지만요.
　이번 투어 중에 여자와 잠자리를 하진 않았어요. 유명해진다는 게 재밌어요. 투어 중에 여자와 자고 싶었지만 그러지 않았죠.

록 스타, 스포츠 스타들은 그렇게 하겠죠. 업다이크나 로스, 존 바스가 그럴 것 같진 않은데요.

『롤링스톤』이니까 이 점에 대해서는 걱정 안 해요. 기사가 **유쾌하게** 나갈 테니까요. 어쨌든 분명한 건 여자들이 낭독회라든가 그런 자리에서 제게 **슬며시** 다가온다는 거죠. 하지만 전 먼저 나서서 어떤 행동을 하고 싶지는 않아요. "호텔로 올래요?"라고 말하고 싶지는 않아요. 그들이 이렇게 말했으면 좋겠어요. "전 이제 호텔로 돌아가요. 당신 호텔은 어딘가요?"라고요. 그런데 아무도 그렇게 안 하죠.

에어로스미스에게는 일어날 법한 일인데요. 아바 에반에게는 일어나지 않겠지만.

전 소극적인 태도와 오만함이 자주 함께 간다고 생각해요. 전 지금 이 상황을 성적으로 이용하는 사람처럼 보이고 싶지 않아요. 사실이라 하더라도 말이에요. 어쨌든 그렇게 나서지 않고도 잠자리를 해봤으면 좋겠어요.

그러기 위해서 본연의 자아를 배반하는 건가요?

음. 그러니까…

그게 가능한 일이라고 생각했나요?

아뇨. 다만 그런 **환상**을 갖고 있었어요. 그런 비슷한 환상이 있었어요…. 이상하긴 해요. 유명해진다는 건 제게 중요하지 않았는데 말이에요. 그렇지만 "이번 투어에서 여자와 잘 수도 있겠다"라는 생각을 정말로 했어요. 음, 그래요. 제 본연의 자아를 배신하는 일이 될 테고, 기자님 말이 맞네요. 지금 생각해 보니, 제가 그렇게 하지 않은 게 다행이에요. 그렇게 했다면 제가 외로워졌을 테니까요. 그건 제게는 아무 소용 없는 일일 테고…. [그는 "외롭다"라는 말을 앞으로 자주 쓴다.]

사람들이 작가의 작품에 반응하고, 그 작품이 지극히 개인적인, 그러니까 '자신의 본질' 같은 걸 정제한 결과물이라면, 그렇게 작품을 읽는다는 건 실제로 작가를 만나는 또 다른 방법이지 않을까요.

음. 역시나 맞는 말이네요. 내가 아니라 기자님이 주로 이야기를 하면 아주 좋은 기사가 나올 것 같아요. 원하는 바를 모두 말하니까요. 제 수고를 덜잖아요.

전 인터뷰할 때는 늘 최악이에요. 이렇게 인터뷰하는 걸 어떻게 배우나요? 인터뷰 젬병이 보기에도 이런 데에는 분명 어떤 전략이 있는 것 같은데요.

설마요. 여기서 제 전략은 작가님에게서 정보를 얻는 거죠. 투어가 2주인가요? 3주인가요?

일정표를 봤는데 재미난 게 있더라고요. "에스코트를 받게 될 겁니다. 차로 모시러 갈 예정이에요"라고 쓰여 있었어요. 에스코트 하니까 게이샤가 생각나더라고요. 인터뷰 장소에 데려가고 마사지도 해주고 잠자리까지 함께 하는 그런 여자 말이에요. 실제로 에스코트 해주는 사람은 건장한 아일랜드인 남자이긴 하지만요. 게다가 나이가 40대고, 인터뷰 장소에 도착하기 전에 인터뷰 진행자 인생사를 들려주죠. 이 모든 게 좀 재밌기도 해요.

제 에스코트를 담당한 두 사람이 있었는데, 둘 다 나이 오십이 넘었어요. 보스턴에서 절 담당한 여자분이 있었는데 그분한테 입양되고 싶더라고요. 무척 멋진 사람이었고 보스턴에서 나고 자란 토박이였어요. 그 조그만 부분을 딸깍 하고 올리면 돼요. [내가 라이터를 켜려고 애쓰는 중이다.] 이걸 잘 못 켜는 사람을 만나니 반갑네요.

그래서 기사는 어떤 내용으로 쓸 건가요? "이 이야기는 기사와는 관련 없다"고 계속 말했잖아요. 그럼 기사는 어떤 내용이죠? 잔이 뭘 원하던가요?

[그가 기사 내용을 무척 의식한다. 내가 그에게 어떤 식으로 접근할지를 파악하고 그에 맞춰 바꾸려고 노력한다. 아까 날 속이려고 투어 중 섹스 이야기를 한 것처럼 말이다. 체스를 두는 것처럼 내가 어떻게 반응하는지 보고 한 발짝씩 움직인다.]

지금 심경이 어떤가요? "눈을 떠보니 갑자기 유명해져 있었다." 바이런이 「차일드 해럴드의 순례」를 발표하고 했던 말 기억하시죠?

저도 그런 걸까요? 책이 2주 반 전에 출간됐다는 점만 빼면 그렇기도 하네요. 이 책은 잘 읽으려면 적어도 두 달은 걸려요. 그러니까 유명해진다는 게 뭔지는 잘 모르겠지만 대대적인 광고와 홍보가 유명해진다는 거네요. 기자님이 지금 이 자리에 있는 것도 저 때문이 아니고, 이 책을 둘러싼 온갖 야단법석 때문이에요. 『롤링스톤』의 사절로서 이 자리에 있는 거죠. 그러니 제가 바이런 같은 만족감을

66

느낀다면 너무 순진한 거예요. 만약 지금으로부터 2년이 지나서 사람들이 제 책을 세 번이나 읽고 제게 와서 책이 정말 끝내줄 정도로 좋다고 말해 준다면, **그때는** 가슴이 벅찰 것 같아요. 그때가 되면 명성을 이용해서 여자와 잠자리를 할 거예요. 얄팍한 생각이긴 하죠. 그래도 그러고 싶어요. 실제로 일어날 일 같지는 않지만요. 정말 현실적이지 않은 일이긴 하죠.

[그는 나를 "잠자리" 얘기를 좋아하는 남자로 판단했다. 이런 판단을 하고서 수줍게 슬쩍 미소 지으며 뒤로 숨는다. 왜 그런 판단을 했는지에 대한 설명은 담배 너머 저 뒤로 더 숨긴다.

　그가 이런 식의 접근법을 취했다는 걸 지금 나는 안다. 그리고 여기서도 내 눈에 보인다. 사람들이 무엇을 원하는지, 내가 무엇을 원하는지 그가 짐작하려고 하는 모습 말이다. 이 역시 그의 성향이다. 사람들을 읽으려 하는 것. 홀로 남으려 하는 것. 사람들을 밀치고 작업실에서 거실을 거쳐 혼자만의 방으로 가려고 하는 것.]

금전적인 부분은 어떤가요?

체스 둘 때 제가 한 이야기 말인가요? 돈 버는 데는 문제가 없었어요. 이 시기를 예전 제 이십 대의 심정으로 거쳐 왔어요. 세상이 제게 지울 수 있는 그 무엇보다 **훨씬** 더 어마어마한 압박감과 기대를 느끼면서요. 일을 완성하기 전에 돈을 먼저 받으면 그만큼 압박도

심해요. 그래서 그렇게 하는 걸 원치 않아요. 전 글 쓸 때 **논다는** 느낌을 무척 즐겨요. 음, 그리고 학생들을 가르치면서 좋은 점은 가르치는 게 제 생계수단이라는 생각이 든다는 거예요. 그리고 글 쓰는 이 일. 이 일을 하고서 돈을 받는다면 그건 거저 생긴 돈이죠.

제가 돈이 모든 악의 근원이라고 생각하는 고결한 사람이어서가 아니에요. 그냥 이런 거죠. 서른네 살이 되고 보니, 제게 엄청난 고통을 안겨 주는 사고방식이 있고, 그보다는 덜한 고통을 안겨 주는 사고방식이 있다는 걸 알게 되었어요. 물론 지금 제가 차기작 선금을 받는다면 큰돈을 벌 수 있을지도 몰라요. 알고 보니 지금이 그럴 수 있는 기회이고 또 제가 그 기회를 놓친다면 전 애써 쓴웃음을 지으며 참겠죠. 하지만 기회를 잡아서 선금을 받는다면 제가 사서 골칫거리를 한아름 떠안는 셈이에요. 그 고통, 그 고통은 어쩔 건가요. 전 돈을 바라는 마음보다 그 고통을 두려워하는 마음이 더 커요. 그래서 선금을 받지 않을 거예요.

[난 이렇게 생각하게 된다. 그는 항해를 떠났다. 자신을 보호하기 위해, 단기적으로는 필요한 존재가 되기 위해, 장기적으로는 목표를 달성하기 위해. 그 항해는 아무런 타격도 받지 않을 터였다. 그것은 그의 작품 속에서 동력이자 긴장이자 보상이다. 아무런 타격도 받지 않고 닳아서 검게 그을리지 않는다는 것. 그것은 세심한 사람의 이야기이다. 비록 그 이야기를 하려면 다소 더럽고 외설적인 면("명성을 이용해서 여자와 잠자리를 할 거예요")도 기꺼이 내보여야 하지만 말이다. 이 모든 것은 스스

로를 제어하고, 본인이 편안할 수 있고 제 역할을 할 수 있는 일시적인 자아를 만드는 일이다. 어찌 보면 구겨 넣듯 굉장히 좁게 한정시킨 범위이다.]

하지만 선금 외에도 해외 판매나 다른 시장들이 있죠.

해외 판매라 하면 『희한한 머리카락을 가진 소녀』로 일본에서 2천 달러를 벌었어요.

이번엔 경우가 아주 다를 거예요. 너무 아무것도 모르는 척하지 마세요.

제가 가끔 수를 쓰기도 하지만, 기자님 앞에서 거짓으로 모르는 척하거나 순진하게 굴진 않아요. 전 글 쓰는 일로 큰돈을 버는 일에 익숙하지 않아요. 이 책을 해외에 판매해서 큰돈을 번다면 당연히 기쁘겠죠. 그런데 아직 그런 조짐은 없네요.

영화로 인한 수입은요? 어쩌면 영화화하기에는 적합하지 않을지도….

차라리 영화화라면 더 편한 마음으로 돈을 받을 수 있을지도 모르겠어요. 제가 돈을 받았어도 끝내 영화로 만들어지지 못할 걸 아니까요. 장장 48시간짜리 워홀 스타일의, 입장하는 관객들에게 소변 줄을 나눠 주는 실험적인 종류의 영화가 아니라면 말이에요. 어쨌든 영화화로 돈 버는 일은 없을 거예요. 아니, 돈을 받아서 도망가고 싶네요. 전 잃을 게 없으니까요.

[그는 스스로를 새롭게 만들었다. 인간의 일반적인 갈망과 욕망으로부터 자신을 단련시켰다. 나중에 알고 보니 영화 저작권은 이로부터 6개월 후에 팔렸다.]

에이전트 보니는 작가님이 그렇게 하기를 바랄 거예요. 좀 더 냉정한 사람이 우위에 서서 영향력을 발휘하죠.

그 말이 맞을지 틀릴지 확인해 보면 재밌겠네요. 기자님이 자꾸 한쪽으로 몰고 가려 하니까 제가 "난 절대로 안 그럴 거야"라는 식으로 반박을 하게 되네요. 그런데 제가 정말로 그러면 멍청한 인간처럼 보일 거예요. 그렇지만 놀랍기도 할 것 같네요.

[체스가 떠오른다. 내가 그를 속여서 조급하게 입성을 하게 하려고 애쓰듯이 말이다.]

전 작가님을 어느 쪽으로도 몰고 가지 않아요….

만약 출판사에서 "여기 선금이 있습니다. 당신에겐 이제 앞으로의 삶이 있을 거고, 우리는 이 책이 완성되든 말든 신경 쓰지 않을 겁니다"라고 한다면, 전 그 선금을 받겠어요. 마감 기한을 전제로 선금을 받지는 않을 거예요.

만약 마감 기한이 있다면요?

두고 봐야죠.

5년?

두고 봐야죠.

NPR 방송에서 본인을 "믿기 힘들 정도로 소심하면서도 병적으로 자기 위주인 사람"이라고 했죠?

"과시형 인간"이라고도 한 것 같아요.

과시형 인간이라고요?

그래요.

어떤 의미죠?

기본적으로 소심함은 다른 사람들 주변에 있기가 불편할 정도로 본인에게 몰두해 있는 걸 의미한다고 생각해요. 예를 들어 제가 **기자님**과 시간을 보낸다고 하면, 전 기자님이 좋은지 싫은지조차 말하지 못 해요. 기자님이 저를 좋아할지 싫어할지 너무 걱정이 되어서요. 스트레스가 쌓이고 불편하고 뭐 그렇죠. 그런 소심한 면이 제게 있어요.

그건 광장 공포증을 동반한 도벽 같기도 해요. 제 생각에 사람들 대부분은⋯ 참, 제 말에 동의하지 않으면 제 말을 끊어 주세요. 어쨌든 전 같은 업계 사람과 이야기하는 중이니까요. 제가 보기에 글 쓰는 사람들 대부분은 자신과 자신의 생각을 타인에게 각인시키려는 욕구가 어느 정도 있는 것 같아요. 뭔가에 관해 글을 쓰려는 행위조차 **엄청난** 오만함이에요. 하물며 누군가가 돈을 주고 그 글을 사 읽으리라고 기대하는 행위는 말할 것도 없죠. 그러니까 결론은⋯ 제 생각에 소심해하지 **않는** 과시형 인간은 결국 연기자예요. 다른 사람들이 빤히 보는 앞에서 자기 할 일을 다 하는 셈인 거죠.

[그가 테이블 아래를 들여다본다. 내가 다리를 흔들고 있다.] 불안함을 잘 느끼는 편이네요. 그렇죠? [내가 다리 흔들기를 멈춘다.] 소심한 과시형 인간은 본인을 과시할 다른 여러 방법을 찾아요. 어쩌면 영화 감독도 마찬가지일지도 모르죠. 물론 영화를 찍으면서 본인 아닌 다른 사람들로 구성된 팀 전체를 가까이 상대해야 하지만요. 그런데 어찌 보면 제가 별다른 사전 지식도 없이 이야기하고 있네요. 지

금 하는 이야기가 바로 제 이야기이니까요. 어쩌면 제가 아주 잘 아는 작가 대여섯 명의 이야기를 하고 있는 건지도 모르겠네요.

[그는 올해 데이비드 린치에 관해 쓴 글 역시 염두에 둔 것 같다.]

존 업다이크의 이런 구절이 있죠. "소심함 그리고 다른 영혼을 속박하려는 맹렬한 욕구."

그렇지만 소심함은 소설 작가로서 필요한 자질에 얼마간 영향을 미치기도 해요. 소심함은 제게 이렇게 작용하기도 해요. 전 이런 게임을 아주 쉽게 하죠. "네가 원하는 건 뭐야? 그게 네게 어떤 영향을 미치지?" 어찌 보면 정신적인 체스나 마찬가지예요. 이게 대인관계에서는 상황을 무척 어렵게 만들어요. 그런데 글쓰기에서는, 제가 독자들에 대해서 생각을 많이 할 때는 순수한 문장이 극히 드물어요. 자기가 쓴 문장이 본인에게 어떻게 보이고 들릴지만 알면 안 돼요. 나와는 아주 다른 의식 세계를 가진 사람이 그걸 어떻게 이해할지 그럴듯하게 예상할 줄도 알아야 해요. 그래서 일종의 의식 분열 현상이 존재하죠. 이 때문에 현실에서 사람들을 대하기가 어려워져요. 작가라면 말이에요. 그런데 이게 실제로는 도움이 돼요.

그리고 제가 글을 정말로 열심히 쓸 때 사람들과 자주 어울리지 않는 한 가지 이유는 시간이 없어서가 아니에요. 그보다는 기계 전원을 켰다 껐다 하는 경우에 가까워요. 게다가 저로서는 여기 이렇게 앉아서 어떤 기사가 나올지, 기자님이 제게서 어떤 인상을 받았는지, 그걸 제가 어떻게 받아들여야 할지에 관한 생각에 사로잡혀 있는 게 너무 힘들어서 지금 당장 인터뷰를 그만두고 싶기도 해요. 지금 이렇게 인터뷰에 응하고 있는 과정 자체가 그 기계를 돌아가게 한다는 게 이상하네요. 다만, 지금 제가 그 기계를 제어히는 상태가 아니에요. 그렇죠? 전 이제 이 상황을 고스란히 받아들여야 해요. 기자님이 이 인터뷰로 기사를 쓸 때 그 내용이 사람들에게 어떻게 비춰질지 신경을 쓸 거라고 믿으면서 말이에요. 이 세 가지가 흥미롭네요. 글쓰기, 타인들과의 순수한 상호작용, 그리고 이 인터뷰.

제 약력을 취재해서 글을 쓰는 기자들 중 한 명을 골라서 그 사람의 약력을 제가 직접 작성해 보고 싶어요. 꽤 포스트모던적이고 영리한 일이죠. 그렇지만 정말 흥미로울 것 같아요. 제가 주도권을 조금이나마 도로 가져올 수 있는 방법이죠. 기자는 기사상에서 노골적인 거짓말은 할 수 없어요. 만약 그런다면 제가 사실 확인 담당자에게 부인을 할 테니까요. 그렇지만 기자는 맘만 먹으면 기사를 원하는 방향으로 쓸 수 있겠죠. 그 점이 제게는 **극도로** 불안해요. 전 사람들에게 비춰질 제 모습을 **제가** 직접 시험해 보고 결정하고 관리할 수 있기를 원하니까요. 아마 그래서 작가들이 인터뷰 때 그렇게 형편없는 태도를 보이는 건지도 모르겠어요.

정말 그런가요?

아니면 제가 장담하는데, 작가들이 본인에 관한 글이 나왔을 때 무척 심란해하는 경우가 많아요. 작가 데이비드 스트레이트펠드는 『디테일즈』에 저에 관한 글을 내고서 저와는 절대로 친해질 수 없다고 생각했죠.

그럼 얻는 건 뭔가요?

뭔지 정확히 말씀드릴게요. 리틀 브라운이 운에 맡기고 모험 삼아 제 책을 선택했어요. 고마운 일이고, 전 마이클 피치를 진심으로 좋아해요. 출판사를 위해서도 제 책이 잘 되었으면 좋겠어요. 게다가 전 블루밍턴의 성인군자는 아니에요. [내가 전화상으로 썼던 표현인데 그가 그걸 기억하고 있다.] 출판사에서 제 차기작도 사들였으면 좋겠어요. 그래서 전 이런 미묘한 게임을 하는 중이에요. "나쁜 놈이 되고 싶지는 않지만 내 입장을 양보하지도 않는다." 출판사에서 제게 부탁한 두세 가지 일이 있는데, 거기에 응하면 제게는 별로 좋지 않을 거라 생각했어요. 그래서 싫다고 했죠. 다만 제가 응할 수 있는 다른 부탁을 해달라고 했어요. 그게 경계선인 셈이죠.
　이 인터뷰로 기자님이 나쁜 사람이 되는 건 아니에요. 그렇지만 인터뷰 자체는 제게 무척 해로워요. 제가 절 의식하게 되니까요. 제가 한 인간으로서 노출되면 될수록 작가로서의 저에게는 해가 돼요. 그럼에도 전 이 인터뷰를 하겠다고 했어요. 그러니 이 인터뷰보다 더 해로운 몇 가지 일은 제가 거절해도 양심에 거리낄 게 없어요.

그게 제가 얻는 이득이에요. 게다가 이 인터뷰보다 더한 건 이제 없을 것 같네요.

왜 이게 일종의 해로운 자의식이라고 생각하나요?

제가 이런 상황을 이용해서 잠자리를 할 수 있다면 말이에요. 만약 『롤링스톤』의 한 독자가…

독자라면 팬레터를 보내겠죠. 분명.

기자들이 사진을 수십 장이나 찍을 거예요. 『디테일즈』에 사진이 나오겠죠. 그나저나 외모가 훌륭하네요. 기자님 사진을 찍으라고 한 다음 그게 저라고 해야겠어요. 그럼 전 드디어 여자와 잘 수 있을 테고, 기자님은…
[또 내 환심을 산다.]

사진을 굉장히 많이 찍었고 대부분은 끔찍했어요. 제 생각에는 그래요. 아니면 제가 원래 그렇게 생겼는지도 모르죠. 오히려 괜찮은 것 같아요. 제가 여기 지인들에게 이렇게 말할 수 있잖아요. "나 원래 이렇게 안 생겼잖아. 그렇지?" 그러면 그들이 이렇게 답하겠죠. "맞아." 그런데 진짜 그런가요? 아닌가요?

그런데 본인을 의식하는 행동이 본인에게 도움이 되기도 하죠?

다른 경우와 마찬가지예요. 어느 정도까지는 도움이 돼요. 이런 상황이 있죠. 저, 데이브는 『롤링스톤』에 나온 사람이에요. 이제 제가 단편 쓰는 법을 배우려 해요. 그런데 이렇게 되고 말아요. "이런, 안돼. 이 단편이 『롤링스톤』에 나온 작가의 수준에 맞나?" [실제로 1980년대 후반에 그랬다. 그의 두려움이다.] 좋은 의미의 자의식도 있어요. 그런데 이런 식의 자의식은 해롭고 절 마비시켜요. 베두인 영매에게 강간당하는 듯한 자의식이에요.

그런 건 지나가기 마련이에요. 예를 들면 내가 지금 어디에 있나, 지금 나는 어떤 사람인가, 지난해 사귀었던 여자친구가 내게 더 나았나, 그래서 그때 내가 글을 더 잘 썼었나, 같은 걱정 말이에요. 내 삶의 풍경을 이루는 것들이 내가 방향을 더 잘 잡도록, 내 삶을 더 잘 꾸리도록 도움을 주었나, 같은 걱정… 그런 건 지나가기 마련이죠.

하지만 이건 더 강력하고 위험한 종류의 자의식이에요. 그렇지만 기자님 말대로 제 경우에도 그런 생각들은 지나가기 마련이에요. 그리고 전 그런 생각에 다다르는 길을 최대한 없애는 데 관심이 있어요. 알다시피 전 세상을 등지고 은둔한 작가가 아니에요. 이 인터뷰를 안 하겠다는 게 아니에요. 그저 조심하려는 거죠. 제게 악몽은 이런 명성을 즐기게 되는 상황이에요. 이런 흉물스러운 사람이 되는 상황이요. "어이, 출간 파티 한 번 더 해야지. 여기 데이브는 사진에 코를 처박고 있군." 이럴 거면 차라리 죽고 말아요. 차라리 죽고 말죠. 그런 사람으로 보이고 싶지 않아요.

왜죠?

그러니까 그 이유는. 그런데 기자님은 그런 사람으로 비춰지고 싶나요? 먼저 말해 보세요. 그럼 그걸 맥락 삼아 제가 말해 볼게요.

그러니까 작가님은 글쓰기 자체를 통해서라기보다는, 작가처럼 행동함으로써 본인 작품에 관해 이야기하면서 만족을 얻는군요. 그래서 역설적으로 곤란에 덜 처하고요.

맞아요. 그게 좋아요. 그런데 여기저기 다니면서 "난 작가야. 난 작가야. 난 작가야"라고 떠벌리는 것만큼 해괴망측한 일도 없어요. 한 끗 차이예요. 전『롤링스톤』에 실리는 건 신경 안 쓰지만,『롤링스톤』에 실리고 싶어 하는 사람으로『롤링스톤』에 실리긴 싫어요.
　모든 것이 포스터모던적인 춤 같아요. 모든 것이요. 제 걱정도 그래요. 전 그렇게 도덕적으로 완전한 사람이 아니에요. 제가 진심으로 걱정하는 게 파티에 모습을 드러내는 부류의 사람으로 보이는 일이니까요. 그런데 이제는 그런 부류의 사람으로 보이길 원치 않는 것과 그런 부류의 사람을 원치 않은 사람이 된다는 것의 구분이 모호하네요.

하지만 저는 립스키 씨가 절 취재하러 오는지 아닌지, 내 말이 중요하다고 생각하는지 아닌지보다 작품으로부터 저 자신과 만족감을 끌어낸다는 걸 **알아요**. 글을 더 잘 쓰고, 더 행복해지고, 더 제정신이 되는 게 중요하죠. 무슨 뜻인지 아시겠죠? 그런데 왜 황소와 함께 투우장에 올라야 하나요? 물론 리틀 브라운에게는 좋은 일이겠죠. 전 리틀 브라운에 신세를 지고 있기도 하고, 어떤 면에서는 저도 이렇게 널리 유명해지는 상황을 조금은 좋아해요. 하지만 그걸 좋아하는 제 일부분이 제가 나아가는 방향을 결정하지는 않아요.

그런데 그 작은 일부분이 꽤 탐욕스러운 것으로 드러날 수도 있지 않나요?

그게 저의 큰 두려움이에요. 몇 년 후에 제가 게임 쇼의 초대손님으로 나온 걸 본다면 알 수 있겠죠.

[웨이트리스가 온다: 무거운 쟁반, 중서부 식의 푸짐한 진수성찬] "**소시지 네 조각, 치즈 하나, 샐러드 두 개, 디핑 소스, 브레드스틱 여섯 개. 그리고 쿠키, 다이어트 콜라 두 개, 쿠키 더 원하시면 와서 제게 소리치세요. 알았죠?**"

이런. 주문한 걸 다 놓으려면 더 큰 테이블이 있어야겠는데, 그것도 가져다주시겠어요? 농담이에요.

친구와 제가 이런 농담을 한 적이 있어요. 다양한 것이 포스트모던적이면서 에로틱하죠.

그런 일부분의 의식이 탐욕스러운 것으로 드러날 수 있을까요?

그런 경험을 한 적이 있나요?

아니요. 그런데 그럴 수도 있다는 걸 알아요.

제 말뜻을 잘 아시는군요. 기자님은 대학원 시절 성공을 바라는 많은 사람 중 하나였겠고, 이제는 책도 두어 권 출간했죠. 그러면서 기자님의 그 일부분이 깨어나요. 그 부분을 죽일 수는 없어요. 그렇지만 그 부분과 어느 정도 긴장이 완화된 상태에 다다를 수는 있어요. 거기에 휘둘리지는 않는 상태요. 전 거기에 휘둘리는 사람들을 봤어요. 산 채로 잡아먹히는 셈이에요. 누가 그렇게 되길 원하겠어요?

그렇지만 작가님보다 재능이 떨어지는 숱한 사람이 많은 관심을 받아요. 그걸 지켜보려면 좀 괴로울 것 같아요. 지금은 작가님이 많은 관심을 받고 있고, 작가님은 훌륭하니까 그럴 자격이 있어요. 세상 돌아가는 이치의 한 예라고 할 수 있죠.

전 잘 모르겠어요. 지난 몇 년 동안은 그런 생각을 안 해봤어요. 그런데 제게 이상한 신경증이 있어요. 윌리엄 볼먼에 대해 심각한 열등감이 있었어요. 그의 첫 책과 제 첫 책이 동시에 나왔기 때문이죠. 매디슨 스마트 벨이 쓴 글까지 읽어 봤어요. 그 사람이 글에서 저와 제 "빈약한 집필량" 그리고 제 글의 열등함을 언급하면서 볼먼이 얼마나 훌륭한 작가인지 말했거든요. 전 이렇게 생각하곤 하죠. "이런, 볼먼이 또 한 권을 냈어. 난 한 권 낼 때 그는 다섯 권 내는 격이야." 늘 그런 생각을 해요. 뭔가 예를 생각해 보려고 하는데…

벨은 원체 말을 격하게 하는 사람이에요.

지난 몇 년 동안 새로 나온 책들을 많이 읽지는 못했어요. 스티브 에릭슨의 『검은 시계의 여행』은 정말 기가 막히게 좋아요. 브렛 엘리스의 첫 작품은 아주 아주 강렬했고요. 『아메리칸 사이코』의 경우에는 우여곡절 끝에 책이 출간되기는 했지만, 그가 에이전트와 출판사로부터 완전히 홀대받은 것 같아요. 그의 작품은 이 두 가지밖에 읽어 보지 못했어요. 그런데 전 이게 또 다른 위험이라고 생각해요. 첫 책으로 크게 보상을 받으면 그 후에 작품적으로 다른 걸 시도하기가 무척 어려워져요. 그러니까 전에 했던 걸 계속해서 하려고하는 거예요. 칭찬이라는 먹이를 계속해서 받아먹으려고요. 이런게 유명해지는 상황이 해로운 또 다른 이유예요.

작가님에게도 똑같이 위험한가요?

당연하죠. 제가 무엇을 하든, 다음 작품은 이번 작품과는 아주 달라야 할 테니까요. 제가 아주 **방대한** 글을 쓰게 된다면 이렇게 생각하겠죠. "아, 안돼. 『무한한 재미』 2편인 건가." 이런 상황이 된다면 누군가 와서 제 머리에 총을 쏴줘야 해요. 저한테는 자비로운 행동일 거예요.

데이비드 레빗이 한 올가미에 관한 말이 떠오르네요. "평론가들은 내 첫 책을 올가미 삼아 내 두 번째 책을 교수형에 처하게 할 것이다."

그런 경우가 많아요. 첫 책을 형편없이 썼을 때 좋은 점은 그런 문제를 피할 수 있다는 거죠. 『시스템의 빗자루』를 진심으로 좋아해 준 사람들이 많았지만, 안타깝게도 그들은 전부 열한 살이었어요.

[그가 웃다가 다소 움찔하며 표정을 가다듬는다.]

재능 없는 사람이 성공하는 걸 지켜보는 참담한 심정을 느껴 본 적은 없나요?

[내가 웨이트리스에게 팁을 주려고 하는데, 그녀가 잘못 이해하고 다시 돌려주려 한다.]
(웨이트리스에게) 저분이 팁을 주려고 하네요. 자, 여기요. 팁을 주고 싶어 해요. 그래야 저분이 좋아할 것 같네요.

(나에게) 여기서는 팁 안 줘도 돼요. 직원이 곤란해지기만 해요. 어쨌든 다시 이야기하자면. 제가 이렇게 이야기하면 기자님이 언짢아지거나 제가 솔직하지 못한 사람으로 보일 수도 있겠네요. 어쨌든 제가 그렇게 비범한 사람이라고 생각하지 않아요. "재능이 더 많거나 적거나"로 나눠서 생각하지 않아요. 제가 공감하면서 설레는 글이 있고 그렇지 않은 글이 있어요. 책 몇 권이 나왔는데 다들 야단법석이길래 저도 사서 읽은 적이 있어요. **무작정 욕하려는** 게 아니라 문학적인 면에서 이야기하는 거예요. 책을 읽고서 이렇게 생각했어요. "이 책에 뭔가 특별한 게 있을지도 모르지만, 난 이해가 안 돼. 그저 내 취향에 맞지 않는 거야." 그렇긴 하지만 부러움 같은 게 제 속을 끓게 하긴 했어요. 지금은 그런 감정 같은 건 없지만요.

어떤 식으로 그랬나요?

책으로 펴낼 만한 글을 쓰지 못할 때마다 다른 작가들, 그러니까 별안간 새롭게 떠오른 작가들을 지켜봤어요. 도나 타트 같은 작가들이요. 그녀가 쓴 『비밀의 계절』을 읽어 봤어요. 꽤 훌륭하더라고요. 그런데 속으로는 '이런 젠장. 이제 나랑 다른 작가들은 전부 밀려났군. 신예 작가들이 몰려왔어'라는 생각이 들더라고요. 제가 얼마나 일회성 작가인지 깨달으니 참담했어요. '예전엔 내게 뭔가 특별한 게 있었는데 이제는 없고, 대신 다른 누군가가 그걸 가져갔군' 하고 생각하니 정말 끔찍했어요.

[손에 땀을 쥐게 하는 상황이다. 데이비드가 멈춘다. 웨이트리스가 결국 내 팁을 갖고 돌아오고, 데이비드가 이야기를 계속 이어 간다.]

결국 거대해져서 저를 갈기갈기 찢어 버릴 수 있는 사고방식에 대해 말하는 거예요. 알다시피, 전 그런 시기를 얼마간 거쳤어요. 이상하기도 해요. 제 머릿속에서 그 부분으로는 이제 더 이상 피를 공급하고 싶지 않아요. 제가 위대한 사람이어서가 아니에요. 그런 사고방식이 계속된다면 전 불행해지고 더는 글을 쓸 수 없겠죠.

게다가 이번 책 때문에 조사를 하느라 문학계 상황을 정말 **몰랐어요**. 정말이에요. 어떤 책들이 출간되었는지 90퍼센트는 모를걸요. 아까도 말했다시피, 제인 앤 필립스가 새 책을 냈는지조차 몰랐어요. 시카고에서 만난 에스코트 담당자가 말해 주기 전까지는요. 한 4년 동안은 상황을 도통 몰랐어요. 제가 이제 더는 그 세상에 속하지 않는다고 해서 안타깝지는 않아요. 그 세상에는 시기와 과장된 칭찬밖에 없으니 제가 그 위에 있다는 말은 아니에요. 그냥 그런 것들이 제게 상처를 입히는 정도가, 제가 거기에서 느끼는 좋은 감정보다 더 크다는 얘기죠.

헤밍웨이가 이런 말을 했어요. "뉴욕 문학계는 서로 잡아먹으려 드는 기생충들이 담긴 병과 같다."

맞아요. 아니면 거대한 백상어들이 욕조를 두고 싸우는 꼴이죠. 우리가 지금 이야기하고 있는 명성과 돈은 진짜 연예산업에 비하면 무척 미미해요. 그런데 이런 야욕으로 똘똘 뭉친 당대 지식인들이 그 조그만 파이 조각을 두고 싸워요. 말도 안 되는 일이죠. 참, 또 하나 말해 줄게요. 『에스콰이어』 기사가 나왔을 때 전 뉴욕에 있었어요. [1987년에 나온 「문학계의 우주」 기사를 말하는 것일까? 그를 지평선상에 있는 "다가오는 혜성" 중 하나로 언급하며 당시 문학지형을 지도처럼 그린 기사이다. 아니, 그의 작품을 향해 엇갈린 반응을 보인 평 중 하나인, 『에스콰이어』의 문학 편집자 윌 블라이드가 쓴 평론을 말하는 중이다.] 그 기사가 제 안에 있는 작가로서의 허영심을 건드렸어요. 내가 그를 만나러 가야겠다. 어떻게 내게 그럴 수 있지? 이런 생각을 했죠. 반면 여기 있으면 이런 느낌이에요. "오, 창밖에 흥미로운 폭풍우가 치는군. 난 안에 있어서 다행이야."

그 세상에 얼마나 오래 속해 있었나요?

잘 모르겠어요…. 투손에서 지내다가 야도로 갔어요. 야도에 두 번 갔어요. 그리고 뉴욕에서 낭독회를 하고 파티에 참석했어요. 야도에서 작가들 몇 명과 같이 있었어요. 저보다 다섯 살 정도는 나이가 많고 엄청난 슈퍼스타 같았죠. 그리고 저는…
[제이 매키너니, 로리 무어와 그 외 작가들]

그러니까 야도에서 문학계 거물들과 같이 있었고, 그 카지노 같은 사고방식에 빠진 건가요?

[녹음기를 끈다. 그는 신중하다.]

가끔 파티에서 그랬죠. 기자님이 학생이라고 쳐요. 글 쓰는 학생이
요. 어리니 당연히 미성숙하죠. 사람들이 왜 글 쓰는 일을 업으로 택
했는지, 그들이 무엇을 원하는지 이런저런 생각을 하게 돼요. 그런
데 그런 생각 대부분은 다른 사람들이 날 어떻게 볼지에 관한 생각
으로 변질되고 퇴화하고 말아요. 그래서 널리 인정을 받는 사람들
에게 시선이 향하게 되고, 그들이 성공을 거두었고 모든 걸 다 가졌
다고 생각하게 되죠. 『롤링스톤』 독자들이 이런 이야기에 흥미를
느낄지 모르겠어요. 어쨌든 대단히 명석한 사람이라면, 이십 대 후
반에 어떤 일이 일어나고 나면 다른 사람들이 날 어떻게 평가할지
가 내 머릿속을 터지지 않게 하는 데 있어 별 쓸모가 없다는 걸 깨닫
게 돼요. 그렇게 다른 긴장 완화의 관계를 찾아야 해요.

[이 이야기는 데이비드의 벗 마크 코스텔로가 데이비드에게 일어났다고
생각했던 일이다. 마크는 데이비드가 문학계에서 어떻게 살아남을지 처
음부터 궁금해했다. 그는 문학계의 이런 부분, 그러니까 입지를 세우고
비즈니스 정치를 해나가는 시기를 데이비드와 함께 거쳐 갔다. 데이비
드는 처음에 그 과정을 "출판계의 주교 제도", 즉 주교들 그리고 서로 경
쟁하는 교구들의 세계라고 칭했다.

데이비드의 벗 조너선 프랜즌은 다르게 본다. 성인이 되려고 노력하고 거기에 다다르는 데 어려움을 겪는 데이비드를 본다.

작가들은 특히 서로를 평가하고 명성을 얻는 데 있어 지독해질 수 있다. 뉴욕에는 퓰리처상 같은 권위 있는 상을 받은 아주 유명한 소설가의 작품을 바탕으로 만들어진 영화에 관한 일화가 떠돈다. 촬영이 반쯤 진행되었는데 촬영 현지에서 소설가의 에이전트에게 전화가 걸려온다. 조수가 대신 전화를 받는다. 수화기 너머에서 소설가가 대뜸 말한다. "X(유명 여배우의 이름) 알아요?" "저 그 여배우하고 잤어요." 작가들은 유명인들의 세계를 바라보고 가늠해 보지만, 본인에게 주어지는 그 세계의 일부를 어떻게 다뤄야 할지 모른다. 그들이 파는 것이 외모, 몸매, 매력이 아니기 때문이다. 그들이 파는 것은 더욱 개인적인 그들의 뇌, **그들 자체**이다. 따라서 신인 여배우가 코나 허리 치수에 신경을 쓰는 것처럼 그들은 그런 것에 신경을 쓴다. 내게 찬사와 돈을 가져다주는 이걸 어떻게 아껴서 관리해야 할까? 어떻게 지키고 더 늘려야 할까? 그건 그렇고, 사람들은 나의 어떤 면을 좋아할까?]

전 나약한 사람이에요. 그래서 그런 협소한 세계에 쉽게 빠져들 수 있어요. 제가 더는 그 세상의 일부가 아니라 천만다행이에요.

그렇지만 지금이니까 그렇게 말하기가 더 쉽죠? 『무한한 재미』가 잡지와 서평 표지에 실린 상황이니 말이에요. 낭독회도 사람들로 붐비고요.

그 말이 틀렸다고 하고 싶네요. 제 마음가짐은요. 전 이 책이 자랑스러워요. 정말 열심히 썼거든요. 이 책이 언론에서 사산아 취급을 받을 거라는 생각도 꽤 했어요. 그렇지만 3, 4년이 지나면… 『희한한 머리카락을 가진 소녀』는 처음 나왔을 때보다 지금이 더 잘 팔려요. 그래서 전 『무한한 재미』 역시 앞으로 꾸준히 잘 팔려서 적어도 리틀 브라운이 "좋아. 이제 본전은 뽑겠어"라는 생각을 하게 되리라 기대했어요. 그래서 제 차기작도 사들이고요. 정말 진심으로 말하는데, 그게 제 희망사항이고 전 그럴 마음의 준비가 돼 있어요.

그럼 부작용이 나타날 조짐은 언제 있었나요?

『보그』와 패션 잡지들은…

[테이프의 한 면이 다 돌아갔다.]

『보그』, 『엘르』, 『하퍼스 바자』를 읽는 사람들도 무게가 2킬로그램이나 되는 꽤 어려운 책을 사 읽는다고 믿어요. 알다시피 『뉴스위크』에서 사진기자를 보낸다고 했을 때, 어쩌면 리틀 브라운이…
    처음에는 두려웠어요. 이런 생각이 들었어요. "정말로 대대적으로 선전을 하는구나. 이건 내가 곧 **비방**을 당하게 된다는 뜻이야. 혹평이 따르겠지. 그 어느 때보다도 공개적으로 말이야." 그런 생각이 쌓이고 쌓였죠.

[단순한 일이다. 모든 사람이 저마다 그를 다르게 본다. 그의 에이전트인 보니 나델은 그를 자신이 보호하는 예민한 사람으로 본다. 프랜즌은 그를 얼마간의 동시적인 사회적 변화로부터 혜택을 누릴 수 있는 선의의 경쟁상대이자 동료 작가로 본다. 그가 본인의 이런 다양한 측면을 충분한 사람들에게 납득시키는 한, 그들에게 저마다의 임무를 부여하는 한, 그들은 방어가 필요하다면 어떤 근거에서든 그를 보호할 것이다. 그 과정이 충분히 꾸준하게 이루어진다면 그는 모든 것으로부터 보호를 받을 것이다.]

편집자 마이클 피치가 영업부 회의에 가서 이렇게 말했더군요. "이게 우리가 출판을 하는 이유입니다."

전 그 자리에 없었어요. 그는 제 책을 무척 좋아했고 정말 열심히 읽었어요. 저를 도와주느라 그랬죠. 제 책의 일부는 그의 공이에요. 책에서 삭제한 부분이 많은데, 마이클이 절 설득한 거예요. 그런데 또 편집자와 에이전트는 기자들과 이야기를 할 때 야단스럽게 감정을 표출해요. 그 열의 너머에 드리워진 그림자를 정확히 가늠하기가 무척 어려울 정도로요. 기자들에게 말하는 내용과 그들이 속으로 느끼는 감정의 차이를 헤아리기가 어렵죠.

　제가 바보는 아닌지라, 출판사에서 제 것 같은 두꺼운 책을 펴내려면 이윤이 깎인다는 걸 알고 있었어요. 종이나 뭐 그런 것들이 비싸니까요. 그러다 보니 출판사에서 제 책을 정말로 좋아해야 했어요. 출판사에서 제 책을 좋아해서 기분이 좋았어요. 꽤 행운이었어요. 상당히 정치적으로 들릴 얘기라는 거 알아요. 그렇지만 기자님도 책을 정말 사랑하는 출판사를 찾을 수 있을 거예요. 게다가 대대적으로 광고까지 잘하는 출판사도 찾을 수 있죠. 이 두 가지 측면이 조화를 이룬 출판사를 찾으려면 어떻게 해야 할까요? 여기에다 내 책을 좋아하기까지 하는 출판사를 만날 경우는 또 어떻고요. 저는 정말 운이 좋았어요.

그랬군요. 그럼 몇 달 전에는 조짐이 어땠나요? 넉 달 전이라고 했나요?

11월이요. 그때는 잠잠했어요. 아, 같은 주에 『에스콰이어』와 『하퍼스 바자』에서 기사가 났어요. 전 생각했죠. "젠장. 요란한 선전 때문에 온갖 나쁜 말이 나돌겠군. 그 어리석은 사람들이 괜히 엽서를 보내서 말이야."
[책이 출간되기 여섯 달 전부터 리틀 브라운은 평론가와 서적 판매업자들에게 곧 소설이 출간될 것임을 알리는 엽서를 보냈다. 처음에는 제목 없는 엽서를 보냈고, 몇 주가 지나서는 "무한한 작가"Infinite Writer 또는 "무한한 기쁨"Infinite Pleasure이라는 문구가 적힌 엽서를 보냈다. 그러고서 마침내 이렇게 알렸다. "데이비드 포스터 월리스의 『무한한 재미』Infinite Jest"]

참. 깜빡했어요. 린치의 영화에 관한 글을 써야 해서 LA에 가야 했어요. 『프리미어』에 실릴 글이었어요. 영화는 다음 해 가을에 나올 예정이에요. 「로스트 하이웨이」라고 하는데 **무척 멋질 거예요.**

린치도 명성을 얻기까지 우여곡절이 있었어요. 결국 「트윈 픽스」가 『타임』 표지를 장식했죠.

그전에도 많은 작품을 냈죠. 「사구」를 만들기도 했고요.
　어쨌든 거기 있을 때, 호텔로 돌아가 보면 메시지가 네 개씩이나 와 있곤 했어요. 저와 이야기를 하고 싶어 하는 사람들이었죠.
　저는 지금까지 책을 세 권 냈어요. 그중 한 권은 한정판이었는데 선금이 오백 달러였어요. 그 책을 집필하다 보니 출판계가 획기적으로 변하지 않는 한… 그때가 1월이었어요. 제가 LA에 있을 때가.

1월 이후에는 상황이 어땠나요?

[긴 공백]

그게 말이에요. 설명하기가 어려워요. 기자님을 만족시키지 못할 테니까요. 말하자면 모든 게 **일사천리로** 돌아갔어요. 한 주는 『뉴스위크』와 인터뷰를 했고 그다음 주에는 『타임』과 인터뷰를 했어요. 열다섯 명이나 전화를 걸어와서 기사를 쓰고 싶다고 했어요. 그쪽에서 아주 불쾌하게 굴지만 않으면 취재에 응하곤 했어요. 알다시피, 후에는 사실 확인 담당자들이 전화를 걸어 왔고요. 그러고 나서 린치의 영화에 관한 글을 쓰려고 했는데, 무척 힘들고 긴 작업이었어요. 제 기억으로 1월 중순쯤에 작업을 시작했는데, 집에 제대로 있을 수가 없겠더라고요. 집에 있으면 전화가 수시로 울릴 테니까요. 설레기도 했지만 무섭기도 했어요…. 사람들이 제 책을 좋아하지 않을 상황을 단단히 각오하고 있었어요.

제 책 읽어 보셨나요? 어렵긴 해요. 어려운 부분들이 있어요. 미치코 카쿠타니 같은 사람들의 평을 비롯해서 제 책에 대한 다양한 견해를 받아들일 준비를 하고 있었어요.◆ 그래서… 조심스러우면서도 설레었어요. 제 책에 많은 찬사가 쏟아지거나 아니면 제 책이 널리 알려질 수 있다고 생각했거든요. 말하자면 초미의 관심사가 될 수도 있다고 생각했어요.

전 읽지는 않았는데, 마이클이 제게 전화를 걸어와서 제 책에 관한 평론이 나왔다고 알려주더군요. 아, 그 평론을 쓴 사람을 파티에서 만난 적이 있어요. 맥구언의 딸과 결혼한 월터 컨이요. 그러더니 카리스 콘이 제게 전화를 걸어와서 이렇게 말하더라고요. "월터 컨은 어떤 작품도 좋아하지 않는데 이 작품은 정말로 좋아했어요." 그제야 전 "사람들이 정말로 내 책을 좋아하는 것 같네"라고 생각하기 시작했어요.

◆ 미치코 카쿠타니는 『뉴욕 타임스』의 대표 평론가로, 데이비드 포스터 월리스의 『무한한 재미』를 두고 천재적인 재능을 낭비했다는 식의 혹평을 했다.

그가 뭐라고 평했는지 아나요?

평을 직접 읽지는 않았는데, 내용을 들었어요. 사람들이 그가 말한 몇 가지 내용을 말해 주었는데 제게는 어처구니없이 들리더라고요. (담배 때문에 목소리가 막힌다.) 제가 전미 도서상 심사위원 중 하나라면 정말 열 받았을 것 같아요….

[월터 컨,『뉴욕 매거진』, 2월 12일: "내년 문학상 수상자가 결정되었다. 기념패와 상장을 조건부로 제3자에게 맡겨둘 수 있게 되었다…. 이 소설은 대단히 파괴적이다. 가히 탁월하다."]

그 평을 직접 찾아서 읽어 보진 않았고요?

『애틀랜틱』에 실린 평은 직접 찾아서 읽어 봤어요. 스벤 버커츠가 무서웠거든요. 전 **부처**가 아니에요. 전에도 제 책에 관한 서평을 읽은 적이 있어요. 서평은 절 위한 게 아니에요. 늘 제 마음을 마구 휘저어 놓죠. 그래도 제 책에 관한 평을 다 **읽어 보려고요.** 그런데 마이클이 부탁한 논픽션 원고를 4월 말까지 끝내야 해요. 그걸 마치고 나면, 이 모든 상황을 흥분해서 만끽할 거예요. 지금으로서는 그럴 수 없고요.

그런데 "이 책은 이미 전미 도서상 수상작으로 결정되었다"라는 말에 어떤 기분이었나요?

그의 취향과 안목에 박수를 보냈어요. 이걸로 답이 되었나요? 제게 원하시는 말이 뭐죠? 기자님 같으면 기분이 어떨 것 같나요? 전 설명하지 못 하겠어요. 말로 표현할 수 없어요. 기자님이 생각하시면 제가 그걸 말로 표현해 볼게요.
[다소 짓궂고/영리한 미소]

저 같으면 그동안 줄곧 순탄했다고 생각했는데, 이제 누군가가 제가 듣고 싶었던 말을 실제로 해주는구나, 라고 생각할 것 같아요.

상황이 순탄하다고 생각할 수도 있겠지만 다른 이면도 있어요. "이런, 이 책은 나 외에 다른 사람들한테서는 절대로 이해받을 수 없어. 난 그냥 허세 떠는 멍청이야. 사람들이 날 보고 비웃을 테지."
　이렇게 다른 이면이 있어요. 제가 이렇게 말하면 기자님이 좋아하시겠네요. 제가 매력적인 사람으로 보이지 않을 테니까요. 만약 작가가 아주 진중하고 문학적인 글, 그러니까 너무 고결해서 일반인은 잘 이해하지 못할, 잘 팔리지 않을 그런 글을 쓰는 데 익숙하다면 어떨까요? 자존심을 지닌 인간이라는 동물로서, 우리는 "책이 잘 팔리고 많은 관심을 받는다면 그 책은 분명 쓰레기다. 그저 요란한 광고 덕분일 뿐이다"라는 공식을 따름으로써 자기 자존심을 지키는 방법을 찾아요.

94

물론 여기에는 궁극적인 모순이 있어요. 만약 작가의 책이 많은 관심을 받고 잘 팔리게 된다면, 그 작가의 책이 잘 안 팔릴 때 그가 본인을 지탱하는 데 의지했던 그 메커니즘이 암흑의 접점이 되고 말아요. 전 여전히 그 과정을 지나는 중이에요. 앞으로도 헤쳐나가야 해요. 여태 걱정하고 있어요. 물론 제 책이 재밌긴 해요. 읽기에 꽤 재미있어요. 읽기에 재밌는 이유 중 하나는 정말 **어렵고** 아방가르드적인 뭔가를 시도하고 있지만 책 내용이 충분히 재밌기 때문이에요. 그 재미로 인해 독자가 독서에 요구되는 작업을 어쩔 수 없이 하도록 이끌렸기 때문이죠. 제가 지금 걱정하는 점은 이 모든 야단법석(그가 줄곧 사용한 표현이다)이 제 책의 오락적 가치에 관한 것이고 사람들이 그 점 때문에 제 책을 사게 된다는 것이에요.

물론 그런 이유로 책을 산다 해도 좋아요. 리틀 브라운이 돈을 벌 테니까요. 그런데 사람들이 150쪽까지 읽고서는 "이게 뭐야. 내가 생각했던 내용이 아니잖아"라면서 책을 더는 읽지 **않겠죠.** 그렇게 된다면… 뭐 괜찮아요. 아방가르드라고 부르든 어쩌든, 실험적인 소설을 쓰는 작가들은 돈을 위해 글을 쓰지 않아요. 그렇지만 우리가 성인saints인 것도 아니잖아요. 우리는 읽히기 위해 글을 써요. 제 말씀 아시겠어요? 책이 많이 팔려서 큰돈을 벌었지만 사람들이 그 책을 사놓고는 읽지 않는다는 건 제게는 큰 도움이 못 되는 위안이에요. 물론 제가 돈에 알레르기가 있는 건 분명 아니지만요. 그렇지만 제 말씀 아시겠죠? 그러니 일 년쯤 두고 봐 주시죠. 지금으로부터 일 년쯤 지나서, 제가 제 책을 아주 자세히 읽은 사람들과 깊은 대화를 나누게 될지 두고봐 주세요. 마이클 실버블랏[라디오 방송 「북웜」의 진행자]이나 빈스 파사로나 데이비드 게이츠 같은 사람들과 말이에요. 그리고 많은 사람이 제 책을 좋다고 평한다면, 전 그때가 돼서야 제 책에 대해 진심으로 흐뭇해할 것 같아요. 다만 현재로서는 일종의 착각 같은 게 은근히 느껴져요.

게다가 저는 지금 이 야단법석의 어느 부분이 제 책과 관련이 있는지, 또 이 야단법석의 어느 부분이 리틀 브라운 출판사에서 **시작**된 대대적인 선전과 관련이 있는지 구분해 보려는 재밌는 시도를 하고 있어요. 그렇지만 지금 상황 자체는 거품이 많아 보여요. 이런 이야기도 있잖아요. 뉴욕에서 누군가가 다른 누군가에게 마틴 에이미스의 『더 인포메이션』을 읽어 봤냐고 물으면 이렇게 말한다잖아요. "음, 개인적으로 읽어 보진 않았어." 아시죠? 무슨 말인지.

그게 실은 아주 오래된 농담이라고 해요. 저희 어머니가 80년대에 스탠퍼드 학생들 사이에서도 들었던 농담이에요. "『보바리 부인』 읽어 봤니?" "음, 개인적으로 읽어 보진 않았어." 그게 작가님에게는 어떤 의미죠?

기자님을 여기까지 오게 하고, 지금 이렇게 취재하고 있는 상황에 대해 기자님이 제게 반응을 묻도록 만든 어떤 기제죠. 제 대답이 기사에는 물론 실리지 않겠지만요. 그렇지만 어쨌든 모든 게 이상하네요.

저 이 노래 좋아해요. 더 후의 「Magic Bus」.

저도 그들 노래 중에 좋아하는, 몇 안 되는 노래 중 하나예요. 더 후를 그리 좋아하진 않아요.

문학계의 거물들 말인데요, 야도에서의 작가님과 다른 작가들이요….

전 그들을 시샘하는 처지였어요. 그들처럼 인정받고 싶었죠. 음… 그런데 질문의 요지가 뭐죠?

이제 작가님도 그들처럼 된 게 아닌가요?

이거에 대해선 뭐라 할 말이 없네요. 전 아무 느낌도 없어요. 다만 제가 지금 스물다섯 살이 아니라서 다행일 뿐이에요. 어떤 모순이 있는 것 같아요. 제가 스물다섯 살이었다면, 지금 이런 상황이 올 수만 있다면 안 쓰는 손에서 손가락을 몇 개라도 잘라서 내어주었을 거예요. 그런데 지금은 그냥 좋아요. 하지만 말씀드릴 게 있는데, 만약 제가 이런 상황을 원했다면 책을 끝내지 못했을 거예요. 어떤 의미인지 아시겠죠? 집필하는 데 온 정신을 기울였어요. 전 세상에서 재능이 가장 뛰어난 사람은 아니지만 **정말** 열심히 했어요. 열심히 하는 와중에 더 나은 글을 쓰려고 부단히 애를 썼어요. 제 말은…

더 나은 문장가가 되었나요?

지금은 더 열심히 하고 있어요. 기자님 경우는 어땠는지 모르겠지만요. 제가 스물두세 살이었을 때는 제가 쓰는 모든 문장이 훌륭하다고 자주 생각했어요. 제가 쓴 문장이 훌륭하지 않다는 생각은 **참을 수가** 없었어요. 안 그러면 무참히 무너지고 마니까요. 훌륭하거나 아주 후지거나 둘 중 하나죠. 그리고 지금 저는. 그러니까 지금 저는. 제 말이 감상적이고 정치적으로 올바른 표현처럼 들릴 거라는 건 알지만, 전 지금 **작업**에 완전히 몰두해 있는 상태예요. 만족스러워요. 우리 둘 다 이 일을 사십 년은 넘게 하고 싶잖아요. 그래서 이일을 즐기면서도 거기에 **잠식당하지 않을** 방법을 찾아야 해요. 그래야 또 다른 뭔가를 할 수 있어요. 서른네 살의 나이에 종이 한 장을 앞에 두고 방 안에 혼자 앉아 있는 건 제게는 현실 그 자체니까요. 이건 (테이블, 녹음테이프, 나를 가리키며) **멋지지만**, 현실은 아니에요. 무슨 의미인지 아시겠죠?

[긴 침묵]

참, 우리 새벽 다섯 시쯤에는 일어나야 해요. 제가 질문에는 답을 다하겠지만, 오늘 밤 네 시간밖에 자지 못하면 내일 몸 상태가 좋지 않을 거예요. 고생해서 얻은 교훈이에요.

지금까지 두 갈래에 관해서 말씀하셨네요. 우선 첫 번째로, 본인 작품이 정말 괜찮고 성공하리라는 걸 알았고 그걸 몰랐다면 책을 완성하지 못했을 거라는 말씀이셨죠?

아뇨. 책을 완성하는 방법은 다른 사람들이 제 글에 어떻게 반응할까, 라는 생각의 음량을 줄이는 거예요.

그렇지만 글을 쓰다가 중간쯤에 바닥을 치는 어떤 반환점이 있고 그 시점부터 예를 들면 영화사에서 일을 마무리하라고 보낸 낯선 감독 같은 존재가 되지 않나요? 전 늘 그렇게 봐왔는데요. 데이비드 린이나 프란시스 코폴라처럼 작업을 시작하지만, 어느 순간에는 해고되고 결국 영화사 측에서 영화를 마무리하도록 보낸 돈 심슨과 제리 브룩하이머 내지는 시드니 폴락 같은 존재가 되고 말죠.

음. 글쎄, 모르겠군요.

그렇게 청부업자가 되죠….

지금까지 너덧 가지 글을 작업했어요. 어떤 건 짧고 또 어떤 건 길고. 그 글들은 작업을 반쯤 했을 때 제게 살아있는 존재로 다가왔어요. 이 책도 중간쯤에 제게 생생하게 다가왔어요. 그럼에도 이런 소리가 들리곤 했어요. "지금껏 쓴 글 중 최고다.""지금껏 쓴 글 중 최악이다." 어떤 식이냐면, 영화에서 대화가 어떻게 진행되는지 아시죠. 한 대화가 점점 잦아들면서 다른 대화가 점점 커지며 끼어드는…. 모르겠네요. 그런 걸 칭하는 기술적인 용어가 있을 텐데. 그냥 그 소리의 음량이 줄어들어요. 그리고 음량이 줄어들지 않은 다른 소리가 들려요. 그래도 전 책을 **끝냈어요**. 어쨌든 전 글쟁이니까요. "젠장. 난 이 책을 끝낼 거야."

이번 작품은 정말 흥미로웠어요. 제가 공을 많이 들였어요. 그래서 제가 이런 야단법석에 기뻐하는 마음이 커요. 어쩌면 제가 **애크론** 등지에서 여자와 **잘 수** 있다는 점도 그렇지만요. 어쨌든 자랑스럽기도 하고요. 반면 『시스템의 빗자루』는 어떤 면에서 보면 자랑스럽지 **않아요**. 얼마간 재능을 보이긴 했지만 여러 면에서 무모한 모험이었죠. 글을 아주 빨리 썼고 다시 쓸 때도 엉성하게 작업했고, 편집자가 책에 대해서 믿을 만한 제안을 하는데 전 거기에 열일곱 쪽이나 되는 문학 이론에 관한 편지를 써서 맞섰고요. 썩 달갑지는 않은 방법이었는데… 실은 제 수고를 덜 목적이었죠.

그런데 이번 책은 형편없다고 생각하지 않아요. 1992년에서 1995년 사이에 제가 쓸 수 있는 절대적으로 최고의 글이었어요. 만약 사람들이 전부 이 책을 싫어한다면 제 기분이 뛸 듯이 좋지는 않겠지만 그렇다고 충격받아서 망연자실할 것 같지는 않아요. 이건 글쟁이란 이런 사람이다라는 이야기가 아니에요. 글이 제게 **살아있**는 존재가 되는 과정에 관한 이야기예요.

어쩌면 "청부업자"라는 표현이 너무 냉소적이었는지도 모르겠네요.

제게는 냉소적으로 들리지 않지만, 제가 기자님 의견에 이의를 제기하는 방식이 불가해하게 들리지 않을까 걱정되네요. 제게 이 문제는 단순하지 않아요. 전 사람들이 제게 말을 거는 느낌을 받아요. 이번 작품은 제게 살아있는 존재예요. 제가 이 작품과 관계를 맺고 그 관계를 돌봐야 하죠. 그래서 작업을 하면서 외롭지 않아요. (입 안에 음식이 가득 든 채로) 솔직히 말하면 그런 느낌을 받았는데도 결국엔 썩 훌륭하지 못한 글이 나왔던 때가 더러 있었어요. 혹은 사람들이 제 글을 그다지 좋아하지 않았죠. 그건 제게 상처가 돼요. 전 통증의 역치가 무척 낮아요. 사람들에게 뭔가를 보여 줄 거야, 내지는 사람들이 내 글을 좋아할 거야, 라는 생각은 제게 **큰** 상처가 되었어요. 그런 식의 생각이 들 때면 전 글을 쓰지 않아요.

글쓰기를 시작하려면 머릿속에서 이런 생각이 절정에 다다랐다가 **휴지기**에 접어들어야 해요. 그러니까 글 쓰는 안정 궤도에 다다르는 건 둘째치고 글쓰기를 시작하려면 그런 생각의 음량을 줄일 방법을 찾아야 해요. 전 이게 더 두려워요. 기자님은 그런 생각을 피할 수 없다는 사실을 어쩌면 냉소적으로 또 어쩌면 무척 성숙하게 받아들이고 있는 것처럼 보이네요. 그간 경험에 비춰 보면, 어떤 면에서 전 감정적으로 예민해요. 전 그런 식으로 생각하면 **대단히 큰** 타격을 받아요. 전 기꺼이 엄청난 노력을 기울여요. 그런 생각을 피하려고 감정적으로나 심리적으로나 엄청나게 훈련을 하죠.

『시스템의 빗자루』에 관한 그 열일곱 쪽짜리 편지를 다시 읽어 봤나요?

오, 그럼요. 편지에서는 책 전체가 비트겐슈타인과 데리다의 대화이자 존재와 부재의 대화라는 걸 이야기해요. 게리[『시스템의 빗자루』의 편집자 게리 하워드]는 제가 쓴 결말을 원래 반대했어요. 우리에게는 그 이름이 의미를 나타내지 않을까 봐 두려워하는 인물들이 있고 단어와 지시 대상이 부재 속에서 통합돼요. 이건 데리다를 의미하죠… 아시죠? 짧지만 훌륭한 이론적인 편지였어요. 안타깝게도 그 바람에 책 결말이 만족스럽지 못하게 엉망으로 끝나고 말았지만요.

실은 무척 냉소적인 논지의 글이었어요. 그 작품을 쓰고 일 년 반이 지나서 그 결말이 좋은 부분도 있지만 지나치게 영리하다는 걸 깨달은 탓이기도 하지만요. 전부 **머리**에 관한 내용이었어요. 게리는 계속해서 제게 "너 정말 아무 생각이 없구나"라고 말했어요. 또 이런 말도 했죠. "네가 매력도 생명력도 어중간한 레노어라는 여인을 만들어 내는 바람에 우리가 이런 대화까지 하게 된 거야." 전 들을 수가 없었어요. 그냥 들을 수가 없었어요. 들을 수가요. 저는… '저만의 세상'Dave Land에 있었거든요.

제 머릿속에는 40만 쪽 분량에 달하는 대륙 철학과 문학 이론이 있었어요. 저는 그걸 사용해서 제가 그보다 더 똑똑하다는 사실을 그에게 증명할 셈이었어요. 그 결과 저는 남은 생애 동안… 전 앞으로도 그 책을 사인회에서 이따금 보게 될 거예요. 그러곤 제가 오만

했던 걸, 그 책을 더 낫게 만들 기회를 놓쳤다는 걸 깨닫겠죠. 제 바람인데 앞으로는 그런 식으로 하지 않을 거예요. 제 작품에는 문학 비평도 싣지 않을 거예요. 아예 작품에 관해서 이야기하고 싶지도 않아요.

근래에 제 독서 취향이 꽤 현실적으로 바뀌었어요. 아주 실험적인 글은 읽기에 지독히도 재미가 없어서요.

아이디어가 우선이 되면 그런가요? 그런 경우에 글이 안 좋아지나요?

실험적인 글이 못쓴 글이라는 말은 할 수 없어요. 다만, 그런 글은 독자의 입장에서 수고를 들여 읽어야 하는데, 그 보상에 비해 들여야 하는 수고가 말도 안 되게 커요. 제가 그런 실험적인 글을 읽는다고 할 때, 여기서 실험적이라 함은 정말 실험적이고 따라가기 힘든 걸 말해요. 실험적인 출판사와 다양한 글을 작업하기도 하니까 그런 걸 읽어야 할 때가 있는데 그때마다 전 어린애이고 어른들이 제가 이해할 수 없는 대화를 하는 걸 듣는 느낌이에요. 그 책이 실은 다른 작가, 이론가, 비평가들을 위해 쓰인 것 같다는 생각이 들어요. 그 바람에 "와 이거 뭐지! 엄청 재밌네. 지금 밥 먹을 때가 아니야, 당장 읽어야겠어"라는 배고픔도 가시게 하는 마법은 완전히 사라지고 말죠.

그래서 실은 지금 제 책에 요란한 관심이 쏟아지는 상황이 설레기도 해요. 이 책 속에서 정말 실험적이고 기이하면서도 **재밌는 뭔**

가를 하고 싶었거든요. 물론 상당히 두려운 일이기도 했어요. 어쩌면 그게 불가능하거나 지독히도 끔찍한 실패작으로 드러날 수도 있으니까요. 그렇지만 꽤 자랑스러워요. 그건 어찌 보면 온당하고 용감한 행동이었으니까요. 그리고 제 생각에 아방가르드 성향의 많은 작품이 관심을 받지 못하고 방치되는 이유가 있어요. 많은 작품이 그럴 만도 해요. 시의 경우도 마찬가지예요. 그런 시는 그걸 읽는 독자들이 아니라 시를 쓰는 다른 사람들을 위해 쓰인 거예요. 모르겠어요. 전적으로 제 불평이긴 해요.

저도 동의해요. 로리 무어는 작가만이 아니라 독자를 위해서도 글을 쓰죠. 마틴 에이미스는…

그런데 또 실험적이고 아방가르드적인 글이 세상이 우리 신경의 말단에서 어떻게 느껴지는지를 포착하고 이야기할 수 있는 방법이 있어요. 기존의 현실적인 글이 하지 못하는 방식으로요.

전 동의하지 않아요. 전 현실주의의 팬이에요. 작가님은 동의하시나요?

제가 말한 그런 글은 현실의 삶에서 절대로 존재하지 않는 경험에 질서와 의미를 부여하고 그런 경험을 쉽게 해석하도록 해줘요. 제가 지금 이야기하는 건 어렵거나 구조적으로 특이하거나 형식적으로 기이한 글이에요. 그런 글 중 일부는 정말 멋질 수 있죠.

그렇지만 톨스토이의 작품은 그 어떤 작가의 작품보다도 삶이 어떻게 느껴지는지 가장 긴밀히 포착해요. 이런 작품이야말로 더없이 보편적이고요.

그래요. 하지만 지금과 그때의 삶은 완전히 달라요. 기자님에게는 삶이 선형적 서사로 다가오나요? 전 지금 삶이 어떻게 느껴지는지, 우리의 신경계가 어떻게 느끼는지에 관해 이야기하는 거예요.

[긴 공백]

이를테면 TV의 삶과 컴퓨터의 삶을 말씀하시는 건가요?

TV나 소설과 관련이 있기도 해요. 비디오 자주 보시나요? MTV 비디오는요? 그런 비디오 속에는 플래시 컷이 수없이 많아요. 서로 전혀 어울리지 않아 보이는 짧은 컷들이 결국에는 꿈의 연상 고리처럼 하나로 연결돼요. 음, 기자님이 여기까지 비행기를 타고 와서 차를 몰고 왔죠. 어쩌면 운전하는 중에 다른 글을 구상했을지도 모르죠. 컴퓨터도 챙겨왔고, 여기 이렇게 와서 저와 이야기를 했어요. 기자님과 제가 소소하게 대화를 했죠. 전 강의를 하러 가야 해서 강의에 관해 생각했고, 기자님은 전화 통화에 관해 생각했어요. 그러고서 우리가 함께 제 강의에 갔죠. 기자님이 강의실에서 뭘 했는지는 아무도 몰라요. 그리고 지금 우리가 여기 이렇게 있고요. 지금 기자님은 기분이 좋아요. 기사와 관련해서 이메일을 막 보내서요. 기자님과 다른 여러 연결망, 약속들과의 관계 때문에…

그러니까 제게는 삶이 깜빡이는 섬광등처럼 보여요. 제게 생각할 거리를 퍼부어 대죠. 그래서 제가 하는 일의 상당 부분은 거기에 어떤 질서를 부여하거나 그걸 이해하는 일이에요. 제가 너무 순진한 건지도 모르지만, 가끔 전 레오[톨스토이]가 아침에 일어나 집에서 만든 장화를 신고 밖으로 나가 자기가 풀어준 농노들과 잡담하는 장면을 상상해요[그가 본질과 주제에 관해 어느 정도 알고 있음을 분명히 한다]. 그리고 그는 **조용**한 방에 앉아 꼼꼼하게 가꿔진 정원을 내려다보면서 깃펜을 꺼내들고… 깊은 평정 속에서 감정을 끌어모으는 거예요.

기자님은 어떨지 모르겠지만 저는, 제가 즐겨 읽는 글들이라고해도 그것이 **진실**이라고는 전혀 생각하지 않아요. 오히려 진실로부터 돌아서서 안도감을 느끼려고 그런 글을 읽어요. 사실로부터 돌아서서 안도감을 느끼려고요. 오늘만 해도 전 50만 비트의 이런저런 정보를 받아들였어요. 그중에서 중요한 건 아마 25비트 정도에 불과할 거예요. 그런데 이 방대한 정보를 제가 어떻게 분류하고 정리하나요?

그렇지만 작가님은 본인의 일상은 물론 제 일상으로부터도 선형적 서사를 뚝딱 쉽게 만들어 내고 있는데요, 별다른 고민 없이요. 제 생각에 우리 뇌는 중요한 것들을 응축하고 거기에 초점을 맞추고 선별해 낼 수 있게 선형적 서사를 만들도록 설계되었다고 생각해요.

만약 이게 논쟁이라면 아마 기자님이 이길 거예요. 기자님이 이길 논쟁이라고요. [참 이상하다. 경쟁이라니.] 전 기자님의 "무슨 말을 하시는지 잘 모르겠군요"라는 반응에 대해 제가 말하려는 바를 설명하는 중이에요.

저의 관심을 끄는 건 늘 반대예요. 연속성의 결여가 아니라 비연속성의 결여요.

음. 좋아요. 기자님과 제가 의견이 갈리는군요. 그저 우리가 세상을 서로 다르게 느끼는 건지도 몰라요. 이 모든 이야기는 확실하지 않은 무언가로 돌아가네요. 아방가르드 성향의 글은 읽기가 힘들다는 것. 제가 그런 글을 옹호하는 건 아니에요. 아주 추상적인 이야기이긴 하지만, 그런 글은 그러니까 소설이 우리를 위해 할 수 있는 어떤 마법 같은 것이 있다는 게 제 말의 요지예요. 그런 마법 같은 일은 열세 가지나 있을 수도 있지만, 우리가 그중 어떤 것에 관해 이야기할 수 있는지는 아무도 몰라요. 다만 그중 한 가지는 세상이 우리에게 어떻게 느껴지는지를 **포착**하는 감각과 관련이 있어요. 그래서 독자가 "나와 같은 또 다른 감성이 **존재**하는구나"라고 생각할 수 있죠. 무언가가 내게 느껴지는 것과 같은 방식으로 다른 사람에게도 느껴지는 거예요. 그래서 독자는 외로움을 달랠 수 있고요. ["외로움"이라는 말을 또 쓴다. 흥미롭다.]
　아주 극단적으로 아방가르드적인 글이 있어요. 속을 드러내지 않고 그 자체로 어렵죠. 소설의 역사 내지는 사진술 발명 후의 회화의 역사를 들여다보면 큰 우연이 아닌 게 있어요. 소설의 역사를 들여다보면, 소설이 그 마법 같은 역할을 계속하도록 허용하려는 지속적인 고군분투가 이어져 온 걸 알 수 있어요. 우리 삶의 결, 그러니까 **인식적** 결은 변화하죠. 그에 따라 우리 삶을 나타내는 다양한 매체도 변화해요. 그런데 아방가르드적이거나 실험적인 글이야말로 그런 매체를 움직일 기회를 갖고 있어요. 그래서 그만큼 큰 가치가 있는 거고요.

그런 종류의 글이 대부분 끔찍이도 형편없거나 독자를 완전히 무시하는 행태에 제가 화나는 이유는 그런 종류의 글이 아주 아주 아주 큰 가치가 있다고 생각하기 때문이에요. 그런 종류의 글은 삶을 사는 게 어떤 느낌인지에 관한 것이죠. 삶의 느낌으로부터 돌아서서 안도감을 느끼게 하는 게 아니라요.

[속으로 들어가는 깊은 트림을 한다.]

기자님은 어떨지 모르겠지만, 제 경우 제 삶과 저 자신은 선형적 서사 속에서 통일적으로 만들어진 인물처럼 느껴지지 않아요. 제가 정신적으로 문제가 있을지도 모르죠. 기자님은 정상이고요. 하지만 제가 **짐작**하기로는 이래요. MTV 비디오나 새로 유행하는 광고를 보면 플래시 컷이나 컴퓨터 비유가 점점 더 많이 쓰이는 걸 알 수 있어요. 컴퓨터 비유는 삶에서 사람들의 존재를 선별하고 분배할 수 있을 때만 쓸모가 있죠. 제 생각에 **많은 사람**은 그들이 해야 할 일의 양 자체에 압도되기보다는 그들에게 주어진 선택지의 수와 거기에 딸려오는 갖가지 것들의 수에 압도되죠. 사람들은 여러 다양한 체제의 일부이기 때문에, 그 여러 체제와 방향으로부터 그들을 향해 작은 당김 작용이 끊질기게 이뤄져요. 지금의 삶이 이를테면 우리의 부모나 조부모 시대와 질적으로 다른지 아닌지는 잘 모르겠어요. 적어도 어떤 면에서는 다르다고 생각해요. 예를 들면 삶이 우리의 신경 말단에서 어떻게 느껴지는지요.

테드 무니의 책에서 말한 "정보 질환"이군요.

이제 돈 드릴로의 영역까지 왔네요. 그렇죠? 체제가 커질수록 간섭이 더 생겨나요. 전 체제에 관해 이야기하는 게 아니라 **살아 있는 게** 어떤 느낌인지에 관해 이야기하는 거예요. 전 아방가르드 성향의 글에서 형식과 구조가 **반향**할 수 있고 지금 당장 살아 있는 게 어떤 느낌인지 종이 위에서 표현할 수 있다고 생각해요. 그렇지만 이건 소설이 하는 일 중 하나에 불과하죠. 유일하게 하는 일이 아니라는 말이에요. 전 지금 이렇게 제가 기자님에게 말하는 내용을 이해하려고 열심히 노력하고 있어요. 기자님에게 삶이 선형적으로 이해가 된다면, 기자님은 아주 이상한 사람이거나 아니면 신경학적으로 건강한 사람이거나 둘 중 하나예요. 그러니까 후자의 경우 본인에게 늘 쏟아지는 정보의 양을 자동적으로 응축, 조직, 분류할 수 있는 사람이라는 얘기죠.

이번 책에서 이런 점을 전달했나요?

글쎄요. 그게 책의 일부라는 건 말씀드릴 수 있어요. 이번 책은 구조적으로 좀 특이한데 그 구조가 작품의 일부예요. 그렇게 할 때 두려운 점은, 그러니까 그런 식으로 책을 구성할 때 두려운 점은 독자에게 큰 부담을 떠안긴다는 거예요. 그렇게 할 때 어떤 보상이 있을까요? 보상이 있을 거라고 독자가 **느낄까요?** 아니면 독자가 벽에다 책을 던져 버리고 말까요? 어떨 것 같나요? 전 모르겠어요. 이번 작품은 무척이나… 이번 작품에 관해 이야기하면 흥분되기도 하고 실망스러워지기도 해요.

기자님이 모든 퍼즐 조각을 끼워 맞출 수 있을 것 같네요. 하지만 그러려면 얼마간의 음, 뭐라고 해야 하지. 묘기 같은 마술이 필요해요. 다만 기자님에게는 성가신 일이겠지만요.

제가 그런 점을 말로 분명히 표현할 수 있다면, 그에 관한 이야기를 군이 꾸며서 만들어 낼 필요가 없어요. 전 늘 이렇게 생각해요. 누군가가 제게 오고 제가 그 사람을 늘 좋아하고 그에게 깊은 인상을 남기고 싶을 때가 되어서야 그에게 제 생각을 말로 분명히 표현하려고 **노력해요.** (졌다는 듯이) 그런데 이제는 제가 더는 그럴 수 없다는 걸 깨닫고 있는 것 같네요.

어느 순간이든 숱한 생각이 회오리바람처럼 몰아쳐요. 지금 여기 있는 게 딱 그 느낌이에요. 저기 무대 위에서 하는 멋진 공연이에요. 그렇지만 여기 있는 것과는 다른 느낌이겠죠. 이게 말이 되는지 모르겠네요.

더 말씀해 주실래요?

작가들이 가진 건, 자리에 앉아서 주먹을 불끈 쥐고 사람들이 대개는 어느 정도까지만 인식하고 있는 것을 고통스러울 정도로 절실하게 인식할 수 있는 면허와 자유예요. 작가가 제 역할을 제대로 한다고 할 경우, 그가 기본적으로 하는 행위는 독자가 얼마나 명석한지를 독자에게 상기시키는 일이에요. 독자가 본인이 늘 인지하고 있던 무언가에 눈을 뜰 수 있게 해주는 거죠. 이건 작가가 일반 사람보다 능력이 더 뛰어난지에 관한 문제가 아니에요. [식당에서 제임스 브라운의 「I Feel Good」이 흘러나온다.] 그보다는, 작가가 어떤 것으로부터 기꺼이 본인을 분리하고 발전하는… 정말로 열심히 깊게 **생각하는** 문제예요. 누구나 그런 사치를 누리는 건 아니죠.

그렇지만 이 말은 해야겠어요. 제가 이 식당 안을 휙 둘러보고서 저 외의 다른 사람들이 저보다 의식이 덜 깨어 있거나 그들의 내적 삶이 저의 내적 삶보다는 어떤 식으로든 풍부함과 복잡다단함이 덜하고 쉽게 간파될 수 있다고 곧바로 단정 짓는다고 해서 제가 좋은 작가가 되는 건 아니에요. 그렇게 단정 짓는 건 제가 사람과 대화를 하려고 노력하는 게 아니라 얼굴 없는 관객을 상대로 공연을 한다는 걸 의미하니까요.

만약 제 말이 가짜라고 느껴진다면 마음대로 생각하세요. 그렇지만 저는 제가 특정한 방식 자체가 될까 봐 무척 두려운 마음이 생겼어요. 더불어 그리 심오하지는 않지만, 제가 왜 이 일을 계속하는지에 대한 일련의 **신념**도 갖게 되었고요. 내가 왜 이 일을 하나. 이 일이 왜 가치가 있나. 근본적으로 즐기는 데 있어 이 일이 왜 그저 연습이 아닌가, 라는 질문에 관한 신념이죠. 그래서 어머니가 절 자랑스럽게 여기죠. 이해가 되나요? 그런데 이건 기자님의 좋은 전략인 것 같네요. 절 좀 열 받게 하는 거요. 그럴수록 전 속내를 더 드러내게 되고 방어 태세가 무너지니까요. 그렇지만 이건…
[그는 내가 무척 마음에 든다고 말했던, 본인의 『하퍼스』 에세이를 떠올리고는 이야기를 꺼낸다.]

기자님이 좋아한다고 말했던, 제가 『하퍼스』에 기고한 에세이에는 특정하게 만들어진 개인의 모습이 담겨 있어요. 실제의 저보다는 좀 더 미련하고 바보스러운 자아를 취하죠. 반면 낭독회 같은 개인적으로 대면하는 자리에서 제가 할 일은 최대한 저 자신답게 행동하는 거라 생각해요. 다만, 제게 인색할지도 모르는 사람들 앞에서 저를 헐벗게 하는 일 없어요. 게다가 전 소박하고 평범한 사람의 모습을 보이지도 않아요. 실은 무척이나 그러고 싶어요. 전 저의 평범함을 **소중히** 여겨요. 그게 제게는 작가로서의 큰 자산이에요. 제가 여타 다른 사람들과 상당히 비슷하다는 의미죠. 그렇지만 어찌 되었든, 이 점에 대해서는 다시는 말하지 않으려고요. 기자님을 상대로 가짜 같은 일을 벌이지는 않아요.

그래서 지금 이런 인터뷰 같은 일을 하기가 싫어요. 그것도 여러 주에 걸쳐서 해야 하잖아요. 제가 가짜 행세를 할 수만 있다면 이건 아무 일도 아닐 거예요.

작가님은 대수롭지 않게 떨쳐낼 것 같은데요? 이 시기가 지나서 다시 글쓰기에 몰입할 때가 되면요. 그렇지만 그 가짜 행세라는 것. 작가님이 방금 한 이야기가 바로 가짜 행세의 예가 아닌가요? 본인을 온전히 드러내 보이는 위험을 감수하고 싶지 않다고 하셨잖아요.

기자님이 아주 좋은 사람인지 아닌지는 모르겠지만 그런데 기자님이 제가 한 말 중에 한 마디도 믿지 않는다는 건 아주 분명하네요. 제가 한 말이 가짜 행세의 일부라 생각하기도 하고요. 이 경우에…

제 요지는 제가 약점이라고 생각했던 많은 것이 강점으로 드러났다는 거예요. [식당에서 「Lady Marmalade」가 흘러나온다. "voulez-vous coucher(자고 싶나요)?" 물론 자고 싶다. 그리고 그의 집에서 자게 될 것이다.] 그중 한 가지는 제가 특별히 비범한 사람이 아니라는 점이에요. 저는 아주 충실한 독자이고 경청하는 귀를 가졌어요. 게다가 **정말로** 열심히 작업할 각오도 돼 있고요. 그렇지만 전 그럭저럭 평범한 사람이에요. 스트레이트펠드가 한 말은 이게 전부였어요. "당신은 정상인가? 당신은 정상인가? 당신은 정상인가?" 제가 다른 사람들과 다르다고 생각하는 한, 저는 독자와 대화를 할 수 없어요. 그래서 평범하고 정상적인 게 저한테는 정말로 중요해요. 어쩌면 제가 "난 정상이야. 이것 봐! 난 정상이야"라고 하면서 돌아다닐지도 모르죠. 그렇지만 그건 절 위해 하는 행동이에요. 음, 그런데이제 기자님하고 게임을 하거나 가짜 행세를 할 뇌세포가 제게 남질 않았네요.

◆◆◆

다음 날 아침
비행기를 타고 시카고로 가기 위해 짐을 싸는 중이다.
거기서 또 미니애폴리스로 가야 한다.
데이비드의 마지막 낭독회: 투어의 끝
새벽 6시경. 지금 나는 만신창이가 된 상태다. 공항 옆 주차장 낯선 이의 트렁크 안에서 기어 나온 것 같다.

[내가 아침에 일어나 커피는 안 마시더라도 담배는 피운다고 하자 그가 웃는다.]

폐의 형제여.

[그가 아침으로 먹던 팝타르트 반쪽을 내게 건넨다.]

제 것이 곧 당신 거니까요.

[손님방은 고독의 요새, 트로피 전시실 같은 느낌이다. 그의 책이 전부 쌓여 있다. 데이비드가 샤워를 하는 동안 나는 『롤링스톤』에 전화를 건다. 알코올 문제에 관한 소문 때문에. "제 느낌인데 그런 문제로 놀랄 사람은 아무도 없어요. 사람들은 전부 헤로인 문제를 생각했잖아요. 게리 하워드는 본인이 담당하는 '문제가 있는 작가들' 무리를 다소 자랑스러워했어요. 그는 그런 걸 좋아해요. 좀 비위를 맞춰 주면 기꺼이 입을 열거예요. 필요한 정보는 뭐든지 얻을 수 있어요. 그걸 다른 질문 속에 감춰서…. 예를 들면 '그의 작품을 편집하기가 어땠나요? 그의 성공을 어떻게 생각하세요? 참, 약물 문제는 어떻게 된 거죠?' 이런 식으로요. 그는 기꺼이 나서서 밝히길 좋아하는 사람이에요. 아마 너무 솔직해서 실수할 정도일걸요. 살짝 찔러봐요."]

♦♦♦

블루밍턴 노멀 공항

얼음으로 뒤덮인 상태: 공항 전체가 얼어붙었다. 주자가 1루에서 옴짝달싹 못하고 있는 동안 감독과 투수들이 마운드에서 상의를 하는 꼴이다.

우리는 비행편 취소 여부 안내를 기다리는 중이다.

그러면 시카고로 차를 몰고 가야 한다.

전 비행편이 지연될 때마다 제가 하지 않아도 되는 일이 생긴다는 생각만 해요.

[역시나 본인이 언론의 관심이나 홍보를 얼마나 달가워하지 않는지 보여 주려 한다. 그가 천재가 아니라면 그의 소설을 읽을 마땅한 이유가 없다. 저자가 멋진 남자라는 말을 들었다고 해서 천 쪽이나 되는 책을 펴게 되지는 않는다. 책을 읽게 되는 이유는 저자가 명석하다는 사실을 알기 때문이다. 그는 잘못된 교훈을 붙잡고 있다. 곰돌이 푸가 꿀단지를 좋아하는 식으로 언론을 동경하는 사람들은 아둔해 보인다는 교훈이다. 하지만 언론을 혐오하는 듯 보이는 사람들도 아둔해 보일 위험이 있다. 독자는 언론의 진정한 호평이 어떤 건지를 잘 알아보기 때문이다. 그런 호평은 마치 학교에서 제일 예쁜 여학생을 보고 절로 미소를 띠는 것 같은 모습이다. 온 세상이 저 발가락에 몸을 비벼 대고 다리 사이에서 몸을 비비 꼬아 대는 걸 느끼는 것 같은 모습이다.]

온통 얼었네요.

활주로에 포말 같은 약품을 살포해야 할 것 같은데요.

[명찰에 마크라고 쓰인, 점프수트를 입은 남자가 지나간다. "비행기 **날개**를 더 걱정해야 할 거예요."

우리가 식당이든 세븐일레븐이든 어디든 갈 때마다 누군가가 "두 분이 함께이신가요?"라고 물으면 데이비드는 이렇게 답하곤 했다. "네. 맞아요. 그런데 데이트하는 사이는 아니에요." 블루밍턴의 아메리칸 이글 항공사 카운터에서도 또 그렇게 말한다.]

여종업원에게도, 매표구에서도, 점원에게도 "데이트하는 건 아니"라고 일일이 말하는데 중서부에서는 동성애 혐오가 더 심한가요?

농담이에요. 그런데 또 모르죠. 게이 친구들이 꽤 있는데, 그 중 끔찍한 일을 겪은 사람들이 있어요. 그래서…

흑인들도 전혀 보지 못한 것 같아요.

흑인들은 전부 도시 서쪽에 살아요. 퓨리나 공장 옆 저소득층 주택단지요.

정치 성향은 어떤가요?

교육 수준이 어느 정도 되는 공화당 지지자들이에요. 이곳의 인종 차별은 아주 조용하면서도 조직적이죠.

[우리는 공항 라운지에 앉아서 비행편이 있을지 없을지 기다린다.]

여기는 대학 활동이 무척 활발해요. 근처에 소도시들이 모여 있어요. 여기서부터 차로 오십 킬로미터 정도 가면서 소도시들을 지나게 되는데, 구석진 곳에 보면 남자들이 바지 뒷주머니에서 손가락세 개를 꺼내 놓고 있는 모습을 볼 수 있어요. 그런 식으로 거기에 서 있곤 하죠.

[새끼손가락과 엄지손가락을 바지 주머니에 넣고 나머지 손가락 세 개는 주머니 밖으로 빼놓는 것을 내게 보여 준다.]

처음 여기 왔을 때 이게 뭔가 했어요. 뭔지 아세요? KKK예요.

정말요?

네. 이상하죠. 미국 가장 초기에 있었던 갱의 상징과 같아요. 그들은 스킨헤드는 아니에요. 스킨헤드는 미치광이라고, 모든 문제의 부분적인 원인이라고 생각해요. 그들은 조용하고 여러 세대에 걸쳐 있어요. 대마법사니 대관이니 뭐 그런 것 아시죠.

[오래된 중서부 도시. 도시마다 있는 쇼핑몰들…]

여기는 특이한 도시예요. 늘 일리노이에서 가장 부유한 도시 중 하나였어요. 지금 여기에는 스테이트팜 지사들이 많아요. 예전에는 철도로 돈을 많이 벌었고요. 과세 표준이 어마어마해요. 정말 부유하죠. 좀 독특한 마피아 조직 같기도 해요. 이상하게 빗대 보자면, 이 도시에서 스테이트팜은 「밀러스 크로싱」에 나오는 알버트 피니 같은 존재예요. 그러니까 스테이트팜이 아일랜드인 갱 두목인 셈이에요. 시장과 경찰서장이 사무실에 앉아 그가 고함을 지르는 걸 듣고 있는 격이라고나 할까요.

알버트 피니가 톰슨 기관단총을 들고서 남자들을 뒤쫓았죠. "그 늙은이는 여전히 톰슨 전문가야."

[잠시 침묵이 흐른 뒤 그가 내가 읊은 대사를 고쳐 준다.]
　그보다 더 과장된 대사였죠. "그는 여전히 모차르트야. 여전히 톰슨을 다루는 예술가지."

대화를 나누기에는 너무 이른 시간인가요?

좀 있다가 돌아가서 비행기가 언제 출발하는지 알아봐야 할 것 같아요.

작가님 배경에 관해서 조금만 얘기해 주시겠어요?

저는 1962년에 뉴욕 이타카에서 나고 자랐어요. 아버지는 코넬 대학원에 계셨어요. 그러다 1964년에 일리노이 어배너로 이사를 갔어요. 샘페인과 쌍둥이 도시죠. 거기서 살았어요. 초등학교, 중학교, 고등학교를 다 거기서 다녔어요. 그리고 애머스트 칼리지에 진학했고, 중간에 일 년 휴학을 했어요. 그래서 1980년에 입학했다가 중간에 휴학하고 84년에 복학해서 85년에 졸업했어요. 그해 가을에는 대학원에 진학했고요. 그러고는 여기저기 옮겨 다니는 작가의 삶을 살았죠.

애리조나대학교 석사 과정 첫해에 첫 책을 출간한 건가요?

어떻게 그럴 수 있겠어요. 아니죠. 첫 학기에도 다시 쓰는 중이었어요. 기억하기로 출판사가 86년 **초봄**에 제 작품을 사들여서 87년 중반에 출간했던 것 같아요. 그때는 책을 낸다는 게 뭔지 잘 몰랐어요. 그렇게 출판사가 그 해에 제 작품을 사들였어요. 학교에서는 절 쫓아내려 했어요… (골똘히 생각에 잠기며 미소 짓는다.) 맞아요. 학교에서는 제가 미쳤다고 생각했어요.
[여기서도 담배를 피운다. 일리노이에서는 어디서나 담배를 피운다.]

어찌 보면 전 어리석은 선택을 했어요. 그곳은 융통성 없을 정도로 철저히 현실주의를 추구하는 학교였거든요. 당시 저는 아주 추상적인 글을 쓰고 있었는데 대개는 정말 별로였어요. 그렇지만 어쨌든 어처구니없기도 했어요. 그 학교는 출세 지향적이기도 했거든요.

그래서 학교에서 절 쫓아내려 하다가도 입술을 꽉 다물고 미소 지으면서 이렇게 말했죠. "우리는 네가 자랑스러워. 넌 애리조나 대학교의 인재란다." 꽤 당황스러웠어요.

그 학교에서는 지금 작가님을 내세우나요?

학교에서 졸업생을 대대적으로 내세우지는 않는 것 같아요. 로버트 보스웰. 그는 정말 좋은 사람이죠. 학교에서 그를 자주 초대해서 교내에서 출간 기념 파티를 열어 주곤 해요.

학교에서는 절 좋아하지 않아요. 제 잘못도 꽤 컸다고 생각해요. 저는 어찌 보면 구제 불능인 놈이었어요. 절 가르치는 게 불가능했어요. 전 제 할 일을 했고, 전보다 훨씬 더 강경하게 비판을 무시했어요. 그렇지만 학교에서 제게 하는 말 중 일부는 일리가 있었어요. 그럼에도 전 그 말을 들을 생각을 안 했죠. 그렇게 귀를 막았으니 수업 중에 **전적으로** 불쾌할 일은 없었어요. 다만 이런 표정을 짓고 있었죠. "만약 이 세상에 정의가 존재한다면 내가 이 수업에서 **강의를** 하고 있겠지. 너희는 내 수업을 들을 테고." 알다시피, 그런 표정을 하고 있는 학생을 보면 **철썩 때리고** 싶어지겠죠. 가끔 학교에 가곤 해요. 여동생이 투손에 살거든요. 89년도엔가 거기서 낭독회를 했어요.

애리조나는 제가 살면서 처음이자 진심으로 **사랑한** 유일한 곳이었어요. 지리적인 면에서요. 따뜻하고. 아, 가보신 적 있나요? 흥미

121

로운 곳이에요. 실제로 일하지 않고도 살 수 있어요. 모든 집 뒤에 차고가 딸려 있는데, 집주인들이 한 달에 150달러 정도에 그곳을 임대해요. 근사한 곳이에요. 보헤미안을 위해 사전에 계획된 도시 같아요. 게다가 진짜로 멋진 좌파 성향의 문화적 세계가 있어요. 많은 대학원생이 애리조나 대학교에서 시간제로 강의를 하다가 거기서 십 년, 이십 년씩 눌러앉아 살기 때문이죠. 정말 멋져요.

가족은 전부 대학에 재직 중이신가요?

아버지는 일리노이대학교 철학과에서 학생들을 가르치세요. 지금은 주로 의대에서 강의를 하시고요.

윤리학 강의인가요?

네. 원래 윤리학과 미학을 둘 다 가르치시는데, 집필 활동 때문에 윤리학 쪽으로 점점 옮겨 가셨어요. 그러다 생명윤리학 쪽으로 옮기셨고요. 지금은 "환자에게서 생명유지장치를 뗀 행위가 잘못되었나?" 같은 문제와 관련해서 자문을 제공하시고요. 모르겠어요. 아버지는 아리스토텔레스 철학을 추구하시고, 살아있는 인간이 무엇인가에 관해 아주 복잡한 정의를 갖고 계세요. 제가 보기에 사람들이 아버지에게 자문을 구하고서는 다시는 자문을 구하지 않는 것 같아요. 아버지가 내놓는 답이 너무 난해해서 배심원단에게 아무런 영향을 미치지 못하니까요.

어머니는 파크랜드 칼리지라고 하는 학교에서 학생들을 가르치세요. 2년제이고 커뮤니티 칼리지예요. 주니어 칼리지와는 달라요.

[음식이 도착한다.]

제가 교육과 관련해서 불만을 표출하는 내용은 원하는 대로 기사에 실으세요.

[나는 디럭스 버거를 시켰다. 치즈 조각, 아삭한 양상추, 감자튀김. 데이비드가 쳐다본다.]

아침 일곱 시에 햄버거를 먹는다는 데 이의를 제기할 생각은 없어요. 원리는 이런 거죠. 달걀을 먹어요. 달걀은 일종의 잠복 형태라 할 수 있어요. 그걸 먹으면 몸이 깨어나니까요. 꽤 일리가 있어요. 먹는 것이 곧 그 사람이고, 사람은 본인에게 좋은 걸 먹게 돼 있으니까요.

삶의 흐름 같은 걸 따르는 셈이기도 하네요. 아침에는 달걀, 저녁에는 고기. 출생에서 죽음으로.

게다가 최종적으로는 부분적으로 부패한 생명체를 먹게 되죠.

집안 환경은 어땠나요? 독서를 많이 했나요?

네. 어렸을 적 이상한 기억이 있어요. 부모님이 침대에서 『율리시스』를 서로에게 소리 내 읽어 주는 걸 본 기억이 있어요. 서로 손을 잡고 뭔가를 열렬히 사랑하는 모습으로요.

　그리고 제가 다섯 살이고 에이미가 세 살이었을 때, 아버지가 『모비딕』을 우리에게 읽어 주셨어요. (웃음) 원본 그대로요. 아버지가 반쯤 읽으셨는데, 어머니가 아버지를 옆으로 살짝 부르시더니 어린애들에게는 "고래학"이 그리 흥미롭지 않을 거라고 말했어요. 결국 에이미는 아버지가 읽어 주시는 책 내용을 듣지 않아도 되었죠. 저는 "아빠. 사랑해요. 전 여기 앉아서 들을래요" 했고요. 아버지가 책을 낭독하시는 목소리가 정말 듣기 좋았어요. 전 심지어 아버지가 광고 책자를 읽는다 해도 듣고 싶어 했을 걸요.

아버지가 만족스러워하셨겠네요.

묘하죠. 이번 라디오 인터뷰에서도 똑같은 증후군이 나타났어요. 라디오 진행하는 사람들 목소리가 너무 좋아서 그들이 뭘 말하는지는 귀에 들리지도 않더라고요. 그들 목소리만 들어요…. 제가 아버지 목소리 듣는 걸 좋아했던 기억이 나요. 그런데 에이미의 경우에는 어떤 거래가 있었어요. 에이미는 아버지가 낭독하는 걸 듣지 않아도 되었거든요. 저는 어땠을까요? 제가 아버지 환심을 사려고 이렇게 말한 게 기억나네요. "아니에요. 아빠, 전 듣고 싶어요." 실은 전혀 그렇지 않았지만요.

기억이 많이 나나요?

무지무지하게 지루했던 기억이 나요. 아버지가 책 읽어 주시는 동안 제가 펜으로 배꼽에 있는 딱지를 빼냈던 기억도 나고요. 아버지는 그걸 보시더니 그건 코 파는 것과 마찬가지라고 말씀하셨죠. 어쨌든 전 다섯 살에 불과했으니까요.

[우리는 쌍안경 장난감에 관해 이야기하는 중이다. 이름을 알아냈다. 뷰-마스터이다.]

그 장난감에 홀릴 듯이 빠지기에는 제가 나이가 좀 많았어요….
　　기자님은 어디서 자랐나요? 아버지는 어떤 일을 하시죠? 부모님이 늦은 나이에 기자님을 낳았나요? 아니면 이른 나이에? [내게 도리어 질문을 한다. 그는 인터뷰 진행자인 내게 자만하는 사람으로 비춰지기 원치 않는 모양이다.]
[우리 아버지: 광고회사 BBDO에서 근무하셨다. 라이트가드, 펩시, "펩시 제너레이션" 노래]

아버지가 펩시 광고를 전담하셨다고요? 그 노래들을 전부 만드셨

125

나요? 그러니까 진두 지휘자를 하셨던 셈이네요. "You've got a lot to live" 맞죠? 노래들이 다 좋았어요.

그 강아지들이 나오는 광고…

음소거를 하고 보면 어린애가 강아지들한테 **공격당하는** 것처럼 보이죠.

맞아요! 저희 아버지가 그 광고를 기획했어요. "강아지들이 소년을 덮치는 것처럼 만들자"고 하셨대요.

실제로 효과적인 광고였어요. 사실 펩시는 코카콜라만큼 맛이 좋지 않거든요. 고약한 화학 약품 같은 맛이 나요. 펩시가 코카콜라와 경쟁한다는 건 전적으로 광고 덕분이죠.

비행기 격납고 맛이에요. 놀랍죠.

맞아요. 아이들이 가지고 노는 화학실험 세트 같은 걸로 만든 맛이에요.

독서는 언제 하나요?

기자님하고 똑같죠 뭐. 독서량이 어마어마했어요. 일곱 살 정도 될 때까지 하디 보이즈 시리즈를 전부 다 읽었어요. 그렇지만 텔레비전도 어마어마하게 봤죠.

제가 글에서 인용하는 것들이 점점 옛날 것이 되어 가고 있어요. 제가 인용하는 TV 쇼들은 좀 있으면 아이들이 알지 못할 거예요. 비록 지금은 케이블 TV가…

책을 많이 읽긴 했지만, 취향이 특별히 세련되진 않았어요. 하디 보이즈나 톰 스위프트 시리즈를 읽었어요. 아버지는 공상과학 소설에 푹 빠져 계셨는데, 제게 에드거 라이스 버로스의 화성 시리즈를 읽히려 하셨어요. 전 아버지만큼 공상과학 소설에 빠지지는 않았어요. 톨킨은 정말로 좋아했어요. 그렇지만 대개는 아버지가 어떤 책을 읽는 중이고 제가 그 책을 좋아하면 아버지가 그 책을 제게 주시곤 했어요. 제가 그걸 읽게 해주셨죠. 꽤 어려서부터 독서를 했지만, 조숙한 독자는 아니었어요.

부모님과 TV는요?

부모님은 밤에 TV를 보셨어요. 특이하게도 제게는 제자들에게는 없는 장점이 있었어요. 그러니까 저녁 식사 전에 좀 특별한 시간이 있었어요. 저녁으로 먹을 음식이 보글보글 끓고 있을 늦은 오후에요. 음악이 흘러나왔고 부모님이 책을 읽으셨어요. 저희도 책을 읽었고요. 거실에 모두 둘러앉아서 각자 책을 읽었죠. 그리고 가끔 각자 읽고 있는 책에 관해 이야기를 했어요. 전 오랫동안 모든 집이 다 그런 줄 알았어요.

언제 그랬었나요?

학교 다닐 때 그랬죠. 그리고 애머스트에서 많은 친구를 만났는데 굉장히 똑똑한 애들이었어요. 실력이 특출한 수험생처럼요. 과학이 나 뭐 그런 분야에서 재능이 뛰어났는데 (a)독서는 전혀 하지 않고 (b)독서를 딱히 좋아하지도 않더라고요. 독서에 마구 파고들지는 않았어요.

그런데 집에서는 독서를 하라고 권했나요?

기자님과 상황이 비슷했을 거예요. 공공연하게는 아니에요. 기억하기론 제가 에이미보다 책 읽는 걸 더 좋아했던 것 같아요. 에이미는 그림을 그리고 장난감을 갖고 노는 걸 더 좋아했어요. 전화기를 갖고 놀기도 했어요. 저는 혼자서 책 읽는 걸 더 좋아했고요. 부모님은 "이것 좀 봐. 데이비드와 에이미는 서로 다르네"라고 하셨어요. 확실히 60년대 부모님이셨으니까요. 명백한 방향을 제시하지 않으려는 의식적인 시도는 없었다고 봐요. 물론, 결국엔 자기 자신이 될 테니까요.

부모님은 아들이 작가가 되기를 원하셨나요?

아니요. 전 어렸을 때 운동을 무척 좋아했어요. 어렸을 때 도시 지역 내에서 풋볼을 했어요. 어린애치고는 체격이 크고 튼튼했어요.

그리고 4, 5년 동안은 프로 테니스 선수가 되려고 진지하게 고민했어요. 제 큰 꿈이었거든요. 독서는 그냥 부차적으로 하는 재밌는 취미였어요. 예술가가 되겠다는 포부는 전혀 없었어요.

『하퍼스』에 기고한 글 「테니스, 삼각법, 토네이도」가 떠오르네요.

꽤 괜찮은 글이었는데 『하퍼스』에서 수정을 많이 했어요. 원본과는 완전히 달라요. 원래는 수학에 관한 내용이었어요. 『하퍼스』에서 제 글을 실패를 주제로 한 아주 정돈된 글로 만들었죠. 전 뭔가를 매끈하게 정리하는 걸 진짜로 못해요. 체계적이지 못해요.

피위-팝 워너 리그에서 뛰었나요?

팝 워너는 연령대가 좀 더 높아요. 국가적인 리그죠. YMCA에서 하는 그레이 와이라는 게 있어요. 피위와 크게 다르지 않아요. 어쨌거나 저는 잘했어요. 어렸을 때는 실력이 정말로 좋았어요. 그러고서 중학교에 갔는데 도시 내에서 저보다 나은 쿼터백인 남자애가 둘이나 있더라고요. [심지어 그때도 경쟁심이 무척 강했다. 정확한 숫자까지 기억한다.] 그때부터 시합 중 몸싸움이 전보다 훨씬 더 격해졌는데, 전 사람들과 그렇게 맞부딪히는 게 싫더라고요. 실망이 아주 컸어요. 그러다가 열두 살 때 테니스를 알게 되고 완전히 빠져 버렸죠.

열두 살이면 프로가 되기에는 늦은 나이 아닌가요?

너무 늦게 시작했다는 걸 나중에 알았어요. 제가 재능이 그리 뛰어나지 않다는 것도요. 일찍 시작했더라면 아마 좋은 대학 선수쯤은 되었을 거예요. 그리고 이번 여름에 마이클 조이스[테니스 스타]에 관한 글을 쓰면서 그와 저를 비교해 볼 기회가 있었어요. 가까이서 자세히 지켜보니 현직 선수들은 저하고 완전히 다른 경기를 하더라고요. 그러니까 지난밤 기자님과 제가 둔 체스와 전문적인 체스 선수들의 경기가 다른 것과 마찬가지죠.

조이스를 보면서 테니스에 대해 했던 생각이 더 굳어졌나요?

조이스는 분명 미디어 트레이닝을 받았을 거예요. 저한테는 13단계로 이어지는 의식 수준에서 1단계만 보이더라고요. 책으로는 출간되지 못했지만, 제가 가장 잘 쓴 비소설 글은 트레이시 오스틴의 회고록에 관한 긴 평론이에요. "좋아. 이번에 점수를 따야 해. 그러니까 전력을 다해서 집중하고 흐트러지지 않을 거야"라고 결심하려면 어떤 정신력이 필요한지에 관한 내용이죠. 그렇게 할 수 있는 게 천재성인지 우둔함인지에 관한 내용이기도 하고요. 어쨌든 그 둘 중 하나 때문에 어떻게 해서 그렇게 무미건조한 회고록이 나오게 되었는지에 관해 썼죠.

트레이시 오스틴의 회고록을 쓴 방식과 반대로 썼다면 멋진 스포츠 회고록이 나왔을 텐데요. 선수에게서 들은 내용을 토대로 훌륭한 산문으로 썼다면요.

그렇게 하지는 못했어요…. 다른 사람이 비슷하게 그렇게 했어요. 그런데 브라운 재학 당시 존 호크스에게서 배웠나요?

[존 호크스는 브라운대학교 문예창작 교수이다. 학교에 있을 때도 있었지만 휴가로 자리를 비울 때도 있었다. 나는 호크스 교수의 문제를 언급한다. 기분 전환제와 관련해서. 데이비드가 약물의 정확한 이름을 추측한다. 그는 미국의사처방참고집을 갖고 있다.]

『하퍼스』기고를 잠시 중단했을 때 11월에 일주일 동안 방문 작가 비슷한 걸 했어요. 뭘 가르쳤냐면…

[안내 방송: 비행편 4432 —시카고행 아메리칸 이글 비행편 4432 승객 여러분. 블루밍턴 공항 활주로 상태가 호전되었다는 소식이 아직 없음을 알려드립니다. 비행편 출발이 무기한 연기되었습니다. 현재로서는

예정된 비행편 출발이 없습니다.]

여기서 담배를 많이 피울 수 있어서 좋네요.

테니스 실력은 어땠나요?

이번 제 작품에 나온 아이들 실력만큼은 아니지만, 꽤 잘했어요. 도시 예선, 지역 예선, 지부 예선이 열리는데, 적어도 지부 예선에서 뛸 만큼은 실력이 됐어요. 처음 몇 라운드에서는 저 같은 멍청한 선수들을 상대로 실수를 저지르다가 시드 선수와 맞붙곤 했죠. 상대 아이들은 대부분 시카고 교외 지역 아니면 미시간의 세인트 루이스 내지는 그로스 포인트의 부유한 교외 지역 출신이었어요. 모든 게 그냥 황당했어요. 그 아이들이 저희를 0 대 6 내지는 1 대 6으로 이기곤 했으니까요. 그 애들은 우리와 완전히 다른 경기를 했어요. 전 글쓰기를 시작하고서, 저를 그런 아이들에게 투사시킨 이야기를 늘 쓰고 싶어 했어요. 아카데미 아이들은 심지어 그 애들보다 한 레벨 더 높아요. [『무한한 재미』 속 엔필드 테니스 아카데미에 다니는, 전국 순위로 손꼽히는 실력이 특출한 아이들을 말한다.]

서너 살이나 다섯 살 때 시작했다면 어땠을까요?

(어깨를 으쓱하며) 이따금 에이미스와 함께 겨룬다면 재밌었을 것

같네요.

이런 내용을 기사에 싣고 싶지는 않아요. 전 그저 최고의 작가 겸 테니스 선수가 되고 싶어요. 절 이기기는 어렵죠. 경기를 많이 뛰었으니까요. 제가 겉보기에는 별로이지만 절 이기기는 거의 불가능할 걸요. 오만하게 들린다는 건 알아요. [그가 이 단어를 두 번째 쓴다. 그는 측정이 가능한 신체 기량에 자부심을 갖는 데 더 편안해 한다. 어쨌든 그의 부업이나 마찬가지인데 말이다. 본인의 비범하고 특출한 산문보다는 그럭저럭 괜찮은 테니스 실력을 이야기하는 데 더 자신이 있다.] 사실이에요. 저는 뛰어난 선수와 특출하게 타고난 선수 사이에 있어요. 정말 훌륭한 선수가 되는 사람들은 (a)아주 어렸을 때부터 운동을 시작하고 (b)운 좋게 명성 있는 코치 팀에 들어가고 (c)경이로울 정도의 기량을 타고난 운동선수예요. 그런데 제 경우에는 예나 지금이나 발 속도가 느리고 반사신경이 부족해요. 테니스 선수로서 필요한 점인데 말이에요. 그래서 메이저 리그에서 뛸 수 없었어요. 발 속도와 반사신경이 별로예요.

전에는 몰랐어요. 저한테는 무척 혼란스러웠어요. 아주 늦게까지 사춘기가 오지 않았거든요. 이 내용을 테니스 에세이에도 썼는데, 몸이 절 배신한 것 같더라고요. 늘 이런 생각이었어요. "피오리아에서 온 애들처럼 열다섯 살 때 몸이 발달했더라면 난…" 실은 불가능한 일이었죠.

샤흐트와 같은 문제인가요? [소설 속 아카데미에 다니는 테드 샤흐트]

아니요. 샤흐트는 무릎에 문제가 있었죠. 이상하게도 책 내용이 기억이 잘 안 나네요.

(웨이트리스에게) 여기서 좀 시간을 보낼 거예요.

이 여러 아이들 그리고 그들과 테니스의 관계에 관한 이야기가 더 많았어요. 초고가 여러 개 있었어요. 그 초고 중 하나를 마이클에게 보내기 전에 상당 부분 삭제했는데 그제야 깨달았어요. 테니스에 관한 이야기를 쓴다 하더라도 그게 그 자체를 위해 원고에 들어가서는 안 된다는 걸요. 그 내용을 흥미로워할 사람이 극히 적기 때문이죠.

어쨌든 샤흐트는 장이 지독히도 안 좋고 무릎에 문제가 있는 게 큰 고민거리였죠.

그건 오린이었어요.

그러네요.

오린도 작가님처럼 풋볼을 했죠. 그 아이들이 추기경 옷을 입고 실제로 경기장 안으로 날아들어가야 했던 부분이 좋았어요….

실은 마이클이 그 부분을 들어내고 싶어 했어요. 전 마음에 들었고요. 분량이 한 쪽 반밖에 안 됐어요. 제가 말했죠. "이 부분은 그냥 저한테 주는 셈 치세요."

책에 약물에 관한 내용이 많은데 최대한 그럴듯하게 쓰려고 했어요.

2015년이 배경인 거죠?

날짜를 잘 정리해야 했어요. 2009년인 것 같은데요. 근데 제가 말한 년도를 기사에 인용하지는 마세요.

아이들이 사춘기 즈음 되었을 때로 설정하고 싶었어요.

[흥미롭고도 무척 슬프다. 소설 배경을 본인이 죽은 다음 해로 설정하다니. 어쩐지 가슴이 찢어진다. 그는 자신이 죽을지 전혀 몰랐을 텐데.]

2015년이나 될 것 같지는 않아요.

그래서 사춘기가 늦게 왔다고 했죠? 열여섯 살? 열네 살?

몽정 이야기가 아니에요. 체격 변화를 얘기하는 거예요. 청소년 테니스에서는 소년의 체격으로 경기하는 것과 성인 남성의 체격으로 경기하는 게 큰 차이가 있어요. 대학 가기 전까지는 살집이 붙지 않았어요. 그래서 열일곱 살까지 소년의 몸으로 경기를 뛴 거죠.

제가 그만둔 때가… 열대여섯 살부터 마리화나를 많이 피우기 시작했어요. 마리화나를 많이 피우면 당연히 훈련하기가 힘들죠. 기운이 없으니까요. (웃음) 그때도 여전히 경기를 하긴 했어요. 그런데 대부분 경기를 하고 아이들과 어울리고 파티를 했죠. 경기에서 준결승은 아니어도 준준결승까지는 갔어요. 그러고는 흔히 그러듯 실력이 떨어졌죠.

그때가 고등학교 2학년 때인가요?

네. 열다섯인가 열여섯 살이었을 거예요. 마리화나를 정말로 좋아하기 시작했어요. 그리고 다른 것도요. 퀘일루드를 많이 복용했어요. 그런데 이 부분과 관련해서 밝히고 싶지 않은 내용도 있네요. 이건 이야기해도 별 상관없지만요.

헤로인 말인가요?

아뇨. 헤로인은 별로 좋아하지 않았어요. 체질에 안 맞았어요. 정말, 정말 아니에요. 헤로인 중독자가 그렇게 열심히 일할 수는 없어요.

그 소문을 무시할 수 있었나요?

그럼요. 그런데 사람들이 제가 거짓말을 한다고 생각하면 어쩌죠?

뉴욕에 있는 사람들이 그 소문을 들었어요. 저희가 듣기론 작가님이 보스턴에서 약물 중독 때문에 깊은 나락에 빠졌다고요.

헤로인은 중단하지 않는 이상 사람을 피폐하게 만들지 않아요. 제게 그런 문제가 있었는지 모르겠네요. 다만 우울증이 아주 심해서 보스턴에 있는 자살시도 환자 관리 병동에 있었어요. 그건 약물과는 상관이 없었어요. 전혀요. 이미 그 전부터 약물에 흥미가 크게 떨어지기 시작했어요.

출판계에서 그런 소문이 돌아서 걱정했나요?

아뇨. 물론 애덤 베글리[『뉴욕 옵저버』]가 제가 코카인 중독자라는 소문을 보도했다고 듣긴 했지만요. 그는 볼먼에게서 그 소문을 들었다고 했는데, 전 그 말을 믿지 않았어요. 그냥 웃음밖에 안 나왔어요. 파티에서 한번 코카인을 한 적이 있긴 했는데, 느낌이 엄청 불쾌했거든요. 커피를 오십 잔이나 마신 느낌이었어요.

납득이 잘 안 돼요. 버로스를 말하는 건 아니지만, 약자만 말하면 D.J. 같은 작가처럼, 지금은 성공해서 널리 알려졌지만 예전에 헤로인 중독자였다가 거기서 빠져나왔다는 사실이 공공연하게 알려진 작가들이 꽤 있어요. 그들은 그 과거를 비밀로 하지 않아요. 저 역시도 헤로인 중독자였다면 그 사실을 비밀로 하진 않았을 거예요.

이상하죠. 전 일생 대부분을 도서관에서 보낸 사람이에요. 그렇게 위험한 삶을 살지 않았어요. 제 팔에 바늘조차 못 찔러요.

그 소문이 어떻게 시작된 것 같나요?

그 소문을 누구한테서 들었나요?

모르겠어요.

[대체 내가 무슨 말을 하는 걸까. 오늘 아침 일찍 사무실로부터 들었는데. 당신이 샴푸를 하고 머리를 빗고 수건으로 몸을 닦는 동안에.]

정말 희한하네요. 소문이 어떻게 시작되었는지 모르겠어요. 생각해 보면 제가 문제를 겪었던 건 마리화나가 유일해요. 게다가 마리화나가 제게 큰 문제였던 건 제가 책에 나오는 할의 나이 정도 되었을 때였어요. 그리고 대학에 가고 나서는, 알다시피 대학에서 공부하기가 힘들잖아요. 마리화나에 취한 채로 책을 읽기는 정말 힘들죠. 말하자면 서서히 끊었어요.

이야기할 수 없다는 부분이 재활 프로그램에 관한 내용인가요? 아니면 무엇 때문에 재활 프로그램을 했나요?

[그가 나를 바라보더니 녹음기를 끈다.]

[중단]

전 재활 프로그램을 하고 있지 않아요. 그런 걸 하는 사람으로 비춰
지고 싶지도 않고요. 당연히 그런 거죠. [알코올 중독자 모임(AA)] 기
자님 친구에게 물어보세요. 친구가 잘 알려 줄 거예요. 그 친구와 이
야기하세요. 제가 그런 프로그램에 관해 조금이나마 알고 있는 내
용에 비춰볼 때, 그 사안을 일반 사람에게 이야기하는 건 상당히 다
른 차원의 문제예요. 그런 프로그램을 잘 모르긴 하지만, AA 행동
수칙의 열한 번째가 "언론, 라디오, 영화의 차원에서는 익명성을 유
지한다"인 건 **알아요**. 이 수칙은 그들이 단호한 태도를 취하는 몇 안
되는 부분 중 하나죠. 역시나 그건⋯ 제가 조금이나마 알고 있는 내
용에 한해서 그렇다는 거예요. 제가 극히 일부만 이해하고 있는 선
에서요.

고등학교 시절에는 마리화나를 많이 피웠고 대학에 가서는 줄었고 그리고
하버드에 가서는 술을 마셨나요?

음. 대학원 때 술을 많이 마셨어요. 야도에서 많이 마셨어요. 하지만
누구나 그러죠. 안 그래요? 정말 이상하네요. 잘 모르겠어요. 그로
부터 5년 후였다면 상황이 좀 달랐을까요? 그렇지만 젊은 작가라는
게 그래요. 나가서 사람들과 요란하게 어울리면서 **그럴싸한 말장난**
을 주고받는 게 일이잖아요. 우리가 전부 얼마나 성공했는지 **기뻐하**

면서 말이에요. 내 거시기가 네 거시기보다 크다, 같이 경쟁하는 종류의 농담이죠.

내 유머가 네 유머보다 한 수 위다.

맞아요. 거시기 크기에 비유한 건 좀 그랬네요.

이 시기가 87년부터…

어떤 시기요? 술을 많이 마신?

뭘 숨기려는 건 아니지만 솔직히 말하면 기억이 잘 안 나요. 솔직히 말하면, "그리고 그는 끔찍한 알코올의 소용돌이 속으로 빠져들었다"라는 식으로 기사를 쓴다면 그건 부정확한 기사가 될 거예요.

그보다 저는 점점 더 우울해졌어요. 점점 더 우울해질수록 술을 더 많이 마시리라는 걸 알았어요. 게다가 술을 마셔도 즐겁지가 않았어요. 술은 말 그대로 마취제였어요. 늘 둔하고 무딘 상태이기를 바랐어요. 그렇지만 우울했던 이유가 약물이나 알코올과는 큰 관련이 없었다고 생각해요.

그러면 85년에 애머스트를 졸업하고 87년에 애리조나를 졸업한 다음에 하버드에 간 건가요?

네. 대학원 때부터 파티에 자주 다니기 시작했어요.

87년 여름에 야도에 갔나요?

네.

그리고 그해 가을에 하버드에 갔나요?

아뇨. 투손으로 돌아가서 지냈어요. 단편집을 마무리하는 중이었어요. 음, 봅시다. 두 달 정도 식구들하고 지내다가 투손으로 가서 잠시 지냈어요.

가족들이 재단 보조금을 주었죠? 「희한한 머리카락을 가진 소녀」에서 저작권이 표시된 페이지에 그 농담이 나오더라고요.
["야도 법인"과 "자일스 위팅 재단" 사이에 "방향 잃은 아동을 위한 짐/샐리 윌리스 기금"이라는 재단 이름이 껴 있다.]

"방향 잃은 아동을 위한 기금" 맞죠? 정확해요.
　그래요. 부모님은 정말 멋진 분들이시죠. 저는 일하느라 늘 위층에 있었어요. 부모님은 절 위해 요리를 해주셨을 뿐만 아니라 상점에 가서 필요한 물건도 사다 주시곤 했죠. 그래서 시간을 많이 절약할 수 있었어요.

그런데 단 두 달 간의 보조금이었네요.

네. 짐작했을지 모르겠지만, 전 함께 살기에는 그리 편한 사람이 아니에요. 기억하기론, 88년에 하버드와 프린스턴에 지원을 했고, 하버드에 가기로 했어요.

왜죠? 그때쯤이면 학문적인 환경에 질릴 법도 하지 않았나요?

음, 그때 저는 글쓰기에서 한 발짝도 나아가지 못하고 있었어요. 제가 글을 쓰는 많은 이유와 글쓰기와 관련해서 제가 멋지다고 생각했던 부분들이 더 이상 흥미롭지가 않았어요. 몰랐어요… 도무지… 어찌해야 할지를요. 제가 글 쓰는 일을 진정으로 사랑한 건지 아니면 젊은 나이에 거두는 성공에 설레었던 건지 잘 몰랐어요. 『희한한 머리카락을 가진 소녀』의 결말에 나오는 이야기는 많은 사람이 좋아하지는 않지만, 실은 정말로 슬픈 내용이에요. 일종의 자살 유서라고나 할까. 그 이야기를 마무리 짓고 나면 더는 글을 쓰지 않을 생각이었어요.

　제가 전반적으로 한 생각은. 그러니까 처음에는 글쓰기가 공허한 일이고 그저 게임이라고 생각했어요. 그러고서는 글쓰기에 관해 제가 한 생각이 가망 없을 정도로 공허하다는 걸, 그 생각 자체가 게임이라는 걸 깨달았어요. 그 책을 마치고 편집까지 하고 나서 완전히 우울해졌어요.

이상하게 **들리긴** 하겠지만, 그건 기자님이 앞서 말한 것처럼 나락에 빠지는 일이라기보다는, 일종의 예술적·종교적 위기에 가까웠다고 생각해요. 제가 살아 있는 모든 이유와 제가 중요하다고 생각했던 것들이 더는 소용이 없다는 걸 직감적으로 느꼈어요. 이게 개인적으로 수긍이 가나요?

[신사적이다. 그는 나를 자신과 동등한 동료로 대우함으로써 날 돋보이게 하고 있다고 생각한다.]

작가님 이력에 관해서 말해 주시는 내용과 관련지어 봐도 이해가 가네요. 그런데 좀 더 개인적으로 말해 주세요.

제 이력이라면 뭘 말하는 거죠?

음. 작가님은 풋볼을 잠깐 했다가 그만두었죠. 작가님보다 덩치가 큰 애들 때문에요. 그리고 또 테니스를 잠깐 했어요. 아마 5년 정도였죠?

맞아요. 다만 그런 건 외부적인 척도로 가늠할 수가 있죠. 그런 걸 본인이 얼마나 잘하는지를요. 그런데 글쓰기는 전적으로 내면적인 일이에요.

그렇지만 어떤 패턴이 있다는 걸 느꼈을 것 같은데요. 뭔가를 5년쯤 하다가 그걸 그만둘 이유가 생기고.

그렇네요. 전 또 의미론과 수리 논리 같은 무거운 주제를 5년 정도 공부하다가 글쓰기로 방향을 바꾼 거였어요. 기자님 말이 맞네요. 제가 스스로를 애호가쯤으로 생각했나 봐요. 음. 잘은 모르겠지만 어쨌든 기자님 말이 맞네요. 그걸 깨닫지 못했었어요. 기자님한테 60달러 빚졌어요.

그래서 그 이유 때문에 5년마다 다른 방향으로 옮겨 가야 하는 위기가 생겼던 게 아닌가 생각되는데요. 다만 작가님이 글쓰기를 그만둘 물리적인 이유나 지적인 이유가 없었긴 했지만요.

이상하긴 하지만, 제가 하는 모든 일을 혐오하기 시작했어요. 「제국은 서쪽으로 나아간다」 이후에 중편소설을 두 편 썼어요. 정말 열심히 썼는데 **용납할 수 없을 정도로** 졸작이었어요. 대학생 때 처음으로 썼던 글보다 더 형편없었어요. 갈피를 못 잡을 정도로 혼란스러웠어요. 가망 없이 꺾인 채….

어쨌든 제가 대학원 철학 전공을 지원한 이유는 제 기억으로는 제가 학문적인 환경에 있을 때 빛을 봤기 때문이에요. 철학 서적을 읽고 철학을 하면서 부업으로 글을 쓰다 보면 글이 더 나아질 거라고 생각했어요.

지금까지 전 자아를 글쓰기에 완전히 쏟아붓고 있어요. 제게 남은 유일한 한 가지예요. 제가 원하는 한, 세상으로부터 먹이를 받아 먹을 수 있는 유일한 방법이죠.

　그래서 궁지에 몰린 것 같은 심정이에요. "이런, 5년이 다 되었어. 이제 옮겨 가야 하는데 그러고 싶지가 않아." 정말 오도 가도 못하는 처지였어요. 술 마시는 것도 그 일부였죠. 이제는 술을 마시지 않아요. 그렇지만 술을 마셔서 그렇게 옴짝달싹 못하는 처지가 된 건 아니었어요. 그런 건 아니었어요. 사람들과 어울려 마시는 술이 통제 불능 상태가 된 건 아니었어요. 그보다는 제 삶이 스물일곱 내지는 스물여덟 살에 끝난 것 같았어요. 원치 않았는데 정말 참혹한 기분이었어요. 그런 기분을 느끼고 싶지 않았어요.

　온갖 것을 다했죠. 술을 엄청나게 마셔대기도 하고 낯선 여자와 잠을 자기도 했어요. 그러고는 2주 동안 술을 아예 입에 대지 않고 매일 아침 15킬로미터씩 뛰었어요. 알다시피, 절박하면서도 아주 **미국적인** 마음가짐이었죠. "내가 극단적인 조치를 취해서 이걸 어떻게든 고치겠다"고 하는. 그런 생활이 한두 해쯤 이어졌어요.

「플래시 댄스」의 제니퍼 빌즈 같군요.

공교롭게도 많은 부분이 스포츠 훈련과도 같아요. 이런 거죠. (슈워제네거 같은 목소리로) "문제가 있다면 내가 스스로 단련해서 그로부터 탈피하겠다. 일찍 일어나겠다. 더 열심히 하겠다." 어렸을 때는 이런 게 통했지만 알다시피…

제가 아는 사람들 전부, 그리고 마이클 샤본 같은 작가들도 두 번째 작품을 쓰는 과정에서 위기를 겪었다고 하죠.

그렇지만 제 두 번째 작품은 「제국은 서쪽으로 나아간다」였어요. 글 쓰는 과정이 꽤 순탄했고…
　당혹스러운 건 이거예요. 그게 누구에게든 그리 강한 타격을 줄 일이 아니었는데, 전 완전히 박살 난 것 같았어요. 글을 쓰는 제 방향이 그 작품에 온전히 담겨 있었어요. 그 작품은 존 바스에게 존경의 뜻을 바치는 글이면서도 부친 살해 같은 면을 담고 있었어요. 바스가 제가 유일하게 사랑한 포스트모던의 대가는 아니었지만 그의 「도깨비집에서 길을 잃다」는 뭐라고 해야 할까요. 포스트모던 메타픽션의 트럼펫 소리와 같다고 할까요?

그 책은 조화로움도 정말 훌륭하죠.

그걸 정말로 좋아하는 건가요? 아니면 그냥 마음이 후한 건가요? 그걸 좋아하는 사람이 많지 않은 데다가, 전 독자가 제 글을 이해하기 위해서 20년 전에 뭔가를 읽었다고 기대해서는 안 된다는 말까지 들었어요. 건방지게 들리는 말이긴 하지만….

[그는 내가 바스의 작품이 아니라 본인 작품을 이야기한 것이라고 생각한다.]

서너 번쯤 뭔가가 제게 생생하게 다가와서 절로 글이 써졌다고 제가 말했죠. 그 작품이 그런 경우 중 하나였어요. 비록 아주 유쾌한 경험은 아니었지만요.

제 친구들 중에 학교로 도피했다가 나중에 집필 활동으로 다시 돌아와서 방향을 못 잡고 혼란을 느낀 경우가 있었어요.

그런 건 꽤 뻔한 일인 것 같기도 해요. 어느 시점이 되면 좀 더 성장할 필요가 있어요. 본인만의 규율을 세워야 하죠. 더 이상 글쓰기 워크숍에서 글을 쓰는 학생이 아니니까요.

　제 첫 두 책은 교수님 밑에서 썼다고 할 수 있어요. 아주 힘든 일이에요. 첫 책은 게임이자 순전히 가능성이자 약속이죠. 그리고 두 번째 책에 들어서는 "좋아. 첫 책은 운이 아주 좋았어. 덕분에 이 일을 할 기회를 얻게 되었어. 이제 이 일을 계속 할 건가? 말 건가?"라는 상황이 되죠. 잘 모르겠어요. 제가 겪은 과정이 다른 사람들이 겪은 과정과 아주 다른 건지 의문이 들어요. 제 경우 유일한 다른 점은 그 과정이 무척이나 날카롭고… 기간이 꽤 짧았다는 거예요. 아마 2년도 채 안 되지 싶어요. 하지만 소름 끼칠 정도로 제 평생 가장 끔찍한 기간이었어요.

[그의 시계 알람이 계속해서 울린다.]

여기에 관해서 좀 더 이야기해 볼까요? 이때가 88년이죠. 정말 큰 차이점은 그런 상황이 작가님에게만 일어났지 다른 사람들에게는 일어나지 않았다는 거예요.

그래요.

이 2년 동안의 기간이 88년에서 90년까지인가요? 자살시도 관찰 기간은 언제였나요?

제가 거기에 들어간 때요?

맥린 병원이었나요?

그 이름을 어떻게 알아요?

보스턴에 있는 사람들을 알아요. 작가님과 같은 병원에 있었던 사람들은 아니고요….

아뇨. 보스턴에는 그런 병원이 많아요. 맥린 병원은… 실은 제가 어쩔 수 없이 그곳으로 가게 된 거라고 할 수 있어요. 하버드 의료보험이 적용되는 게 그 병원이었거든요.

엘리자베스 워첼도 그곳에 갔죠.

이런. 그녀와 제가 그 망할 병원 셔틀버스에 같이 타고 있었을지도 모르겠네요.

항우울제는 전혀 복용 안 했나요?

일찍부터 복용했어요. 대학 때 두 달쯤요. 그런데 다른 증상 때문에 복용했어요. 불면증이 지독히 심했거든요. 그때 술을 많이 마셨기 때문에 달마인은 복용하고 싶지 않았어요. 그래서 이런 이야기를 구구절절했더니 의사가 다른 약을 처방해 주더라고요. 삼환계 항우울제를 처방해 줬어요. 항우울제가 어떻게 작용하는지는 모르겠지만, 이 약은 제게 반대의 효과를 내더라고요. 약을 먹으면 완전히 취해서 몽롱한 기분이었어요. 그 약은 절대로 제가 선택한 게 아니었어요.
　그랬더니 의사들이 충격요법 이야기를 하더라고요. [『무한한 재미』의 등장인물 케이트 곰퍼트처럼 말이다.] 그래서 결정했죠. 공교롭게도, 책에 보면 케이트 곰퍼트가 병원에 누워 있고 의사가 이야기를 하는 장면이 한 챕터나 나와요. 물론 아주 다른 상황이기는 하지만요.

그녀는 충격요법을 받기를 원했어요.

그녀는 원했죠. 저는 상황이 악화되면 제가 다른 사람이 되리라는 걸 알았어요….

[녹음 테이프의 한 면이 다 돌아갔다.]

♦♦♦

우리가 탈 비행편이 취소된다.

이글 항공사 데스크로 급히 가봐야 할까요?

여기서 한 10분 기다려야 할 거예요. 사람들이 줄을 서 있을 테니.

제가 시카고까지 운전할 수 있어요.

좋아요. 한 2분만 더 생각해 보고 홀리에게 전화 걸게요. 홀리가 뭔가 지시를 내리면 따를 거예요. 이건 중대한 일이고 전 상사가 아니니까요. 결정은 그녀가 하죠. 그녀가 뭔가 지시를 내릴 거예요.

전 걱정하지 않아요. 제가 맥린 병원의 자살시도 환자 병동에 있었다는 걸 다른 사람들이 알아도 신경 안 써요. 다만 이게 낭만적이고 선정적인, 고뇌에 찬 예술가의 사연처럼 비춰질까 봐 걱정이에요. 이건 화학적 불균형의 문제가 아니었어요. 약물과 알코올 때문에 생긴 문제가 아니었어요.

그보다 전 무척이나 미국적인 삶을 살았어요. 상상 이상으로요. "내가 X, Y, Z를 이룰 수 있다면 만사가 완벽할 것이다"라는 생각으로 살았죠. 전 천만다행으로 운이 좋았다고 생각해요. 스물일곱 살 즈음에 중년의 위기가 찾아왔던 것 같아요. 당시에는 그게 운 좋은 일로 보이지 않았지만 지금 돌아보면 꽤 행운이었다고 생각해요. 기자님은 예를 들면 제가 이 책과 관련해서 돈을 받지 않겠다는 점을 비롯해서 제가 한 말을 다 믿지는 않지만, 이제는 절 이해할 수도 있겠다 생각해요. 그 시기는 제 인생을 통틀어 가장 끔찍했어요. 그 시절로 다시 돌아가지 않기 위해 어떤 **막대한** 희생도 감수할 수 있어요.

이 책으로 큰돈 벌 기회를 포기하는 것? 할 수 있어요. 그 정도 대가는 치러야죠. 하지만 그건 제가 고결한 사람이어서가 아니에요. 제가 운이 정말 좋았기 때문이에요. 그 시기에 일하면서 살아 나갈 어떤 다른 이유들이 주어진 것 같았어요. 그걸 망치고 싶지 **않아요**. 그러고 싶지 않아요. 그래서 전 지금 살아 나가요. 지금 무척 **조심**하고 있어요. 그 덕분에 제가 정상 상태를 구축한 것 같기도 하고요.

[이런 말을 하는 사람과 함께 있으니 마음이 편치 않다. 정상 상태는 구축할 수 있는 게 아니다. 마찬가지로 데이비드가 책에서 지적했듯이, 사람이 노력을 통해서 진실될 수는 없다. 처음부터 진실되거나 아예 진실되지 않거나 둘 중 하나이지, 애써 도달하는 상태가 아니다.]

음, 충격요법 말인데, 받아 본 적은 한 번도 없어요. 의사들이 처방하지 않았어요. 그렇지만 깨달은 건, 제가 어떤 연속체상에 존재한다는 거였어요. 무슨 말인지 아시겠어요? 그 연속체의 한편에는 평상시의 제가 있어요. 그리고 전 볼 수 있어요. 책에 우울증에 관한 내용이 꽤 많은데 완전히 자전적인 내용은 아니지만, 눈 앞에 펼쳐진 길을 5백 미터 앞서서 내다볼 수 있다는 식으로 썼어요. 달리 말하면, 제 시야에 필터가 드리워지는 걸, 그래서 세상이 왜곡되는 걸 볼 수 있었어요.

내가 충격요법을 받은 사람들을 만난 적이 있던가? 그래요. 충격요법을 받은 사람을 만난 적이 있어요. 소름 끼치게 무섭더라고요. 저도 여타 사람과 같아요. 뇌는 중요하잖아요. 뇌를 상하게 한다는 건… 물론 어느 시점이 되면 충격요법을 해달라고 애걸복걸할 수도 있어요. 「에이리언」에서 "날 죽여줘. 날 죽여줘" 하는 것처럼요. 그건 옳은 일이니까요. 책에 이런 대목이 있어요. 제가 좋아하는 부분이에요. 불타는 고층건물에서 사람들이 뛰어내려요. 그들이 높은 데서 떨어지는 건 더는 무섭지 않아서가 아니에요. 그 반대의 대안이 더 끔찍하기 때문이에요. 그러곤 무엇이 그토록 끔찍할 수 있는지 생각하게 되죠. 그 높은 데서 뛰어내려 죽는다는 건 오히려 죽음에서 벗어나는 행위로 다가와요.

여기에 대해서 제가 암울한 환상을 품고 있다는 건 인정해요. 전 엘리자베스 워첼이 아니에요. 전 생화학적으로 우울한 게 아니에요. 그렇지만 어린이 풀장에 발가락을 담가야 하는 심정이에요. 그

전으로 다시 돌아가지 않는 일이 제게는 **무엇보다** 중요해요. 그건 최악의 상황이에요. 기자님도 이런 경험이 있었는지 모르겠네요. 어떤 신체 부상보다도 끔찍한 일이에요. 옛날로 치면 영적인 위기 같은 건지도 모르겠어요. 마치 삶의 모든 자명한 이치가 거짓으로 드러나고, 실제로 아무것도 없고 **내가** 아무것도 아니고 모든 게 망상인 것 같았어요. 물론 다른 사람들보다는 낫긴 하죠. 그게 망상이라는 걸 아니까요. 그렇지만 또 그 누구보다도 못해요. 제대로 사람 노릇을 할 수 없으니까요. **그냥**, 그냥, 몸서리 처지도록 끔찍했어요. 이런 식의 생각을 하면서 하버드에서 존 롤스 교수와 "의지의 자유"에 관한 글을 읽으려니 극히 불편했어요.

어쨌든 그런 이야기예요. 신경 쓰진 않아요. 사적인 문제는 아니니까요. 다만 이런 경우를 낭만적인 일화로 만드는 사람으로 비춰질까 봐 걱정되는 거죠. [왜인지 이 부분이 제일 슬프다.]

전혀 그렇지 않아요. 이야기를 들으니 작가님이 본인의 리듬을 왜 망치고 싶어 하지 않는지 분명히 알겠어요.

[일반적인 전환: 후루룩 소리를 내면서 유리잔에다 얼음을 뱉는다. 그는 담배를 씹고 있다.]

기자님하고 긴밀하게 이야기하니, 제가 말할 기분이 나네요. 그래서 말인데 혹시 저 같은 경험이 있었나요?

◆◆◆

이후

전. 그 세상에 한 번도 살아 본 적이 없어요. 제가 아는 모든 사람이 사는 그 세상 말이에요. 여러 책을 읽으면서 제가 좋아했던 부분의 90퍼센트가 외로움에 관한 대화라는 걸 전에는 몰랐어요.

[우리는 블루밍턴 공항 입구 자동문 옆에 서서 학교와 글쓰기에 관해 이야기하며 담배를 피우고 있다.]

전 제가 머리 자체라고 생각했어요. 그냥 머리요. 20대 후반에 말하자면 이 머리를 크게 다쳤기 때문에 제가 들어가 살 다른 신체 부위를 찾아야 했어요. 심지어 의구심까지 들기 시작했어요. 어떤 경험이 있었던 건 아니에요. 어떤 결론에 다다른 것도 아니었어요. 그냥 많은 걸 내던져 버린 것 같았어요.

　여기에는 큰 모순이 있어요. 아마 기자님은 이해할 수 있을 거예요. 거짓된 모습을 보이려는 건 아니에요. 제 책을 두고 야단법석이 일어나고['야단법석'이란 말을 쓸 때마다 눈을 게슴츠레 뜬다] 사람들이 제 책을 좋게 생각해서 **기분이 좋아요.** 그런데 제가 정말로 좋은 점은 그런 게 저한테 더는 중요하지 않다는 거예요. 아시겠죠? 이 책 작업을 정말로 즐겼어요. **그 어떤 작품보다도** 공을 들였고요. 아시겠죠? 이 책이 작은 실험이라고 생각했어요. 책을 위해서 실험을 할

작정이었어요. 제가 이 책을 심지어 팔지도 못한다면 그건 젠장, 알 게 뭐예요. 「비정의 거리」 결말에서 제임스 칸이 자기 삶의 터전을 파괴해 버리는 식이 되겠죠.

마이클 만 감독. 그 영화를 못 봤어요.

정말요? 나쁘지 않아요. 결말은 좀 말이 안 되지만요.
　어쨌든 이게 제게 벌어진 일이에요. 기자님의 경우와 아주 비슷할지도 몰라요. 기자님은 브라운 대학을 다녔죠. 성공할 앞날이 기다리고 있었어요. 누군들 그걸 바라지 않겠어요? 그리고 성공했어요. 생계를 이어 나갈 수 있게 된 거죠. 그래서 외부로부터 온갖 확신을 얻었어요. 젊으니까 만사가 **잘 되리라**고 생각하게 돼요. 이런 말은 환원주의적이고 대중심리학처럼 들리긴 하죠. 하지만 본인이 현실에 직면하게 돼서야 깨달음이 찾아와요. "이런 젠장, 젊다고 해서 모든 일이 잘 풀리는 게 아니네." 제 경우에는 그 때문에 제 "삶의 형이상학"이 뿌리 깊은 곳에서부터 흔들려 망가지고 말았어요.
　기자님과 제가 삶에서 이른 시기에 얼마간의 성공을 거두었다고 한다면, 우린 궁극적으로 운이 좋은 거예요. 그런 성공이 아무 의미가 없다는 걸 남보다 **이르게** 깨닫게 되니까요. 그러니까 무엇이 내게 **의미가 있는지** 찾아가는 과정을 **일찍** 시작하게 된다는 말이에요. 솔직히 터놓고 말해서 지금 이 상황에서 제가 가장 흡족한 건 기자님이 정말 잘하고 있다는 거예요. 제가 이제는 기자님이 좋아지기 시작해서 이런 이야기까지 털어놓게 되었으니까요. 미친 소리처럼 들릴지도 모르겠네요. 어쨌든 제가 지금 이렇게 유명해지게 된 상황이 제게는 큰 의미가 아니라서 흐뭇해요.

그렇지만 이번 책 집필이 무척 힘들었다는 기억이 생생해요. 그냥 끝까지 참아 냈어요. 뭔가를 정말로 끝낸 거죠. 전 제 책을 위해 그렇게 한 거지, 데이비드 립스키나 마이클 피치가 제 책을 좋아할지 상상하면서 한 게 아니에요. 덕분에 제 안에 얼마간의 근육이 붙었어요. 그걸 제 남은 평생 쓸 수 있고요. "그래. 난 이제야 작가야"라는 생각이 들어요. 제가 성공을 거둔 작가인지 아닌지 전 몰라요. 그렇지만 이게 나 자신이고 이게 내가 하는 일이라는 생각이 들어요. 이제는 제가 작품 자체를 위해 작업을 하는 방향으로 살아갈 방법을 알아요. 이 말이 아주 가식적으로 들릴 수도 있겠죠. 게다가 누구나 하는 말이기도 해요. "오, 다른 건 중요하지 않아."

제 말의 요지는 제가 그토록 힘든 시기를 거쳐 왔기 때문에 그런 문제가 제게 더는 중요하지 않아야 한다는 거예요. 안 그러면 제 머리가 터지고 말아요. 거의 그 지점까지 갔어요. 아니면 적어도 용을 쓰면서 버티다가 그렇게 발버둥 치는 저 자신에게 큰 타격을 입히고 말지도 몰라요.

[휴식]

◆◆◆

유일한 해결책: 오늘 밤 미니애폴리스까지 가야 한다.

블루밍턴에서 출발하는 비행편이 모두 취소되었다. 그래서 내가 빌린 렌트
카를 타고 미끄러운 도로를 달려 시카고/오헤어로 가야 한다.

[우리는 지금 공항 자동문에서 담배 두 대를 더 태우는 중이다. 담배를
태우면서 손가락을 움직여 댄다. 바깥바람이 차갑다.]

제가 성공했다는 말은 아니에요. 그렇지만 아방가르드 성향의 글이
제 역할을 할 수 있다고 할 경우, 그 글은 엄청나게 어렵고 다가가기
가 힘들 거예요. 독자는 뭐에 홀린 듯, 평상시 같으면 안 해도 되는
어마어마한 노력을 들이게 되고요. 그거야말로 위대한 예술이 할
수 있는 마법이죠.

그렇지만 최선의 방편은 책이 TV보다 나은 면들을 이용해서, TV가 할 수
없는 것을 보여 주는 것이죠.

다만 어려운 건 그 두 가지를 동시에 하는 거죠. 책이 독자에게 책
읽는 방법을 가르쳐야 하기 때문이에요. 그래서 구조 같은 걸 처음
부터 제대로 시작해야 하죠.
　우리는 둘러앉아서 TV가 책 읽는 독자들을 얼마나 망쳐 놨는지
씹어 대요. 덕분에 우리는 작업이 더 힘들어지는 귀중한 선물을 얻

게 되었죠. 무슨 말인지 아시겠어요? 게다가 독자가 독서의 가치를 인정하게끔 만드는 일이 더 어려워질수록 진짜 예술을 할 수 있는 더 나은 기회가 생긴다고 생각해요. 진짜 예술만이 그 일을 할 수 있기 때문이죠.

그렇지만 책이 더 복잡해질수록 독자는 수업 첫 몇 주를 빼먹고서 교실에 들어와 앉아 있는 느낌이 들 텐데요.

작가는 독자가 본인이 생각하는 것보다 더 똑똑하다는 사실을 독자에게 가르쳐요. TV가 은밀하게 주는 교훈 중 하나는 시청자가 아둔하다는 메타적인 교훈이에요. 시청자가 할 수 있는 건 그게 다예요. 그건 쉬운 일이고, 시청자는 그저 의자에 앉아서 편안하게 있길 원하는 사람이에요. 하지만 실은 그보다 훨씬 더 큰 야심을 품은 측면도 우리 안에 있어요. 제 생각에 우리에게 필요한 건—물론 제가 그걸 줄 수 있는 사람이라는 건 아니지만—우리가 똑똑하다는 걸 다시금 가르칠 수 있는, 진지한 예술이에요. TV와 영화가 어떤 면에서는 훌륭하지만, 우리에게 줄 수 없는 게 있어요. 다만 TV나 영화와는 다른 예술의 경우, 그걸 이해하기 위해서 추가의 수고를 들이고자 하는 의욕을 우리에게 줄 수 있어야 해요. 그런 걸 시각 예술의 경우에서도 볼 수 있고 또 음악에서도…

더 쉽긴 하겠네요. 그게 더 빠르게 재미를 느낄 수 있다는 걸 사람들이 깨닫게 하는 것 말이에요.

그건 까다로워요. 작가가 독자를 유혹하고 싶어 하지만 독자에게 아첨하거나 독자를 조작하기는 원치 않으니까요. 그러니까 좋은 책은 책을 어떻게 읽어야 하는지를 독자에게 가르쳐요.

[이후: 그가 본인을 향한 관심을 다른 데로 돌리고자 했다. 그의 대학교 연구실에 붙은 메모. "데이비드 포스터 월리스는 개인적으로 시급하고도 별난 사정으로 인해 허가하에 96년 2월 17일부터 96년 3월 3일까지 그리고 96년 3월 5일부터 96년 3월 10일까지 자리를 비웁니다."]

예전의 묘책은 폭발해 버렸고, 이제는 언어가 독자를 끌어당길 새로운 방법을 찾아야 해요. 제 개인적인 생각인데, 이 방법이란 건 목소리와 많은 관련이 있어요. 그리고 작가와 독자 사이의 친밀감과도 관련이 많고요. 현시대 삶의 원자화와 고독을 생각할 때, 그건 우리에게 열린 부분이자 우리에게 주어진 선물이에요. 이건 무척 개인적인 사안이고, 그걸 이룰 수 있는 방법은 열일곱 가지나 있어요.

[이후]

레스터 뱅스의 「정신병증 반응과 카뷰레터의 배설물」을 보면, 마음이 발기 상태가 되게 하는 어떤 음악에 관한 내용이 나와요. 그 표현이 제게 확 와닿았어요. 저 같은 경우에는 「풍선」을 읽고서 마음이 발기 상태가 되었어요. [도널드 바셀미의 단편 「풍선」을 말한다.]

제게는 심미적인 경험의 상당 부분이 성적이에요. 어느 정도는 그걸 만든 사람과의 묘한 친밀감과 관련이 있는 것 같아요.

다른 매체는 그런 경험을 주지 않나요?

음. 물론 드라마 속 배우들에게서 그런 묘한 친밀감을 느낄 수는 있겠지만 그건 좀 달라요. 그건 내가 그들이라는 환상을 품거나 내가 그들을 신체나 뭐 그런 대상으로서 갈망하는 경우죠. 흥미로워요. 다양한 예술의 다양한 유혹을 주제로 아주 잘 쓴 에세이를 여태 읽어 본 적이 없네요.

성취에 대해서는 어떻게 생각하나요?

성취에 대해서는 전 생각이 더 모호해요. 제가 스물다섯 살 때 『뉴욕 타임스』에서 상당한 호평을 받은 일을 기자님 같으면 뭐라고 말하겠어요? 기자님이 스물다섯 살이었다면 그런 저를 두고 헐값을 부르는 창녀 같다고 말했겠죠. 재밌는 건, 제가 5년 전이었다면 기자님을 보고는 "흠. 완전히 부르주아군" 하면서 비웃었을 거란 점이에요. 그런데 지금 깨달은 바로는, 우리가 기본적으로는 완전히 같다는 거예요. 우리가 저마다의 정글짐을 갖고 있다는 얘기죠. 그리고 그간 살아온 세상에 비춰볼 때, 기자님은 성공한 거예요. 제가 자라온 세상에서 부모님은 돈에 크게 연연하지는 않으셨지만 자기 분야에서 직업적으로 명성을 쌓는 일에는 크게 관심을 두셨어요. 만약 기자님이 철학 책을 쓴다면, 기본적으로 다른 철학자들이 어떤 생각을 하는지를 두고 크게 우려하겠죠. 그런 식이죠.

저희 어머니는 화가예요. 이 세상과는 다른 체계 속에 계셨어요.

어머니를 존경했나요?

그랬죠. 지금도 존경하고요. 괴로웠던 건 제가 그 일부가 되기 힘들었다는 거예요. 한 집에 있었는데도요. 무슨 말인지 아시겠죠?

당연히 그랬겠죠. 어머니도 그 점 때문에 깊이 상처를 받으셨을 거예요. 분명.

[이상하게도 작은 마을의 상담가가 해주는 따스한 말처럼 들린다.]

어머니는 기지 넘치는 분이에요. 에머슨, 니체 등의 책을 읽으시죠. 그런 책에서 뭔가 재밌는 부분을 보셨다고 생각해요. 그렇지만 저로선 힘들기도 했어요. 어머니를 지켜보기가요.

(나긋한 목소리로) 무슨 말인지 알겠어요. 흥미로울 거예요. 장담하는데, 전 기자님을 잘 모르긴 하지만 언젠가는 본인이 필요로 하는 만큼 성공을 거둘 거고 그걸로 충분하다는 걸 깨닫는 순간이 분명 올 거예요. 그때가 되면 한숨 돌릴 수 있을 거예요. 어쩌면 늘 그렇지는 않겠지만요. 저 같은 경우는 그게 지금 상황에서 가장 좋은 짐이에요. "그런데 말이야. 지금 이 상황이 날 덮치지 않아"라는 느낌이죠. 『롤링스톤』에서 기자님을 저한테 보낸 건 제가 어깨를 으쓱할 만한 일이에요. 하지만 그게 10년 전에 제게 의미하는 바와 지금 제게 의미하는 바는 달라요. 그 사실이 귀중해요.

왜죠?

그게 제게 큰 의미라고 한다면, 전 하염없이 나약하고 부서지기 쉬운 존재가 되기 때문이에요. 기자가 날 취재하러 **오지 않으면** 어쩌지? 기자가 날 싫어하면 어쩌지? 다음 작품이 혹평을 받으면 어쩌지? 이렇게 되면 전 어떤 존재가 될까요? 유리로 만들어진 존재가 되겠죠. 각별히 주의를 기울여 취급하지 않으면 곧바로 깨져 버리는 존재요. 그렇겠죠? 제가 뭐 해탈을 했다거나 하진 않아요. 저도 그런 점으로부터 자유롭지 못해요. 그게 얼마나 큰 의미였는지 또렷이 기억해요.

10년 전이었다면 어떤 의미였을까요?

그 때문에 제가 상황을 재촉했을 것 같아요. 그게 절대적으로 큰 의미이기 때문에, 제가 기자님에게 깊은 인상을 주려고 오만 가지 방법으로 **별의별** 노력을 다 기울였을 거예요. 온갖 거짓으로 치장하고, 기자님이 가고 나면 설레면서도 조바심에 안달하면서 기사가 나오길 기다리겠죠. 그리고 기사가 나올 테고요. 기사 내용이 그리 모질지 않으면, 전 딱 한 시간 동안 **허세를 부리며 흥분할** 테죠. 그러고는 말 그대로 공허함이 밀려올 거예요. "난 다시 유리 같은 존재로 돌아왔어. 이제 날 애지중지 다뤄 줄 무언가를 어디에서 찾아야 할까?"

제가 이제 더는 그런 존재가 아니라는 건 아니에요. 그렇지만 이 모든 게 끝나고 나면, 그러니까 지금 **이 상황**이 다 지나가서 제가 다시 글쓰기에 몰두할 수 있기를 바라는 마음이 가장 커요. 그게 가장 중요해요. 그런 식으로 살 수 있어서 좋아요. 제가 이런 유명세에 의존한다면 전 살 수 없어요. 아마 5년을 주기로 불행해지겠죠?

[그가 표정을 찡그린다.]

좋은 말씀이에요.

그냥 듣기 좋으라고 하는 말이 아니에요. 이건 진실이에요. 제가 정말로 진실을 이야기하고 있다는 거죠.

더는 대가를 받을 필요가 없는 노련한 고급 기녀 같은 느낌이군요….

좋은 예시네요. 정말 훌륭한 매춘부지만 시간이 흐른다는 걸, 많은 게 사라진다는 걸 아는 거죠.

홀리에게 전화를 해야 하지 않나요? [리틀 브라운의 홍보 담당자 홀리가 우리가 미니애폴리스로 가는 것과 관련해서 결정을 내릴 것이다.]

["블루밍턴-노멀에 오신 걸 환영합니다." 공항 표지판에 이렇게 쓰여 있다. "우리는 블루밍턴-노멀에 열광합니다. ─암스트롱 부동산" 우리는 열고 닫히는 자동문에 서서 대학원에 관해 이야기하는 중이다.]

교수들은 대중문화를 인용하지 말라고들 해요. 그 이유는 (a)대중문화가 지극히 평범한 데다가 아둔하고 (b)그런 걸 인용하면 작품이 시간의 흐름에 따라 시대에 뒤떨어지게 되기 때문이라고 해요. 전 기자님을 잘 모르고 기자님이 어떤 종류의 글을 쓰는지 몰라요. 저를 비롯해서 제가 아는 많은 젊은 작가들은 낭만주의 시인이 호수와 나무를 사용하는 것과 마찬가지로 대중문화를 사용해요. 그런 건 정신적인 가구의 일부죠. 늘 들고 다니는.

셰익스피어가 그리스 신화를 그런 방식으로 사용했죠.

그런데 문화가 그 안의 대중적인 부분과 묘하고도 복잡한 관계를 맺고 있기도 해요. 제가 수업에서 「길리건의 섬」을 인용하면 학생들이 전부 웃어요. 거기에는 거슬리는 면이 있어요. 그런 대중적인 요소가 너무 익숙하다는 이유로 모두가 다소 불편해해요. 아주 신경증적인 관계가 존재해요. 그렇지만 전 글 쓸 때 그런 걸 많이 생각하지 않아요. 그런 건 제게는 대부분 풍경 묘사와도 같은 일이죠.

[나는 데이비드에게 결혼 관계에 관한 질문에 관심이 무척 많다고 말한다. 사람들이 정서적이고 육체적인 관계를 어떻게 유지하는지에 관해.]

그래서 서른 살인데 결혼을 안 한 건가요?

그럼 작가님은 서른네 살인데 왜 결혼을 안 했나요?

기자님 먼저 말하세요.

음. 그 역할에 맞는 사람을… 캐스팅하기가 어렵다고 생각해요. 삼사십 년 동안 그 역할을 해야 할 사람이니까요…. 제가 어떤 정신적인 풍경 속에 있든 그 사람과 그 안에서 함께 해야 하잖아요. 제가 상상할 수 있는 풍경 안에 딱 들어맞는 누군가가 필요하죠.

전 이 문제에 대해서 그렇게까지 체계적이진 못해요. 결혼할 뻔한 적이 몇 번 있었어요. 3, 4년씩은 그렇게 깊은 관계를 맺었죠. 그러다 관계가 틀어지고 나면, 그런 관계가 몇 차례씩 틀어지고 나면, 9년이고 12년이고 결혼하지 못한 상태가 되는 거죠. 생각해 보면 큰이유는⋯ 제가 끌리는 여성과는 알고 보면 잘 지내지 못하는 경향이 있어서인 것 같아요. 저와 원만하게 지내는 여성의 경우에는 제가 상대에게 여자로서의 매력을 느끼지 못해요. 그러다 보니 제겐 좋은 이성 친구들이 많아요. 그렇지만 애인과는 아주 힘겨운 시기를 겪곤 하죠. 제가 매력을 느끼는 여자들은 예를 들면 몇 주 동안은 아주 유쾌해요. 일반적인 면에서요. 그런데 매일 같이 지내면서 쇼핑을 함께 가거나 해야 하면, 사이가 틀어져요.

왜죠?

모르겠어요. 친구들 몇 명은 제가 누군가에게 돈을 내고서 이 문제를 함께 들여다봐야 한다고들 말해요. 그렇지만 많은 부분은 음, 전생각해 보지 않았어요. 기자님처럼 정신적인 풍경이라는 말로 설명은 못해요. 전 그냥 함께 지내기 힘든 사람이에요. 그 이유는 제가 혼자 있고 싶을 때, 예를 들면 작업하고 싶을 때 오롯이 저 자신이되기를 바라거든요. 전 그렇게 도망가 버리죠. 여자들은 그런 걸 싫어해요. 그들도 저와 마찬가지로 작가이지 않는 한 말이에요. 그런데 또 그 경우엔 여자가 도망가 버리는 걸 제가 보고 싶지 않아요.

우리의 택시가 아닌 거죠.

우리를 기다리고 있는 택시가 아닌 거라고 하는 게 맞겠죠.

[차가 얼음으로 뒤덮여 있다. 배트모빌처럼. 모든 윤곽이 매끈해져 있다.
데이비드가 트렁크에서 긁어내는 도구를 꺼내 작업을 시작한다. 앞 유
리창, 긁혀 나오는 얼음 파편들, 뒤 유리창.]

이건 모험이에요. 이 긁개를 잃어버리면 안 돼요. 행운을 가져다주
는 긁개예요. 중서부의 맘씨 좋은 남자는 긁개와 사이가 좋죠.

[우리는 운전 중이다. 얽히고설킨 공항을 빠져나간다. 데이비드가 씹는
담배를 뱉으려고 사바랭 커피 캔을 가져왔다. 차가 급히 회전하는 바람
에 사바랭 캔이 떨어진다.]

캔이 가득 차고 나면 급선회를 하고 싶지 않을걸요.
[우리는 I-55 고속도로를 타고 시카고로 향한다. 눈이 녹아서 길이 질척
거리고 차들로 붐빈다.]

『무한한 재미』에서 영화가 나오잖아요. 어떻게 해서 그런 아이디어에 매력
을 느끼게 된 거죠? 저도 TV를 끄기가 힘들 때가 많아요.

거기에 대해서 기자님이 한 단락이라도 알아들을 수 있게 설명하기는 어려워요. 이런, 오늘 사람들이 왜 이런가요?

[도로에서 사람들이 갑자기 방향을 틀어 우리 차선으로 끼어든다.]
젠장, 저 사람 대체 왜 그런대요?

영화에 관한 아이디어가 처음부터 떠올랐나요? 아니면 나중에?

기자님이 작업할 때는 어떤가요?

[우리는 필립 로스에 관해 이야기하는 중이다…]

로스는 2년 동안 글을 쓰는데, 대부분 목소리를 얻기 위한 작업이죠. 18개월 동안 공들인 걸 다 내다 버리고 마지막 6개월 동안 글을 쓴다고 해요.

저랑 비슷하네요. 다만 전 3년 동안 쓰잘 데 없는 일을 하다가 집필에 착수한 경우지만요. 희한하게도 첫 페이지에서 시작해서 마지막 페이지에서 끝났어요. 순서대로 작업했어요.

지금 책 내용이 그 순서대로 돼 있는 건가요?

네. 바뀐 건 마이클이 삭제해서 그런 거고요. 글을 이리저리 옮겨야 했어요. 책 분량이 본래보다 꽤 적어요.

전에는 두 배 더 길었나요?

아뇨. 그렇게 길지는 않았어요. 한 5백 쪽 정도 더 길었어요. 그중 4백 쪽은 확실히 삭제해야 할 부분이었고, 나머지 백 쪽은 삭제하기가 괴로웠어요.

소설 전체를 잃어버리는 느낌이었겠네요.

실은 소설이 아니에요. 원래 소설을 쓰려고 하지 않았어요. 소설의 정의는… 이 책을 소설이라고 생각해 본 적이 한 번도 없어요. 그냥 긴 이야기라고 생각했죠.

집필 기간 내내 그렇게 생각했나요?

그렇진 않아요. 원래 제목은 "실패한 오락물"*A Failed Entertainment*이었어요. 책 자체가 제 역할을 하지 못하는 오락물로 설정된 거예요. 오락물이 궁극적으로 영화 「무한한 재미」로 이어지기 때문이죠. 「무한한 재미」는 오락물이 지도로 삼는 별 같은 존재예요. 오락물의 주된 역할은 사람들이 거기에 집중하도록 하는 거예요. 보는 사람들의 시선을 잡아두어서 광고주들이 광고를 할 수 있게 하는 거죠. 긴장감은 책을 극히 재밌게 만들고 또 비틀기도 하는 용도예요. 말하자면 독자를 흔들어 깨워서 오락물의 해로운 측면에 조금이나마 눈을 뜨게 하는 거죠.

이를테면?

오, 이런.

[긴 정지: 방향 지시등의 딸깍이는 소리, 창을 닦아 내는 와이퍼]

사탕 좋아해요?

네. 그럼요.

그걸 맨날 먹는다면 어떨까요? 뭐가 문제가 될까요?

치아에 안 좋고 살이 금세 찌겠죠.

먹을 땐 기분이 좋지만, 그 안에 영양가는 전혀 없죠. 음식물에는 사탕에는 없는 중요한 것이 있어요. 그런데 사탕은 그 없는 부분을 채우기 위해 씹고 삼키는 재미를 배가시키죠. 이 경우와 어느 정도 비슷하다고 생각해요. 지금 아주 유혹적이고 상업적인 엔터테인먼트를 이야기하는 거예요. 여기에 그 자체로 해로운 것은 없어요. 다만 해로운 건 엔터테인먼트가 그 안에 빠진 것을 벌충하기 위해서 사람들에게 주는 즐거움이 일종의… 중독적이고 자기소모적인 즐거움이라는 점이에요. 다만 우리를 구제하는 사실은 대부분의 엔터테인먼트가 그리 훌륭하지는 않다는 거죠. (웃음)

어떻게 중독적인가요? 「다이하드」처럼요? 최고의 액션 영화일 거예요.

「다이하드」 1편이요? 훌륭한 영화예요.

아주 훌륭하죠. 대본이 예리하고 어지간한 예술 영화보다 영리해요.

그렇지만 아주 정형화된 영화이기도 해요. 많은 공식을 비꼬아 재사용하죠.

테렌스 레퍼티가 이렇게 말했어요. "공식을 따라가는 액션 영화이지만 엄청나게 힘이 센 공식이다…." 액션 영화로는 최고예요. 액션 영화 치고 드물게 사건들이 계속해서 축적되죠.

오호.

그런 종류의 영화 말고는요? MTV? TV?

엔터테인먼트는 어떤 연속체를 묘사한다고 생각해요. 엔터테인먼트와 예술을 비교해서 하는 이야기예요. 여기서 엔터테인먼트의 주된 역할은 어떤 식으로든 사람이 돈을 쓰게 하는 거죠. 그게 바로 실체예요…. 그 자체로는 잘못된 게 없어요. 그 점에 대한 보상은 엔터테인먼트가 현금에 상응하는 가치를 제공한다는 거예요. 엔터테인먼트는 사람들에게 특정한 종류의 즐거움을 제공하는데, 전 그 즐거움이 꽤 **수동적**이라고 생각해요. 그 즐거움에는 그리 많은 생각이 수반되지 않아요. 그 생각이라는 것도 대개는 "내가 바로 이 남자야. 난 이런 모험을 해" 같은 환상이죠. 나로부터 잠시 휴가를 떠나는 한 가지 방법이기도 해요. 괜찮은 일이죠. 어찌 보면 그런 면에서 **사탕도 괜찮아요.**

[한 가지 재밌는 점은 그가 먹으려고 팝타르트 따위를 산다는 점이다. 많은 사탕도.]

제가 생각하는 문제는 엔터테인먼트에 있지만, 적어도 이번 책에서는 그렇지만, 만약 제 책이 엔터테인먼트를 향한 일종의 고발로 비춰진다면, 이 책은 실패하고 말아요. 제 책은 우리와 엔터테인먼트의 관계에 관한 이야기예요. 제 책은 **약물** 내지는 약물 끊기에 관한 내용이 아니에요. 다만 약물은 일종의 중독적인 연속체를 나타내는 한 가지 비유로 쓰였죠. 이건 하나의 문화로서의 우리가 살아 있는 것들과 관계를 맺는 방식과 관련이 있어요.

[데이비드가 이야기를 하고, 와이퍼가 움직이고, 다른 차들이 우리를 앞서 혼적을 남기고 가버린다. 엔터테인먼트에 관한 진지한 생각을 눈으로 보는 것 같다. 그가 말한 50만 비트의 정보가 떠오른다.]

우리는 뭔가에 스스로를 내어주기를 몹시도 갈망해요. 도망치기 위해서든, 회피하기 위해서든, 뭘 위해서든요. 회피에도 종류가 있죠. 플래너리 오코너 식의 회피가 있어요. 그런데 그런 식으로 회피하면 오히려 나 자신과 더 대면하게 되는 반전을 맞게 돼요. 그런가 하면 이런 **종류**의 회피도 있죠. "내게 7달러를 줘. 그러면 네가 데이비드 월리스라는 사실을 잊게 해줄게. 네 뺨에 여드름이 났다는 걸 잊게 해줄게. 가스 요금 낼 때가 됐다는 걸 잊게 해줄게."

그런 건 괜찮아요. 그 양이 적다면요. 하지만 그것과 우리가 맺는 관계의 특정 부분 때문에 우리가 적은 양에서 **멈추지** 못한다는 게 문제죠.

작가님은 책에서 열정에 관해 다루었는데요. 엔터테인먼트가 아닌 규율에 자기 자신을 내어주는 인물 할Hal을 비롯한 여러 아이들과 관련해서요.

[할은 책에서 테니스아카데미가 나오는 대목의 주요 인물이다. 그나저나 난 차를 갓길에 대고서, 요란한 소리를 내는 와이퍼에서 얼음을 쳐서 떼어내고 싶다.]

엔터테인먼트에 뭔가 해롭거나 무시무시하거나 잘못된 면이 있다는 얘기가 아니에요. 엔터테인먼트가 어떤 연속체라는 얘기예요. 제 책이 어떤 내용을 담고 있다고 한다면, 그건 내가 그 쓰레기 같은 오락물 따위를 왜 그렇게 오래 보고 있나, 라는 질문에 관한 거예요. 책은 그런 쓰레기 같은 오락물 자체에 관한 내용이 아니라 나에 관한 내용이에요. 내가 왜 그렇게 그걸 보고 있지? 그런 내 모습에서 어느 부분이 그토록 미국적일까?

제가 분명히 알았던 유일한 한 가지는 제가 단순히 고급 희극만이 아닌, 미국적인 면을 굉장히 깊이 다루는 뭔가를 하고 싶었다는 거예요. 새천년을 앞둔 지금 제게 가장 두드러지게 **미국적으로** 다가오는 것들은 엔터테인먼트 그리고 기묘하고 중독적인 음… 무언가에 나 자신을 내어주고 싶은 행위와 관련이 있어요. 제가 결국 생각하게 된 건 일종의 왜곡된 종교적 충동이에요. 책에 나오는 AA와 관련된 많은 내용은 대개는 핑계예요. 도스토옙스키 이후 어떤 책에서든 인간과 신의 관계를 이야기하기가 무척 어려워요. 그러니까 그 점에 있어서 문화가 잘못되었다는 얘기예요. 아니, 그럴듯하게 현실적인 인물들은 앉아서 이런 얘기를 하지 않죠.

모르겠어요. 그런데 제가 이 문제에 관해서 **말하기** 시작한 순간, 우선은 아주 모호하게 들리고 또 환원주의적으로 들리네요. 제게는 모든 게 무척이나 복잡했어요. 그걸 논하기 시작하는 데만 해도 천육백 페이지나 들여서 애매하고 요상한 글을 써야 했으니까요. 그래서 이렇게 말하려니 제가 **바보스럽게** 느껴지네요.

왜죠?

즉흥적이어서요. 이런 식으로 말하니 바보스럽게 느껴져요. 제게 진단이 없기 때문이에요. 처방 체계가 없어요. 제가 잘못되었다고 생각하는 네 가지가 없어요. 그 점에 관해서… 서로 다른 네 가지 견해가 없어요. 제게 있는 건 어떤 느낌 내지는 **느낌**의 질감이에요.

우리는 왜. "우리"라 하면 기자님과 저 같은 사람들. 그러니까 대부분 백인에 중상류층이나 상류층, **거부감 들 정도로** 교육 수준이 높고 흥미로운 직업에 종사하고 값비싼 의자에 앉아서 **최고의 것**, 돈으로 살 수 있는 가장 정교한 전자기기를 들여다보는 사람들. 그런 우리는 왜 공허함과 불행을 느낄까요?

[그렇지만 그 문제는 『햄릿』에도 나온다. 다만 리모컨으로 채널 돌리는 행위만 없을 뿐.] 만약 수사 의문문으로 질문을 던지면, 대답은 응, 그래, 그래, 그래밖에 없어요. 제가 책에서 하고자 한 것은 질문이 독자의 마음속에 조금이나마 걸려들어서 독자가 그에 대해 뭔가 속으로부터 **느끼게끔** 이끌려는 거예요. 그러면 독자는 "음, 이건 좀 '내 얘기'인데?" 하고 생각할지도 모르죠.

전혀 환원적이거나 단순하지 않은데요.

[휴식. 공교롭게도 종교에 관해 말할 방법을 찾는 작가는 스티븐 킹이다.

데이비드는 그가 과소평가되었다고 생각한다. 스티븐 킹은 『미래의 묵시록』에서 그 방법에 가까이 다가간다.]

이건 녹음기에 대고 하는 말이 아니라 기자님을 위해서 하는 말이에요. 그가 [『미래의 묵시록』에서] 이 점을 다루었기 때문이죠. 킹이 어떤 면에서 멋진지를 자세히 들여다봐야 해요. 작품 대부분이 굉장히 냉소적이기 때문이죠.

　그는 사람들이 실제로 어떻게 말하는지를 소리로 나타내려고 노력해요. 비록 두세 가지 전략밖에 안 쓰지만. 범위가 아주 제한돼 있어요. 그는 똑같은 인물과 머릿속의 목소리를 계속해서 사용할 수 있어요. 일 년에 책을 두 권씩 쓰지 않는다면 괜찮은 일이에요.

[우리는 스티븐 킹에 관해 더 이야기한다. 데이비드는 그의 작품을 놀랄 정도로 잘 안다.]

　악령이 깃든 자동차에서 『스탠 바이 미』로 넘어오면서 달콤함이 스며 있는, 성년으로 성장하는 이야기를 만날 수 있죠. 『초능력 소녀의 분노』에 나오는 여자아이가 정말 흥미로워요. 스티븐 킹은 아이들에 있어서는 거의 샐린저 같은 감각을 갖고 있어요….

　음, 제가 기자님이 TV에 관한 책을 써야 한다고 생각하는 이유는 이 문제가 사라지지 않을 것이기 때문이에요. 기자님이 어떻게 생각할지는 모르겠지만, 10년 내지는 15년 안에 가상현실 포르노가 생길 거예요. 제가 만약 순수한 쾌락을 차단해 버릴 수 있는 장치를 몸속에 만들어 두지 않고서 그냥 나가서 장을 보고 집세를 내고 한다면 어떻게 될까요? 기자님은 어떨지 모르겠지만, 전 이 **지구**를 떠나야 할 거예요. **가상. 현실. 포르노.** 무슨 말인지 아시겠죠? 기술은 제 역할을 하는 데 있어 발전을 거듭할 테고, 우리를 유혹해서 점점 더 의존적으로 만들 거예요. 덕분에 광고주들은 우리가 그들의 광고를 보게 되리라고 더욱더 확신을 품겠죠. 하나의 체계로서 기술은 도덕관념이 없어요.

기술은 우리를 신경 쓸 책임을 전혀 갖지 않아요. 제 할 일을 할 거예요. 도덕은 우리 몫이에요. 제가 왜 오락물 따위를 하루에 다섯 시간씩 보나요? 제가 왜 필요한 칼로리의 75퍼센트를 사탕에서 얻나요? 이건 어린애나 할 법한 일이고, 뭐 괜찮아요. 그렇지만 우리는 사춘기를 지난 사람들이에요. 그렇죠? 어느 시점에서는 성장해야 할 필요가 있어요.

그렇지만 지성 넘치고 전도유망하고 교육 수준이 높은 사람들이 사탕을 만든다면, 그걸 뿌리치기가 불가능할 텐데요.

이제 우리는 터키시 딜라이트와 C. S. 루이스에 관해 이야기하는군요. 기자님이 기사에 인용할 수 있는 두어 문장으로 제가 정리할 수 있다면 좋을 텐데요. 맞아요. 이건 문제예요. 엔터테인먼트가 중독적인 연속체상에 있다는 것 말이에요. 그렇지만 우리는 지금 구제된 거나 마찬가지예요. 엔터테인먼트가 전적으로 훌륭하지는 않기 때문이죠.

그렇지만 제가 TV를 대여섯 시간씩 보면서 멍을 때린다면 어떨까요? 그러고는 우울과 공허함을 느낀다면요. 전 왜 그런지 의아해하겠죠. 반면 제가 사탕을 대여섯 시간 동안 먹는다면 속이 울렁거릴 거예요. 전 왜 그런지 그 이유를 당연히 **알고요**.

전 죄책감 때문에 기분이 나쁠 것 같아요. 저희 부모님은 NPR, PBS, 『뉴요커』만 봐야 한다는 아주 명확하고 효과적인 규칙을 세우셨어요. TV는 해롭다고, 시간 낭비라고 하시면서, 제게 누군가의 관객이 되려는 생각을 접으라고 하셨죠. 그런데 집은 관객이 되기에 가장 편리한 장소죠.

그건 나쁜 일이라거나 시간 낭비가 아니에요. 그래봐야 자위행위랑 비슷한 정도의 시간 낭비죠. 10분을 즐겁게 보낼 수 있는 한 가지 방법이긴 해요. 하지만 그걸 **하루에 스무 번씩** 한다면, 내지는 성관계를 주로 맺는 대상이 본인 손이라면, 그건 뭔가 잘못된 거예요. 즉, 정도의 문제라는 거죠.

그래요. 하지만 자위를 할 때는 적어도 얼마간의 행동이 수반돼요. 그러니 이렇게 말할 수 있죠. "그래. 난 쓸모가 있어."

기자님이 이 비유를 확대해서 기사화하면 절 완전히 **얼간이**처럼 보이게 할 수 있겠지만… 분명 유사성이 있어요. 그래요. 자위행위를 하는 동안 손으로 근육 운동을 하죠. 하지만 기자님이 정말로 하는 일은 머릿속에서 영화를 재생하고 실제가 아닌 누군가와 환상의 관계를 맺음으로써 순전히 신경학적인 반응을 자극하는 거예요.

TV를 많이 보고서 공허함을 느끼는 한 가지 이유, TV를 유혹적인 존재로 만드는 한 가지 요소는 TV가 사람들과의 관계에 대한 환상을 제공한다는 거예요. TV는 방 안의 사람들이 말하고 즐기게 하는 한 가지 방법이지만, 나에게 아무것도 필요로 하지 않아요. 그러니까 저는 그들을 볼 수 있지만, 그들은 저를 볼 수 없다는 얘기죠. 또 그들은 저를 위해 그곳에 존재하고, 저는 TV로부터 즐거움과 자극을 받아요. 뭔가를 도로 주어야 할 필요는 없어요. 다만 살짝 스칠 정도의 관심만 주면 되죠. **그 점**이 무척 유혹적이에요.

문제는 역시나 공허하다는 거죠. **진짜** 사람을 곁에 둘 때 다른 점은 제가 뭔가 **행위**를 해야 한다는 거예요. 그 사람이 제게 관심을 주고, 저도 그 사람에게 관심을 주어야 하죠. 제가 그를 바라보고, 그도 저를 바라봐요. 스트레스의 정도가 높아지죠. 그렇지만 거기에는 자양분 역시 있어요. 한 생명체로서 우리 모두가 같은 방 안에 함께 있을 방법을 찾아야 하기 때문이에요.

그래서 TV가 사탕 같다는 거예요. 진짜 음식물보다 더 즐겁고 먹기 편하다는 점에서요. 하지만 진짜 음식물과 달리 영양분은 없죠. 작가라면 **우리**에게 어떤 일이 벌어졌는지를 책 속에 담아야 해요. 그래서 저는 제 주변 세상에 대한 감각과 타인에 대한 인식의 상당 부분을 기꺼이 TV에서 얻으려고 해요. 아니, 실제로도 그러고 있어요. 그렇지만 전 현실의 진짜 사람들을 대할 때 수반되는 스트레스와 어색함, 또 제게 닥칠지도 모르는 거지 같은 상황을 굳이 감당하고 싶지는 않아요.

그리고 인터넷이 발전하고 우리가 서로 연결될 가능성이 커지면서, 기자님과 제가 이 인터뷰를 이메일로도 할 수 있겠죠. 기자님을 직접 대면하지 않아도 되고 그게 제게는 훨씬 더 편할 거예요. 그렇죠? 어느 시점이 되면, 우리가 이런 상황에 대처하는 데 도움이 되는 어떤 장치를 몸속에 만들어 두어야 할 거예요. 기술이 점점 더 발전할 테니까요. 게다가 우리를 사랑하는 게 아닌 우리의 돈을 원하는 사람들이 제공하는 화면 속 영상을 혼자서 바라보는 일이 점점 더 쉽고 편하고 즐거워질 거예요. 그것도 괜찮아요, 적은 양이라면요. 그렇지만 그게 우리의 기본적인 주식이 된다면, 우리는 죽고 말 거예요. 아주 의미심장한 방식으로 죽게 될 거예요. (격정적 어조)

하지만 작가님은 어떤 방어기제를 마련하지 않았나요?

아뇨. 그와 관련해서 대단한 점은, 아마 각 세대마다 그 세대를 성장하도록 이끄는 다양한 요인이 있다는 거예요. 우리 조부모 세대에서는 제2차 세계대전이 그런 동력이었겠죠. 우리 세대에는 어떨까요. 어느 시점이 되면 우리는 어린애 같은 유치한 것들을 버리거나 수동적으로 즐거움을 느끼는 데 얼마만큼의 시간을 보내야 하는지에 대해서 스스로 단련해야 할 거예요. 매 순간 그리 재밌지는 않지만, 성인이자 한 인간인 제 안에 얼마간의 근육을 붙게 할 그런 일을 하는 데 제가 얼마큼의 시간을 소비할까요? 그런 일을 하지 **않는** 다면, (a)우리가 한 개인으로서 죽게 될 거고 (b)문화가 서서히 멈춰서고 말 거예요. 우리가 엔터테인먼트에 너무 푹 빠진 나머지 생업을 제쳐두려고 할 테니까요. 제품을 구매할 수 있는 소득이 생길 일을 하지 않을 테니까요. 그건 엔터테인먼트를 보급하는 광고에 대한 대가인데 말이에요. [그는 A - B, 1 - 2 같은 식으로 말하는 것을 좋아한다.] 굉장히 볼 만한 일이 될 것 같아요. 국가가 그 자리에 멈춰서 죽게 될 테고, 그 결과는 다름 아닌 우리가 스스로 초래하는 거죠. (웃음)

실제로 그 지점에 다다랐나요?

아뇨. 다시 말하지만 우리는 연속체에 관해 이야기하는 중이에요. 종점에 관해 이야기하는 거죠. 논리적 확장에 관한 이야기요.

저는 광고주들이 쇼의 재미를 감소시켜야 한다고 갑자기 깨닫기 시작하는 독특한 상황을 이야기하는 거예요. 일하는 사람들의 결근이 잦아지고 GNP가 떨어지는 바람에 저들의 수익에 타격이 간다는 이유로요. 이런 회사들은 이러지도 저러지도 못하는 특이한 상황에 처하게 되겠죠.

어쩌면 그래서 낮 시간대의 TV 프로가 조잡한 걸지도 모르겠네요. 사람들이 사무실에서 일을 하게끔 해야 하니까요.

아뇨. 지금 우리는 가장 흥미롭지 않은 진퇴양난에 처해 있어요. 쇼의 재미가 줄어들어서 광고가 상대적으로 더 흥미로워 보여요. 내지는 쇼가 광고처럼 보이는 바람에, 광고가 **끼어든** 존재라기보다는 쇼의 연장처럼 보여요. 이런 현상은 꽤 쉽게 볼 수 있는데, 그리 흥미롭지 않은 딜레마죠.

정말 흥미로운 딜레마는 케이블이 등장할 때예요. 초기에 있었던, 광고 수익을 올리려는 즉각적인 동기는 사라지고 말죠. 현재는 유료 시청이나 구독의 형태로 수익을 거두고 있고요.

책에 나오는 "인터레이스"Interlace라는 웹 같은 게 15년 후쯤이면 등장할까요?

그렇죠. 영화를 만들거나 방송을 제작할 때 인터레이스 망에 참여해야 해요. 인터레이스가 거대한 문지기가 될 거예요. 지옥에서 온 하나의 출판사 같은 존재가 될 거예요. 사람들이 무엇을 보고 들을 수 있는지를 결정하게 되죠.

인터넷이 믿기지 않을 정도로 민주화될 것이라는 생각 때문일까요? 웹에서 시간을 조금이라도 보내다 보면, 인터넷이 민주화되지 않을 거라는 걸 알게 돼요. 인터넷이 가히 압도적이기 때문이에요. 4조 비트의 정보가 쏟아지고, 그중 99퍼센트는 아무 쓸모 없는 쓰레기예요. 게다가 그 정보를 분류, 선별하는 일도 막막하고요.

그래서 불 보듯 뻔한 사실은 곧 있으면 문지기들이 비집고 들어올 경제적인 틈새가 열릴 거라는 거죠. 아니면 그들을 뭐라고 불러야 할까요? 광천지? 아니면 다양한 접점? 이익의 문제만이 아니라 질의 문제이기도 해요. 그리고 상황이 정말로 흥미로워지죠. 우리는 문지기들이 계속 있어 주기를 간절히 바랄 거예요. 그렇지 않으면, 우리가 가진 시간 중 95퍼센트를 쓰레기 속에서 바디서핑을 하는 데 허비해야 하기 때문이죠. 장담하는데, 앞으로 20년간은 지구에서 살아 가기에 가장 흥미진진한 시기가 될 거예요. 인류의 온 역사가 또 한 번 빠르게 돌아가는 광경을 보게 될 거예요.

[이상하다. 여기서 이 격정적인 말이 수동적인 TV의 비유로 마무리된다. '…보게 될 거예요.']

왜죠? 정확히 어떤 의미죠?

홉스로 돌아가 볼까요? 우리는 왜 간청하게 될까요? 자연 상태의 사람들은 왜 삶과 죽음의 권력을 쥐고 있는 통치자에게 간청하게 될까요? 우리는 전적으로 우리의 힘을 내어주어야 해요. 인터넷 역시 정확히 똑같은 경우가 될 거예요. "꽤 괜찮은 소설을 찾으시나요? 그렇다면 우리가 찾아 드릴게요"라고 말하는 벽, 사이트, 문지기들이 존재하지 않는 한 말이에요. 쏟아지는 온갖 쓰레기 더미 속에서 뭔가 좋은 걸 찾으려면 나흘은 족히 걸릴 테니까요.

우리는 그런 존재를 간절히 바라게 될 거예요. 그야말로 그걸 위해 대가를 지불하게 될 거예요. 하지만 일단 그렇게 되면, 인터넷의 모든 민주적인 꿈이 당연히 물거품처럼 사라지고 말죠. 우리는 서너 개의 할리우드 스튜디오 내지는 너덧 개의 출판사가 있는 시대로 다시 돌아가게 될 거예요. 게다가 **불평하는** 우리 모두 그리고 권력이 이 미디어 엘리트들에게 집중돼 있다고 불평하는 무정부주의자들은 실제적인 체제가 그 권력을 좌지우지한다는 사실을 깨닫게 될 거예요. 마찬가지로 저는 전적으로 확신하는데, 홉스의 절대군주가 자연 상태가 무엇인지를 논리적으로 확장해 나타낸다고 생각해요.

[이후 비행기에서: 데이브는 개 척추에 무리를 주지 않는 사료 그릇이 나온 기내 상품 책자를 보는 중이다.]

오천만 년 동안 개들이 먹어치울 때 취한 자세가 개들에게 눈곱만치도 도움이 되지 않았군요.

[마치 다 자라서 박사 학위를 취득한 허클베리 핀처럼 속된 말을 섞어 쓴다.]

◆◆◆

렌트카 안

여전히 오헤어로 향하는 I-55 고속도로 위에 있다.

[녹음테이프에 대고] 데이브는 오른손이 아닌 왼손으로 양치질을 하는 중인 걸 눈치채는 날이 더 흥미롭다고 말한다.

[그는 입 안에 담배를 한 입 넣은 상태다. 계기판에 "안전띠 미착용" 표시등이 켜져 있다.]
　다행히도 이걸 어떤 상황에든 대입시키면 흥미로울 거예요. "시카고로 운전을 해서 가는 중에 데이브가 연상 이완 시스템을 시작했습니다. 여기서 얼마간 적용됩니다."

[휴식]

[실제 오헤어로 향하는 표지판을 따라가려고 하지만 결과가 엇갈린다.]
이걸 데이비드 월리스의 운전법이라고 하죠. 표지판에 전적으로 의존하는 운전법.

[휴식]

[나는 그에게 잘생긴 외모가 도움이 되는지 묻는다.]

제가 그런 생각을 **조금이라도** 한다면 절 깔아뭉개 주세요.

어떤 식으로 생각한다면요? 책이 얼마나 팔릴지와 관련해서요? 아니면 책의 질과 관련해서요?

내지는 **바람직함**과 관련해서요. 전 이런 질문 하나하나를 두고 이따금 고심해요. 넌 『롤링스톤』 인터뷰를 하고 싶니? X를 하고 싶은 거니? Y를 하고 싶은 거니? 제가 지금 하는 게 매춘부 같은 짓이 아닌가 걱정돼요. 이렇게 관심이 쏟아지는 상황을 이용하거나 얼마간의 명성을 얻는 일 따위요. 그렇게 되면 저를 향한 어떤 묘한 착각이 생겨나서 책이 더 많이 팔리게 되죠. 좋아요. 지금 한 말은 기사에 실어도 돼요. 다만 제가 너무 샌님처럼 보이지만 않게 해주세요.

아니, 실은 매춘부 부분은 기사에 싣지 않으려고요. 너무 과해요.

아, 그럴 필요 없어요. 제가 정말로 매춘부 같을까 봐 걱정했다면 제가 이 인터뷰를 왜 하고 있겠어요? 말이야 쉽지만 그건… 기자님이 그 말을 기사에 싣는다면 저도 가만있지는 않을 거예요. 호랑이처럼 한쪽 발을 우리 밖으로 내놓고 있을 테죠. 기사 내용이 어떻게 나올지 조금이라도 파악하려고요.

[휴식]

제게는 미처 성숙하지 못한 면이 있어요. 이런 생각을 하죠. 차라리 제 책이 많이 읽히지 **않아서** 제가 그 사실을 불평하고 또 세간의 관심에 따른 압박감을 느끼지 않았으면 좋겠다고요. 제 의식의 밑바닥에는 아방가르드적이면서 무시된 생각이 있는데 그건 "세간의 관심을 많이 받으면 매춘부 내지는 백치 같은 작가다"라는 거예요. 이미 말했지만, 제 지도를 다시 구성할 수 있었으면 좋겠어요. 그냥 **편리하게** 모든 걸 뒤바꾸는 식으로는 말고요.

[와이퍼에서 뭔가가 마찰하는 이상한 소리가 난다. 와이퍼 날 밑에 얼음이 껴 있기 때문이다. 혹독한 추위의 중서부에서 흔히 일어나는 문제.]

그렇긴 하지만… 이 인터뷰는 꽤 재미도 있고 제게 해롭지 않아요. 몇 가지 문제를 생각하게 만드는군요. 제가 이런 인터뷰를 스물다섯 번쯤 한 것도 아니고. 또 제가 「러브 커넥션」◆ 같은 방송에 출연하는 것도 아니잖아요. 그러니 겁내고 싶지는 않아요.

[휴식]

소설도 시의 길을 걷고 있나요? 아니면 그렇지 않나요?

◆ 1983년에 시작해 큰 인기를 끌었던 데이트 게임쇼로, 얼굴을 보지 않은 채 출연자 여성이 대답만으로 선택된 남성과 데이트하게 되는 형식의 방송.

아방가르드 성향의 소설은 이미 시의 길을 걷고 있다고 생각해요. 이런 종류의 소설은 복잡하게 뒤얽혀 버렸고 독자를 잊었어요. 시가 메마르고 퇴행하는 바람에 몇 안 되는 정말 훌륭한 시인들이 고통을 겪고 있어요. 하지만 대개 보면, 미국 시는 그에 응당한 대가를 치르고 있는 셈이에요. 시인들이 만약, 매달 월세를 내고 한 여자와 30년 동안 한 침대를 쓰는 일반 독자들에게 말을 건네기 시작한다면 시가 다시 잠에서 깨어날 거예요. 이건 우리끼리만 하는 말로 남겨 두죠. 너무 저속하네요.

시 읽기와 마찬가지로, 소설 읽기도 애호가들이 그다지 선호하지 않는 취미가 될까 봐 걱정되나요?

만약 그렇게 된다 해도, 그건 관객의 잘못이 아니에요. TV의 잘못도 아니고요.

[다이어트 펩시를 하나 더 딴다. 쉬익 하는 소리가 난다. 이산화탄소가 조그맣게 한숨을 내쉬는 소리.]

전 생각이 달라요. 관객과 TV의 잘못일 가능성이 크다고 생각해요.

너무 감상적으로 들리겠지만, 전 다섯 살짜리 어린애가 할 법한 믿기지 않는 생각을 해요. 예술이 전적으로 마법이라는 생각이요.

188

좋은 예술은 **태양계에서 그 무엇도** 하지 못할 일을 할 수 있어요. 좋은 작품은 살아남아서 사람들에게 널리 읽힐 테고, 그 거대한 키질 과정을 통해 쓰레기는 가라앉고 좋은 것만 떠오를 거예요.

[그의 시계가 울린다. 내 시계 소리인지 계속 궁금해하던 참이다.]

그렇지만 누가 글을 예리하게 읽는 훈련을 받게 될까요? 그러니까 컴퓨터를 할 때가 아니라 소설을 읽을 때 필요한 기술을 훈련할 기회가 없어지고 결국 그 기술을 잃어버리고 말 텐데요.

공간, 시간, 역사적 상황이 지닌 한계를 인지해야 해요.

기자님은 현재 **우리가** 글을 읽는 방식으로는 아무도 훈련을 받지 않게 될 거라고 말씀하시는데요. 그건 사람들이 더 짧은 시간에 몰아서 책을 읽게 되든, 아니면 그 밖에 다른 방식으로 책을 읽게 되든, 예술이 머릿속의 목소리를 통해서든 말을 통해서든 독자와 대화할 방법을 저 나름대로 찾게 될 거라는 의미예요. 한동안은 이런 상황이 되겠죠. "과거의 신들은 달아나 버렸고 새로운 신들은 아직 오지 않았다." 이게 니체가 한 말인가요? 하이데거가 한 말인가요? 암울한 시기가 될 테죠. 하지만 구전되는 음유 시인의 노래가 활자화된 것처럼…

"오헤어 리버 로드" 우리가 찾던 거네요. 좀 가다가 **왼쪽으로** 방향을 틀어야겠네요. 정오까지는 시간을 못 맞출 게 확실하네요.

네. 지금이 12시 4분인데…

젠장. 다음 비행기는 1시 15분이에요. 데스크로 가서 표를 바꿔야 해요. 1시 15분 좌석이 비어 있다고 했어요.

[휴식]

책이 사람들에게 받아들여지는 과정과 관련해서 어떤 점이 두려웠나요?

사람들이 제 책을 엉성하고 조악하다고 할까 봐 두려웠어요. 책이 엉망으로 보일까 봐 두려웠어요. 아주 신중하게 의도한 엉망이 아니라… 제가 글 쓰는 3년 동안 줄곧 이런 생각을 했을 거라고 그녀가 짐작할 사실을 떠올리니 뱃속이 싸해졌어요. [미치코 카쿠타니를 두고 하는 말이다.]

　그건 글을 쓸 때 제게 엄습한 어두운 공포였죠. 작품이 사람들에게 어떻게 받아들여질지 두려웠어요. 그러던 중 그녀가 업다이크를 크게 호평하는 모습을 보고서 돌연 자신감이 샘솟았어요. [업다이크의 『백합들의 아름다움 속에서』]

왜죠?

제가 보기에 업다이크는 원하는 모든 생각을 책으로 펴내요. 생각을 아주 유려한 산문으로 풀어내는 능력이 있긴 하죠. 그런데 그런 업다이크가 이를테면 간단한 인터넷 문제에 관해서 글을 썼다고 생각해 봐요. 그 내용 중 80퍼센트는 완전히 쓰레기이고 나머지 20퍼센트는 값을 매길 수 없이 탁월하겠죠. 독자는 미사여구로 치장된 그 현란하고 공허한 글을 끝까지 간신히 읽어내야만 알맹이가 있는 어떤 내용에 다다를 수 있어요. 게다가 그는 정신 이상자예요.

정말로 그렇게 생각하나요?

전 그가 **고약한** 사람이라고 생각해요. 그런데 **제가** 그를 그렇게 싫어하는 것처럼 보이나요? 그럼 프랜즌에게 물어보세요. 그의 이름을 거론해 보세요.

[휴식]

◆◆◆

12:45. 도착
오헤어 공항에 주차를 했다.
우리는 달린다. 20분 남았다.
유나이티드 항공 매표구로, 이동식 탑승구로, 비행기로.

비행기가 추락하면 우리 꼴이 우습겠어요.

191

[나는 유나이티드 항공사 데스크의 여자 직원이 그에게 눈길을 주었다고 말한다. 3주째 장거리 투어 중인 데이브는 유명인사 특유의 광채를 내뿜는다. 사람들이 그에게 눈길을 보내고 그는 가히 멀끔하고 환히 빛나는 인상을 뿜낸다.]

땀이 흘러서 그래요. 그 여직원이 제 얼굴에 흥건히 흐른 땀을 보고 있었어요. 그런 모습이 사람을 흥분하게 만들죠.

[블루밍턴 공항에서 우리가 항공권 담당 직원과 이야기를 하던 중 비행편이 취소되자 그가 카운터 위로 머리를 떨구었다. 그러고는 끙, 하는 소리를 냈다. 차 앞 좌석에는 그의 씹는 담배에서 풍겨 나오는 노루발풀 냄새가 서려 있다. 차를 뒤덮은 얼음, 뱉은 담배 찌꺼기로 넘쳐나는 캔.]

낭독회 투어에 또 한 차례 찾아온, 긴 대혼란의 연속이네요.

[차 안에서 그는 아이오와 주 낭독회에서 있었던 재미난 일화를 이야기해주었다. 리처드 파워스와의 일화도 말해 주었다. 데이비드는 이번 책 작업 중에 4백 쪽을 삭제해 달라는 요청을 받고서 리처드 파워스에게 도움을 청하러 갔다고 한다. 무척 흥미롭다. 데이비드는 돈을 모금해서 자기 책 판권을 도로 사들이고 싶었다고 한다.]
[이동식 탑승교를 걸어가면서도 데이브는 우리가 정말 비행기를 타야 하는 건지 아직도 궁금해한다.]

진짜 제 의지로 어떤 일을 할 때 늘 두려워요. 우주가 제게 벌을 내릴까 봐요.

♦♦♦

비행기 안

좌석 뒷주머니에 있는 책자를 뒤적인다.

기내 상품 책자, 『보잉 757 안전수칙』 책자

[그는 책자에 매료된 듯 보인다. 그리고 정말로 그걸 '읽는다'. 내 주변 사람들은 전부 그 책자를 기드온 협회가 호텔에 무료 배포, 비치한 성경 책쯤으로 취급하는데 말이다. 절대로 꺼내 읽어 보지 않는, 서랍 안의 짐덩어리.]

탈것에 앉아 있을 때 이런 걸 보면 안전하다는 느낌이 들어요. 문을 열려면 두 차례의 경미한 근경련이 필요한 걸로 보이는군요. 퉁, 퉁, 퉁. 문에는 밀폐 장치 같은 게 있을 거예요.

게다가 항공기가 비행 중인 것처럼 보이네요. 이 남자는 비행기 안에 있어서 지친 것처럼 보이고요.

맞아요. 이렇게 말하는 것처럼 보이네요. "알다시피 우리가 잔디밭에 착륙했으니 산책을 하면 좋을 것 같아요." "곧 폭발할 날개 옆에서 침착하게 기다리면서 사람들이 탈출하는 걸 도웁시다."

[블루밍턴 공항에서 마크라는 남자가 한 말이 떠오른다.]

물론 문제는 날개에 연료가 가득 차 있다는 거죠.

그래요. 날개 쪽에 있으면 안 좋아요. [여전히 안전 책자 내용에 신경이 쏠려 있다.]

　이거 제가 좋아하는 거예요. "어머 신기해라. 산소마스크가 내려왔네." 봐요. 이 여자 눈을 보면 무서워하는 기색이 전혀 없어요. "이거 쓸 거예요. 아뇨. 제 아이한테 씌울 거예요." 이건…

[책자를 덮고 겉표지를 본다. 구름과 하늘.]

제 책 표지가 이 표지와 비슷해서 불만이었어요.

[기내 안내 방송이 들린다. "승무원 여러분. 착석하고 이륙을 준비하십시오."]

아메리칸 항공도 책자 표지가 비슷하지 않아요? 구름 그림은 거의 **똑같아요.**

[안전수칙 책자에 관해]

그럼 대신 어떤 책표지를 원했나요?

여러 가지가 있었어요. 프리츠 랑 감독이 「메트로폴리스」를 만들 때 찍은 멋진 사진이 있어요. 그 사진 알아요? 그가 서 있고, 천 명쯤 되는 삭발 머리 남자들이 줄지어 늘어서 있죠. 그가 그 사람들 앞에 서 확성기를 붙잡고 서 있어요. 마이클은 그게 너무 복잡하고 개념 적이라서 보는 사람 입장에서는 너무 많은 **두뇌** 활동이 필요하다고 했죠….

표지를 비유적으로 만들고 싶었나요?

아뇨. 전 그냥 그 사진이 **멋져서**…

제 책은 영국판도 같은 표지를 썼어요. 제가 좋아하는 표지예요.

아아! (실망으로 얼떨떨하게 내지르는 감탄사)

그 책 표지가 싫은가요? 전 좋은데요.

아뇨. 보기에는 **정말** 좋아요. 마이클은 저에게 왜 표지에 이렇게 관 여하려 하느냐 했지만…

[휴식]

[나는 메모를 하려고 화장실로 간다. 그가 말한다. "이건 볼 때마다 웃겨
요. 이 사람들 전혀 걱정스러운 표정이 아니에요. 그냥 문만 열려고 하고
있어요." 기내 안전수칙에 나온 비상문 개방 삽화이다.]

[비행기 날개를 바라본다. 비행기가 요란하게 흔들리면서 활주로를 달
리는 중이다.] 날개 좀 봐요. 날개가 잔물결을 일으키면서 흔들리고
있어요. 이제 비행기 날개의 **금속 공학적** 구성에 대해 생각하게 되
죠. 기체에 가해지는 응력이 얼마나 철저히 계산되었는지 생각하게
돼요.

[그는 비행을 두려워한다.]

고등학교 때 물리학을 썩 잘하지는 않았어요. 기본적으로 우리의
삶은 물리학에 의존하게 되어 있죠. 그게 뭐였죠? 밑에서 위로 작용
하는 힘, 양력인가요?
기장의 안내 방송: 안녕하십니까. 승객 여러분. 저희 비행기에 탑승
하신 걸 환영합니다. 유나이티드 항공 비행편 1453입니다.

[그는 왜 미친 여자들을 선호할까. 왜 그런 여자들과 결국 함께할까…]

어떤 용어를 써도 상관없지만 정신병 환자들, 그들은 먼저 다가오는 경향이 있어요.

멋진 말이네요. [녹음기에 대고] 그가 사귄 여자들에 관한 내용이다. 그가 소극적이기 때문이다.

[휴식]

개를 키우는 게 훨씬 쉬워요. 잠자리를 할 수는 없지만, 상대방 마음에 상처를 준다고 느낄 일이 전혀 없죠.

[내가 웃는다.]

그런데 기자님은 안 그렇죠? 맞죠?

그가 이렇게 말한다. "그런데 개를 키우는 게 훨씬 쉬워요."

개와의 관계는 플라토닉 러브라고 강조하고 싶네요.

[휴식]

[유나이티드 항공사 카운터의 여직원에게 또 이렇게 말했다. "데이트하

는 사이 아니에요." "함께 여행하는 거지 데이트하는 건 아니에요."]

[기장이 날개에 낀 얼음을 확인하려고 돌아왔다. 그는 자기가 뭘 하는 중인지를 설명하다가 우리를 노골적으로 빤히 쳐다보고는 이렇게 말했다. "신사분들. 제가 실은 누굴 좋아하는지 아세요? 바로 저예요." 그는 자기가 왜 수고를 들이는지 우리가 궁금해한다고 생각한 것 같다. 다소 불안하다.]

"제가 실은 누굴 좋아하는지 아세요?" 저 사람이 이렇게 말한 게 맞나요? 우리가 누굴 좋아하는지 이야기하고 있었나요?

[정지]

지금이 바로 순간적인 직감에 몸을 맡기고 비행기에서 뛰어내려 땅바닥에 굴러야 할 상황인가요?

너무 늦은 것 같은데요. 그냥 상황을 받아들여야 할 듯요.

이것 봐요. 책자를 읽어 봐요. 팔 동작 두 번이면 여기서 해방될 수 있어요. 물론 그렇게 하면 비행기 추락 사고는 면하겠지만 『사마라에서의 약속』에 나오는 광란의 상황이 벌어지겠죠. 그 이야기는 제 속을 불편하게 하지만요. 아니면 「환상특급」의 한 장면이 펼쳐지든가요.

[기내에서 읽으려고 하인라인의 책을 가져왔다.]

작가님이 뉴욕 낭독회에서 어떤 말을 해서 에단 호크가 불쾌해했다고 하던데요.

아뇨. 아뇨. 아뇨. 그게 어떻게 된 거냐 하면…

작가님을 매력적이게 하는 건…

아뇨. 아니에요. 실은… 알았어요. 말해줄게요. 다만 이걸 기사화하려면 사실대로 말해야 해요. 실은 어떤 일이 있었는가 하면, 제가 그때 너무 긴장해서 말이 헛나왔어요. 나노초 사이에 찾아온 영감이라고 해야 하나요. 나도 모르게 입에서 튀어나온 후에야 주워 담으려고 하는 말이요. 책 내용 중에 "몇십 년 동안 해설식 광고에나 출연한 잘나가지 못하는 배우들"에 관한 긴 이야기가 있었어요. 비디오폰 대목에 포함된 이야기예요. 그런데 제가 해설식 광고 다음에 "리처드 링클레이터의 영화"라는 말을 끼워 넣었어요. 그가 그 말을 들어도 거부감을 느끼지 않을 거라 생각했어요. (본인의 결정에 고개를 흔든다) 그래요. 제 낭독회에 영화배우가 왔고, 전 불쾌감이나 일으킬 말도 안 되는 거짓 내용을 집어넣었죠….

199

그 말을 비디오폰 부분에 집어넣었다고요?

네. 그냥 그 말을 **끼워 넣고** 읽었어요. 책에는 실제로 쓰지 않은 내용이에요. "오, 이 말을 끼워 넣어야겠다. 재밌을 거야"라고 생각했죠. 그런데 카리스 말을 들어 보니, 그가 **완전히 열 받았다**고 하더라고요. 그러고서야 이런 생각이 들었어요. "어쩌면 좋지. 그는 뒤쪽으로 가지도 못했을 텐데. 남들 눈에 띄기 원치 않았을 텐데. 그냥 낭독하는 걸 들으러 온 걸 텐데." 전 너무 긴장해서 그를 향해서 뭔가 거들먹거리는 말을 해야겠다는 생각이었어요. 제가 완전히 **멍청한 인간** 같더라고요. **완전 멍청**이요. 제가 진짜 **바보짓**을 했다는 걸 일깨워 주시면 감사하겠어요.

낭독회에서 그 부분을 놓쳤어요. 전 그때 서점 구석에 있었거든요.

기자님이라면 견딜 만한 낭패였는지도 모르겠네요.

[휴식]

저는 호텔마다 걸려 있는 흰색 가운을 보면 제가 거기 도착했다는 걸 새삼 실감해요.

어느 호텔에서요? 샌프란시스코에서요? 더 휘트니?

아뇨. 제가 왜 "휘트니"라고 말했는지 모르겠네요. 잠깐만요. 제가 확인해 볼 수 있어요.

목욕용 가운을 욕실에 비치해 두다니 칭찬해 줄 만해요. 무척 감동적이고 배려 깊은 처사라고 느껴져요. [홍보용 콜 시트를 펼쳐서 읽는다.] "**살롱닷컴** 참조. 로라 밀러." 더 **프레스콧** 호텔이네요.

[휴식]

시애틀에서도…

알렉시스, 알렉시스 호텔이요.

[그가 설명한다. 알렉시스 호텔은 벽에 동물 머리 장식이 있는 곳이다.]

[휴식]

오, 좋아요. 하룻밤에 120달러군요. [그가 오늘 밤 호텔 숙박비가 얼마나 들지 확인하는 중이다. 내가 호텔비 때문에 빈털터리가 될까 봐.]

[휴식]

[코디악 담배를 꺼낸다.]

전 이제 니코틴으로 실컷 만족감을 느낄 수 있어요. 기자님은 그러지 못하겠지만요.

[그가 코디악 담배를 씹으려는 참이다. 그가 말한다. "음식물 때문에 어떤 참사가 벌어지는 건지는 모르겠지만, 기내 수칙을 보면 실제로 기내에서 담배를 씹지 말라고 되어 있어요. 담배를 씹을 줄 아는 몇몇 사람들은 늘 어디서나 담배를 씹기 때문이죠."]

[웃으며: 그가 자신이 하는 말을 내가 녹음기에 대고 반복하는 걸 보고 무척 재밌어한다.]

담배 씹는 사람들은 늘 어디서나 담배를 씹죠.

[휴식]

[이번 책의 원고가 두 개인데 데이비드가 말하길 그걸 한 손가락으로 타자를 쳐서 완성했다고 한다. 타자를 잘 못치기 때문이다. 이번 책의 원고 두 개를 한 손가락으로 친 거다.]

그렇지만 정말 **빠른** 손가락이죠.

"그렇지만 정말 빠른 손가락이죠."

[휴식]

[그가 추가로 스티로폼 컵을 요청한다. 플라스틱 알러지가 있다는 말을 덧붙인다. 컵에다가 담배를 뱉고 싶은데 안이 들여다보이는 플라스틱 컵을 쓰면 사람들이 그걸 보고 역겨워할 수도 있기 때문이다.]

[하이드 스트리트 상품 책자] 여기 재밌는 물건이 몇 가지 있네요.

[기내에 비치된 하이드 스트리트 상품 책자: 그는 비행기를 타고 오가면서 늘 책자를 읽는다고 한다. 어떤 상품이 있는지 보려고.
    그는 나무와 처마에서 말벌집을 제거할 수 있는, 연장 가능한 정원 공구를 보는 중이다.]

오, 이거 좋네요. 이 남자가 하는 말이 맘에 들어요. 국가안보국 같은 데서 일하는 사람 같아요. "이걸로 상황이 해결될 겁니다." 아, 잠깐만요. 여기 또 다른 게 있네요. 남자가 복근 운동 기계를 쓰고 있어요. 그런데 그냥 변 보는 모습이네요. 여긴 어디죠?

[기내 안내 방송: "안전벨트 사인이 켜졌습니다…"]

이 남자 표정 좀 보세요. 오르가슴 느끼는 자폐증 환자 같아요. 이 기구 가지고 놀면 몇 시간 동안 재밌겠어요.

[기내 안내 방송: "안전벨트를 올바로 맸는지 확인해 주십시오. 오늘 저희 비행기에 탑승해 주셔서 감사합니다. 또 만나 뵙게 되기를 기대합니다." 기장도 여타 사람들과 마찬가지로 제 할 일을 한다. 여기에도 역시나 얼마간의 홍보 활동이 필요하다. 앞날을 기약하는…]

[휴식: 착륙하는 중이다.]

작가님이 베스트셀러 목록에서 15위라고 하던데요.

아, 그런가요. (불안해하면서 무관심한 척한다.)

설레나요? 아닌가요?

제 **생각**으로는…(목소리에 약간 주저함이 있다) 그게 무슨 의미인지 도통 모르겠어요. 양장본을 사는 사람들이 그리 많지는 않을 테고, 그러니 그 목록에 오를 수 있는 요건이 그다지 **까다롭지** 않은 것 같아요.

그렇지만 목록에 오르지 못한 책들도 많아요.

그건 그래요. 그 업보를 생각하지 않고 이 상황을 받아들일 수 있는 저만의 방식을 생각해 내야 할 것 같아요.

저녁 식사 때 말씀하셨던 마틴 에이미스의 『더 인포메이션』은 목록에 못 올랐어요.

그럼 어떤 책들이 오르는 건가요? 『프라이머리 컬러스』? 『화성에서 온 남자 금성에서 온 여자』?

그 책은 2년 동안 베스트셀러 목록에 있었어요. 아니, 더 오래인가.

[녹음기에 대고] 데이비드는 이런 이유 때문에 홍보 담당자와 처음부터 합의를 봐서 내린 결론이 있다고 한다. 바로 "알지 않는 편이 더 나은 정보도 있다".

굳이 떨쳐내고 싶지는 않아요. 제가 좀 더 강인한 사람이었다면 그 소식을 담담히 들을 텐데요.

그런데 본인 책이 베스트셀러가 될 거라는 생각을 한 번도 안 해봤나요?

전혀요. 한 번도 안 해봤어요. 한편으로는 대단히 기쁘고 놀랍죠. 그러니 우울한 얼굴로 돌아다니진 않을 거예요.

[휴식]

책을 몇 쇄나 찍었죠? 4쇄?

6쇄일걸요. 출판사에서 책을 많이 찍지 않았는데 지금 모든 서점에서 책이 다 팔렸어요. 서점에서는 책이 찍혀 나오길 일주일쯤 기다렸다가 책을 내놓으면 사람들이 책을 안 살까 봐 잔뜩 짜증이 난 상태예요. 그래서 온갖 방법을 다 동원해서…

찍어 내는 부수가 얼마나 되나요?

(그는 본인이 뭔가 중요한 내용을 말한다고 생각할 때 목소리가 다소 고조된다. 복잡한 감정을 한껏 드러내려고 생각에 잠긴 듯, 꿈꾸는 듯 높아진 목소리이다. 격앙되게 들리는데 전적으로 진심이 담겼거나 진실하게 들리지는 않는다.) 모르겠어요. 쇄마다 만 부 아니면 만오천 부?
(정상적인 목소리) 책이 비싸고 배송료도 많이 들어서 너무 많이 찍으려 하지는 않는 것 같아요.

[그렇지만 그는 책 인쇄 부수와 규모를 알고 있다. 알 수밖에 없다.]

그[마이클 피치]는 지금 작업하는 책이 열다섯 권이에요. 제 이번 책은 윤문 편집을 **두 번** 했어요. 그가 **독감**에 걸려 침대에 누워 있거나 하면 우리는 전화로 회의를 하곤 해요. 허튼소리처럼 들리겠지만 그는 정말… 그는 자기 입지에 해가 될 상황까지 무릅써야 했을 거예요. 이 책을 내기 위해서요. 책 분량이 어마어마하다는 걸 생각하면 더 그렇죠. 어찌 보면 영웅이나 마찬가지예요. 그가 이 책으로 조금이라도 좋은 평을 받았으면 좋겠어요.

[휴식]

책이 너무 무거워서···

제 친구가 말하길 책을 현관에 떨어뜨렸는데 **자동차 폭탄** 터지는 소리가 났다고 하더라고요.

[휴식]

[우리는 그의 벗 존 프랜즌이 쓴 표지 기사 「어쩌면 꿈을 꾸기 위해」에 관해 이야기하는 중이다. 이 글은 후에 "하퍼스 에세이"로 널리 알려진다. 영화와 TV가 판치는 교실에서 소설이 주목을 받기가 얼마나 어려운가에 관한 글이다.◆]

그 글은 『하퍼스』에 실릴 예정이에요. 드릴로의 멋진 글귀를 인용

◆ "Perchance to Dream"은 후에 "why bother?"로 제목이 변경되어 에세이 모음집 『혼자가 되는 법』(*How to Be Alone*)에 수록되었다.

했어요. 어떤 글귀였냐 하면…

기내 안내 방송: (새로운 목소리) 승객 여러분. 우리는 현재 미니애폴리스-세인트폴국제공항에 착륙했습니다. 현지 시각은 2시 28분입니다. 중부 표준시가 계속해서 적용됩니다. (과장된 목소리로) 잠시 몇 분간 지상 활주를 하겠습니다….

(웃으며) 원래 기내 방송을 이렇게 하나요?

기내 안내 방송: (깊고 거대한 진공청소기 같은 비행기 엔진 돌아가는 소리) 다시 한번 알려드리겠습니다. 트윈시티에 있는 이 공항은 금연입니다. 흡연만 실외에서 허용됩니다.

(그녀의 말을 바로잡으며) "실외에서만 허용됩니다"라고 해야죠. 실외에서 허용되는 게 흡연만은 아니니까요.

[그는 문법학자이자 흡연자로서 짜증이 난 듯하다.]

재밌군요.

드릴로가 이렇게 말했어요. "이 나라에서 진지한 독서가 사라진다면, 우리가 **정체성**이라고 부르는 것이 더는 존재하지 않게 된다."

멋진 말이네요…. 프랜즌이 그 말을 하라고 권했나요? 아니면…?

그런 것 같아요. 전 그 말이 존이 쓴 에세이에서 나온 거라는 것밖에 몰라요. 존이 그와 몇 차례 점심식사를 한 적이 있어요.

그래서 그 [『하퍼스』에 실리게 될] 에세이를 읽었나요?

음. 그럼요.

마음에 들던가요?

네. 그랬어요. 그건…

[휴식]

[우리는 블루밍턴에 비행 금지 조치를 불러온 눈보라에 관해 이야기하는 중이다. 매사에 세심하게 주의를 기울이는 데이비드는 눈보라가 곧 치리라는 걸 분명 알고 있었을 것이다.]

기자님이 왔을 때 말하고 싶지 않았어요. 다코타에서부터 이틀에 걸쳐 폭풍우가 다가오고 있다는 걸요.

◆◆◆

에스코트를 만나 차를 타고 시내를 거쳐 휘트니 호텔에 체크인을 한다.

[긴 운전, 현지 풍경, 미시시피강 옆에 있는, 거대한 조면기 공장이었던 호텔. 로비에 있는 거대한 나선형 계단.]
체크인 담당 여직원(나를 향해): 트윈 침대가 있는 방입니다.

데이브: 네. 아니타와 콘수엘라가 쓸 침대군요.◆
[휴식]

◆◆◆

미니애폴리스에서의 점심식사

[데이브는 거의 한 달 동안 저마다 다른 차로 여기저기를 누볐다. 그의 자동차는 10년이 되었다. 이런저런 차를 타다 보니, 사귀는 사람이 없다는 전제하에 누가 맘에 들지 돌아가면서 여러 사람과 잠깐씩 데이트를 해보는 것 같다. 그의 머릿속에서 계속해서 한 가지 말만 맴돈다고 한다. 소비주의적인 말이라 의외라고 한다.]

＊

◆ "You have a room with twins." 여기서 "twins"라는 단어를 가지고 트윈침대와 쌍둥이로
   말장난을 하면서 쌍둥이들의 이름을 만들어 낸 농담이다.

"새 차를 사. 새 차를 사." 이런 소리가 계속 들려요. 그래도 지금 차를 어떻게 처분할지 정하기 전까지는 새 차를 사지 않으려고요. 거의 결혼생활이나 마찬가지죠.

[식당 여종업원이 지나간다.]

여기 적당히 싸구려인 차 있나요? 어렵게 터득한 팁이에요.

["V"로 표시된 채식 요리가 메뉴판에 있다. 데이비드가 여종업원에게 묻는다.]

여기에 닭고기도 포함되나요? 닭은 머리가 엄청 나쁘잖아요.

[우리는 TV를 주제로 이야기를 한다. 그는 「사인펠드」를 좋아하고, 「프렌즈」는 "다소 말랑하고 끈적거린다"고 말한다. 그는 80년대 후반에서 90년대 초까지 오랫동안 빈털터리 신세였다가 블루밍턴에 집을 사려고 하니 무서웠다고 한다. 그의 첫 집이다. 우리는 개에 관해서도 이야기한다. 지브스는 그가 처음으로 기르는 개다. "너무 못생겨서 제가 기르기로 했어요. 아무도 기르려 하지 않았거든요. 지금은 잡지 표지에 나오는 개 같지만요." 잡지사 사진기자들이 오면, 지브스가 계속해서 카메라 반경 안으로 들어가려 한다고 한다. 『뉴스위크』 사진기자의 카메라 렌즈 덮개를 먹으려 한 적도 있었다고 한다.

그는 내일 있을 NPR 방송과 오늘 밤 헝그리 마인드 서점에서 있을 마지막 낭독회 때문에 불안해한다.]

제 마음속의 정글짐이죠. 하지만 그 위에 불안정하게 서야 할 사람은 저뿐이에요.

◆◆◆

낭독회가 열릴 헝그리 마인드로 가는 길
널리 알려진 유서 깊은 독립 서점

에스코트 담당자   지금이 적절한 때인지는 모르겠지만, 또 여러분이 보길 원하실지는 모르겠지만, 모자 던지는 매리 테일러 무어 동상이 있는 광장에 데려다 드릴 수 있어요. 많은 고객이 보시고 싶어 하더라고요.

[데이비드는 그냥 지나간다.
낭독회 주최자가 낭독회를 세 부분으로 나누어 진행한 다음, 질의응답 시간을 가지길 원한다.]

제가 두 부분으로 진행하면 20분이 될 거고, 세 부분으로 진행하면 40분이 될 거예요.

에스코트 담당자 [그들은 숫자 계산에 능하다.] 그러면 20분 하고서 질문 시간과 답변 시간을 한 차례씩 가지면 되겠네요.

제 주요 목적은 질의응답 시간을 피하는 거예요. 제게는 너무 고통스러워요.

전에 질의응답 시간을 가져 본 적이 있나요?

그럼요. 적어도 여기서는 질의응답 시간이 있을 거라고 미리 말해 주네요. 아이오와에서는 질의응답 시간이 라디오로 방송되었어요. 그쪽에서 미리 말해 주지도 않았어요.

불편한가요?

네. "어디서 아이디어를 얻나요?" 같은 질문을 받죠. 사실상 제 답은 "타임-라이프 책 시리즈에서 얻어요. 구독료는 한 달에 17.95달러예요"인데 말이에요. 뭔가 재치 있고 흥미로운 답변을 해야 한다는 압박감이 있어요. 사실 제 머릿속에서는… 머릿속에서 플래시 전구가 터지는 것 같아요. 말하자면 그냥 빛밖에 안 보여요.

[우리는 웃는다. 그가 아주 조금 더 재밌어진 것 같다. 그는 공연 전의 집중력과 존재감을 품고 있다. 그는 곧 무대 위에 오를 사람이고, 우리는

낭독회 주인공인 그의 수행단이다. 그가 절로 광채가 나고 흥미로운 사람처럼 보인다. 이렇다 할 이유도 없이, 거의 모든 게 매력적이다.

우리는 데이비드의 두 친구를 만나기로 한다. 애리조나 대학원 동기인 벳시와 미니애폴리스의 『빌리지 보이스』 격인 『시티 페이지스』의 편집자인 줄리이다. 데이비드가 말한다. "제 친구들은 극히 평범한 사람들이에요." 차가 멈춘다. 문이 열리고 세인트 폴의 혹독한 한기가 훅 끼치면서 줄리가 차에 탄다. 데이비드가 『시티 페이지스』 기자에 관해 그녀와 이야기를 한다. 우리가 낭독회를 하러 여기로 오기 전, 그가 『시티 페이지스』와 인터뷰를 한 적이 있다.]

낭독회 하는 걸 좋아하나요?

저 자신을 잊고 나면 좋아져요. 그래서 지금은 끔찍해요. 첫 10분간은 제 심장 뛰는 게 느껴지고 사람들이 전부 제 심장 소리를 들을 것 같아요. 정말 끔찍해요. 그러다 좀 지나면 잊어버려요. 제가 낭독회를 길게 하는 걸 신경 쓰지 않는 한 가지 이유는 한 20분 지나면 그제야 제가 반쯤 즐기기 시작하거든요. 그런데 그때가 되면 낭독회가 끝나 버리더라고요.

독립 서점에 관한 기사를 통해서 이 서점에 관한 글을 여러 번 읽었어요.

[나는 지금 데이브처럼 말한다. 전염성이 있다⋯

214

데이비드는 사라져 버렸다. 헝그리 마인드 서점은 전 좌석이 매진되어 셔터가 내려져 있다. 천 쪽짜리 소설의 세상도, 에스코트 담당자가 안내하는 낭독회 투어의 세상도 닫혀 버렸다. 휘트니 호텔도 사라져 버렸다. 더튼스도. 사라져 버린 시간이다. 그의 작품만이 있다. 이 순간을 위해 그 모든 게 필요했다.]

서점에서 자체적으로 내는 소식지가 있는데 평판이 꽤 좋은가 봐요. (데이비드의 목소리에 "상당히"라는 느낌이 실려 있다.)

에스코트 담당자 네, 『헝그리 마인드 리뷰』요. 평판이 아주 좋아요.

이 낭독회가 도시 내에서 널리 홍보되었나요?

에스코트 담담자 그럼요. 소식지를 발행하는 로라 바라토라는 사람이 [그러니까 미니애폴리스 측에서] 낭독회 홍보에 큰 역할을 했어요. 모든 사람이 그녀를 알죠. 그래서 헝그리 마인드 하면 모두가 알아요. 홍보 자료가 그렇죠. 소식지 평판이 아주 좋아서 사람들이 전부 올 거라고 생각했어요. 이 소식지 정말 훌륭해요.

마이클 샤본도 여기서 홍보 행사를 할 예정이라네요. 저보다 2주 뒤에요.

『원더 보이즈』로요.

[데이비드는 에스코트에 대해 줄리에게 이야기한다.]

머리가 어지러웠어. 머리에 온통 핀을 꼽은 게이샤가 나올 거라고 생각했거든. 그런데 첫 도시에서 키가 195센티미터인 아일랜드인 남자가 나오더라고.

줄리 농담 아냐? 거기가 어디였는데?

거기가 어디였냐면. 미안. 두 번째 도시였던 것 같아. 보스턴이었어. 덩치 큰 켈트족 후예가 나왔지.

[휴식]

[데이비드가 담배를 피운다. 에스코트 담당자가 유명인사에 관한 이야기로 주제를 옮겨 간다. 차에 태워서 다닌 유명인사들에 관해 이야기한다. 그러다 데이비드가 담배 피우는 걸 알아챈다.]

에스코트 담당자 흡연에 관해 설교할 생각은 아니지만…

[셜리 맥클레인이 낭독회 투어로 미니애폴리스에 왔다. 론 우드도.]

에스코트 담당자 그가 온갖 곳에다가 사인을 했어요. 사람들이 입은 코트, 팔, 다리에도요. 피터 오툴은…

피터 오툴이 북투어로 왔다고요?

그가 아직도 살아 있나요?

에스코트 담당자 그가 3부작을 썼어요. 그 작품이 어찌 되었는지는 모르겠네요. 어쨌든 그가 북투어로 왔는데 **굉장했어요.** 정말 멋진 사람이었어요.

저도 그렇게 **생각하고 싶네요.**

에스코트 담당자 그가 꽤 고단해하긴 했어요. 그렇지만 굉장히 **멋진** 사람이었어요. 우리가 이리로 오면서 다리 아래를 지나왔고, 그가 보길 원했던 건 세인트 폴과⋯

⋯그리고 비명 지르는 10대 소녀 팬들이었겠죠. (나를 향해) 저 한 대 칠 준비 되었나요?

당연하죠.

[도착해서 차에서 내린다. 데이비드는 『시스템의 빗자루』 그리고 그가 힙합을 주제로 쓴 『설전하는 래퍼들』의 낭독회에 관해 이야기한다.]

책 선금을 시어스 상품권으로 받은 건 난생처음이었어요.

[우리는 헝그리 마인드 밖에 서 있다. 밖은 온통 하얗게 눈으로 뒤덮인 채 안에는 램프에 불이 켜져 있어 마치 영화를 찍는 방음 스튜디오 같다. 북서부의 대학 서점을 배경으로 투지 넘치는 사내가 주연으로 출연하는 영화 말이다. 황당한 설정이라 진짜 영화였다면 난 보지 않을 것이다.

나는 데이브를 위해 앞으로 살금살금 다가가 창문 너머로 서점 안을 들여다본다. 그는 굳이 안을 들여다보려고 하지 않지만, 데이터를 원한다. 정찰하고 싶어 한다. 사람들이 얼마나 와 있는지, 얼마나 안달하고 있는지 알고 싶어 한다.]

맨 앞줄 빼고는 빈자리가 없어요.

위험해 보이는 사람은 없나요?

음. 없어요.

에스코트 담당자 미네소타주 사람들은 선해요. 친절하고요. 걱정 마세요.

[그녀는 데이비드가 무대에 서기에 앞서 불안해하는 것을 자신감이 없는 것으로 착각했고, 그 때문에 데이비드가 다소 짜증이 났다. 남은 투어

기간 동안, 그녀는 낭독회가 성공적이었다고 계속해서 데이비드를 안심시킨다. 그녀는 이렇게 말한다. "낭독회 하는 걸 많이 봤어요. 제 말을 믿으세요. 잘하셨어요." 그녀는 그가 어찌 보면 자신감이 완벽하다는 걸 알아채지 못한다. 그녀는 운전 중이 아닐 때에도 그를 계속 안심시키면서 피터 오툴이나 존 업다이크가 얼마나 멋진 사람이었는지 기억을 떠올리며 이야기를 해대고, 그 바람에 데이비드는 괴로워한다.]

안은 노드스트롬 광고 책자의 좌식 버전 같아요. 전부 다 무겁고 두툼한 옷차림에 부츠를 신고 벙어리장갑을 끼고서 앉아 있어요.

그렇네요. [그가 내 농담에 더 힘을 실어 준다.] 아니, 그보다는 낫네요. 달에서 기다리고 있는 사람들 같아요. 굉장한 광경이네요. 제가 정확히 8시에 가서 들이닥쳐야겠어요….

[휴식]

[우리는 헝그리 마인드의 독자 휴게실 같은 곳에 들어와 있다. 낭독회를 주관하는 여자와 이야기하는 중이다. 데이비드가 입이 마를 것을 대비해 물을 요청한다. 그러곤 한술 더 뜬다.]

인공침 없나요?

[모두가 웃는다.]

아니, 농담이 아니고 제로-루브라고, 실제 의약품이에요.

정말요? 인공 타액인가요?

네. 그런데 **훨씬** 더 나아요. 마크 레이너가 제로-루브 회사의 상품 책자 문구를 쓰곤 했어요. 물보다 나아요. **윤활** 작용을 하거든요. 입에서 **쩝쩝** 소리가 안 나요.

낭독회 주최자 기억해 둘게요.

낭독회 전문가 다 되겠어요. 다음에는 상자째로 가져올게요.

낭독회 주최자 뭔가 드시겠어요?

물이요. 얼음 넣지 말고요.

낭독회 주최자 알겠어요.

왜냐하면 제가 마이크에 **대고** 으드득 하고 얼음을 씹을 테니까요.

[우리는 담배를 또 한 대 피우러 밖으로 나간다.]

[관객들을 바라보며] 할의 아버지가 이런 영화를 찍지 않았나요? [『무한한 재미』 중에서]

네. 「농담」이라고 하는 영화예요. 그 영화를 상영하려면 관객들을 역으로 비출 아주 큰 화면이 필요하죠.
[그가 고개를 흔들며 웃음 짓는다.]

좀 있으면 알게 될 거예요. 투어가 계속될수록 멋질 거예요.

[눈 위에서 우리가 신은 신발과 부츠가 손을 풍선에 비빌 때 나는 뽀드득 소리를 낸다.]

낭독회 주최자 이게 기사에 나가나요?

네. 그런데 당신이 한 질문은 안 나갈 거예요.

이제 들어가나요? 아, 잠깐만요. [내가 목도리를 잃어버렸다. 목도리가 눈 위에 시꺼먼 물웅덩이 같은 모습으로 떨어져 있다.]

[안에서 데이비드가 "제일 먼저 할 일"에 착수한다. 바로 "화장실을 찾

221

는 것"이다. 낭독회 주최자가 말해 준다. "뒤로 쭉 가세요." 그가 가로질러 화장실로 향하자 호기심에 가득 차 설레하는 관객들이 학생들처럼 고개를 돌린다. 낭독회 주최자가 그를 화장실 문 앞까지 데려다준다.]
여기서부터는 혼자 갈 수 있어요.

[휴식]
[누군가가 서점 매대에서 내 책을 집어 펼쳐 보더니 도로 내려놓는다.]

[휴식]

[낭독회에 앞서 데이브는 올려다보면서 손톱을 씹어대는 채로 질의응답 시간이 정말로 없는지 확인한다. 그리고 모인 관객들에 대해 묻고, 마실 물이 "탄산수"가 아닌지 확인한다.]

(실내를 둘러보면서 혼잣말로) 이건 백조의 노래야. 대단원의 막이지. [『무한한 재미』를 위한 마지막 행사이다.]

낭독회 주최자 어떻게 소개해 드릴까요?

'오늘 이 무대를 위해 찾아온 패거리가 있습니다'는 어때요?
　경직되고 단조로운 목소리로 소개해 주세요. 제가 시범 보일 수 있어요.

낭독회 주최자 사람들이 앨 프랭큰을 기대하는 건 아니에요. 멋진 사람이죠. 그도 여기 왔었어요. 지난주에 아주 **끝내줬어요.**

우리가 뒤에서 앞쪽으로 입장할까요? 아니면…?

낭독회 주최자 상황에 따라 달라요. 그런 식으로 느닷없이 입장해도 신경 안 쓰는 사람들도 있고 상당히 거북해하는 사람들도 있어요.

바로 절 말씀하시는군요.

낭독회 주최자 어느 편이든 작가님이 편하신 대로 하세요.

제가 편한 대로 하는 걸 원치 않으실걸요. 그렇게 되면 제가 이 자리를 뜰 테니까요.

[모든 사람이 **이크** 하면서 놀라서 웃는다.]

에스코트 담당자 (도움을 주려는 듯) 그러니까 호텔로 돌아간다는 말이에요.

절 소개하시는 동안 전 뭘 하고 있으면 될까요?

낭독회 주최자 그냥 서 있거나 하시면 돼요.

그러니까 바닥을 내려다보면서요? 10분 동안 그러고 서 있으면 보기 흉할 텐데…

낭독회 주최자 아, 아녜요. 아녜요. 전 뭐든지 짧게 해요.

[그가 낭독을 시작한다. 용의주도하다. 막 시작했는데 스피커에서 숨소리가 너무 크게 들린다.]

이게 소리가 괜찮나요? 마이크에 대고 구강 성교하는 것 같진 않나요? 마이크와 거리가 적절한가요?

[그가 낭독한다. 손가락 끝에다 침을 묻혀 책장을 넘긴다.

하나의 공연으로서 모든 게 놀랍도록 훌륭하다. 시카고로의 운전, 미니애폴리스로의 비행, 호텔, 호텔에서 타고 온 자동차. 이 모든 전문적인 이동수단이 동원된 덕분에 그가 이 서점에 도착해 자신이 공들여 쓴 문장들을 공유할 수 있다. 이렇게 소박하고 친밀하고 사랑스러운 방식으로 말이다.

낭독회가 끝나고 데이비드가 자리를 뜨려는데, 낭독회 주최 측 여성이 그를 바라보면서 보기 좋게 수를 쓰고 만다.]

낭독회 주최자 여러분. 질문 있으시면 작가님이 답 해드릴 겁니다.

첫 질문: 아이디어는 어디서 얻나요?

♦♦♦

낭독회가 끝난 후

헝그리 마인드 서점

사인회 줄

들뜬 사람들이 길게 늘어서 있다.

[쉬운 과정이 아니다. 사람들이 말을 하고 싶어 한다. 사람들은 탁자 가까이 가면 설렘을 감추지 못한다. 얼굴을 붉히고 흥분한다. 데이비드는 사인 옆에다가 웃는 얼굴을 그려준다. 한 여자가 그걸 보더니 얼굴을 찡그린다. 그게 뭔지 모르는 모양이다. 그가 컴퓨터를 그렸다고 생각한다.]

이건 웃는 얼굴 표시예요. 별로이시면 수정액으로 지워 드릴게요. 어쨌든 당신 책이니까요.

[누군가가 『시스템의 빗자루』 책을 꺼내 든다.]

이런. 이거 오래된 책이네요.

[그가 사인을 한 다음에 잉크가 마르라고 생일 초를 불 듯이 입김을 후

분다.]

출판사에서 이렇게 하라고 알려 줬어요.

[몇몇 독자들은 사인을 받으면서 데이비드와 지혜 겨루기를 한판 하려고 시도한다. 본인의 통찰력이 얼마나 깊은지 넌지시 흘리면서, 본인이 개인적으로 어떤 사람인지, 그와 그의 책을 어떻게 생각하는지 단 몇 초 안에 압축해서 말하려고 한다. 이상한 일이다. 그래서 문학계 유명 작가들은 유명 테니스 선수나 영화배우와 다르다. 글쓰기는 사람들이 하루 중에 때때로 하는 소통이다. 글쓰기는 사람들이 줄곧 무엇을 하는지를 전문적인 방식으로 써낸 것이다. 테니스 경기에서는 팬들이 이따금 손목 밴드를 차고 테니스 셔츠를 입고서 관중석에 등장한다. 반면 사인회에 온 사람들은 단 몇 초 동안이나마 데이비드와 함께 코트에 들어선다.

사람들이 부끄러운 듯 얼굴을 붉히는 이 찰나의 순간에는 본인을 각인시키려는, 오늘 밤의 주인공만큼이나 자기도 정신적으로 매력적인 존재가 되려고 하는 욕망이 존재한다.

줄을 선 채 상기되어 허둥지둥하던 독자 한 명이 데이비드 앞으로 다가선다. 키가 큰 남자다. 염소 수염, 조끼, 청바지, 덩치 큰 백인 남자의 아프로 헤어 스타일.]

남자: 정말 빛이 나시네요. 꿈인지 생시인지. 『시티 페이지스』가 우리 지역 신문이에요. 대안 신문이죠. 작가님 정말 멋져요. 다음 행선

지는 어디인가요? 그야말로 **기상천외한** 소재를 다루셨어요.

[데이브가 사인을 한다.] 감사합니다. 그동안 10개 도시를 다녔어요.

남자: 아뇨, 북투어 말고 다음 책 말이에요. 작가님 마음속에 어떤 노래가 흐르고 있나요?

그런 건 물어보지 마세요.

남자: 아니, 그래도요. 다음 작품을 위해서 **온 관심을 쏟고** 있는 주제가 있지 않나요? 아니면 구상만 하시고 계신 거라도…

[괴로운 상황이다. 남자는 수줍어하면서도 허둥댄다. 마음을 터놓고 친밀하고 근사한 사람으로 보이려 하면서 인간적인 접촉을 시도한다. 그래서는 **안 된다는 걸** 알아채지 못한다. 그래서는 안 되는 순간이다.]

네. 구상은 2년 전쯤에 끝냈어요. 시간 차가 있어요. 책이 출간될 즈음이면 이미 다음 책을 작업하는 중이에요.

남자: 시도 쓰시나요?

아니요. (딱 부러지게 대답하나 불안한 목소리다.)

남자: 정말 감사합니다.

♦♦♦

차안
벳시, 줄리와 함께

[사진작가들과의 작업에 관해서] 누군가가 내게 "자기야" 하고 불러 주길 바랐어. 그럼 또 누군가가 이렇게 말했으면 하고 바랐지. "여기, 저 좀 봐 주세요."

[『시티 페이지스』의 기자는 지인에게 데이비드의 이번 책에 관해 이야기했다고 한다. 본인이 기사 쓰는 일을 제쳐두고 『무한한 재미』를 손으로 직접 베껴 써서 친구들에게 나눠준다면 소설에 더 큰 기여를 할 수 있었을 거라고 말이다. 데이비드가 듣기에는 해괴망측한 말이다. 데이비드가 묘한 표정으로 우리에게 이 이야기를 전한다.

차 안이 무척 춥다. 우리는 양쪽에서 창문을 빼꼼히 열고 담배를 피운다. 찬 공기가 안으로 들어온다. 데이비드는 이걸 "중서부의 저체온증 흡연 투어"라고 부른다.]

♦♦♦

다음 날 아침

미니애폴리스 NPR 라디오 인터뷰를 하러 가는 중

에스코트의 차 안

[아침식사 전에 TV를 본다는 건 그에게는 드문 호사이다. 그의 집에는
TV가 없다.]

오늘 아침에는 「팰컨 크레스트」, 「매그넘 PI」, 「미녀 삼총사」를 동시
에 해주네요. 쓰레기의 향연이죠.

[청바지에 터틀넥을 입고 긴 머리를 쪽져서 묶은 데이비드의 모습이 맘
에 안 드는지 에스코트가 존 업다이크 칭찬을 한다. 그는 트위드 옷에 타
이를 맸다고 한다.

　오늘 아침 녹음분은 「올 띵스 컨시더드」의 일부로 5개 주에 지역 방
송으로 나갈 예정이다.]

방송에서 제발 바보짓만 안 했으면 좋겠어요. 절 아는 사람이라면
꿈도 야무지다고 할 수 있겠지만요.

에스코트 담당자　절 믿으세요. 괜찮을 거예요. 긴장만 좀 푸세요.

집에 TV가 없으면 좋아요. 집에 TV가 **있으면** 완전히 빠져들게 되잖
아요. 아주 넋 놓고 보게 되죠. 지난밤에 골프 채널을 봤어요. 아놀

드 파머, 잭 니클라우스. 옛날 경기들이었는데, 융통성 없이 바짝 자른 머리 하고는…

[우리는 밖에서 담배를 피운다. 샤워를 하고 나온 데이비드의 머리칼이 여태 젖어 있다. 차가운 공기 속에서 김을 내뿜는다.]

◆◆◆

NPR 스튜디오
NPR 진행자: 키가 크고 크리스 아이작을 연상케 하는 구레나룻이 있고 목이 긴 검은색 컨버스 운동화를 신었다. 손가락이 가늘고 기다랗다. 대학 때 야구를 했을 것 같다.

진행자　디지털로 녹음할 거예요. 괜찮으시겠죠.
데이브　예, 아니오로만 대답해야 하나요?

[별 것 아니지만 기발한 농담이다. 난 그걸 받아 적는다.]
[내가 적는 걸 데이비드가 본다. 내게 고개를 돌린다.]

짓궂게 기사 쓰면 20년 동안 복수할 거예요.

[그들은 결국 약물 이름이 어떻게 지어졌는지를 두고 방송 중에 많은 이

야기를 나눈다.]

아주 옛날부터 아스피린을 병적으로 자주 복용했어요. 바이엘 아스피린을 혀 밑에 넣고 있었죠. 부모님이 그렇게 하라고 가르쳐 주셨어요.

[데이브는 두통에 좋은 지압에 관해 이야기한다. 엄지와 검지 사이를 세게 누른다. 평상시와 마찬가지로, 그는 인터뷰 진행자가 계속해서 약물 이름에 관해 묻자 형세를 역전시킨다. 그가 미소짓는다.]

본인을 많이 드러내시는군요. 약리학에 아주 관심이 많으신가 봐요. 미국의사처방참고집이라도 가져다 드릴까요.

[약들은 톨킨 작품에 등장하는 인물들 이름 같다: 탈윈, 셀단, 팍실, 할돌. 오크족과 엘프의 이름들.]

[우리가 떠나려 할 때] **진행자** 21일에는 여기 안 있으시겠죠? 눈사람 태우기 행사를 하거든요. 미니애폴리스 전통 행사예요. 소방관들이 불을 정말 좋아하죠.

◆◆◆

에스코트 담당자의 차 안

휘트니 호텔로 돌아가는 중

라디오 방송 진행자들의 문제는 목소리가 너무 멋져서 그 목소리만 듣고 싶다는 거예요. 무슨 질문을 하는지는 안중에도 없게 돼요.

[에스코트 담당자는 자신에게 무례하게 대한 작가들을 언급하며 다소 마음 상해한다. 데이비드는 위로를 표하면서 그들을 대신해 사과한다.]

여행 중일 때는 힘들어요. 제 기분을 상하게 할 수 없는 사람들에게 무례하고 무뚝뚝하게 굴고 싶어져요. 저는 집에 가서 제 개들한테 무례하게 굴어요.

[호텔에 와서 그가 곧바로 TV를 켠다. 「스타스키와 허치」가 방영되는 중이다. 나는 그의 호텔 방에 있는 잘 정돈된 욕실로 들어간다. 돌아와 보니, TBS에서인지 어디에서인지 「미녀 삼총사」가 곧 방영된다고 선전을 한다.]

이걸 또 한다고? 예전에 풋볼 연습하고서 다들 곧바로 집으로 달려가 이걸 보곤 했어요.

[이번 회는 새미 데이비스가 본인과 거리의 남창, 이렇게 이중 역할을

232

하는 "새미 데이비스 주니어 납치 소동"이다. 첫 장면에서 그가 회계사와 언쟁을 벌인다. "식사 시간에는 세금 얘기를 하지 말라고 하지 않았나요?" 새미가 화면 속에서 묻는다.]

[우리는 거대한 나선형 계단을 내려와 휘트니 호텔을 나선다. 데이브가 중간에 멈춰 선다. 내가 이곳을 「바람과 함께 사라지다」에 나오는 타라 농장 같다고 말한다. 그가 내 농담을 다시 재밌게 받아친다.]

전 비비안 리가 입은 큰 가운을 늘 갖고 싶었어요.

◆◆◆

**우리는 에스코트 담당자를 뒤로하고
몰 오브 아메리카로 향한다.
영화를 본다. 데이비드가 좋아하는 "폭파시키는 유의" 영화이다.**

남자들이 보는 한심한 영화예요. 토네이도 영화처럼 과장되고 통속적인 영화죠.
[우리는 몰 오브 아메리카의 노대에서 캠프 스누피를 내려다본다.]

여기도 습도가 좀 높군요. 공기에다 무슨 짓을 한 게 분명해요.

[녹음기에 대고] 데이비드는 몰 오브 아메리카에 있는 놀이공원 캠프 스누피에 관해 이야기한다. 습도가 높고 공기에서 락스 냄새가 난다.

[휴식]

[재미나게도, 이번 주 데이비드의 세상이 쓸데없는 정보로 넘쳐났다. 없어도 될 50만 비트의 정보가 공격을 해댄다. 눈사람 태우기 행사, 쇼핑몰의 롤러코스터, 기내 상품 책자, 약 이름, TV 속 대화.

우리는 둘러 막힌 작은 동굴을 내려다본다. 캠프 스누피의 후룸라이드를 탄 사람들이 내지르는 비명이 계속해서 들려온다.

건너편에는 식당이 있다. '헐크 호건의 파스타매니아']

파스타 하면 헐크 호건이 떠올라요.

[그가 여기에 있다. 평소에는 쇼핑몰 가는 걸 무서워한다고 한다. "쇼핑몰은 30초 안에 들어갔다가 나올 수 없는 곳이잖아요." 데이비드는 지금 본인이 있는 장소를 어떻게든 활용해야겠다고 생각한다.]

실은 스니커즈 운동화도 사야 해요. 쇼핑몰에 오면 늘 이러죠. 바이킹스 티셔츠도 사고 싶고 목욕 가운과 스니커즈 운동화도 사고 싶어요. 바이킹스 티셔츠는 적당히 싸구려인 걸로요.

[데이브는 지금 레고랜드를 내려다보고 있다.]

레고를 가지고 저렴한 가구를 만들 방법이 분명 있을 거예요.

♦♦♦

몰 오브 아메리카의 영화관

「브로큰 애로우」

존 트라볼타, 크리스찬 슬레이터

[극장 좌석이 꽤 앞쪽이라 화면과 쾅 하고 부딪힐 지경이다. 데이비드는 공감하고 혼잣말을 하며 영화를 보는 관객 유형이다. 영화 속에서 남자가 기차에서 떨어져 나가자, 그가 "그래, 옳지!" 하고 소리를 내지른다. 크리스찬 슬레이터가 철도 차량으로 뛰어들자 그가 "오, 이크" 하고 소리를 내지른다. "오 옳지, 오 와우, 이런 맙소사"에 이어, 마지막으로 트라볼타와 슬레이터가 육박전을 벌이다가 트라볼타가 핵미사일에 맞아 관통당하자 "오, 와우" 하고 소리를 내지른다. 그는 화면을 보다가 흠칫하고 놀란다. 피부가 다소 부드러운 편이라 그렇게 흠칫할 때면 볼이 살짝 접히면서 주름이 많이 생긴다. 그가 말한다. "마지막 장면에서 트라볼타가 미사일에 찔렸을 때 굉장했어요." 다시 한 번 말하지만 그는 폭발하는 유의 영화를 좋아한다.

나는 이 영화를 이미 봤기 때문에, 월리스가 영화 보는 장면을 지켜본다.

마지막에서 손에 땀을 쥐게 하는 장면이 등장한다. 크리스찬 슬레이터가 헬리콥터를 타고서 존 트라볼타와 사만다 마티스 그리고 핵 장치가 실린 기차를 쫓아간다. 데이비드가 우스갯소리를 멈춘다. 그는 방금까지 「미스터리 과학 극장 3000」을 재연하는 중이었다.]

◆◆◆

그의 친구 줄리의 집

학생이 사는 셋방 같은 집, 세인트 폴

[그릇에 담긴 감자칩, 팝(데이비드가 탄산음료를 지칭하는 말), 소파. TV를 좋아하는 월리스의 일면이 분명히 활성화되었다. 그건 괴물이다. 아침에 실컷 본 TV, 점심 식사 때의 휴식, 영화 관람에 이어, 그의 친구의 거처에서 우리는 월리스의 학교 동기가 출연한 HBO 영화를 본다. 「더 레이트 시프트」라는, 「투나잇 쇼」의 진행자 자리를 놓고 다투는 레터맨과 레노의 치열한 대결을 그린 영화이다.

우리가 전부 TV가 지겨워져 기지개를 켜고 몸을 비틀고 하품을 하기 시작하는데, 노련한 TV 전문가인 월리스는 TV를 계속 더 보려고 한다.

그는 「더 레이트 시프트」의 주연 배우인 존 마이클 히긴즈와 함께 애머스트를 다녔다고 한다. 당시 데이비드는 그를 싫어했다.]

줄리   왜?

그는 멋지고 인기가 많은데 난 그러지 못해서 기본적으로 불쾌했지. 솔직하게 말하자면 말이야.

[데이비드는 아주 작정한 모양이다. 그래서 우리는 영화를 **또 한 편** 본다. 「소돔과 고모라」라는 1963년작 성서 서사시 영화이다. 러닝타임이 154분이나 된다.]

♦♦♦

다음 날 아침
떠날 준비를 하는 중

[그가 이번 책 집필을 시작하고서 『무한한 재미』와 관련된 구체적인 일정이 없는 첫 아침이다. 다소 멍한 것 같기도, 한시름 놓은 것 같기도 하다. 책 집필이 끝났고, 책이 출간되었고, 책 홍보 투어도 끝났다.
　데이비드가 객실 청소부를 생각해서 방을 치운다. 배려심이 깊다. 아침 식사는 주문하지 않는다.]

[녹음기에 대고] 그는 객실 서비스를 더 이상 청하지 않는다. 리틀 브라운 측에 신세를 더 졌다가 책 홍보 일정이 추가될까 봐 그렇다. 나를 향해 말한다. "이런 북투어 같은 홍보 일 말이에요."

[비행기 안에서 그는 안전벨트를 매고서 이내 곯아떨어진다. 깊은 잠이다. 그는 자기 책을 냈다. 다소 부루퉁해 보이는 나비 같은 입술이 살짝 벌어져 있다. 잘생긴 외모이다. 다소 은빛을 띠는 머리칼이 귀 쪽으로 드리워져 있다. 그의 옆모습 뒤로 선홍빛 햇살이 은은하게 비춘다.]

◆◆◆

다시 시카고, 오헤어
금요일 밤

[수화물을 찾고서, 눈이 녹아 진흙탕이 된 길가로 나온다. 바깥에 바람이 분다.]

[착륙 후에 우리는 계약에 관해 이야기한다. 그가 심지어 5년간은 소설 계약을 하고 싶지 않다고 한다.] 만약 5년이라면 그건 **고통**일 거예요. 돈을 받고 고통에 뛰어들고 싶지는 않아요. 장기적으로는 누구도 절 보살펴 줄 수 없어요. 저밖에는 말이에요. 그걸 배웠어요. 저 이외에는 누구도 절 오랜 시간 보살펴 줄 수 없다는 걸 알았어요. 뼈저리게 뭔가를 깨닫는 건 오로지 직접 경험을 통해서죠.

♦♦♦

도착해 보니 차가 얼어있다.

추위 속에 차가 사흘간 그곳에 있었다.

[차에 얼음층이 끼었고 범퍼에 고드름이 달렸다. 앞 유리창에는 잿빛 서리가 수염처럼 끼었다. 우리가 없는 새에 그렇게 되었다. 순식간에 몇십 년이 흘러버린 「립 밴 윙클」♦ 이야기를 실제로 보는 것 같다. 전과 같은 차라고는 믿기지 않는다.

　차 문을 여는데 쩌억 갈라지는 소리가 난다. 차 안에 놔둔 모든 것이 얼었다. 다이어트 펩시 콜라도 얼었고, 내가 마시려고 둔 스내플 주스는 유리병이 깨져 있었다. 거기서 새어 나와 바닥 깔개를 적신 주스가 얼어붙어 갈색 네모 모양의 흔적을 남겼다. 냉장고에서 꺼낸 과자처럼 담뱃갑도 차갑다. 차 안은 얼어붙을 듯이 춥다. 차 키 꽂는 곳이 얼어서 키를 꽂는 데에만도 시간이 꽤 걸린다. 차 전체가 매끄러운 얼음으로 둘러싸여 있다. 그렇게 차가 꿋꿋이 우리를 기다리고 있었다.]

[휴식]

그가 R.E.M.의 새 앨범을 듣고 R.E.M.인지 알아채는 데 시간이 좀 걸렸다.

♦ *Rip Van Winkle*, 1819년에 출간된 미국 작가 워싱턴 어빙의 단편. 술에 취해 자고 나니 20년이 흘러 있었다는 이야기.

그들 음악 같지 않아요. 멋진데요.

「Strange Currencies」는 무척 슬프면서도 달콤해요.

[휴식]

[나는 그가 침 뱉는 데 썼던 사바랭 캔을 가져간다. 재떨이로 쓰려고 말이다. 그가 그러지 말라고 한다.]

씹는 담배를 배우고 나면 일반 담배와 담배꽁초가 얼마나 지독한 악취를 풍기는지 알게 되죠.

데이비드가 말을 보탠다. "씹는 담배를 배우는 건 담배가 지닌 미학의 일부예요."

(미소를 지으며) 제가 한 말을 다른 사람이 녹음기에 대고 반복하니 자신감이 마구 샘솟네요. 사람을 한 명 고용해서 그 일을 시켜야겠어요.

[휴식]

[나는 그의 작품에서 세부사항이 어떻게 사용되고 드러나는지, 그런 사

용 방식이 『하퍼스』 에세이에서 어떻게 시작되었는지 이야기한다. 그가 은사이자 맥아더 펠로십을 수상한 브래드 라이트하우저 역시 같은 말을 했다고 한다.]

작가님 문장에 감각적인 내지는 정서적인 세부사항이 충분하지 않다는 점에 대해 그분이 똑같은 말을 했다고요?

아니, 제 기억으로는 『시스템의 빗자루』 초고가 제 논문이었어요. 그분은 논문을 심사하는 교수님 중 한 명이었고, 물리적인 글이 얼마나 도식적으로 보이는지 말씀해 주셨어요. 교수님이 예로 든 작품이 『프닌』이었는데, 당시 전 그 작품을 읽지 않은 상태였어요. [『롤리타』 직전 나보코프의 소설] 교수님이 『프닌』의 한 장면을 예로 들어서 제 글에 무엇이 없는지 설명하셨어요.

눈 내리는 장면이었나요?

어떤 장면이요?

남자가 도서관을 걷는데 눈 내리는 장면이요.

아니요. 잊어버렸어요. 아마 유리그릇이 나오는 장면이었던 것 같은데요. 기억이 안 나요.

241

[우리는 일전에 세인트 폴에 있는 헝그리 마인드에 가서 확인을 하기로 내기를 했지만 잊어버렸다. 그는 그 그릇이 깨졌다는 더 슬픈 결말을 추측했고, 난 아니라고 했다.]

우리가 유리그릇 나오는 장면을 확인 안 했어요. 지금 상황에서는 제 말을 믿으셔야 할걸요.

유리그릇 나오는 장면에 대해서는 기자님 말을 믿는 게 낫겠어요. 기자님이 읽은 책이니 기자님 말을 **믿어야죠**. 어쨌든 자못 인상적이군요.
["자못"이라니. 그 정밀성이 마음에 든다. "몹시"나 "매우"가 아니라 "자못"이라니 말이다.]

이런, 감사해요. 전 책을 다시 읽는 걸 자주 해서…

아뇨. 전 헤럴드 블룸의 **오독** 이론을 믿어요. 그러니까 제가 잘못 읽은 게 실제로는…

[나는 그를 위해서 오헤어의 난장판 같은 도로를 벗어날 때까지 「Strange Currencies」의 재생을 미룬다. 숨 막히도록 끔찍한 공항의 교통 체증, 미친 듯이 산만하게 운전하면서 공항으로 아슬아슬하게 들어오는 사람들, 운전이 아닌 딴 데 정신이 팔려 꾸물거리며 공항을 나가는 사람들.

도로에서 우리는 담배 몇 대와 얼마간의 속도로 그 상황을 즐긴다.]

앨라니스 모리셋에게 빠져서 집착한다고 전에 얘기했었죠?

(미소 지으면서) 앨라니스 모리셋 전에는 멜라니 그리피스에게 집착했어요. 6년 동안이요. 그 전에도 집착한 사람이 있는데 그것 때문에 놀림을 많이 받았어요. 누구냐면, 끔찍하게도 마거릿 대처였어요. 대학 내내 그랬어요. 마거릿 대처 포스터를 붙여 놓고 그녀 생각을 하곤 했죠.

성적인 생각이었나요?

막연하게… 성적이라고 할 수 있겠네요. 감각적이라고 하는 게 나을지도요.

제가 기억해서 기사에 쓸 수 있게 좀 더 자세히 말해 주세요….

뭐랄까, 마거릿 대처와 차 한 잔을 하는 상상 같은 것이랄까요. 제가 뭐라고 말을 하면 그녀가 즐거워하고 제 쪽으로 몸을 기울여 제 손을 잡고… [내가 웃는다.] 무척…

[우리는 R.E.M. 노래를 틀어 놓고 목청을 높여 댄다. 내가 일하는 중이라

는 걸 잊어버리게 된다. 친구와 차 타고 가는 중인 것 같다. 그게 그가 원하는 바이다. 그는 대인관계에서 자연스럽다. 누구든 그와 함께 혹은 그를 위해 일하고 싶을 것이다. 함께한다는 느낌이 들 것이다.]

열아홉 살 때까지 사춘기를 겪지 않아서 모든 게 좀 애매했어요.

사춘기라고 하면 생식샘이나 뭐 그런 게 발달해서 몸집이 커지는 걸 말하는 건가요?

열아홉 살 때까지 변성기가 오지 않았어요. 열일곱 살 때 몽정을 했던 것 같아요. 모든 사람에게 그 이야기를 했죠.

그렇군요. 전 스물두 살이 되어서야 몽정을 했어요. 한 석 달 동안 자위를 끊으려 한 적이 있어요. 그때 빼고는 몽정을 안 했어요.

(그가 내 말을 바로잡아 준다.) 자위를 할 때도 몽정을 해요. 안 그럼 몽정하는 사람이 아무도 없을걸요.

그렇다면…

아뇨. 아뇨. 아뇨. '립스키 씨가 몽정을 하려고 끝내 자위행위를 끊었다고 한다.' 이 말이 뭘 의미하는지는 **누구나** 알 거예요.

음. 절 아는 사람들은 그런 걸로 전혀 놀라지 않아요.

[휴식]

[이제 우리는 I-294 고속도로 위를 달리는 중이다. 늦은 시간이고 도로가 텅 비어 있다. 그가 음악 재생을 멈춘다. 차 안이 무척 조용하다.]

투어가 끝났어요. 기분이 어떤가요?

어제는 정말 기분이 좋았어요. 그런데 오늘은 암울하네요. 이제 집으로 가서… 더는 몽유병 환자처럼 돌아다니지 않고 이 모든 걸 몸소 느껴야 하니까요.

몽유병 환자처럼 돌아다닌다는 게 무슨 뜻인가요?

새로운 사람들을 많이 만나고 뭔가 일을 해야 할 때는 줄곧 걱정이 낮은 상태에 있게 돼요. 덕분에 아드레날린이 샘솟고 그런 걱정으로부터 차단 상태가 돼요. 단기적으로 사람들 때문에 느끼는 걱정과는 달라요. 이건 깊고 실존적인 두려움이에요. 몸속 깊은 곳까지 느껴지는 그런 두려움이요. 전 혼자 있을 때 그런 두려움을 느껴요.

실제로 그런 두려움을 느끼면 어떻게 되나요?

모르겠어요. 제 책이 나왔고 이제는『뉴욕 타임스 매거진』글이 나올 거예요. 제가 보기에 큰 문제는… 벳시와 점심 먹으면서 이 문제를 두고 이야기했어요. 제가 만약 이 상황에서 저를 다스리지 못한다면, 전 또 다른 기대를 품겠죠. 제가 다음으로 내놓는 작품도 이만큼의 열띤 관심을 받아야 한다고 생각할 테고요. 아니면 많은 사람이 제 작품을 좋아하도록 만들어야겠다고 생각하겠죠.

그런데 만약 그렇게 되면, 어떤 작품을 쓰든 시간이 **훨씬** 더 오래 걸릴 거예요. 큰 고통이 따를 거고, 저는 머릿속의 억센 자의식과 씨름을 할 테죠. 제가 아주 끝을 봤으면 하는 식으로요.

"제가 아주 끝을 봤으면 하는 식"이라…. 전에도 그런 식으로 씨름을 한 적이 있었나요?

그럼요. 20대 후반에 아주 끔찍했어요. 자리에 앉아서 이런 걸 묻는 게요. 지금 여기 써놓은 글이 과연 책으로 펴낼 만한 가치가 있는가? 조판을 해 놓으면 어떤 모습일까? 사람들이 내 글을 보고 뭐라고 할까?

물론 진부하게 들리는 얘기죠. 어쩌면 그런 생각을 곧바로 차단해 버리는 방법을 터득하는 사람이 많을 수도 있어요. 그런데 저는, 특히 두 번째 책 낸 후에 안 좋았어요. 두 번째 책이 잘 안 됐어요. 잘 **팔리지** 않았지만 그 책이 좋다고 생각하고 싶었어요. 그런데 그 책이 좋다고 만족하는 대신, 제 **기대치**가 높아졌죠. "음, 다음 번엔 더 잘할 수 있을 거야"라는 식은 아니었어요. 그보다는 온몸이 **마비되**고 아랫입술이 떨리는 그런 느낌이었죠. 이제 이 이야기는 그만하고 담배 좀 떨어야겠어요.

[휴식]

[그가 말하는 이른바 "경련"에 관해서] 이런 경련을 느끼지 않기란 거의 불가능해요. 되도록 짧은 시간 안에 지나가도록 해야 하죠.

비행기가 착륙하면 어떤 느낌이라고 하셨죠? 이번 투어 재밌었나요? 조금이라도요. 여기저기 다니니 쾌감이 드는지 솔직히 말해 주실래요? 작가라면 집에 앉아서 글을 쓰면서 최대한 많은 독자가 생기길 바라죠. 출판사가 본인의 성공을 두고 기뻐하길 바라고요. 저 같은 기자가 와서 취재하길 바라기도 하고요. 그런 것들을 바라셨을 텐데요.

맞아요. 그런데 희한해요. 저 자신이 싫은 점 중 하나가 제대로 **즐기지** 못한다는 거예요. 현 상황을 못 즐겨요. 뭐든지 두려운 상황으로 만들어 버려요. 제 바람은 우리가 애정이 담긴 작별인사를 하고서 이 단계가 정말로 끝나고 나면 제가 두려움으로 떠는 대신에…
　한 예가 KGB에서 있었던 첫 낭독회예요. 사람들이 너무 많아서 제가 **들어갈 수** 없었어요. 그리고 수많은 카메라 플래시가 터졌죠. **멋진** 광경이었어요. 그런데 당시에는 무서웠어요. 그냥 하는 말이 아니에요. 전에도 뉴욕에서 낭독회를 두 차례 한 적이 있었는데 사람들이 많이 오지 않았다는 걸 생각하면… 그건 말하자면 통쾌한 입증이었는데 말이에요.

기분이 어땠나요…? 자랑스러웠나요? 흐뭇했나요? 해냈다는 생각이 들었나요?
[그가 하는 말이 자주 안 들린다. 그가, 아니 우리가 담배 연기 때문에 줄곧 창문을 열어 두었기 때문이다. 실은 난 아무 상관 없었다. 그건 우리의 저체온증-도로 소음 투어였으니까.]

아뇨. 문제는 사람들이 전부 절 바라보고 있어서 제가 겁에 질렸다는 거예요. 전 **눈앞**에 **놓인** 상황을 즐길 줄 아는 사람이 되고 싶었어요. 머릿속에서 상황을 다시 돌이켜서 그제야 즐기는 게 아니라요.

…그런데 그런 상황을 제대로 즐기지 못하는 사람이 실은 진정으로 성취를 이룰 법한 사람 아닌가요? 그런 일시적인 성공을 즐기면서 안주할 줄만 아는 사람은 앞으로 계속 나아갈 수 없으니까요.

"이미 얻은 월계관에 기대는"♦ 상태를 말하는 거군요. 전 어떤 연속

♦ rest on one's laurels: 이미 얻은 영예에 만족하다, 조그마한 성공에 만족하다라는 뜻의 관용어구로 이를 가지고 이어서 립스키와 월리스가 말장난치고 있다.

체가 있어야 한다고 생각해요. [연속체^{continuum}. 그가 자주 쓰는 단어 중 하나다.] 정체를 야기하지 않는 무언가를 음미하고 거기에 만족할 줄 아는 능력이 존재한다고 생각해요.

그렇지만 작가님은 이미 얻은 월계관 위에 쭈그리고 앉을 수는 있을 것 같은데요.

월계관에 쭈그려 앉는다니… [내가 한 농담을 되뇌더니 더 재밌게 받아친다.] 아니면 월계관 옆에 앉아서 그걸 흐뭇하게 **바라보겠죠.**

하지만 작가님은 앞으로 계속 나아갈 준비도 되어 있지요? 아닌가요…

네. 지금 가진 월계관을 바탕으로 더 나은 작품을 쓸 방도를 마련해야겠죠. 그런데 만약…그러지 못할까 봐 겁나네요. 모든 걸 망쳐 버리고, 전에 겪었던 상황을 짧게나마 겪을까 봐 두려워요.

누군가가 그런 상황에 잘 대처한 적이 있나요…? 분명 우리 나이대에는 아무도…

우리 나이대에는… 기자님이 좋아하는 업다이크가 **집필**에 잘 몰두하는 좋은 예인 것 같아요. 주변에서 어떤 법석이 일어나든 말든 그는 묵묵히 제 할 일을 하죠. 그렇지만 우리 나이대에서 이런 관심에 유독 잘 대처하는 작가는 본 적이 없어요. 그래서 우리가 이런 관심이 쏟아지는 상황에서 즐겁든 즐겁지 않든, 거기에 꽤 엄격한 경계선을 정해 두는 거죠.

최악의 상황이라는 악몽의 이미지가 있나요?

최악의 상황이라⋯. 최악의 악몽 같은 상황을 아직 겪어 보진 않았지만, 제가 이런 세간의 관심을 정말로 즐기게 되는 것이 그런 악몽 아닐까요. 제가 주말마다 비행기를 타고 뉴욕으로 날아가서 출간 기념 파티에 참석하고 다른 사람들의 사진을 보고 왈가왈부하는 흉물스럽고 경박한 사람이 되는 상황이요. 그런 괴물이 되는 게 너무 두려워서 전 그런 짓은 하지 않을 거예요. 어쨌든 그게 제게는 최악의 상황이에요.

그런 유혹을 전혀 느껴 보지 않았나요?

전혀요.

본인이 관심의 대상이 되는 방 안으로 걸어 들어간다는 건 분명 멋진 일이에요. 작가님은 본인이 속한 문학계에서 관심의 중심이죠. 『프라이머리 컬러스』를 제외하고, 작가님 책이 5주 내지는 6주째 사람들 입에 오르내리고 있어요. 『프라이머리 컬러스』는 그리 진중한 책이 아니죠. 그 책을 제외하고 지금 사람들이 줄곧 거론하는 건 작가님 책이에요. 작가님이 전에는 겪어 보지 못한 경험이죠.

[NPR 소설 인터뷰, 낭독회, 에스코트, 사람들이 걸어다니는 서점 바깥의 세상. 책 출간이라는 은밀한 지하철도, 그 안의 도서관 실내조명과 핏기 없는 안색, 영화와 TV 시리즈를 위한 대대적인 기자 시사회를 저예산으로 모방한 행사들. 저들만의 의식과 관례가 있는 비밀 결사 조직이 이제 대개는 변했거나 사라져 버렸다.]

맞아요. "멋지다"는 표현이 맞네요. 아마, 맞는 것 같아요. **꿈인지 생시인지 모를 정도로** 근사하거나 삶을 뒤바꿀 정도의 일은 아니니까요. 아니면 끔찍한 일일지도 모르죠. 다만 기자님은 이 사실을 **알죠.** 기자님의 책을 읽는 독자들은 모르겠지만 말이에요. 작가가 책 작업에 완전히 몰입하는 시점과 책이 나오는 시점은 시간 차가 있어요. 지금 제게 큰 걱정은 작업 중인 원고를 리틀 브라운 측에 제때 넘길 수 있는가예요. 그쪽에서는 지금 원고를 빨리 넘기라고 재촉하는 중이고 그렇게 해서…

[미풍이 돛을 때리는 듯한 바람 소리가 난다. 갑작스러운 파문. 차가 흔들린다.]

이용하려는 거죠.

그래요. 제게 관심이 쏟아지고 있는 상황을 이용하려는 거죠. 제가 어떻게 감당해야 할까요? 글을 이렇게도 저렇게도 써봤다가 전부 다 별로여서 이번 여름 내내 글을 다시 써야 한다면 어떨까요? 기자님에게도 낯선 일은 아니죠.

[우리가 장인 정신을 공유하고 있다고 상기시키면서 날 다시 한번 자기편으로 끌어들이려고 한다. 체스와 같다. 그러나 그 노력은 이기기보다는 모든 말을 같은 편으로 만들려는 것이다. 우리의 말들을 모두 같은 색으로 만들려는.]

전 모르겠어요… 썼던 글이 별로여서 글을 다시 쓴다는 건 한때 반했던 애랑 친구가 되는 느낌일까요? 그렇게 그 친구에 대한 뜨거운 마음이 식은 후에 그애를 다른 친구들에게 소개하는 느낌일까요?

그럴지도 모르죠. "마음이 식는다"는 점에 대해서는 잘 모르겠어요.

글과 그렇게 긴밀한 관계를 느끼지 않는군요.

네. 기자님도 글이 본인의 일부라고까지는 느끼지 않잖아요.

그렇지만 작가님이 한창 글 작업에 몰두할 때는 그 글이 본인의 일부라고 느꼈죠.

그렇죠.

어떤 의미죠?

그냥 너무 힘들었어요. 한 번에 그렇게 무수한 구체적인 정보를 머릿 속에 담아야 하는 작업을 전에는 한 번도 해보지 않아서요.

「코드명 J」 본 적 있어요? (키아누 리브스 영화를 인용하면서 그가 웃는다) 거기서 비슷한 상황이 나와요. 주인공이 데이터를 과도하게 받아들이자 귀에서 피가 나죠. 제 상황이 그렇게 되어서 전 연인들과 무척 힘들어졌고 친구들과도 힘들어졌어요.

왜죠?

저 자신이 많이 남아나지 않아서요. "모든 혼을 쏟아부어야 하는 예 술을 해서가 아니라" 제가 늘상 글 생각만 하고 글 작업만 했기 때문 에요.

그 시기에 데이트를 했나요? 아니면 안 했나요?

물론 했죠.

그럼 집필 작업 때문에 관계가 상처를 받았다고 생각하나요?

네.

"날 좀 봐줘. 내가 지금 최상의 상태가 아니야. 날 봐주면서 곁에서 1, 2년쯤 기다려줘. 그럼 다 끝날 거야"라고 말해 볼 생각은 한 적이 없나요?

오, 아니요. 전혀 그런 생각 해본 적 없어요.

그런 생각 전혀 안 해 봤다고요?

네. 그렇긴 하지만…

[도로 요금소가 다가온다.]

가방에 잔돈 많아요. 다음번에는 15센트를 내야 해요.
[쨍그랑 소리를 내며 동전을 낸다. 좀 있다가 우리는 엑슨 주유소에서 주유 덮개를 잃어버린다.]

방금 말씀하신 그런 생각은 해보지 않았지만, 제가 어떨지 꽤 잘 알아요. 기자님도 어쩌면 저 같을지 모르겠네요. 지금으로부터 반년이 지나고 다른 글 작업을 하더라도 상황은 똑같을 거예요.

그렇군요.

알다시피, 제게 큰 걱정거리는 제가 그런 상황으로 빠져드는 데 힘든 시간을 겪을지예요. (웃는다) 아시죠?

잘 알죠. 실은 그 상황으로 빠져들고 싶으시잖아요. 그렇지 않나요?

맞아요. 그렇긴 하지만 전 이제 서른다섯 살이 다 돼가요. 결혼도 하고 아이도 갖고 싶어요. 아직 그럴 계획조차 하지 않았어요. 그런 의미에서 저보다 기자님이 낫네요.

그런데… 어느 시간대에 작업을 하시나요?

보통 서너 시간 일하고 또 서너 시간 낮잠 자거나 다른 사람들과 뭔가를 하면서 기분 전환을 하고. 이런 식으로 번갈아 해요. 아침 열한 시나 정오쯤에 일어나서 새벽 두세 시까지 일하죠.

[테이프의 한 면이 다 돌아간다.]

[우리가 데니스에 차를 세운다. 둘 다 햄버거를 주문한다. 하루에 할당된 고기를 먹기에 꽤 늦은 시간이다.

흡연 구역 테이블에 자리를 잡는다. 골짜기에 안개가 서려 있는 것 같은 모습이다. 트럭 운전사들이 쓴 모자의 챙들과 음식을 먹고 커피를 마시느라 까딱이는 머리들이 중간중간 솟아 있다.]

언론의 주목에 대해 데이브가 하는 말: "인터뷰어들의 질문은 대부분 책 자체가 아니라 서평 내용을 기반으로 하는 것 같아요."

그 점을 지적하고 싶어요.

[녹음기에 대고] 이 식당에는 연기가 자욱하게 서려 있다. 중서부에서 간 식당마다 연기가 자욱했다. 데니스의 각 지점마다 흡연 구역이 있다는 게 놀랍다. 자리에 앉고 난 뒤 데이비드가 덧붙인다. "데니스에는 줄담배 피우는 사람들 전용 구역도 있다."

(주위를 둘러보며) 야구 모자를 쓴 사람들도 많네요. 야구 모자를 쓴 사람들이 많아요.

"일부 데니스에는 줄담배 피우는 사람들 전용 구역까지 있다"라고 기사에 실어야겠어요. 제가 놀랐던 건 『타임』에서 그런 언급까지 해서⋯. 책 속에 어떤 실마리들이 담겨 있는지 궁금하네요. 그쪽에서 작가님에게 확인을 했죠?

[우리는 『타임』이 어떻게 해서 이번 책의 배경이 2014년이라고 단정 짓게 되었는지 이야기하는 중이다.]

실은 그쪽에서 제게 확인하지 않았어요. 전 확인을 했고요. 제가 날

짜를 잘 아는 건 만세력을 찾아보면서 글을 썼기 때문이고요. 요일과 날짜가 정확히 맞아떨어져야 하니까요.

우리가 알기로는 이야기가 젠틀 대통령의 첫 임기부터 시작하는데요…

2008년 아니면 2009년일 거예요. 집에 만세력이 있어요. 가서 어느 년도인지 찾아보면 돼요. 먼 옛날 이야기라는 또 한 가지 증거죠. 기자님이 이걸 3년 전에 물어봤다면 전 기자님 귀청이 떨어져 나가도록 지껄였을 거예요. 그런데 희한하게도 지금은 잊어버렸어요.

그런데 오락성 약물 얘기를 또 해야겠는데요. 작가님이 와일드 터키를 마시고 마리화나를 피우셨잖아요. 소설 도입부에도 마리화나를 피우는 남자가 나오죠.

(언짢아하면서) 왜 거기에 유독 관심을 갖죠? 비행기 타기 전에 공항에서도 이야기했잖아요.

그랬죠. 또 물어봐야겠다고 생각했어요. 우리가 미니애폴리스에 있었을 때 제가 뉴욕에 있는 사람하고 통화를 했는데, 사람들이 전부 작가님에 관한 그 소문을 들었다고 해서요….

기자님이 제 말을 믿는지 안 믿는지는 모르겠어요. 그냥 그건 사실이 아니에요. 무엇보다도 제 체질이 약해요. 제가 만약 약물을 했다면 오랫동안 몸 상태가 말이 아니었을 거예요. 코카인이나 헤로인에 심각하게 중독된 사람들을 **알아요**. 10년 넘도록 **빠져** 있는 사람들이요. 그 사람들은 저와 달리 체질이 **강해요**.

그러면 어떤 오락성 약물을 해봤나요?

고등학교 때 LSD를 해봤어요. 여섯 달 동안은 많이 했고, 그 이후에는 계속하다간 영영 돌이키지 못하겠다는 생각이 들더라고요. 상태가 완전 엉망이 되었거든요. 『롤링스톤』 독자들에게는 사춘기 전까지는, 그러니까 첫 몽정을 하기 전까지는 그런 것에 손대지 말라고 권하고 싶네요. 그런 걸 하면 안 돼요. 아이들은 그런 걸 하면… 대학 때 실로시빈을 꽤 했는데 방학 때만 했어요. 학기 중에는 약물을 전혀 하지 않았어요. [재밌다. 아주 분별력 있고 과제를 착실하게 하는 약물 사용자이다.] 마리화나도 꽤 피웠는데 대학 때와 대학원 때 그랬죠. 음 그리고… 술을 많이 마셨어요.

마리화나는 언제 끊었어요? 코카인은 하지 않고…?

코카인은 두 번 했어요. 이런 게 체질적으로 맞는 사람들도 있겠지만… 제게는 약물과 알코올이 시스템을 정지시키는 존재예요. 시스템을 원활하게 돌아가게 하는 게 아니라요. 한 예로 전 지금은 커피를 많이 마시지 않아요. 제 경우에는 코카인을 해도 희열이 없었어요. 붕 뜨는 느낌이 없었어요. 오히려 커피를 스무 잔쯤 마신 느낌이었어요. 이가 갈리도록 배가 지독히도 아팠죠. 뱃속이 타오르는 것 같았어요.

제가 자꾸 이러는 건 책 속의 약물과 관련해서 뭔가가 있는 것 같아서 그래요. 작가님이 설명하지 않은 뭔가가 있는 것 같아요. 작가님이 방금 말씀하신 이유들 다 이해해요. 그런데 책 속에 약물과 중독에 관한 내용이 무척 많아요. 그러니까 더 강력한 뭔가가, 작가님이 말씀하신 내용보다 더 설득력 있는 어떤 사연이 있을 것 같아요.

음… 이런 얘기들은 좀 **힘빠지네요**. 책에서 약물에 관한 내용은 기본적으로 비유예요. 책임을 갖고 작업했어요. 아주 적극적으로 조사를 하고, 속임수까지 써서 정보를 얻었어요. 많은 시간 **실제로** 사람들이랑 어울렸어요. 보스턴에는 재활시설이 열두 곳이나 있는데, 그중 세 곳에서 **수백** 시간을 보냈어요. 시설 내 휴게실에 앉아 있으면, 갓 약물을 끊은 사람들이 남들과 어울리고 싶어서 제게 접근해요. 그들에게서 정보를 많이 얻었어요. 기자님이 지금 하고 있는 인터뷰를 저도 한 셈이에요. 다만 **훨씬** 더 긴 시간에 걸쳐 아주 은근한 방식으로요. 제가 특정한 인상을 만들어 내는 걸 꽤 잘하나 봐요. 전 헤로인 중독자 아니고, 중독자였던 적도 없어요.

좋아요. 그럼 중독 전반에 관해서 얘기해 보죠. 제가 확실히 어떻다 말할 순 없지만 작가님은 본인의 경험을 작품과 따로 분리한 입장이시죠. 하지만 오린과 할 중에서 작가님은 할에게 담배를 씹게 했어요. 작가님처럼요. 그리고 이런 글을 썼죠. "할은 유전적으로 화학물질 중독에 빠지기 쉬운 체질이다." 그래서 제가 이렇게 궁금해진 거예요.

[할은 데이비드와 가장 흡사한 등장인물이다.]

제가 중독에 빠지기 쉬운 사람인 건 사실이에요. 다만 어떤 약물을 했는지가 문제죠. 왜 그렇게 생각하냐면… 이야기 하나 해줄게요. 블랙 타르 헤로인을 피운 적이 있어요. 그게 뭔지 아세요? 담배 안에 넣는 거예요. 파티에서 한 번 한 적이 있어요. 정말 너무 좋았어요. 20대 후반 일이에요. 그런데 공교롭게도, 그걸 하고서 일 때문에 회의를 하러 가야 했는데, 그때가 돼서야 제 신경 상태가 사람들이 말하는 그런 상태라는 걸 알게 됐어요. 그걸 구해서 더 하게 되면 제가 아예 사라져 버릴 것 같았죠.

그러니까 80년대 후반에 작가님이 하버드에 다니던 중 어떤 일을 겪어서 약물에 연루되었다는 소문은 사실이 아니라는 말이군요.

확실히 아니에요. 거기 다닐 때 술을 많이 마신 건 맞고요.

마리화나는 언제 끊었나요?

대학원 졸업 직후에 끊은 것 같아요. 그리 대단한 결정이 아니었어요. 마리화나는 제 시스템을 정지시키는 종류의 약물이 아니었어요. 그보다는 제가 제 시스템 안에 있는 게 불쾌해지게 만들더군요. 제 시스템 말이에요.

웨이터 직원이 아직 음식을 갖다주지 않았나요?

아직이요.

[휴식]

이 부분과 관련해서 비난이 쏟아지는 걸 막기 위해서. 그러니까 기자님이 아니라 이 글을 읽는 사람들이 비난할 걸 대비해서 이렇게 말하고 싶네요. 책 속에는 하찮거나 중요하지 않은 부분이 하나도 없다고요. 글 쓰면서 마이클에게서도 도움을 많이 받았어요.

제가 책에 관해서 누구와 이야기를 하면 좋을까요? 작가님의 에이전트? 마이클? 그 밖에 또 누가 있을까요?

한 사람이 있어요. 편집자인데 제가 글 쓸 때 도움을 많이 주었어요. 벳시가 "이거 빌리고 싶어?"라고 말한 잡지 봤어요? 그거 우리 집에 있어요. 그 사람은 달키 아카이브 프레스의 스티브 무어라고 하는

데, 철자가 D-A-L-K-E-Y예요. 그 출판사가 노멀에 있어요. 그가 제게 일거리를 주고 일에 관해서 이야기도 해주었죠. 그가 이번 평론의 편집을 맡았는데, 제 이번 책을 원고 상태일 때 미리 읽었어요. 그가 원고 삭제를 권했는지는 모르겠는데, 제게 몇몇 대목의 위치를 옮기라고 권했어요. 마지막에서 두 번째 원고 작업 때인 것 같은데, 그가 권한 대로 몇몇 대목을 앞쪽으로 옮겼어요. 슬쩍 지나가는 말로 해준 조언인데, 큰 도움이 되었어요. 책을 전과 다른 방식으로 조직하는 데 도움이 되었죠. 그렇지만 완전한 책이 아니라 원고 상태에서 작품을 읽은 사람이라…

그 사람과 이야기를 해봐야겠어요. 그리고 또 다른 사람은요? 마크 코스텔로에게는 어떻게 연락하면 될까요? 실은 작가님 부모님과 이야기를 나눠보고 싶어요. [데이브가 고개를 젓는다.] 제가 부모님과 이야기하는 걸 원치 않나요?

부모님은 사생활을 무척 중시하는 분들이에요. 곤란해하실 거예요. 부탁하는데, 그렇게 하지 말아주세요. 게다가 부모님은…

더 말씀하지 않으셔도 돼요.

네. 부모님은 별로 **도움**이 되지 않을 거예요. 제 책을 아직 읽지도 않으셨고…

그럼 작가님 어린 시절에 관해서 물어보면 어떨까요?

제가 말씀드릴게요. 마크 연락처도 드릴게요. 보니도 뭔가 이야기를 더 해줄 수 있을 거예요. (생각하면서) 코스텔로, 코스텔로…

나중에 전화로 알려 주세요. 데니스에서 시간을 더 허비하면 안 되니까요.

잠깐만 녹음기 *끄죠*. [휴식] 너무 머리를 많이 써서…

본인 스스로 이지적 측면에 치중하는 경향이 전보다 줄었다고 생각하나요? [데이비드가 고개를 끄덕인다.] 그랬을 것 같아요.

그런데 생각을 많이 해봤는데, 더 이론적인 아방가르드 전통에서 벗어난 사람들에게는 나이 드는 과정이 해빙기 같을 수 있다고 생각해요. 기자님도 곧 알게 될 거예요.

하지만 그런 식으로 해빙기를 거치지 않는 사람들도 있어요.

마누엘 푸익, 마르케스, 꼬르따사르는 전부 해빙기를 거쳤어요.

웨이터 더 필요한 것 없으신가요?

… 심지어 나보코프도 그 시기를 잘 지나지 못했어요. 『롤리타』를 쓰고서 처음 한 말이 이거였죠. "물론 이 모든 상황은 30년 전에 일어났어야 했다." 관심이 쏟아지자 그는 미쳐 갔죠.

정말요?

마지막 20년은…그의 서간집을 읽어 보세요. 1959년 이후 그가 쓴 서신들은 영주가 하는 말처럼 들려요. 유명세를 얻는 것의 위험에 관한 이야기죠. 제가 뭘 읽어 보라고 권하고 싶지는 않지만…

그게 책 제목인가요? 서간집?

초반부의 서신들은 매력이 넘치죠. 젊은 작가였으니까요. 그렇지만 후에는 그 매력이 전부 빠져나가요.

"영주"라는 말이 무슨 의미인가요?

말하자면 남작 같은 어조라는 거죠. 밖에 나가 걸으면서 주변을 둘러보도록 권하는… 그 이유는 그가 그제야 본인의 입지를 믿고 거만하게 굴 수 있었기 때문이죠.

하지만 전에도 그는 입지가 어마어마했어요.

네. 그렇지만 아주 작은 독자층 안에서 그랬죠. 서간집을 확인해 보면 그가 아주 다르게 행동하기 시작했다는 걸 알 수 있어요.

웨이터 죄송한데 자리를 조금만 만들어 주시겠어요? 음식 준비됐어요. 갖다 드릴게요. 감사합니다.

[음식 때문에 테이블이 또 한 차례 앓는 소리를 낸다. 유리컵 3개, 하나는 데이비드가 씹는 담배를 뱉을, 속이 덜 들여다보이는 컵, 중서부 식의 커다란 도자기 접시들, 양상추 샐러드, 두껍게 썬 감자튀김, 그레이비 소스와 소고기, 석쇠 자국이 살짝 나 있는 빵, 차가워 보이는 토마토. 그는 정말 먹는 걸 좋아한다.]

[휴식]

제가 오락성 약물과 관련해서 작가님을 너무 몰아붙였군요.

그래요.

그러면 음주 문제가 더 힘들었나요?

저는 말하자면 즐기지 못하면서 술을 마셨어요. 그냥 마취제라고 생각하고 술을 마셨어요. 술에 전적으로 의존했어요. 기자님이라면 그런 상황을 얼마나 잘 빠져나갔을지 모르겠어요. 제가 말하는 부분들은 삭제될 것 같네요. 그런데 책을 내기란 꽤 힘든 일이죠. 대학원에 다니는 중이라면 말이에요. 게다가 젊었을 적 꿈을 아주 단기간에 실현하는 것도 꽤 어려운 일이죠.

이런 생각을 야도에 몇 차례 갔을 때 했어요. 거기서 방탕한 생활을 하면서 술을 거나하게 마시는 작가의 이미지를 봤어요. 술에 취해 도랑이나 배수구 같은 데서 고꾸라진 채로 발견되는 모습이랄까. 그리고 이 모든 게… 본인이 원하는 사람이 되려면 어떻게 해야 하는지 전혀 모르는 어린 시절에는 이런 종류의 문화적 본보기에 속아 넘어가게 된다고 생각해요. 중요한 문제는 제가 그걸 감당할 용기나 정신력이 없었다는 거예요. 전 술을 마시고 완전히 취해 버렸어요. 이틀간은 앓아눕곤 했고요. 지독한 독감에 걸린 듯이 침대 신세를 졌죠. 몸과 마음이 너덜너덜해진 채로요.

그럴 때가 언제였죠? 술을 많이 마셨을 때요…. 작가님은 술에 취해 고꾸라지는 유형이었나요? 일어나 보니 길가에서 자고 있었던 유형이었나요?

이야기는 여기까지 할게요. 이 부분에서 말을 많이 아끼는 이유는 그리 좋은 기삿거리가 아니어서요. 전 앞으로 절대로 그렇게 안 할 생각이에요.

[나 역시 데이비드처럼 말하기 시작한다: "dudn't"와 "real" 같은 말을 쓴다. 그가 주변을 끌어당기는 힘이 이토록 강력하다.]

저는 와일드 터키를 샷으로 여섯 잔 마시고 팹스트 블루리본을 두 캔 마셨어요. 그러고는 몸 상태가 **극도로** 안 좋아져서 다 게워냈어요. 그날 밤 내내 토하고 다음 날도 내내 토하곤 했죠. 침대에 누워 아무 일도 못하고요.

캐묻는 건 곧 그만둘게요. 이번 책에는 지역에 대한 작가님의 정서적 경험이 담겨 있어요. 보스턴, 투손, 뉴잉글랜드… 작가님 삶을 이루는 다른 많은 것들도요.

아뇨. 사실 다양한 것들의 **개요가**…

작가님 책이 자전적이라는 말은 아니에요. 그런데 제게는 자전적이라는 게 부정적 의미가 아니에요.

속지 마세요. 기자님도 잘 알 테니까요. 『더 아트 페어』♦가 자전적 소설인지 아닌지 저는 몰라요. 그렇지만 예술가이신 기자님 어머니가 기자님 소설에 등장하든 안 하든, 제 책이 제 개인적 경험을 **암호화한** 이야기라고는 생각하지 마세요.

암호화된 이야기라고는 생각하지 않아요. 그렇지만 지난 34년 동안 작가님

♦ *The Art Fair*, 데이비드 립스키가 1996년 발표한 장편소설.

의 관심을 끌고 작가님을 사로잡은 것들이 책 속에 담겨 있다고 생각해요. 그리고 책의 중요한 주제 중 하나가 중독이기 때문에, 중독이 작가님의 관심을 끌었거나 마음에 호소했거나 아니면 작가님이 중독에 태생적으로 끌린 게 아닌가, 라고 생각한 거예요.

하지만 이런 사실도 있죠. 어떤 중독은 다른 중독보다 **도발적이에요.** 헤로인 중독 따위 말이에요. 제 삶에서 가장 큰 중독은 텔레비전 중독이었어요. 그러니 제가 집에 텔레비전은 두지 않았지만 영화관 두 번째 줄에 앉아서 뭔가가 폭발하는 영화에 심취하는 것은 우연이 아니죠. 하지만 이런 종류의 중독은 독자들에게 별다른 흥밋거리가 못 돼요. 헤로인 중독보다는 말이에요. 아니면 좀 더 치명적인 중독, 그러니까 어떤 신화를 확인시켜 주는 중독보다는 말이에요. 어떤 신화냐면 **작가란 일종의 대단한 인물**이어서 어떤 면허권을 갖고서…

제가 그런 신화를 믿지 않는다는 걸 아실 텐데요.

알아요. 하지만 기자님이 최대한 좋은 기사를 쓰고 싶어 한다는 사실도 알아요. 기자님은 원하는 대로 기사를 쓸 수 있지만, 중요한 사실은 제가 뭔가를 숨기려 하지 않는다는 거예요. 전 흥미로운 사람이거나 팔스타프 같은 사람이거나 실제보다 과장된 중독자 유형의 사람이 아니에요.

제가 **어떤** 사람인가 하면, 아까와 똑같은 얘기예요. 며칠 전에 벳시가 이런 말을 했어요. "조직 문화, 조직 정신, 조직이 돌아가는 방식에 대해서 그런 글을 전부 어떻게 쓴 거야?" 기자님도 마찬가지일 거예요. 작가는 하나의 자질로서, 본인이 **방대한** 지식을 알고 있는 것처럼 독자에게 보여야 하죠. 행에서든 행간에서든 말이에요. 어떤 소재를 잘 알고 그 소재와 긴밀한 관계를 맺으면서 살아 왔다는 인상을 심어 줄 수 있어야 해요. 작가는 독자의 신경 말단에 어떤 효과를 일으키길 원하니까요. 전 그런 걸 꽤 잘해요. 어떤 소재에 대해 상당히 많이 아는 것처럼 **보이게** 할 수 있어요. 실은 제가 아는 내용이 대개는 조금만 찾아보면 다 알 수 있는 것이죠. 아주 전략적인 조사 방법이에요.

어제 작가님을 지켜보니 재밌었어요. 영화를 본 뒤에 작가님 뇌의 한 부분이 깨어난 것 같았어요. 작가님 친구분 집에 가서도 텔레비전을 봤잖아요. TV 영화 한 편을 다 보고 나서도 작가님이 텔레비전을 더 보려고 했죠. 게다가 방으로 가서도 텔레비전을 더 봤고요.

TV 보는 건 해롭거나 치명적인 일이 아니에요. 그렇지만 중독적인 성향과 중독적인 연속체의 일부죠. 어떤 면에서 저도 거기에 해당하고요. 제가 잘 **아니까요.**

한 예로, 이번 투어에서 니코틴 섭취량이 **급격히** 늘었어요. 저는 보통 하루에 담배를 대여섯 번 씹는데, 그것도 작업을 하느라 그런

269

거예요. 그런데 지금은 담배를 피우고서 또 담배를 씹고, 담배를 씹고서 또 담배를 피워요. 게다가 기자님이 다이어트 펩시 콜라를 사길 바라죠. 씹는 담배를 뱉을 통이 필요하니까요. 저도 다 알고 있는 사실이에요. 하나의 생명체로서 제가 스트레스에 반응하는 한 가지 방식이죠.

하지만 제가 완전히 다른 건 아니에요. 장담하는데, 기자님도 중독되듯이 좋아하는 게 서너 가지는 있을 거예요. 제가 재활시설에서 깨달은 건 열한 살 때부터 헤로인을 해서 에이즈로 죽어 가는 스무 살짜리 매춘부와 제가 다른 게 그저 우연이라는 거예요. 어떤 약물을 선택했는가, 어떤 행위에 중독되었는가, 중독 대상 외에 의지할 다른 자산들이 있었는가의 문제예요. 저는 책과 글쓰기를 무척 사랑해요. 그런데 저와 달리, 그 밖에 사랑하는 것을 찾지 못한 사람들이 많아요.

본격적으로 이야기를 하기 전에, 작가님은 음주를 전혀 자제할 수 없었는지 아닌지, 아니면 어느 시점부터 자제가 불가능해진 건지 줄곧 확답을 안 하셨는데요.

[녹음기에 대고 고개를 끄덕인다. 먼저 답하고 싶어 한다.] 네. 알겠어요. [휴식]

작가님의 음주는…

그래요. 자제할 수 없었어요. 기본적으로 일을 전혀 할 수 없었으니까요. 일하는 데 전혀 도움이 되지도 않았고요. 늘 **몸져** 누워 있었어요. 그러니까 "자제하지 못함"이 술을 끊고 싶어 하거나… 일단 술을 마시기 시작하면 몸져 누울 때까지 끝장을 본다는 걸 의미한다면, 제가 자제를 못했다고 할 수 있겠네요. 눈금 달린 플라스크 같은 걸 들고 다니며 술을 마신 것도 아니고요. 「잃어버린 주말」*같지 않았어요. 낭만적인 알코올 중독자 작가의 이야기도 아니고요.

술을 마시면 그냥 불쾌했나요?

불쾌한 데다가 아무 쓸모가 없었어요. 더욱이 술을 마시면 마실수록 제가 다 큰 성인처럼 마시지 않더라고요. 이번 책에 샤흐트라는 인물이 나오는데 좀 **개략적**이에요. 제가 그의 정신세계를 깊이 이해하지 못해서요.

그래도 샤흐트를 정상적인 성인으로 설정했어요. 예를 들면 그는 약물을 이따금 사용하죠. 본래도 순탄한 삶을 더 낫게 만들려고요. 무슨 의미인지 아시겠죠? 저희 부모님도 마찬가지예요. 저희 아버지는 저녁 식사 전에 진토닉을 한 잔 드세요. 그걸 즐기시죠. 기분이 좋아지고 느긋해지고 긴장을 푸는 데 도움이 되니까요.

기자님 경우는 어떤지 모르겠지만, 전 전혀 그렇지 않았어요. 제

◆ The Lost Weekend(1945), 실패한 소설가의 알코올 중독 극복 과정을 그린 영화.

가 어떻게 술을 마셨냐면… 제가 와일드 터키를 샷으로 딱 한 잔만 마신 적이 있나 모르겠네요. 아니면 맥주를 딱 한 잔만 마신 적이 있나 모르겠네요. 열두 잔씩 마셨으니까요. 그러고는 늘 기분이 더러워져서 머리를 치면서 왜 그렇게 마셨나, 한탄하죠. 그런데 한 일주일쯤 지나면 또 그렇게 마시는 거예요.

얼마나 오랫동안 그랬나요? 기간이 얼마나 되었나요?

1년 반이나 2년쯤이요. 그때쯤 되니 무섭더라고요. 이야기해 드릴 수 있어요.

뭐가 무서웠냐면, 그때 전 글쓰기와 예술 등에 대해서 큰 혼란을 겪고 있었어요. 그래서 술을 끊으면 도움이 되리라고 생각했어요. 그런데 상황이 더 안 좋아졌어요. 술을 끊으니 더 우울하고 더 무섭고 더 마비가 되더라고요. 그래서 무서웠어요. 칠흑같이 암울한 시기였어요….

웨이터 더 필요하신 것 없으세요?

기자님이 알고 계시는 그 시기에 자살시도 환자 관리 병동에 들어갔어요. 술을 끊고서 몇 달 뒤였어요.

그렇게 된 원인이…

(언짢아하면서) 이미 전에 이야기하지 않았나요. 공항에서 물어보셨 잖아요.

반쯤 이야기하고 제대로 끝맺지 않았어요. 중요한 부분인데 이동 중이라 드문드문 이야기하고 말았어요. TV에 중독되었다고 하셨죠. 공감해요. 저도 지금까지 줄곧 그랬거든요. TV 중독 말이에요. 살아 있는 한, 평생 해결해 야 할 문제죠.

우리 나이면 누구나 그런 문제가 있죠. 본인이 인지하든 못하든 간 에요.

저는 긴 책을 완성할 수 있고 그 기나긴 집필 과정을 견뎌 낼 수 있는 사람 도 어떤 특별한 약점이 있는지 궁금해요. TV를 볼 때 문제는 그게 영영 끝 나지 않는다는 거죠. 작가님은 오랜 기간 뭔가를 집중적으로 할 수 있는 능 력이 있고. 그래서 어쩌면 과거의 경험이 아주 조금이나마 유용하게 작용 하지 않을까…

네. 맞아요. 제 친구들 중에 벳시를 예로 들자면요. 지금 벳시의 집 에는 TV가 있지만, 그 전에는 내내 TV가 없었어요. 그 얘기를 듣고 서 제가 충격을 받았죠. 그래서 대학원 시절에 우리 둘 사이에 대화 거리가 별로 없었어요. 제 경험의 기반이 대부분 텔레비전과 관련 이 있으니, 벳시는 제가 하는 말을 이해하지 못하더라고요.

음, 그럼 어렸을 때 TV를 얼마나 많이 봤나요?

누군가가 절 자제시켜 줘야 했어요. 평일에는 하루에 2시간, 주말에는 하루에 4시간으로 제한을 두었어요. **폭력적인 프로그램**은 단 한 편만 볼 수 있었어요. 제가 일곱 살 내지는 여덟 살이 될 때까지 **폭력**의 정의를 내리는 건 부모님이셨고요. 언젠가 제가 여동생을 크게 다치게 했던가 아니면 뭔가 난장판을 벌였던가, 하여간 큰 실수를 한 적이 있었어요. 그래서 벌로 토요일 아침에 만화영화를 못 봤어요. 금방이라도 **죽을 것** 같더라고요. 박탈감 때문에요. 그게 샘페인에 살 때의 일이니까 너덧 살이었을 거예요.

어떤 만화영화를 봤나요?

그때 유행하던 만화영화가 뭐였나요? (목소리가 잠시나마 커지고 자기 탐색적으로 변한다. 개리슨 케일러 같다. 으스스하다. 회상에 잠긴 목소리) 「스페이스 고스트」가 기억나네요. 「조니 퀘스트」도 인기가 대단했어요. 물론 쓰레기 같은 싸구려 만화들도 있었어요. 그러다 어배너로 이사를 가니까 「스쿠비 두」나 테드 나이트가 해설을 맡은 「수퍼 프렌즈」가 방영되더라고요. 그렇지만 그때는 좀 커서 여덟 살 내지는 아홉 살이었죠. 아주 어렸을 때는 만화영화라면 **죽고 못 살았어요**. 줄리의 말을 빌리자면 어린 남자애들이 자동차와 트럭을 좋아하는 것처럼요. 하지만 어떤 만화영화를 봤는지 구체적으로 기

274

억나진 않네요. 「서부를 향해 달려라」라는 드라마는 기억나요.

저도 그 드라마 엄청 좋아했어요.

베트남전 때 **정말** 속상했던 게 기억나요. 드라마 중간에 줄곧 속보가 들어와서 전쟁 소식을 알렸어요. 폭력, 전투, 전쟁이 제게 **와닿을리** 없었죠. 재미가 없었어요. 질 나쁜 **필름**에다 죄다 흔들리는 카메라 영상이었죠. 사람들도 전부 칙칙한 **카키색** 옷차림이었고요. 이해가 안 됐어요.

[나는 어렸을 때 그밖에 뭘 좋아했는지 데이비드에게 묻는다. 「비버리힐빌리즈」, 「몬스터 가족」 같은 생뚱맞은 가족 드라마나 「미션 임파서블」, 「배트맨」 같은 액션물을 좋아했다고 한다.]

부모님이 2시간만 TV 보는 규칙을 어떻게 감독하셨나요?

부모님이 집에 계셨어요. 제가 6학년이 다 되도록 어머니가 일을 시작하지 않으셨어요.

그러면 부모님이 이렇게 말씀하셨나요? "이제 그만. 이제 그만. 데이비드. 2시간 다 됐어. 이제 그만 봐."

아뇨. 그렇지는 않았어요. 제가 집에 가면 부모님이 2시간을 어떻게 보낼지 계획을 세우도록 도와주셨어요. 아주 집중적인 작업이었죠.

어떤 프로를 볼지 함께 선택했나요?

폭력적인 프로그램은 일주일에 한 번만 볼 수 있었어요. 「서부를 향해 달려라」는 젊은 프로, 아니 폭력적인 프로그램에 속했어요. 그래서 폭력적인 프로그램으로는 늘 「서부를 향해 달려라」를 봤어요. 부모님이 「배트맨」은 폭력적인 프로그램이라고 생각하지 않았어요. 당시 전 부모님이 어처구니없는 실수를 한다고 생각했죠. 그런데 나중에 생각해 보니 「배트맨」은 너무 만화 같았어요.

우스꽝스럽게 과장된 프로였죠. 인조인간이 나오는 드라마는 어땠나요? 「미녀 삼총사」를 말씀하셨는데 그것도 같은 시기에…

「6백만 달러의 사나이」는 제가 열 살인가 열한 살일 때 나왔어요. 제가 꽤 컸을 때죠. 그런 프로를 본 기억이 나요. 시간대도 기억나요. 리 메이저스는 그때 제 눈에도 딱한 배우였어요. 한 시간에 100킬로미터 가까이 뛰는데 왜 머리칼이 흩날리지 않는지 의아했어요.

아하! 그거 좋은 궁금증이네요.

어떤 면에서는 의미심장했죠. TV라는 그 환상적인 세계로의 맹목적인 도취와 몰입이 서서히 끝나 가는 걸 의미했으니까요. 전 「스쿠비 두」에서 벨마가 늘 어느 시점이 되면 어김없이 안경을 잃어버리는 걸 알아챘어요. 게다가 의상을 차려입고서 돌아다니면서 짜증을 내는 건 늘 놀이공원의 관리자고요. 만화가 더는 정교하지 않다는 의미죠.

그런데 지금까지 말씀하신 내용은 그리 중독적이지 않네요. 부모님이 TV 시청을 제한한 걸로 보이는데요. 그럼 커가며 TV를 더 많이 보게 됐나요?

그런데 제가 말하려는 건… 책과 관련된 거예요. "그가 방광이 터질 때까지 TV를 보았다"라는 걸 말하려는 게 아니고요. 뭔가에 의존하는 행위를 말하려는 거예요.

저희 어머니는 제가 성인이 되어서 TV를 들여 놓으면 위험할 거라는 농담을 하곤 했어요. 전 금요일 밤 아홉 시부터 TV를 볼 수 있었어요. 식구들은 전부 절 기다리고요. 토요일 새벽 두세 시까지 계속 TV를 봤어요.

알죠, 그거. 저도 마찬가지예요.

저는 아침이면 일과가 끝난 후에 뭘 할지 계획을 세우겠다고 말하곤 했어요. 옷을 입는 중에 TV를 틀어 놓고요. 결국엔 밤 열 시나 열한 시까지 계속

TV를 보곤 했죠. 그래서 케이블을 없애야 했어요.

그렇군요.

그런데 그게 언제 일인가요?

대학 때는 방에 TV가 없었어요. 대학 내내 방을 같이 썼던 마크는 TV를 좋아하지 않았어요. 저는 당시 겁 많고 소심한 학생이었어요. 기억하기론 대학 때 사람들을 굉장히 **두려워했어요**. 그러다 보니 TV 시청실에 앉아 있으려면 **용기**가 필요했어요. 교내 중앙에 TV 시청실 같은 곳이 있었는데 거기서 「힐 스트리트 블루스」 같은 프로를 봤어요. 제게는 정말 중요한 프로였거든요. 대학원에 가서는 아파트에 살았는데 TV를 둘 수 있게 되어 TV를 실컷 보기 시작했어요. 그래도 TV를 켜놓고는 절대로 글을 **쓰지** 않겠다고 다짐했죠. 앉아서 TV를 보면서는 절대로 글을 쓰지 않겠다고요. 기자님도 비슷한 경험이 있나요?

저도 그랬어요. TV를 켜놓고 철자 확인 작업을 한 적이 있는데 제대로 될 리가 없다는 걸 알았죠. 고등학교 때 윔블던 대회에서 매켄로와 보리의 타이 브레이크 경기가 중계되었을 때 그걸 보면서 글을 쓰려고 한 적이 있었어요. 그게 81년도였나요?

[그의 말이 내 말을 완전히 뚫고 들어온다.]

첫 경기가 1980년에 있었어요. 그 경기에서 보리가 이겼어요. 그리고 US 오픈 대회에서 매켄로가 결국 승리했고요.

우리가 1980년의 일을 이야기하고 있네요….

기자님은 열네 살이었겠네요.

그 경기를 보면서 글을 쓰는 데 성공해서 무척 기뻤던 일이 생각나요. 하지만 그래서는 안 되는 거였죠. 고등학교 때 친구 집에 놀러 가면 집에 있을 때보다 TV를 더 많이 보았나요?

친구 집에 가면 마리화나를 하곤 했죠. 그러려고 친구 집에 간 걸요.

전 어머니 집보다 아버지 집을 더 좋아했어요. 아버지가 TV를 봐도 아무런 제재를 안 하셨거든요. 그렇지만 작가님은 어디서도 자유롭게…

이걸 아셔야 해요. 걱정스럽군요. 전 "TV는 악이다" 내지는 "조심해요. 미국의 청소년들이…"라고 말하려는 게 아니에요. TV란 손쉽고 수동적이라는 게 제 말의 요지예요. 방 안에 저 외에 다른 사람들이 있는 것처럼 느껴지지만 실제로 전 아무 행위도 할 필요가 없다는 거죠. (웃음) 정말 **쉽죠**. 전 평생 어려운 건 피하고 쉬운 것만 하자는 생각이 강했어요. 우리가 여기 이렇게 있는 한 가지 이유는 되도록 그러지 않는 법을 배우기 위한 것이죠. 그러지 않는 게 궁극적으로는 덜 고통스러워요. 너무 독실하게 들릴 말이라는 건 알지만…

아뇨. 좋은 인용구예요. 본인 말을 편집하지 마세요. 아주 **훌륭한** 말이에요. 가장 오래 본 TV 프로그램은 뭐였나요?

한자리에 앉아서 본 프로그램이요? 제리 루이스가 나오는 장시간 방송을 한 번에 다 본 적이 있어요. 그런데 그건 제가 한 번에 다 볼 수 있는지 시험하려는 심산이었죠.

그때가 몇 살이었죠?

열다섯 살 아니면 열여섯 살이요.

그때 그게 가능했나요?

그럼요. 방송을 전부 다 봤는걸요.

부모님이 TV 보는 걸 관리하시는데 어떻게 다 볼 수 있었죠?

열대여섯 살 때는 그러지 않으셨어요. 제가 아주 어렸을 때나 그러셨죠. 어느 때가 되니까, 특히 에이미와 제가 학교에 들어가서 성적을 받게 되면서 부모님은 저희가 숙제를 다 하고 제 할 일을 다 하고 팀에 들어가 운동을 하고서도 부모님이 보기에 **정신이 망가질 정도로** TV를 오래 봐도 문제가 없다는 걸 마침내 알게 되셨어요. 그제야 마음을 놓으셨죠. 제가 여덟 살 내지는 아홉 살 때까지만 부모님이 TV 시청을 관리하셨어요.

부모님이 운동팀에 들어가는 걸 원했나요? 그렇게 하라고 시키셨나요…?

아뇨. 에이미는 소프트볼을 했고 저는 테니스를 하긴 했어요. 제 생각에 어머니와 아버지에게 **악몽**이 있긴 했어요. 그때가 어떤 시기였냐 하면. 이래서 4살 차이가 중요한가 보군요. TV가 문화 전반으로 스며들기 시작한 게 60년대 중반이었어요. **그때**가 제가 성장하던 시기였죠. 그런데 저희 부모님은 TV의 보급에 대해서 아무런 경험이 없었어요. 무슨 말인지 아시겠죠?

PBS, NPR만 보는 부모들은 심지어 지금도 아이들을 통제하려고 해요. 이것저것 그럴듯한 이유를 대서요.

맞아요.

작가님이 뭘 해야 하는지에 대해 작가님 부모님이 어떤 생각을 갖고 계셨다면, 아마 에이브릴과 제임스 같으셨겠네요. [소설에 등장하는 부모]

아뇨. 실제로 저희 부모님은 운동과는 거리가 먼 분들이에요. 아버지는 고등학교 때와 대학 초기에 레슬링을 하셨지만 그만두셨어요. 테니스는 제가 직접 알아내서 공원에서 수업을 받았어요. 아주 어렸을 때는 **열렬한** 풋볼 팬이었어요. 열두 살 때까지도요. 그러다가 다른 아이들에 비해 체격 조건이 좋지 않아서 다른 스포츠를 찾아야 했지만요.

저희 부모님은 TV에 대한 두려움을 자식들에게 투영했지만, 저희는 그 두려움이 실체가 없다는 걸 증명했어요. 부모님은 시험 점수나 운동 때문에 저희를 닦달하지는 않았어요. 한 번도요. 게다가 에이미와 저는 어려서도 제 할 일을 꽤 잘 알아서 했고요.

좋아요. 그럼 장시간 방송 외에 앉은 자리에서 가장 오래 본 프로는 뭐였나요? 전 지금도 계획만 한다면 그런 식으로 TV 앞에서 온종일 시간을 보낼 수 있어요. 맘만 먹으면 금요일 밤부터 「엑스파일」을 보기 시작해서…

하지만 그건 잠시 그러는 거죠. 그러다 조바심이 나서 TV를 켜둔 채로 누군가에게 전화를 걸거나 … [내가 고개를 젓는다] 아닌가요?

전 아니에요.

그렇군요…우리는 좀 다른가 봐요.

아뇨. 만약 제가 그 단계까지 갔으면 누구한테서 전화가 걸려올 때가 되어서야 TV에서 최대한 빨리 벗어나려고 하겠죠….

지금 같아서는 제가 뭔가에 그렇게 깊이 **심취하면** 잠이 들고 말 거예요. 완전히 이완된 상태가 되니까요. 제가 한자리에 가만히 앉아서 TV를 가장 오래 본 건 고등학교 상급생 때였는데, 아마 8시간 정도 되지 않았나 싶어요.

그 이후에는 TV를 그리 많이 보지 않았나요?

앉은 자리에서 단숨에 보는 걸 말하는 건가요? **독감**에 걸렸을 때 한두 번 그랬던 것 같군요. 여자친구 집에서 TV를 켜놓고 하염없이 누워 있었던 적도 있었어요. 의식이 있다가 없다가 하는 상태를 오가면서요. 그런데 기자님이 말하는 TV 시청은 좀 다른 의미인 것 같네요. 보스 스피커 광고에 나오는 자세로 보는 걸 말하는 건가요? 남자가 의자에 이렇게 앉아 있잖아요… [시범을 보이며 의자 위에 쭈그리고 앉는다.]

(웃음) 그런 적 없잖아요.

제가 요즘 또 끝내주게 잘하는 게 있는데, 채널 돌리는 거예요. 다른 채널에서 **더 좋은** 프로를 할까 봐 늘 노심초사해요. 그래서 채널을 이리저리 돌리느라 시간을 다 보내요. 그러니 어느 한 프로에도 온전히 집중을 못하죠.

그런데 문제는 늘 어디선가 **더 좋은** 프로를 한다는 거죠. 그래서 자꾸 다른 프로를 보게 돼요.

맞아요. 신경을 갉는 듯한 그런 끔찍한 불안이 있어요. 그런 점에서 지난밤은 제가 잘했어요. 마음먹고 딱 결정을 해서 「소돔과 고모라」를 봤잖아요. 멋진 일이었어요.

그런데 또 공중그네 타듯이 다른 프로로 넘어가게 되면…그러니까 다음 그네 손잡이를 잡으면… 또 다른 그네 손잡이가 다가오고…

맞는 말이에요.

당장 집에 가서 10시간 동안 텔레비전을 볼 수 있다는 말이에요.

저한테 설명 좀 해주실래요…[녹음기를 끈다.]

[휴식]

…그리고 두어 시간 책을 읽어요. 집에 여자가 있으면 그러기가 훨씬 더 힘들죠. 여자들은 소통하기를 원하니까요. 그런데 어떤 면에서 보면 저와 독서와의 관계는 기자님과 TV와의 관계와 비슷한 것 같아요. 전 사흘, 나흘 연속으로 책을 읽을 때가 많아요. 밥 먹고 잠잘 때만 빼고요.

[휴식]

그러니까 작가님이 TV 중독자를 말할 때 그건 다양한 의미였군요. 아니면 작가님이 그런 중독자가 될 가능성이 있다는 걸 본 거군요. 완전히 중독된 적은 없지만요.

기자님과 제가 "중독자"를 서로 좀 다르게 이해하고 있는 것 같아요. 기자님에게 중독이란 삶이 완전히 멈춰 버리는 어떤 행위인 것 같아요. 그리고 이번 책의 내용이기도 한데, 제게 중독은 근본적인 방향을 수반하는 어떤 연속체예요. 상황을 순조롭게 하려고 내 밖에서 **손쉽게** 즐거움을 느낄 수 있는 뭔가를 찾는 행위요. 전 이런 행위가 잘못되었다고 생각하지 않아요. 다만 이 행위가 연속체라는 거죠. 우리가 **미끄러지듯이 옮겨** 가는.

[결국 난 집에 가자마자 제일 먼저 사전을 꺼내 "연속체"라는 단어의 뜻을 찾아보았다. 그 단어가 정확히 어떤 뜻이고 그의 말이 어떤 의미인지

알기 위해서.]

그래서 제 책이 **허황된 소리**로 들릴까 봐 걱정했어요. 다른 사람들도 저처럼 생각할지 확신이 없어서요. 제게 **유의미한 관계**가 보이기 시작했어요. 저와 TV의 관계 그리고 재활시설에 있는 몇몇 사람들과 헤로인과의 관계가 상당히 유사하다는 걸 알게 되었어요.

아니면 이런 데를 간다면 어떨까요? SLAA라는 데를 간 적이 있어요. 섹스와 애정 중독자 익명 모임이죠. 거기 오는 남자들은 매춘부한테 갔다가 수천 달러의 신용카드 빚더미에 나앉은 사람들이에요. 멈출 수가 **없으니까요**. 제게는 그렇게 멈출 수 없다는 게 유일한 차이점으로 보였어요. 그 차이점은 상대적으로 중요하지 않고요. 다만 절박한 **굶주림**이 있죠. 채워야 하는 거대한 구멍이 있어요. 그래서 그걸 채우려고 온갖 **소비재**를 사거나 밖에서 뭔가를 찾는 행위를 해요. 제게는 그게 가슴 아플 정도로 미국적인 현실로 보였어요.

책에서 무라트···였나요?

마라테요.

···스티플리에게 말하죠. 당신의 나라는···미국인들의 슬픈 현실은 그들이 죽음으로 이어질 엔터테인먼트를 받아들이게 될 거라는 점이라고 말하죠. 그걸 보급할 경우 말이에요. 그래서 「무한한 재미」가 좋은 영화라고 하죠.

그걸 받아들일 선택권이 주어지는 사람이라면 누구나 그 선택을 받아들이게 되기 때문에… 다른 문화들 역시 자기네 문화만큼 텔레비전과 고착되어 있다고 말해요. 때로는 그 고착이 더 심해서 사람들이 무엇이 현실이고 아닌지 분간을 할 수가 없다고 말하죠.

[그렇지만 사람들에게 읽기를 멈출 수 **없는** 글을 선사하려는 그의 욕망은 강렬하다. 그의 글을 담당한 『하퍼스』의 편집자는 그의 글이 문학적인 코카인과 같다고 했다. 그러니 중독이란 독자들이 책을 사랑하길 간절히 바라는 그의 마음을 나타내는 비유이기도 하다. 완전히 **빠져든다**는 것. 그건 **예술가**의 원대한 포부이다. 가족, 일, 바깥… 삶에서 다른 모든 건 잊길. 오롯이 나에게만 집중하길. 작가가 바라는 인정이자 박수갈채이다. 나는 당신을 위해 모든 걸 내려놓았다.]

네이폴 역시…

제게는… 다시 말하지만 이건 그저 제 의견이에요. 기자님과 논쟁해서 제가 이길 수 없어요. 하지만 전 어떤 차이가 있다고 생각하고, 그건 슬픈 현실과 관련이 있어요. 우리 자신을 뭔가에 내주고 싶어하는 **절박함**이 있어요. 그걸 뭐라고 불러야 할까요? 독일어로 그걸 뜻하는 단어가 있는데 말이에요. 진지하게 **빠져듦**을 뜻하는. 제가 보기에 우리 문화가 그걸 부추기는 것 같아요. 다른 문화, 특히 우리보다 더 억압적인 문화라면 단순히 그걸 금지하면 되죠. 그 공급을 차단할 기제를 찾으면 돼요. 수요가 충분하더라도 그걸 이용할 가능성이 저절로 생기지 않죠. 여기서 몇 가지 요인 때문에 문제가 더 심각해져요. 하지만 달리 말하면, 제 소설에 등장하는 영화는 단순히 **맥거핀**이 아니에요. 일종의 비유적 장치예요, 이 연속체의 끝이 무엇인지 보여 주는….

[그가 칠판에 쓰면서 하는 강의 같다. 책 소재를 알리는 선전 같다. 나무랄 데 없이 효과적이다.]

책 여백에 제가 이렇게 쓴 게 기억나요. '영화 보는 일에 대해서 모든 문화가 같은 선택을 하게 될 거'라는 내용이었어요.

스티플리도 같은 주장을 해요. 끔찍한 주장이죠. 마라테가 기본적으로 파시스트니까요. 기자님은 지금 사람들에게 도덕적인 선택을 하는 방법을 가르쳐 주고, 전체주의적이고 권위주의적인 문화로 아주 쉽게 변모해 가는 문화에 관해 이야기하는 거예요. 하지만 **그러지 않고** 또 그 사실을 자부하는 문화는 우리 문화와 마찬가지로… 우리는 곧 보게 될 거예요. 연속체의 어느 편이든 거기에는 치러야 할 혹독한 대가가 있다는 걸요.

그럼 이 질문에 답을 주지 않으시는 거네요…

답은 없어요. 기자님 말대로라면, 어떤 법을 만들어서 통과시켜야 하나요? 아니면 공공교육을 해야 하나요? 개인적으로, 정말 심오하고 중요한 질문에 대해서는 답이 존재하지 않는다고 생각해요. 답들이 저마다 **개별적**이니까요. 제 요지는 문화란 없다는 거예요. 문화가 바로 우리예요. 국가가 우리고요.

답이 없다는 거군요. 그런 종류의 자유든지 아니면 그런 종류의 통제든지.

제가 보기에는 이 세상 전체가 거대한 '빨간 모자' 게임이에요. 기자님은 무엇이 옳은지 찾으려 하는 중이고요. 그게 무엇일까요? 양쪽 벽을 다 쳐보기 전까지는 중간을 못 찾나요? 이 나라의 어떤 측면이 정말 두려워요. 참, 여기서 제가 일반 시민이지, 권위자가 아니라는 걸 강조하고 싶네요. 제가 두려운 점은 우리가 억압과 파시즘을 자초하고 있다는 점이에요. 다른 누군가가 우리에게 무엇을 하라고 말해 주었으면 하는 갈망, 내지는 어떤 **확실성**이나 의지할 존재를 바라는 갈망이 **갈수록** 간절해지고 있어요. 심지어 하이에크의 『노예의 길』역시 경제적인 측면에서 비슷한 주장을 해요. 하지만 팻 뷰캐넌과 러시 림보의 경우를 보면 서쪽 수평선 위에서 **우르르** 하는 굉음이 들려와요. 앞으로 몇십 년간은 정말 무시무시할 거예요. 특히 경제적으로 상황이 위태로워지면, 전에는 전혀 굶주리지 않았던 사람들이 굶주리거나 냉정해질 수도 있어요.

클리프 로버트슨의 「콘돌」이네요.

[그가 웃는다.]

[휴식]

늘 그런 견인력이 있었어요. 하지만 제 짐작으로는…기자님은 좋은 대학에 갔고 루이스 하츠와 자유주의에 대해서도 잘 알죠. [내가 고개를 끄덕인다. 아무 생각이 없다.] 늘 굉장한… 루이스 하츠, 이 정치과학자는 미국 정치와 유럽 정치의 차이에 대해 자주 언급하죠. 우리는 **극단주의**로 치닫지 않는 경향이 있어요. 유럽을 쥐락펴락하는 정치적 영향력이 발휘된다 하더라도요. 한 가지 이유는 우리의 특별한 자유주의적 중도 때문이죠. 우리는 극단주의에 대해 상당히 **불안해해요**.

기자님이 어떤지, 기자님 친구들은 또 어떤지 전 몰라요. 하지만 제게는 지금 세대가 더 불행하고 굶주린 세대처럼 보여요. 그리고 제가 두려운 건 **우리가** 권력을 쥐게 되었을 때, 그러니까 45살 내지는 50살이 되었을 때예요. 그때가 되면 상당한 희생이 따랐던 경제 공황이나 전쟁의 기억을 가진, 저희보다 나이 많은 사람들이 없을 거예요. 게다가 우리의 욕구가 전혀 저지되지 않을 거예요. 우리 자신을 뭔가에 내어주려는 갈망도요. 다시 말하지만 전 일반 시민으로서 말하는 거예요. 전 다른 세대는 몰라요. 제 마음속 깊은 곳에서 우러나는 느낌을 말하는 거예요.

이 세대에는 어떤 경향성이 있죠.

이 세대는 다른 세대보다 더 못하거나 더 나을 거예요. 우리가 앞으로 모자란 걸 벌충해야 하니까요. 우리는 도덕성과 가치관의 상당 부분을 다시 **일궈내야 해요**. 60년대, 70년대 초반에는 과거의 권위주의적인 "아버지가 늘 옳으니 권위에 도전하지 말라"라는 사고방식이 얼마나 허황하고 위선적인지 훌륭하게 보여 주었어요. 하지만 아무도 우리에게 그 사고방식을 대체할 가치를 주지 않았어요. 레이건은 우리에게 일종의 레이건 발작이라는 걸 안겨주었죠. 그건 과거로 돌아가려는 절박한 욕구에 관한 이야기예요. 그렇지만 레이건은 **과거를 팔았죠**. 레이건은 지난 40년이 존재하지 않았다는 환상을 가능하게 했어요.

　그러고 나서 첫 세대가 우리예요. 제 나이 그러니까 62년생부터 이 세대에 속할 거예요. 우리는 과거 체제의 잔해 속에서 **성장했어요**. 우리는 스스로가 그 체제로 다시 돌아가길 원치 않는다는 걸 **알아요**. 하지만 허락이 선사한 혼란이 존재하거나, 즐거움과 안락이 삶의 궁극적인 목표이자 의미라는 생각이 있죠. 우리는 한 세대가 **죽어 가는 걸** 보기 시작했어요. 그런 생각의 독성으로 인해서요.
어떤 식으로 죽어 가나요? 문자 그대로 죽어 가는 건가요?

거리에서 죽어 가는 약물 중독자들을 말하는 게 아니에요. [시계가 다시 울린다. 난 줄곧 내 가방 속의 시계가 울리는 거라고 생각한다.] 특권을 누리고 지적 수준이 높고 강한 의욕을 갖고서 경력을 쌓아 가는 사람들을 말하는 거예요. 제가 고등학교 내지는 대학 때부터 알았던 사람들이요. 그들의 눈을 들여다보면 공허함과 불행이 보여요. 그들은 **정치**를 믿지 않고 종교를 믿지 않아요. 그리고 시민운동이나 정치적 활동이 익살극 혹은 그런 운동이나 활동을 주도하는 사람들이 권력을 쥐려는 한 가지 방법이라고 믿어요. 아니면… 아예 아무것도 **믿지** 않기도 하죠. 그들은 아주 그럴싸한 이유를 갖고 있는 데다가, **굉장히** 냉소적이고 속내를 드러내지 않는 사람들이에요. 그건 잘못된 게 아니에요. 그 밖에 다른 건 별로 없어요.

그 몇 가지 예가 TV에 관한 에세이에 나와요. 하지만 **한 가지 예**가 있다면, 그러니까 이런 사고방식의 대천사장이 있다면 그건 바로 레터맨이에요. 그는 진지한 표정의 **대가**이자 그 어리석음을 드러내는 낡은 진리의 역설적인 메아리 같은 존재죠. 그는 그 낡은 진리를 예리하게 **간파하고** 우리가 거기에 **동조하기를** 청해요. 자신이 낡은 진리보다 우위에 있다는 입장에서요. 레터맨은 **대단히 흥미로운** 과도기적 인물이자… 이 시대의 전형이에요. 극단주의자들 외에 그를 넘어서는 사람을 본 적이 없어요. 러시 림보는 레터맨과 비슷한 역설을 사용해서 자유주의 입장을 비웃어요. 하지만 그 장치, 그 사고방식이 여전히 존재해요. 그 뒤를 이어 나중에 뭐가 올지 모르겠지만, 뭔가가 와야 해요. 반드시 와야 해요.

그게 뭐라고 생각하나요?

그건 몇몇 영웅들이 하는 역할이 되겠죠. 그리고 그들이 보이는 열의는 굉장히 진부하고 시대 역행적으로 보일 거고요. 한 예로 사람들이 텔레비전에 나와서 이렇게 진지하게 이야기할 거예요. "매우 중요한 일이 있다. 그건 바로 지구상에서 가장 과소하게 과세가 매겨지는 국가에 사는 우리가 기꺼이 더 많은 세금을 냄으로써 사회의 낮은 계층이 굶어 죽거나 얼어 죽는 일이 없도록 하는 것이다." **극히 중요한 건 우리가 그렇게 해야 한다는 점이에요. 그들을 위해서가 아니라 우리를 위해서예요.**

[하지만 재미있다. 거의 미학이라 해도 될 정도로 현실과 굉장한 거리감이 있다. 그게 얼어 죽을 사람들이 아닌 우리를 위한 것이라니. 하지만 이 말을 하지는 않는다.]

그거 아세요? 우리의 **생존**은 우리 자신과 우리의 사욕을 넘어서서 관망할 수 있는가에 달려 있어요. 앞서 말한 그 영웅들은 우리 세대, MTV, 레터맨이라는 **독특한 풍조** 속에서 **우스꽝스러워** 보일 거예요. 뭐라고 해야 할까요? 과도한 낙천주의자들처럼 보일 거예요. 아니면 임시 연단에 선 여성 참정권 운동가들처럼 보이든가요. 과장되고 허세 섞이고 독선적이고 의기양양해 보일 거예요.
　그렇지만 공교롭게도 어느 때가 되면 이 세대는 특정한 수준의

고통 내지는 소진 상태에 다다를 거예요. 그래서 약물 치료도 있고 성 치료도 있고 성공 치료도 있죠. 제가 X살까지 X를 성취할 수 있다고 하면 뭔가 마법 같은 일이 벌어지는… 무슨 의미인지 아시죠? 모든 세대가 그렇듯이, 우리는 실은 현실이 그렇지 않다는 걸 알게 될 거예요.

어느 때가 되면 우리가 무언가를 기대하게 될 거예요. 전 그다음에 무엇이 올지 질문하고 싶어요. 랄프 리드 같은 미개한 근본주의자? 탄압을 일삼고 **그야말로** 독단적이고 편협한 타고난 쓰레기 같은 인간? 아니면 헌법 제정자들과 연방주의자들이 한 것과 비슷한 일이 벌어질지도 모르죠. 앞으로 우리가 마음속을 들여다보고서 모든 게 엉망이 되었다는 결론을 내리게 될까요? 그러고서 우리가 모든 이에게 이로운 얼마간의 규칙을 만들게 될까요?

작가님과 두 가지 사안을 논의하고 싶어요. 화요일부터 작가님과 함께 있으면서 알게 된 건데요. 제가 팻 뷰캐넌에 대한 생각을 이야기했을 때 말이에요.

언제 말씀하셨죠?

제가 팻 뷰캐넌에게 애정을 느낀다고 말했었죠. 그때 작가님이 절 보고 웃더라고요. 두 번째로는 제가 폴린 카엘을 언급했을 때인데요. 폴린 카엘이 「스크루지」의 결말을 두고 통쾌하다는 평을 내린 이유를 제가 말했었죠. 빌

머레이가 오랫동안 경박하고 파렴치한 인간으로 살다가 결말에 가서 진심을 담은 연설을 했잖아요. 카엘이 그 영화에 대해 열정적인 평을 썼어요. 그런데 작가님은 그 영화가 지독히도 형편없다고 했어요. 제 생각에 작가님은 진실한 뭔가를 원하면서도 그 속내를 꿰뚫어 알아차리려는 바람 사이에서 갈등을 겪는 게 아닌가 해요. 이 두 개의 극이 작가님 안에 정말로, 정말로, 정말로 강하게 뿌리내려 있는 것 같아요. 작가님은 인식하지 못하지만요.

[나도 그의 말버릇 "정말, 정말, 정말로"를 연발한다.]

저도 알아요. 그래서 **절대** 이 세대의 일원이 아닌 척하지 않아요. 지금 이 세대를 두고 하는 이야기에서 제가 제외된다고 주장하지도 않고요. 제 요지는 이게 우리의 할 일이라는 거예요. 이곳이 우리가 누워야 할 자리예요. 저도 기자님 말에 동의해요. 그래도 몇 가지 이유가 있어요. 빌 머레이가 과한 표정을 지으며 연설하는 「스크루지」의 부자연스러운 결말 때문에, 그러니까 이 영화가 결말에서 이렇게 비겁한 방식을 사용하기 때문에 마지막으로 어떤 선언을 하려는 시도가 희석되었다고 생각해요.

폴린 카엘은 작가님이 지적한 바로 그 지점에서 그 영화가 용기 있고 격정적이라고 생각했어요. 같은 이유에서요. 그녀가 쓴 그 영화평의 내용이 바로 작가님이 말하는 요지예요. 빌 머레이가 바로 우리가 비행기에서 이야기했던 주제의 전형이었기 때문이죠. 그가 처음 모습을 드러냈을 때 이런 질문을 하게 되죠. 그가 세련된 거짓의 진심을 보이는가? 아니면 거짓의 세련된 진심을 보이는가?

사람들이 이제 폴린 카엘의 평론을 전만큼 많이 읽지는 않아요. 하지만 그녀는 제가 이야기하는 목소리 중 하나예요. 그녀는 훌륭한 이론을 갖고 있어요. 많은 영화의 해로운 점이 악인을 관객과는 전혀 다른 인물로 만드는 것이라는 이론이죠. 악인을 만화 속 인물로 만든다는 거예요. 관객이 자신은 그보다 우월하다고 느끼게끔 말이에요. 우리 안에 저마다 악인 같은 면이 조금씩은 존재한다는 사실을 깨닫게 하는 대신에요. 무슨 의미인지 아시겠죠? 그녀는 훌륭한 본보기가 될 거예요. 만약 기자님 나이나 그보다 좀 더 젊은 사람들 중에 폴린 카엘 같은 사람이 열 사람이나 된다면 어떨까요? 우리와 함께 앞으로 나아갈 수 있는 사람들 말이에요.

작가님이 전에 말씀하실 때 이 글귀가 떠올랐어요. "우리는 낡은 도덕성의 황혼 속에서 살고 있다. 우리가 죄책감을 느끼도록 만드는 도덕성은 충분히 있지만, 우리를 억누르기에는 충분치 않다." 어떻게 생각하세요?

누구 글을 인용한 건가요?

이 글귀를 어떻게 생각하세요?

누가 이 글을 썼나요?

업다이크요. 1962년 글에서요. 그러니까 어느 세대에서든 그와 똑같이 느낄지도 몰라요.

"모든 도덕성"이라는 부분에서 제 심기가 불편해지네요. 제 짐작으로는…

죄송해요. "모든"All이 아니라 "낡은"Old 도덕성이에요.

그렇군요. 제가 생각하기로는 … [이렇게 해서 우리는 「앙드레와의 저녁식사」◆의 월리스 숀과 앙드레 그레고리의 역할을 하게 된다.]

[녹음테이프의 한 면이 다 돌아간다.]

◆ 1981년도 코미디 영화로, 5년 전 홀연히 사라졌던 앙드레가 오랜만에 만난 친구 월리스에게 그간의 모험담을 들려주는 이야기.

...

데니스

I-55 사우스 도로에서 벗어나 있다.

윌로우브룩, 일리노이

오헤어와 블루밍턴의 중간

[내가 글을 쓰자 데이비드가 날 관찰한다.] 기자님은 원하는 대로 글을 쓸 수 있겠네요.

이런 종류의 기사에서는 인용구 넣는 걸 좋아해요. 사람들이 하는 대화의 리듬이 좋아요.

그렇지만 누군가가 소리 내어 말한 것을 글로 적는 건 단순히 전사의 문제가 아니죠. 누군가 한 말을 글로 옮겨 적어 놓으면 본래 소리 내어 한 말처럼 보이지 않으니까요. 그냥 미친 것처럼 보여요.

재닛 맬컴이 쓴 『기자와 살인자』의 후기에 보면 제프리 맥도널드의 인용구에 관한 내용이 나와요.

아, 또 기자님이 읽고, 저는 읽지 않은 책이네요.

작가님이 전에 재닛 맬컴 글을 인용했잖아요. 살인자 제프 맥도널드와 관련해서요….

제프리 맥도널드요? 작가와 제프리 맥도널드와 관련해서 인용했었어요. 네. 그 책을 오래 전에 읽었어요.

[테이프를 확인하며] 이게 잘 돌아가게 해야 해요. 우리가 멈춘 게 아닌데.

알겠어요. 전 유능한 부하니까요.

한 40분 동안은 확인하지 않아도 돼요.

음, 음, 음, 음, 음. 이렇게 본인을 마케팅하는 행위는 잘못된 게 아니에요. 우리가 그게 **전부**라고 생각하도록 허락되지 않는 한 말이에요. 그게 **핵심**이고 목표라고 생각하도록 허락되지 않는 한 말이죠. 아시겠죠? 그게 우리가 **여기** 있는 이유예요. 너무 공허하니까요. 기자님은 작가로서 그 사실을 알죠. 만약 작가로서 기자님이 되도록 **많은** 독자를 끌어모으고 그들에게서 좋은 평가를 받는 게 자기 역할이라고 생각한다면… 저는 아니 우리 둘 모두는 그런 역할을 꽤 분명하게 동기로 삼는 작가들을 **지목할 수** 있어요. 그게 그들의 작품을 **죽이죠**. 매번 그래요. 어쩌면 그런 경우가 절반밖에 안 될 수도 있지만, 문학이 선사하는 그 모든 마법을 놓쳐 버리고 말아요. 그렇다고 작가가 두려워하지는 않아요. 내지는 취약한 존재가 되지는 않아요. 아니… 어쨌든, 어쨌든.

[테이블을 두드린다.]

우리가 영화 이야기를 했었죠. 이제 감독 이야기를 해볼까요? 우디 앨런 어때요?

우디 앨런을 그리 좋아하지 않았어요.

왜죠?

글쎄요. 제가 애머스트에 다닐 때는 그에 대해서 들어 본 적이 전혀 없었어요. 그런데 「당신이 섹스에 대해 알고 싶었던 모든 것」이 나온 걸 보고서 굉장히 설레었던 기억이 나요. 아주 야할 거라고 생각했거든요. 그런데 아니었어요. 이스트 코스트에서는 우디 앨런이 굉장히 인기였어요. 그의 영화를 보기도 전에 그에 관해서 이야기를 많이 들었어요. 제가 보기에 그의 유머가 그리 정교하지는 않아요. 제게는 **그만의 상투적인** 유머로 느껴져요. 하지만 뉴욕에 정말 똑똑한 친구들이 있는데 그들은 우디 앨런을 절대적인 천재라고 생각하더군요.

좋아요. 그럼 뭔가 폭발하는 영화를 만드는 감독에 관해서 이야기해 볼까요? 월터 힐은 그리 좋아하지 않는 것 같고. 그럼 리처드 도너는요?

리처드 도너에 대해서는 잘 몰라요.

「리썰 웨폰」, 「슈퍼맨」을 만들었죠. 그럼 스필버그는요?

스필버그의 초기작 몇 편은 완전히 **마법**이었어요. 그는 영화가 관객의 신경 말단에서 영향을 발휘하도록 만드는 탁월한 감각이 있어요. 「쥬라기 공원」 같은 별볼일없는 영화에서조차 추격 장면이 대단했어요. 공룡이 나무를 쓰러뜨리면서 트럭을 추격하는 장면이요.

그 장면 좋아해요.

그는 관객을 감정의 롤러코스터에 태우는 재능이 있어요. 그는 할리우드가 지닌 매력의 전형적인 예라고 할 수 있어요. 돈을 쏟아부음으로써 말이에요. 덕분에 영화계의 거물이 되었죠. 스필버그와 카메론이 대표적인 예인데, 영화 한 편마다 7백만, 8백만 달러씩 예산을 준다면 카메론은 **훨씬** 더 좋은 영화를 만들 거예요. 다만 그에게 "최선을 다하라"고 말해야겠죠. 특수효과에 너무 욕심내지 말라고도 해야하고, 일관적으로 잘 들어맞고 관객을 성인으로 대우하는, 의미가 있는 영화를 만들라고도 해야겠죠.

「쥬라기 공원」에서 그 장면이 효과를 발휘한 이유와 관련해서, 그건 좋은 소설이 효과를 발휘하는 이유와 같아요. 디테일에 바탕을 둔다는 거죠. 나무에서 물이 뚝뚝 떨어지는 걸 보고 밤새 비가 내렸다는 걸 알 수 있죠. 트럭이 나무를 들이박으면 관객들은 나무가 곧 쓰러질 거라는 걸 알고요. 그런 디테일의 연속이 있어요.

그 장면은 다른 여러 면에서도 일리가 있어요. "대단한 고비를 넘겼군"이라는 탈진 상태와 관련이 있어요. 그러고는 "아, 이건 또!"라는 탈진 상태가 다시 이어지죠. 이후 관객들을 좀 웃게 하면서 다음 번 나뭇가지가 부러질 순간을 대비해 배터리를 충전하게끔 해요. 결국에는 "휴, 차로 다시 돌아왔어"라는 천만다행인 순간으로 끝나죠. 이렇게 해서 관객들이 웃어요. 스필버그는 얼마만큼의 아드레날린을 관객들의 혈관에 주입해야 하는지 정확히 알아요. 아드레날린이 언제 빠져나가야 하는지도요. 그런데 여기서 위험한 점은 그게 조작이라는 거예요. 그는 조작의 대가예요. 그가 더 젊고 순진하게 이상주의를 추구했던 때도 더러 그랬어요. 「미지와의 조우」 같은 영화에서도 말이에요. "정부는 국민을 속이려 가스를 살포하며 외계인들만이 선하다"라는 상당히 유치하고 환원주의적인 메시지를 담고 있지만요. 하지만 그런 영화에서도 순수한 뭔가가 있죠. 「죠스」, 「E.T.」 같은 영화를 보면 "세상에, 우리가 다시 아이가 되었어"라는 느낌을 받잖아요. 그런데 「후크」 같은 영화, 아니면…

「영혼은 그대 곁에」요.

「영혼은 그대 곁에」를 보고서 **울었어요**. 영화 전체가 "이제 네게 모든 걸 말해 줄 수 있어"라는 내용이죠. 남주인공이 영혼이 되어 돌아오고 여주인공을 사랑하고 그런데 그녀는 그를 볼 수가 없고. 그런 내용이 늘 제 마음을 아리게 만들어요. 「조라는 이름의 사나이」첫 번째 버전도 인상 깊게 봤어요. 내지는 「쉰들러 리스트」같은 영화도 있죠. 이 영화는 쉰들러의 도덕적 변형을 일관적으로 그려내는 것에만 전적으로 의존해요. 그러니 관객들이 이해를 못해요. 관객들은 몇 차례 충격적인 장면을 보고, 그가 거친 인물에서 눈물 흘리는 선한 인물로 변해 가는 모습을 봐요. 그런데 그 변화가 어떻게 일어나는지를 보여 주는 일관된 이야기가 없어요.

은총은 눈에 보이지 않을 수도 있으니까요.

은총은 눈에 보이지 않을지도 모르죠. 그런데 예술이 마법 같은 한 가지 측면은 한 인간이 은총으로 영향받게 되는 과정을 우리가 이해하고 공감할 수 있는 맥락을 형성할 수 있다는 점이에요. 그 영화는 여러 면에서 관객들의 시선을 붙잡는 영화예요. 마찬가지로 많은 과장된 영화들이 머리칼을 곤두서게 하죠. 그 영화는 매춘부의 마음가짐으로 속임수를 써요. 결말에서 생존자들이 전부 돌아오죠. 무척 감동적이고 멋진 결말이에요. 그렇지만 냉소적이기도 해요.

'내가 숭고한 행위를 했으니 나를 좋아하라'는 식이에요. 예술을 실천하는 대신에요. 폴린 카엘도 이 영화를 평했나요?

아뇨. 그런데 인터뷰에서는 언급했어요. 그녀도 똑같이 말했어요.

그렇게 말했다고요? 그럼 안심이네요. 저만 그 영화를 그렇게 싫어한 건가 걱정했거든요. 반反유대주의자로 비춰질까 봐요.

제가 보고서 운 몇 안 되는 영화 중 하나였어요. 그런데 어려서 만화책은 봤나요?

「브레이트 하트」를 정말 좋아했어요. 윌리엄 월리스가 말하자면 제 **선조**거든요. 윌리엄 월리스는 최초로 유명한⋯ 음⋯ 아가일에 있는 그의 아버지가 실제로 웨일스에서 이주해 왔어요. 두 형제가 있었죠. 월리스는 스코틀랜드의 켈트어로 "웨일스 출신"이라는 뜻이에요. 어쨌든 저는 네 번이나 봤어요. 킬트 입은 남자들이 "월리스! 월리스!" 하고 외치는 걸 들으려고요. (웃음)

아주 정교한 작품은 아닐지도 몰라요. 그렇지만 비슷한 점이 있어요⋯. 만약 관객이 유대인이라면 그리고 그 모든 민족의 역사를 의식 속에 지니고 있다면, 스필버그는 감동을 주기 위해 그리 많은 일을 하지 않아도 됐을 거예요. 그 영화에서⋯그러니까 「브레이브 하트」에서 전 **울었어요**. 그가 "자유"라고 외쳤을 때요. 그 장면이 외부인 입장에서 보면 **분명** 낯 간지럽지만요.

실은 저도 그 장면 좋아했어요. 그런 식의 결말을 좋아해요.

하지만 그는 완벽했어요. 그는 절대로 나약하지 않았고 비겁하지 않았어요. 그의 안에는 **아무것도** 없었어요. 제 말은 그에게서 저를 전혀 **발견**할 수 없었다는 말이에요.

그는 완전히 다른 인간이었죠. 어떤 면에서는 쉰들러도⋯. 그런데 어려서 만화책은 안 봤나요?

딱히 보지는 않았어요.

재밌어요. 스필버그의 프레이밍 기법이 D.C. 코믹스에서 왔어요. 인물들의 얼굴이 중앙으로 모이는. 어려서는 그런 장면을 싫어했는데 그게 영화에서는 효과를 발휘하더라고요.

그렇군요. 그게 뭔지는 잘 모르겠지만. 전 만화책은 별로 좋아하지 않고 **청소년용 시리즈** 책을 정말 좋아했어요. 『하디 보이즈』, 『톰 스위프트』 같은 프랭클린 W. 딕슨의 책들 말이에요. 프랭크 오하라 가 굉장했죠. 프랭크 오하라가 또 한 명 있는데 「나의 오이디푸스 콤플렉스」 같은 단편을 많이 쓴 작가예요. 프랭클린 W. 딕슨은 여

러 작가가 쓴 공동 필명인 것으로 알려졌는데 후기에는 그들이 캐
롤린 킨이라는 필명으로 낸시 드루 시리즈를 쓴 작가들과도 책을
냈죠. 전 낸시 드루 시리즈도 죄다 읽었어요.

그랬나요?

네. 뭐라고 불러야 할지는 모르겠는데 연속극 같은 시리즈물을 무
척 좋아했어요.

[마치 하나의 세계 같은 그의 긴 책처럼 말이다.]

좋아요. 지난 2, 3년간 가장 맘에 들었던 영화는 뭔가요?

제 삶에서 영화와 관련해서 가장 크고 중요했던 경험이 1986년 봄
에 있었어요. 그때 대학원 재학 중이었는데 데이비드 린치의 「블루
벨벳」을 봤어요. 이 영화에 관해서 말할 수 있어요. 이 영화를 주제
로 한 글을 얼마 전에 썼거든요. 그렇지만…

[그가 녹음기를 끈다.]
[휴식]

그때 대학원 재학 중이었나요?

네. 저랑 같이 어울리는 무리가 대여섯 명 있었어요. 일명 애리조나 대학교의 실험주의자, 아방가르드주의자들이었죠. 애리조나 대학교는 업다이크 식의 『뉴요커』 같은 현실주의를 철저히 추구하는 학교였어요. 그래서 학교에서는 저희를 **구제불능** 취급했어요. 가슴 아픈 사실은 우리가 실제로 구제불능이었다는 점이고요. 우리는 건방지고 냉담하고 이지적인 척했어요. 하지만 그러면서도 19세기로 돌아가 글을 쓰는 것이 정답이라고는 생각하지 않았어요. 적갈색 사암으로 지은 집에서 고양이를 키우며 사는 누군가를 주인공으로 글을 쓰지는 않겠다는 말이었죠. 지금 제 경험을 이야기하는 거예요.

그리고 「블루벨벳」을 보러 갔던 게 기억나네요. 여자 친구들 세 명과 보러 갔어요. 그중 한 명은 그냥 나갔고 나머지 두 명은 불같이 화를 내면서 나갔어요. 뭔가 말할 용기는 나지 않더라고요. 저는… 영화를 보고서 완전히 **전율했거든요.** 다음날 또 보러 갔어요.

영화에 특별한 게 있었어요…. 초현실주의자나 괴팍한 작가가 된다고 해서 어떤 책임들로부터 자유로울 수 있는 건 아니라는 걸 처음 알았어요. 오히려 그 책임들이 더 강해지죠. 「블루벨벳」의 마법은 이 영화가 **확실히**… 그러니까 영화를 보고서 완전한 이론을 갖게 되었는데 기자님은 별 관심 없을 것 같아요. 어쨌든 린치는 진정한 **표현주의자**예요. 「칼리가리 박사의 밀실」이 표현주의 영화인 것처럼 말이에요. 게다가 그는 본인의 내적 상태를 영화 속에서 **발현시키는** 뛰어난 능력이 있어요. 이 병적인 면 때문에 그가 어쩔 수 없이 영화를 만들게 되죠.

하지만 이 영화가 마법 같은 점은… 예를 들어 한 가지를 말씀드릴게요. 마지막 장면에서 제프리가 그 아파트에 갔을 때 옐로우맨이 죽은 채로 서 있었죠. 말 그대로 서 있었어요. 그 장면은 린치가 꾸었던 꿈을 바탕으로 했다고 해요. 그가 직접 **말했어요**. 완전히 꿈 같은 장면이었어요. 그런데 또 더없이 **적절한** 장면이기도 해요. 그 장면이 완전히 확대돼요. 매 프레임마다 있는 부차적인 장치 중 하나인데 불필요하거나 황당하거나 가식적으로 보이는 게 아니라, 그 프레임들이 많은 걸 의미하게 만들어요. 저는 그때 **처음으로** 현실주의자들이 말하는 걸 표현할 방법이 있다는 걸 깨달았어요. 초현실적이고 표현주의적인 방식을 통해서요. 하지만 어마어마하게 겁나는 일이죠. 한 예로 제게는 「광란의 사랑」이 전혀 와닿지 않았거든요. 모든 게 절 헷갈리게 하면서 아무런 **영향**을 주지 못했고 등장인물들이 서로 바뀌는 것 같더라고요. 하지만 이 영화와 「블루벨벳」이 다른 점은 종이 한 장 차이죠. 여러 장면에서요.

[은식기 부딪히는 소리, 알람음, 분주한 식당 내부: 말소리와 웅성대는 소리.]

그래서 그가 사용한 기제가 흥미롭죠. 그는 전작이 흥행 참패를 한 후에도 곧바로 영화를 또 만들 수 있었어요. TV 시리즈물과 「블루벨벳」을 만들고서 뜨거운 관심을 받았죠. 「타임」 표지에 등장했잖아요. 분명 심경이 엇갈리면서 마음에 상처가 되는 일이었을 것 같아요. 제 생각에 전작들의 실패와 관련이 있을 것 같아요.

제가 보기에는 그 이후에 반응이 안 좋았던 「트윈픽스」 시리즈 시즌2와 완전히 혹평을 받았던 영화 「트윈픽스」로 맘고생을 했을 것 같아요.린치는 이미 1980년대 초반에 「사구」로 고초를 겪었어요. 매서운 시련이었다고 생각해요. 그 일로 그는 산산이 부서지거나…

그는 거액의 돈을 거절하고 데라우렌티스의 제안을 받아들여 고생했죠. 예산은 작았지만, 본인이 영화 제작을 지휘할 수 있었어요. 그는 어찌 보면 영웅이에요. 어쨌든 그 영화가 제게 큰 의미였죠.

저는 어쩌다 「사구」를 좋아하게 됐어요. 케네스 맥밀란.

뭘 좋아하게 되었다고요?

「사구」요.

「사구」는 괜찮은 작품이에요. 아실지도 모르겠지만 내용 중 절반이 삭제되었어요. 영화 개봉 바로 전에요. 린치의 뜻은 아니었어요. 그래서 영화가 앞뒤가 안 맞아요. 영화 첫 부분에 등장해 말하는 여자가 있는데 그 이후로 아예 나오지 않죠. 그리고 남주인공의 여동생을 연기한 소녀는 입 모양과 소리가 맞지 않아요. 그래도 얼마간의 감동이 있었어요. 케네스 맥밀란이 그야말로 대단했어요. 다른 장치들도요. 저류지와 지렁이 같은 괴물 말이에요. 지렁이가 세 갈래 모양 주둥이를 벌릴 때 눈치챘나요? 「이레이저헤드」에 나온 지렁이와 똑같아요. 영화 속 남자가 집착하면서 갖고 놀던, 찬장 속 작은 지렁이 말이에요. 아주 아주 아주 아주 이상하죠.

[계속해서 수식어를 사용한다.]

데이비드 린치가 그 영화를 너무 싫어해서 그 영화가 TV에서 방영되었을 때 감독 이름을 뺐다고 해요. 업계 관행이 그렇듯이, 그 대신 알란 스미디라는 익명이 크레딧에 올라갔고요.

그건 몰랐네요. 그건 몰랐어요.

그렇게 해서 TV에서는 영화감독이⋯스미디로 나왔죠.

흥미롭네요. 86년 같은 시기에 영화 「브라질」이 나왔거든요. **꿈을 아주 강렬하고 일관된 방식으로 사용한 또 다른 영화예요. 저는⋯ 저는 늘 꿈 같은 장치를 사용했어요. 하지만 노련하지 못한 작가여서 그런지, 꿈을 사용함에도 일종의 서술을 해야 할 의무가 있다는 걸 전혀 알지 못했어요. 현실주의와 초현실주의의 목표가 정확히 같다는 걸 전혀 몰랐어요. 그 두 목표는 말로 설명할 수가 없어요. 그래도 이 둘은 서로 완전히 다른 고속도로임에도 목적지는 같아**

요. 그걸 전에는 깨닫지 못했어요.

데이비드 린치의 「블루벨벳」을 본 덕분에 학교에서 쫓겨나는 신세를 면할 수 있었어요. 덕분에 작가를 그만둘 생각을 접기도 하고요. 만약 당시 제가 영화를 만들 수 있었다면 어땠을까요? 「블루벨벳」 같은 영화를 만들었을 거예요. 전 그 영화를 보면서 매 주파수마다 전율했어요.

소름 끼치는 영화이기도 해요. 주인공인 청년이 마을에서 일어나는 괴기스러운 일을 알게 되는 게 내용의 전부가 아니에요. 청년이 자기에게도 프랭크 부스 같은 면이 있다는 걸 발견하는 내용의 영화죠. [상투적인 말을 서슴없이 한다. 이렇게 늦은 시점에 와서 그걸 표현할 **유일한** 방법은 역설을 사용하는 것이다.] 특이한 영화예요. 영화의 **절정**이 제2막의 끝에서 나오죠. 프랭크가 차 안에서 고개를 돌려 제프리를 바라보면서 이렇게 말해요. "넌 나와 같아." 다만 그 관음증적인 장면만 제외하면, 그건 제프리의 시선에서 촬영된 장면이죠. 게다가 그 장면은…

그런데 제게는 그 순간이 좀 연극조 같았어요. 그 장면이 영화의 핵심이기 때문이죠.

맞아요. 그런데 그 장면이 영화의 핵심이라는 걸 놓친 비평가들이 무척 많아요. 그게 성년이 되는 내용의 영화라는 걸 놓친 비평가들이 많아요. "어린애가 저 아래 파묻힌 부패를 발견한다"라고만 생각했죠. 표면적으로 화면에는 현란한 색상들이 펼쳐지고 소방관들이 손을 흔들어 주지만 그 이면에는… 어쨌든 평론가들은 그 점을 놓쳤어요. 전 린치에 관한 글을 쓰려고 관련된 글을 전부 다 읽었어요. 그런데 영화를 제대로 이해하는 평론가들이 극히 드물더라고요.

폴린은 그러지 않았죠.

맞아요. 하지만 폴린이 쓴 평론은 한 장 반짜리였어요. 게다가 영화가 얼마나 솔직하지 못한지에 더 관심이 많았어요. 이런 면에서 관객과 린치의 정신세계 사이에 별다른 예술이 없다는 게 평론의 요지였어요. 누군가의 이드가 화면에 투사되는 걸 보는 것과 같죠.

그러면 그 영화가 나오기 전에는 어떤 종류의 글을 썼나요?

음, 그러니까. 정확히 기억해요. 고대 영어 수업을 듣던 터라 잉글랜드의 한 마을에 관한 이야기를 썼어요. 전부 고대 영어로 썼어요. 또 긴 중편소설을 하나 썼는데 어쩌다 보니 그게 잡지에 실렸어요. 유대인 행세를 한 와스프에 관한 내용이에요. 심지어 자기 아내에게도 유대인 행세를 하죠. 그러다 아내가 말기 암에 걸렸을 때 그의 정체가 탄로 나요. 하지만 기본적으로 두 작품 모두 다양한 기술적 측면에서 기량을 과시하려는 수단이었어요. 예를 들면 아주 그럴듯하게 저속한 유대인의 목소리와 대화를 시도하려는 수단이었어요. 그런 게 하고 싶었어요. 그런데 지금이라면 어떻게 그런 글을 쓸까요? 전 **굉장히** 오만했어요. 이런 식으로 방어했어요. 교수들이 제 글을 좋아하지 않으면, 전 교수들이 제가 글에다 세워 놓은 거대한 개념적 틀을 이해하지 못한다고 생각했어요. 제가 그저 "이렇게 하면 X라는 측면에서 돋보일 수 있을까?" 내지는 "이렇게 하면 Y라는 측면에서 돋보일 수 있을까?"라는 생각에서 거창한 개념적 틀을 세웠다는 걸 인정하려 하지 않았어요. 예를 들면 레이너가 그러거든요. 그는 재능이 **대단한** 작가예요. 하지만 늘 그에게서 그런 느낌을 받아요. 어쨌든 제 말의 요지는 마크 레이너가 똑똑하고 재밌다는 거예요. 똑똑하고 재밌어요. 그걸로 충분하죠.

어쨌든 예술에 있는, 말로 설명할 수 없는 30퍼센트의 부분 때문에 TV를 안 보는 대신 예술을 즐길 가치가 있어요.

TV 대신 예술을 즐길 가치가 있다고요?

좋은 예술이라면 그래요. 그런데 또 예술을 감상하려면 뭔가 **작업을** 해야 해요. 더욱이 우리는 늘 작업할 수 있는 준비가 되어 있지는 않죠. 그래서 저 같은 경우에는 상업적인 소설이나 텔레비전을 보는 편이 완벽하게 적절할 때가 있어요. 제가 가진 자원과 제가 뭘 소비하고 싶은지 생각할 때 그래요. 문제는 그런 것으로부터 제 모든 정신적이고 정서적이고 예술적인 열량을 얻으려 할 때면, 사탕만 먹고 사는 것과 같아진다는 거예요. 전 그런 행위를 거듭 되풀이하고요. 딱 들어맞는 비유를 찾진 못하겠네요.

책에도 나오긴 하는데요.

책에도 그런 내용이 있지만 그건 어린애들의 이야기이죠. 부모가 어린애들이 사탕을 먹지 못하게 계속 막을지의 여부에 관한 이야기예요. 제게는 또 다른 문제가 있어요. 봐서 아시겠지만, 제가 이번 투어에서 설탕을 많이 섭취했어요. 저는 저혈당증이에요. 설탕을 먹으면 두통이 오고 속이 안 좋아져서 설탕을 먹으면 안 돼요. 그런데 조금이라도 설탕을 먹고 나면 계속, 계속, 계속해서 먹고 싶은 갈증이 생겨요. [내가 고개를 끄덕인다.] 흥미롭죠.

작가님이 「블루벨벳」과 「브라질」에서 배운 점이 있다면, 현실적이지 않은 영화에서라도 디테일이 중요하다는 것인가요?

네. 어떤 초현실주의 작품이든, 그 작품의 99.9퍼센트가 전적으로 현실적이면 더 큰 효과가 발휘돼요. 제가 학생들을 가르치지 않았다면 분명히 설명하지도 못했을 거예요. 제자들에게는 이렇게 말하거든요. "이건 충분히 **현실적이지 않아**." "그런데 이건 초현실적이어야 해." "음, 그런데 넌 이해하지 못하는구나." 초현실주의는 효과를 내지 못해요. 초현실주의라는 말은 대개 **현실주의**라는 거예요. **추가적인** 현실주의라는 뜻이에요. 현실주의 위에 존재한다는 거죠. 린치의 프레임 안에 있는 한 가지예요. 그 밖에 모든 것이 흠잡을 데 없이 완벽하지 않고 완전하게 조직되지 않으면 효과를 발휘하지 못해요. 관객들에게 파급을 일으킬 수 없죠.

왜 집에 TV를 두지 않나요?

매일 볼 테니까요. 친구 집에 가서 TV를 보는 편이 더 나아요. 안타부스◆를 복용하는 것과 마찬가지죠. 제가 볼 수 있는 TV의 양이 줄어들 테니까요.

그럼 친구들에게 전화해서 "TV 그만 봐. 이제 내가 가서 볼 거야"라고 하나요? 아니면 친구들과 같이 TV를 보나요?

계획을 세워요. "너희 TV 볼 거니?"라고 묻죠. 제가 보고 싶은 걸 본다고 하면 제가 그 집으로 가고요.

그렇게 하지 않으면 TV를 계속 보나요?

네. 심지어 제가 TV를 보고 있는지조차 의식하지 못해요. TV를 늘 켜놓고 있을 거예요. 제게는 벽난로와 같아요. 저 한구석에서 온기

◆ 알코올 중독 치료에 쓰이는 약.

와 빛을 주는 원천이죠. 제가 이따금 거기에 빠져들고요.

[계산서가 오자 데이브가 묻는다. "『롤링스톤』이 내는 건가요?" 거듭해서 하는 질문이다. 또 식당 여종업원에게 역시나 이렇게 말한다. "우린 순수한 친구 사이로 여행하는 중이에요." "그렇고 그런 사이는 아니에요." 그가 자주 하는 농담이다.]

데이비드 감독은 케빈 스페이시와 안소니 홉킨스가 4, 5년째 최고의 사이코 자리를 두고서 각축을 벌이고 있다고 하는데요. 크리스토퍼 월켄은 어느 축에 속할까요?

어떤 크리스토퍼 월켄이요?

「킹 뉴욕」, 「베니스의 열정」에 출연한.

그 영화들은 보지 못했어요. 그는 「트루 로맨스」에서 정말 훌륭했어요. 그 "무언극" 이야기할 때요. "남자는 무언극을 열일곱 가지 할 줄 알고 여자는 스물한 가지를 할 줄 알지."

[그가 월켄을 꽤 그럴싸하게 흉내 낸다. 타고난 재능이다.]

하.

"내 부친은 시실리인 중에서 거짓말의 대가셨지."

그 장면 좋았죠. 슬레이터의 아버지가 슬레이터와 패트리샤 아퀘트가 어디에 숨어 있는지 털어놔야 했을 때.

월켄이 그들의 행방을 알아내려고 슬레이터의 아버지를 고문했을 때 굉장했어요. 월켄은 슬레이터의 아버지를 죽일 지경에 이를 정도로 미쳐 버렸죠…. 타란티노는 90퍼센트는 **얼간**이나 마찬가지예요. 그런데 나머지 10퍼센트는 천재성이 번뜩여요.

그렇지만 그 장면에는 설득력 있는 영웅주의가 담겨 있어요. 다른 영화에서는 거의 볼 수 없는 방식으로 표현돼 있죠.

하지만 냉장고에 붙은 메모지가 인상 깊죠. (미소) 그건 무척…

「마지막 보이스카웃」은 봤나요?

브루스 윌리스가 나온 영화요? 마지막 장면에서 그가 춤을 추던가요? 제대로 집중해서 보지 못했어요. 누군가의 집에서 VCR로 보긴 했는데.
　브루스 윌리스 정말 좋아해요. 「블루문 특급」 이후로 열성 팬이 되었어요. 「펄프픽션」에서 한 연기 정말 좋아해요.

♦♦♦

다시 차 안

난데없이

데이브 (불평조로) 전 빌어먹을 정도로 소극적이에요.

♦♦♦

엑슨 주유소

주유기 앞에 서 있는 술 취한 남자: 혹시 경기 보지 않았었나요? 힌
즈데일에서요.

아깝게 못 봤네요.

[우리는 주유기 위에다가 자동차 주유 덮개를 놓고 온다. 렌트카 회사 직
원들이 기가 막힌 듯 어이없어했다.]

♦♦♦

다시 차 안

I-55 고속도로

[내가 데이비드에게 운전을 해달라고 부탁한다.]

궁금한 게 있어요. 텐스 스트리트 라운지에서 출간 기념 행사로 큰 파티를 열었잖아요. 그때 거울을 보기 위해 화장실에 간 거였나요?

언제요?

화장실에 갔을 때요. 우리가 이야기 중이었는데 작가님이 화장실에 가셨잖아요. 머리 한쪽을 매만지고 머리칼을 뒤로 좀 넘기고 거울을 보고. 뭐 그런 거 아니었나요?

전 담배를 뱉으러 화장실에 갔었어요. 실은 파티 중에는 거울을 보지 않으려 했어요. 많은 사람이 저를 쳐다보는데, 제 외모가 어떤지 생각하면 미쳐 버릴 것 같았거든요.

그래도 파티 때 분명 당황하신 것 같았는데… 파티에서 아무와도 교류하지 않으셨잖아요….

(언짢아하면서) 당연히 교류를 했죠. 아니, 안 했군요. 파티 중에 절반은 위에 있는 사무실에 있었어요. 처음에는 카리스와 그리고 나중에는 마크 코스텔로와 함께 있었어요. 거기에 **구석진** 곳이 있었어요. 거기서 내려다보면 파티에서 대화하는 사람들이 전부 보였어

319

요. 아주 재밌었어요.

[운전하면서] 실린더가 하나 이상 작동하는 차를 모니 멋지군요. 장거리 운전에 좋은 차네요.

[휴식]

마이클… ㅍ… 이름을 제대로 발음하지 못하겠어요. 아, 마이클이 아닌데, 엔필드에 다니는 아시아인 테니스 선수 누구였죠?

페뮬리스요? 그는 아시아인이 아니에요.

페뮬리스 말고요.

오. 오. 오. 라몬트 츄요.

제가 그래서 데니스까지 책을 가져왔었죠. 책 이야기까지는 미처 하지 못했지만요. 라몬트 츄라는 인물은 명성에 대해서 복잡한 심경을 보여요. 그 때문에 라일과 이야기를 하기도 하고요.

하하하.

[그가 즐거워한다. **누군가가** 이 얘기를 꺼내 주기를 기다렸다.]

거기에 대해 말씀해 주세요. 제가 왜 이 질문을 하는지 아실 텐데요. 그래서 웃고 계신 거잖아요. 말씀해 주세요.

음, 좋아요. 그건 젊은 대학원생 작가가 된다는 것이 어떤 건지와도 관련이 있어요. 자기보다 나이가 많은 작가들을 우러러보는 젊은 작가 말이에요. 자기는 누군가를 동경하는 고통을 겪지만, 그 동경의 대상은 반대로 만족감을 느낀다는 착각에 시달리죠. 누군가의 선망의 대상이 된다는 즐거움이 있다고 생각해요. 그리고 전 테니스 선수로 활동할 때의 기억이 있고요. 저보다 나이가 많고 성공을 거둔 테니스 선수들에 대해서 정확히 똑같은 감정을 느꼈죠.

하지만 이제는 작가님이 그 정반대의 위치에 있는걸요.

음. 정말요?

그럼요.

음, 그럼 제가 말씀드릴 수 있어요. 직접 겪은 믿을 만한 경험에서 말씀드리는 거예요. 나이든 누군가를 선망하는 간절하고 통렬한 고통에 부합하는 크고 강렬한 기쁨은 없어요. 본인이 특히 어떤 작가나 선수를 선망할 때 느끼는 고통이 그만큼 커요.

자명하지만 잔인한 현실에 대해서 이야기해 볼까요.

뒤쪽 창문 습기 제거 장치가 어딨는지나 말해 줘요.

음, 제가 책을 읽고 표시하면서 생각한 건데요. 그 대목은 작가님이 본인 글을 쓰느라 고생하는 중에 다른 작가들의 작품을 읽으면서 느낀 심경에서 나온 거라고 생각했어요.

하하하하. (발각되었다는 즐거움이 섞인, 어두운 웃음소리다)

서른 살이 채 안 된 작가만이 그 심정을 알 거예요. **씁쓸한** 현실에서 비롯한 심정이죠. 실은 마이클이 그 대목을 많이 삭제했어요. 글이 이어지면서 명성 이론과 그 이론을 둘러싼 오해에 관한 내용이 많이 나오거든요.

사냥하러 나갔다가 땅 밑에서 석유를 발견한 사람들을 말한 거죠? 그리고 그걸 발견한 작가들에 관해 말한 거고요.

우리 나이대의 젊은 작가들을 말하는 건가요? 그보다는 나이가 많은 작가들의 이야기예요. 본인 사진이 잡지에 실릴 때 느끼는 기분이 있어요. 기자님 말이 맞아요. 이 모든 과정에는 달콤한 모순이 존재해요. 전 아직 거기에 대해서… 그래서 전 집에 가서 부들부들 **떨**어야 해요. 거기에 대해 아직 아무 생각도 안 해봐서요.

이제부터 작가님에게 글을 읽어 드릴 거예요. 차 안의 내부등을 찾아봐야겠어요. 그래야 글을 읽을 수 있으니까…

잠깐만…오, "사우스", "졸리엣"…

그 감옥이죠. 맞죠?

여기 명소 중 하나죠.

「블루스 브라더스」의 배경?

네. 「더 스팅」 첫 부분의 배경이기도 해요.

조지 로이 힐… 훌륭한 감독이에요…. 하키를 주제로 굉장한 코미디 영화를 만들기도 했고요.

하키라. 아, 「슬랩 샷」 말하는 건가요? 꽤 괜찮은 영화였어요.

거기 나온 핸슨 형제 정말 좋아해요.

맞아요. "애를 잘 살피는 게 좋을 거야. 눈 깜짝할 새에 남의 거시기를 물고 있을 테니까."

대본에는 그렇게 동성애에 대한 환상이 있어요. 아주 별나고 짓궂죠.

맞아요. 어떻게 보면 지저분한 영화예요. 그래도 너무 재밌어요. [자동차 미등 불빛이 우리 차선을 가로지른다.] 이 사람이야말로 정말 쓰레기군.

정말 재밌는 영화예요. 어렸을 때 완전히 빠졌어요. 그러고서 감독 인생이 끝났죠.

그런데 어떻게 끝났나요?

그가 마지막으로 만든 영화가 「유쾌한 농장」이었어요. 체비 체이스가 출연했죠. 살던 집을 처분하려고 사기 행각을 벌이는 내용이에요. 조지 로이 힐이 70년대에는 거물 감독이었는데, 「리틀 로맨스」는…

그가 「리틀 로맨스」를 만들었나요? 훌륭한 영화였어요.

「더 스팅」과 「내일을 향해 쏴라」가 큰 인기를 끌었죠.

어쩌다 그의 감독 인생이 그렇게 저물었나요?

그냥 어느 순간부터 흥행이 안 된 것 같아요. 「리틀 로맨스」에서 다이안 레인이 놀라웠죠.

오! 오! 맞아요. 완전 천사로 자란 건 말할 것도 없고요. 「커튼 클럽」에도 출연했지만 다른 영화에서는 거의 볼 수가 없었어요.

「스트리트 오브 파이어」에도…

전 이게 싫어요. "사물이 거울에 보이는 것보다 가까이 있음."

이제 올 게 온다고 생각해서죠. 그렇죠?

뭐가요?

누군가가 이번 책의 내용을 작가님에게 읽어 주는 일이요….

원하는 대로 읽어 주세요. 제가 반응하지 않아도 된다면요.

누군가가 작가님에게 물을 걸 아셨을 텐데요. 작가님이 쓴 글에 관해서요. 예를 들면 그 아이와 라일이 유명해지고 싶어 하는 욕망에 관해 대화하는 장면이요. 누군가 와서 작가님에게 그 장면에 대해 물을 걸 아셨을 거예요.

다만 다른 작가가 와서 제게 묻겠죠. 기자님이 제 글에 관해서 이렇게 질문을 하다니 제가 이 인터뷰에 응한 좋은 점이기도, 나쁜 점이기도 하네요. 진지하게 하는 말이에요. 기자님이 소설 쓰는 사람이 아니었다면, 이 인터뷰는 벌써 하루 전에 끝났을 거예요.

음, 그 점은 다행이라고 생각해요….

전 필요할 때는 아주 강하게 나가요. 제게는 그게 상대방 감정을 건드리는 방법이에요. 그런데 또 그러면 제가 더 소극적인 자세를 취하고 상대방 감정을 걱정하게 되죠.

제 감정을 두고 걱정하셨나요?

다양한 요인들이 뒤섞여서 작용해요. 이 인터뷰가 지치는 한 가지 이유이기도 해요. 제가 안절부절 못하다가 예닐곱 달이 지나서 기자님에게 전화를 걸지도 모르죠. 전 못 기다려요. 기자님으로부터 소식을 듣기를 원하죠. 흥미로워요.

작가님에게 일어난 일은 젊은 작가에게는 5년 내지는 10년에 한 번 일어날 일인데요.

그렇게 가끔은 아닐 수도 있어요. 하지만 기자님은 잘 알죠. 책이 나오면 겉만 번지르르하고 알맹이 없는 광고도 함께 나온다는 걸요.

아녜요. 작가님에게 쏠린 세간의 관심은… 우리 나이대의 작가에게는 10년에 한 번 있을까 한 거죠.

그런 건 아니에요. 두 번의 관심이었는걸요. 한 번은 『뉴욕 타임스 매거진』에서였고 또 한 번은 『롤링스톤』에서고요.
[다소 솔직하지 못하게 들린다.]

좋든 나쁘든 저는 작가들을 지켜봐요. 작가들이 어느 수준의 성공 가도로 진입하고 책이 관심을 받게 되는데… 그런데 작가님에게 지금 일어난 상황은 아주, 아주 드물죠.

하!

작가님도 알고 있잖아요. 왜 그래요. 미소짓고 있잖아요! 작가님도 잘 알고 있어요. 작가님 역시나 그런 과정을 따르는 거예요.

저도 허세를 좇아요. 그렇지만 그걸 좇으려는 **유혹**에 맞서려고 힘들게 버텨요. 전 훨씬 더 멀리서 그걸 좇아요. 그런 허세에 대해서 어떤 생각이 있어요. 그렇지만 얼마간의 애처로움도 느껴요. 전에도 말했지만, 이렇게 관심이 쏟아지는 상황을 얼마만큼 받아들여야 할지 아주 신중해야 해요. 집으로 가면 한 달이나 들여서 원고를 준비해야 하니까요. 그리고 또 다른 작업도 시작해야 하고요. 이 상황이 더 현실 같을수록 제가 거기에 대해 더 생각하게 돼요. 물론 지금 기자님이 이렇게 녹음기를 들고 있으니 전 결국 기자님이 쓴 기사를 통해 제가 한 말을 **읽게 되겠죠.** 그렇게 되면 자의식의 루프가 **돌아갈거고요.** (웃음) 그래서 저는… 기자님을 가지고 논다거나 기자님을 멍청한 사람 취급하는 게 아니에요.

이걸 아셔야 해요. 이 상황을 얼마나 현실로 받아들일지 제가 철저히 훈련이 돼 있어야 해요. 게다가 이 상황을 부풀리고 싶지도 않아요. 진실은 기자님이 말하는 내용과 제가 말하는 내용 사이에 있을 것 같아요. 에이미 홈즈는 『엘리스의 끝』이라는 책으로 저보다 더 규모가 큰 투어를 하고 있어요. 인터뷰도 많고요. 그러니까 젊은 작가가 쓴 책이 일년에 열 권쯤은 세간의 관심을 받을 거예요.

출판사들은 그런 상황을 바라죠. 다양한 방법으로 미끼를 던져요. 미끼에 큼직한 말고기를 달아 놓을 거예요. 아니면 어떤 고기이든 적은 양의 고기를 달아 놓을지도…

소라고둥일 것 같은데요. 작고 네모나게 잘 잘라지니까요.

전 아주 큼직한 살덩이를 달아 놓을 거라고 생각했어요.

하!

그들이 미끼를 던져 두지만 늘 뭔가가 걸리는 건 아니에요. 일단 미끼를 던져 놓지만 누가 혹은 뭐가 걸릴지는 아무도 몰라요.

그래서 이번엔 뭐가 걸리긴 했나요?

청새치요.

낚싯대가 아래로 휘고 있겠네요.

거대한 청새치예요. 전에는 보지 못한…

아하. [흐뭇함을 억누르려 한다.]

그런 일은 아주 아주 드물게 일어나요.

하지만 물고기가 걸려들었을 때는 기쁠지 몰라도, 갈고리로 물고기를 찍어서 끌어올리려고 몸을 숙이는 순간 물고기가 팔 하나를 물어 버릴지도 몰라요.

그럴지도 모르죠. 그런데 이번에는 물고기가 갈고리에 제대로 찍혀 버렸어요. 좋아요⋯

아하하. 정말 재밌을 것 같은데 전화를 해보는 게 어때요. 제이 매키너니에게 연락해서 제 이번 책을 어떻게 생각하는지 물어보는 거죠.

[그는 데이비드의 작품에 대해 엇갈린 평을 내놓았다. 다음과 같다.
    "나는⋯ 감탄했으나 이내 조바심이 나면서 그가 못미더워졌다. 월리스가 재능이 부족한 작가였다면 독자들은 『무한한 재미』를 480페이지 정도 읽었을 즈음 그를 총으로 쏴 버리고 싶어졌을지도 모른다. 혹은 본인을 쏴 버리고 싶어졌을지도 모른다. 어찌되었든 누군가를 쏴 버리고 싶어졌을 것이다."]

좋아요. 제가 물어볼게요. 전화해 볼게요. 그런데 말이에요. 『롤링스톤』이 지난 10년 동안 젊은 작가를 몇 번이나 취재한지 아세요?

음.

한 번도 없었어요.

정말요.

제가 확인했어요. 한 번도 없었어요.

좋아요. 다만 이 점은 **확실하게** 해요. 제가 좋은 책을 썼다고 생각해요. 그리고 시기가 딱 맞아떨어졌다든가 하는 몇 가지 이유가 있다고 생각해요. 하지만 『롤링스톤』이 제게 관심을 보인 한 가지 이유는 저나 제 책과는 별다른 관련이 없어요. 그건 제 책을 둘러싼 대대적인 광고 때문이에요. 점점 더 부풀려지는 그런 광고요.

기자님은 이번 투어가 어땠는지 알고 싶죠. 인터뷰의 40퍼센트는 흥미로웠고 60퍼센트는 매력이 넘치는 사람들이었어요. 그들은 이렇게 말하죠. "인정해요. 굉장한 책이에요. 전 다섯 쪽밖에 읽지 않았지만. 그런데 정말 궁금한 게 있는데, 이 모든 관심을 어떻게 생각하세요?" 무슨 의미인지 아시겠어요? 지금 이런 현상이 제게 아무렇지도 않은 게 아니에요. **그래서 전** 이런 상황으로부터 어느 정도 거리를 두려고 부단히 애썼어요…. 그래서 기자님에게 설명하려고 노력하는 거예요. 제가 어느 정도는 아무 것도 모르는 척 했을 수도 있겠지만, 잘난 척을 하는 것도 아니고 기자님을 바보 취급하는 것도 아니에요. 아직은 이런 상황을 마음껏 **느끼고** 싶지 않아요.

알겠어요.

제가 서른네 살이기 때문이죠. 글 쓰는 걸 정말 사랑한다는 걸 이제야 깨달았어요. 열심히 하는 게 정말로 좋아요. 그런데 지금 이렇게 관심이 쏟아지는 **상황** 때문에 제가 꼬이게 될까 봐 겁이 나요. 혹은 인정을 받으려는 갈망 때문에 재미를 느끼지 못하게 될까 봐 두려워요. 아시겠죠?

[그것에 대한 이유]

『무한한 재미』가 좋은 책이라고 생각해요. 앞으로 10년 내지는 20년 동안 꾸준히 열심히 하면 『무한한 재미』보다 더 나은 책을 쓸 수도 있겠다는 기대를 품고 있어요. 그렇게 되려면 제가 아주 신중해야 해요. 게임 쇼에 나오는 사람으로 끝나고 싶지 않아요. 녹음기가 켜져 있을 때 기자님이 이 문제를 두고 이야기했죠. 지금 이런 상황에 잘 대처한 작가는 아무도 없어요. 지금 이 상황은 **아무에게도** 도움이 되지 않아요. 누군가의 글 쓰는 미래에 도움이 되지 않아요. 그러니까 정신적으로 갖가지 전략을 쓰고 방어벽을 세우지 않으면 전 멍청한 인간이 되고 말 거예요.

　이 인터뷰는 아주 영리하네요. 기자님이 절 약 올리는 이야기를 하고 전 또 거기에 자극받아서 술술 털어놓기 시작하고. 어쨌든 좋아요. 제가 기자님에게 호감을 느끼니까요. 그래서 이렇게 이야기하는 거예요. 하지만 녹음기가 켜져 있으니…

그런데 작가님이 집필 활동을 향한 열정을 이야기할 때 떠오른 게 있어요. 『자의식』이라는 책에 실린 업다이크의 에세이 중에 이런 대목이 있어요.

그가 "자의식"이라는 에세이를 썼나요?

그런 제목의 책을 냈어요.

책 제목이 "말을 꺼내다"인 줄 알았어요.

아뇨. "말을 꺼내다"는 거기에 실린 에세이 제목이에요.

적어도 제게 읽을거리를 여섯 가지나 주었네요. 레나타 아들러, "익명성", 나보코프의 서간집…

작가님이 그렇게 위험을 무릅쓸지 잘 모르겠어요. 작가님은 무척 중심이 잘 잡힌 사람이니까요. "중심이 잘 잡힌"이라는 말을 써서 죄송해요. 작가님은 그렇게 생각하지 않으니까요. 제가 "중심이 잘 잡힌"이라고 했을 때 작가님이 고개를 흔드셨잖아요. 본인을 "중심이 잘 잡힌" 사람이라고 생각하지 않나요?

그렇게 생각하지 않아요.

왜죠?

저는 다른 사람이 아닌 저 자신 때문에 **믿기지 않을 정도로** 속을 끓이는 사람이에요. 중심이 잘 잡히지 않았기 때문이죠. 저는 그런 사람이 되고 싶은 욕망이 **어마어마하게 커요.** 하지만 저 자신을 중심이 잘 잡힌 사람이라고 생각하지 않아요. 제가 상황을 잘 헤쳐나갈 수 있다는 큰 확신을 갖고 있다면, 지금 이 상황에 대해서 이렇게까지 조심스럽지는 않을 거예요. 이런 내용이 좋은 기삿거리가 되겠네요. 하지만 전 우리 두 사람이 친구 비슷하게 가까운 사이가 되었다고 생각하고… 이해해요. 제게 지금 이 상황은 **정말로** 두려워요. 우리가 만약 정반대의 입장에 놓이게 된다면, 기자님도 저와 똑같은 말을 많이 하게 될 거예요. 지금 상황은 굉장하죠. 하지만 동시에 겁이 나요. 제가 **기대하는** 건 앞으로 해나갈 40년간의 집필 활동이니까요.

그렇군요. 그럼 전반적으로 큰 포부를 품고 있나요? 아니면…

네. 그런 것 같아요. 상황이 많이 바뀌었어요. 지금은 다른 사람들에게서 좋은 평판을 얻고 싶다는 야망을 품게 될까 봐 두려워요. 그것 때문에 전에 자살시도 환자 관리 병동에 갔으니까요.

　지금은 예술에 대해서 막연하게 가식적인 말을 하는 것 외에는, 그게 뭔지 정확히 말로 설명하지 못하겠네요.

그렇다면 자살시도 환자 관리 병동에 들어갔던 사람보다 이런 상황에 더 잘 대비된 사람이 있을까요?

자살시도 환자 관리 병동에 갔다 온 사람이라면 이런 상황에 철저히 대비되었거나 아예 대비가 안 되었거나 둘 중 하나일 것 같아요. 사람은 영영 **변하지** 않으니까요. 전과 같은 저의 부분들이 여전히 남아 있어요. 그 부분들이 살아나서 활개 치지 않도록 할 방법을 찾아야 해요. 참 그리고 제 다이어트 펩시 콜라 어딨나요? [콜라를 마시고서 침을 뱉으려고 한다.]

작가님은 중독적인 행위에 빠지는 성향이 있다고 했죠. 그런 행위에서 벗어나도록 **스스로** 훈련할 수 있었을 텐데요. 프로그램에 참여해서 술을 끊을 수도 있고요. 스스로 훈련할 수 있다고 생각하지 않나요…?

그렇게 말해도 무방하겠군요. 다만 "프로그램에 참여해서"라는 부분이 맘에 들지 않네요.

[도로가 조용하다. 시멘트 바닥을 내달리는 타이어 소리만 난다. 흙받이와 앞 유리창으로 바람을 가르며 차가 나아가는 가운데 비행기에서 나는 것 같은 쉬쉬 소리가 난다.]

저는 기사에다가 작가님이 술을 마시지 않는다는 걸 알아챘다고 쓸 거예요. 우리가 식당에 갔을 때 제가 맥주나 뭐 그런 걸 주문할 수도 있었지만 그러지 않았어요.

원하는 건 뭐든 주문해도 돼요.

알코올 중독 치료 프로그램을 거친 친구들이 있어요. 그 친구들이 말하길 늘 의식을 많이 한다고 하더라고요. 프로그램 초기에는 사람들이 자기 앞에서 술을 마시는 걸 보고 싶지 않다고 했어요. 그래서 그 후로 저도…

제가 어떤 프로그램이든 거기에 대해서 전문가는 아니에요. 그렇지만 제가 외부인으로서 아주 조금이나마 이해하는 선에서 말하자면, 한동안 프로그램에 참여한 사람이든 현재 참여 중인 사람이든 별 문제가 없더라고요. 그런 사람들 앞에서 기자님이 코카인을 흡입한다 해도 상관없어요. 그 사람들이 기자님과 함께 한 자리에 있어야 할 **마땅한** 이유가 있는 한, 기자님은 걱정할 필요가 없어요.
  이걸 좀 꺼도 될까요? 아니면… [차의 실내등]이걸 켜 놓으니 자꾸 속도를 내게 돼요.

시속 75킬로미터면 괜찮아요. 정속 주행 기능을 사용해도 되고요.

정속 주행 기능을 사용하면 불안해져요.

작가님은 마이클 창도 죽였죠. 책에서요.

[그가 웃는다.]

자, 이제 작가님 책을 처음으로 인용해 볼게요. "미래의 명성을 향한 집착이 그 밖의 모든 것을 창백하게 만든다." 작가님은 이제 술도 마시지 않고 TV도 멀리하고⋯ 그런 걸 멀리하기 위해 스스로 단련을 해야 했는데요. 그런 데 노출되면 해로울 수 있다는 점도 알고요.

아하. [그의 논란의 여지가 있는 '아하']

마찬가지로, 작가님은 상당히 괴로운 시기를 보내는 중에 세간의 이목을 생각하지 않으려고 스스로 단련을 해야 했죠. 그렇죠? 그리고 이제 원하든 원하지 않든, 그 세간의 이목이 작가님에게 집중되고 있고요.

맞아요.

어떤가요⋯? 그 외 다른 것들은 그걸 받아들이는 양을 작가님이 조절하고 통제할 수 있었는데 세간의 관심은 그렇지 않잖아요.

일단 저는 자제의 본보기가 아니에요. 우선 니코틴 문제가 **극심하죠**. 정말 끊어야 하는데 말이에요. 씹는 담배만이라도요. 턱이 떨어져

나갈 것 같거든요. 게다가 설탕 과다 섭취 문제도 있고, 연인들과도 꽤 힘든 시간을 보내곤 해요. 그러니까 전 그런 사람이 아니에요… 아뇨. 아뇨. 아뇨. 그러니까 제 말은 전 그런 사람이 아니라… 하지만 어쨌든 지금 이 상황은 두려워요. 너무 혼란스럽기도 하고요. 제가 이 모든 상황을 피해 버리면, 운에 맡기고 큰 모험을 한 리틀 브라운 측에 **막심한** 피해를 입히는 거죠. 하지만 이 말이 그럴듯한 핑계가 될 수도 있겠네요. 제 안에는 지금 이 **상황을** 좋아하는 면도 어느 정도는 있으니까요.

유명 잡지가 거금을 들여가면서 바보도 아니고 한가한 사람도 아닌 기자님을 여기로 보내 제가 하는 말을 녹음기에 대고 반복하게 시켰죠. 이건 **정말** 얼떨떨한 일이에요.

전 "이걸 해라, 이걸 하지 말아라, 이걸 하는 이유는 무엇인가. 저걸 하는 이유는 무엇인가"를 두고 결정을 내리려고 노력해요. 그래서 지금 이 시기가 끝나기를 바라요. 머릿속에서 아주 고된 작업을 해야 하니까요. 제가 하루에 담배 세 갑을 피우고 담배 두 통을 씹는 이유예요. (웃음) 그래도 괜찮아요. 지금 이 상황이 언젠간 **끝날** 테니까요. 내일 언제쯤이면 끝나겠죠. 이미 리틀 브라운에게서 확약도 받았고요. 이제 이런 홍보나 행사는 더는 없어요. 전 그동안 꽤 노련한 배우 행세를 했어요. 이제 더는 그런 건 없어요.

두려운 건 앞으로의 2주죠. 전 기자님이 녹음기를 들고 돌아가길 바랄 거예요. 그렇죠? 그리고 전 그간 큰 관심의 대상이 되었던 상태로부터 말하자면 **기압을 줄여야** 해요. 관심이란 대뇌 피질에 주사하는 **헤로인** 같거든요. 마음 단단히 먹고 자리에 앉아서 상황을 헤쳐 나가야 해요. 달라진 게 없다고, 전과 같다고 제게 상기시켜야 해요. 현실이란 종이 한 장을 앞에 두고서 **방** 안에 앉아 있는 거라고 스스로 다독여야 해요. 이 모든 상황이 저와는 별 관계 없다고 상기시켜야 해요. 기분이 좋기도 나쁘기도 하겠죠. 하지만 **그게 현실이에요.** 나머지는 그 현실을 둘러싼 대화이고요.

생각해 보니 소름 끼치네요. 우주 비행사가 집으로 돌아가는 셈이에요. 자기와 다른 상태에 있는 사람들에게서 지시를 받고, 우주 어디론가 쏘아 올려지고, 밖에 있는 사람들이 모든 걸 계획했죠. 그러고는 집으로 돌아와요. 그렇게 삶이 어느 정도까지 침범된 상태였다가 갑자기 그 침범 상태가 사라져요. 작가님 역시 다시 돌아가…

맞아요. 침범된 거죠. 하지만 침범을 당하는 편이 제가 기꺼이 그 침범의 공범자가 되는 편보다 덜 괴로워요. 이미지라는 게 얼마나 유혹적인가, 그리고 현재의 문화로 인해 어떤 유의미한 경로를 통해 유혹을 당하는 경우가 얼마나 많은지에 관해 책을 쓴 적이 있어요. 그런데 제가 이 책이 묘사한 내용을 기괴하게 보여 주는 패러디 자체가 된다면 어떻게 될까요? 물론 그렇게 되면 전 **미쳐 버리겠죠.**

중독이라는 비유에 대해 잠시만 얘기해 볼게요. 작가님은 남들의 인정을 받으려는 중독적인 욕구와 싸워야 했어요. 약물이나 텔레비전에 빠지지 않으려고 버텨야 했던 것처럼요.

맞아요.

작가님은 그런 것들을 식기대로부터 멀리 두려고 노력함으로써 문제를 해결했어요. 그런데…

식기대요?

쉽게 손이 닿지 않도록 테이블에서 치워 둔 거죠. 그런데 이제는 세간의 관심이라는 것이 작가님 테이블에 올라와 있어요. 전 작가님이 그동안 단련을 통해서 멀리 치워 두었던 본인의 일부가 다시 덤벼들지 않을까 두렵지는 않은지 궁금해요. 알코올 중독자들이 술을 한 잔 마시면 그걸 시작으로 진탕 마시게 되지는 않을까 두려워하는 경우와 마찬가지로요.

조금은 걱정이 돼요. 하지만 세간의 관심이라는 걸 식기대에서 치워 놓는다는 것, 그 관심이 차지하는 자리가 적어진다는 것보다 그 관심을 서슴없이 식기대에서 치워 놓을 수 있는 정신적 상태에 다다르는 게 더 중요해요. 무슨 의미인지 아시겠어요? 그 다음 문제로서, 제가 이 모든 관심을 두고 걱정과 염려를 한다고 해서 자축하게 될까요? 제가 세간의 관심에 유혹당하지 않았다는 이유로요. 그렇다고 해서 제가 **기뻐한다면**, 전 무뎌지게 돼요. 헤쳐나가야 할 광란의 소용돌이는 끝이 없어요.

그나마 다행스럽게도 리틀 브라운이 꽤 **점잖아요**. 그들은 돈을 원하고 제 책이 대어가 되길 바라죠. 저로서는 저 나름대로 이렇게 책 홍보를 하는 편이 얼마간은 제 책에 도움이 되고 괜찮은 일이에요. 그래도 출판사에서 이런 식으로 요구하지는 않아요. "책 인기가 대단해요. 일리노이 대학교 측과 연락을 했는데 이번 학기는 쉬고 유럽으로 투어를 갑시다." 출판사 사람들이 꽤 침착해요. 몇 사람과 이야기해 봤는데 이렇게 답했죠. "당신 말이 맞아요. 학생들을 가르쳐야죠. 마이클을 위해서 원고도 마무리 지어야 하고요. 이 정도면 됐어요."

정말요?

네. 그래서 상황이 복잡해요. 그들은 성인군자가 아니에요. 제가 『피플』이나 뭐 그런 잡지에 실리기를 더 원하겠죠. 그렇지만 **경우 없이 구는** 사람들도 아니에요. 그들은 그저 제가 최선을 다해서 책을 알리길 바라고, 지금 사람들의 이목을 최대한 이용해서 되는대로 돈을 거둬들이길 원하죠. 단순한 건 아무것도 없어요.

그래서 작가님 책이 대어라는 걸 인정하는 건가요?

어떤 의미죠?

대어인가요?

누구에게요?

이번 책은 대어라고 인정받았어요. 작가님이 그 말을 직접 하는 걸 듣고 싶었어요. 그래서 블루밍턴에 사시나요?

제가 블루밍턴에 사는 건 여기에 일자리를 얻어서죠. 블루밍턴에 살아서 천만다행이에요. 블루밍턴에 사는 편이 제게는 훨씬 더 나아요.

왜죠?

뉴욕에 갈 때마다 뭔가에 사로잡혀서요. 뭐라고 해야 할까요? 기자님이 제 말을 뭐라고 표현해야 할 텐데요. 뭐라고 했었죠?

어떤 표현이었나요?

제가 말하는 건 팽창과 수축의 다양한 단계에서 자아들이 쉬익 하고 내는 거대한 소리예요. 제가 뉴욕에 있었을 때, 『에스콰이어』의 윌 블라이드가 제 이번 책을 평했어요. 그냥 울고 싶었어요. 당장 달려가서 그의 얼굴을 한 대 치고 싶었어요. "나한테 어떻게 이럴 수

342

있지?" 그런데 집으로 돌아가고 일주일 지나고서 깨달았어요. 그는 뭔가 행동으로 보여 주고 싶었던 거예요. 책을 둘러싼 요란한 광고에 언짢아져서 거기에 뭔가 일침을 가하고 싶었던 거예요. 그런데 실은 제 책이 마음에 든다는 문제에 봉착했고요. 그러니 그가 어찌해야 했을까요? 제가 뉴욕에 있었을 때, 모든 게 저에 관한 이야기였어요. 그는 예술가적 우주의 뜨거운 중심에서 저를 비웃었어요.

『에스콰이어』

뭐라고요?

『에스콰이어』요. 그 표현이 『에스콰이어』의 그 기사에서 나왔죠. 문학계 우주에 관한 기사요.

맞아요. 그 기사가 나왔을 때 기자님은 어린애였겠네요! 저는 그때 야도에 있었어요. 이런 내용이었죠. "누가 지평선에 있나?" "누가 오리온 자리에 있나?" 완전히 미친 것 같았죠.

그때 작가님은 실제로 그런 유의 명성에 관심이 많은 사람이었나요?

무슨 의미죠?

문학계 명성의 동요에 깊은 관심을 두고 있었냐는 말이에요.

그때가 1988년이었어요. 아니 87년이었어요. 그때 『에스콰이어』에서. 아니 실은 정확히 기억해요. 1987년 7월이었어요. 저와 로리 무어와 제이 매키너니[필사자는 이 이름들을 몰랐다. 문학계 명성을 대표적으로 보여 주는 전형]가 한 테이블에 앉아 있었으니까요. 그해 여름에 나온 『에스콰이어』를 각자 들여다보고 있었어요. 1987년 전에는 야도에 가지 않았고요.

작가님도 거기 있었죠.

저는 "지평선"에 있었어요. (웃음) 지평선이요.

어떤 느낌이었나요?

음, 뛸 듯이 기뻤죠. 뛸 듯이 기뻤어요. 그런데 누구인지 잊어버렸는데. 아, 앨리스 터너군요. 이런 뉘앙스였죠. "자, 네가 이제 지평선상에 있으니 네가 뭘 할 수 있는지 지켜보겠다."

[테이프의 한 면이 다 된다.]

그 기사를 보고 설레었나요?

네.

[창문이 닫혀 있다. 우리가 다시 담배를 피우고 우적우적 씹어대고 음료수를 홀짝인다.]

…로리와 제이도…

그들이 저보다 더 유명했어요. 저걸 좀 쳐줄래요? 이거 좀 열리게. 고마워요. 제게 책 읽어 주지 않으실 거면 실내등 끄는 게 어때요? 방향을 잡기가 힘들어요. 아니, 기자님은 더 흥미로운 답을 원하는 군요. 저도 그냥 독자였다면 그 기사를 좋아했을 거예요. 그런데 제 입장에서는 **끔찍했어요**. 아니, 설레면서도 두려웠어요. 이런 심정이 었어요. "**다음번에 이런 기사가 또 나오면 그때 난 태양에 8센티미터는 더 가까이 가 있어야 하는구나.**" 그런데 신은 지평선 위에 있는 다른 사람들을 아무도 태양 근처에 오지 못하게 하죠.

　마치 앤더슨 앤 앤더슨의 **회계사인 경우와** 다르지 않아요. 큰 회계 법인에서 기자님보다 후임인 회계사 너덧 명이 기자님보다 먼저 승진을 하는 경우죠. 아니면 로스쿨 동기들이 기자님보다 먼저 협력업체를 만나는 경우이든가요. **미칠** 지경인 건 다 똑같아요. 다르다고 생각하지 않아요.

　이런 경우가 『에스콰이어』 지면상에서 벌어졌다면 좀 더 파급력 있는 일인지도 모르겠어요. 이건 어쩔 수 없는 일이죠. 제가 말하는 건 그리 극적이지 않아요. 그로부터 되도록 멀리할 수 있을수록 제게는 더 낫다는 걸 배웠어요.

기자님이 저 같지 않다면 기가 막히도록 깜짝 놀랄 일이네요. 기자님이 엄청나게 강인한 사람이 아니라면요.

[내 기분을 좋게 한다.]

제가 아는 사람들 중에 이런 과정을 겪은 사람들은 그 과도기 때문에 무척 힘든 시간을 보냈어요. 그리고…

그리고 그다음엔 뭔가요? 그다음 단계가 최대한 순조로우려면 어떻게 해야 하나요? 지금 이 상황은 제게 도움이 되지 않을 거예요. [휴식]

… 제가 믿어야 할 몇 가지를 찾아야 한다는 결론에 다다랐어요. 계속 살아남으려면요. 그중 한 가지는 제가 이런 종류의 일을 하게 된 게 이례적으로 행운이라는 점이에요. 그리고 그런 행운과 함께, 최선을 다해야 한다는, 가능한 최선을 다해야 한다는 막중한 의무가 따라온다는 점이에요.

그러니 제가 스스로 제 삶을 조직해야죠. 뭔가에 헌신하는 사람처럼요. 능력을 최대한 끌어내서 좋은 글을 써야죠. 물론 그런다고 해서 제가 위대한 사람이 되는 건 아니에요. 그저 살아나갈 몇 가지 다른 방도를 다 써버린 사람이 되는 거죠. 그래서 최후의 상황까지 다다르는. 제게 그런 상황은 아무런 가구도 없고 바닥 가운데에 배수구가 하나 나 있는 분홍색 방이었어요. 제가 자살할 것 같으면 사람들이 절 그 방에 온종일 넣어놨어요. 방 안에는 아무것도 없고 누군가가 벽에 있는 구멍으로 절 감시했어요.

이런 일이 기자님에게 벌어진다면, 기자님은 **그 어느 때보다도** 절실하게 어떻게 살아나갈지 다른 대안들을 시험할 거예요.
(만족스럽게 웃는다.)

서둘러야겠어요. 작가님은 애머스트를 다녔고, 또 애리조나 대학원에 재학 중일 때 책이 나온 거죠.

아뇨, 그건. 네. 애리조나대학원에 다니던 마지막 해 겨울에 책이 나왔어요.

그다음 해 여름 야도에 갔고, 그 작가들의 명단에 오른 걸 알게 되었고요.

흥미롭네요. 맞아요.

그때부터 바닥에 배수구가 있던 방에 갇혔던 시절까지 이야기해 주세요.

최선을 다해 볼게요. 기자님이 내용을 요약하는 재능이 있다고 믿고서요. 우리는 자신에 대해 선형적일 수가 없잖아요.

아주 압축된 형태로 기사가 나갈 거예요. 작가님이 말한 멋진 표현 몇 가지와 함께.

[우리가 데니스에 들렀을 때 이미 기름이 거의 다 떨어진 상태였다. 얼마나 대화에 몰입했었는지.]

어허. 저게 뭘까요?

누가 취미로 「블레이드 러너」 배경의 축소 모형을 만들려 한 것 같은데요.

(웃는다) 그렇거나 아니면 프리츠 랑 감독이 살아 있어서 일리노이 한복판에 자리를 잡았던가요. [휴식] 데이비드 피플즈가 「용서받지 못한 자」의 각본도 맡았죠.

「블레이드 러너」에 대해서 묻고 싶지는 않았는데요. 너무 빤하고 당혹스러우니까요. 그런데 사람들이 전부 그 영화를 좋아해요.

누가 싫어하겠어요? 물론 폴린 카엘은 싫어했지만요.

네. 그녀는 싫어했어요.

조직 문화 내 영웅 정신과 구원에 관한 내용이에요. 그래서 이 영화가 훌륭해요. 영화 속에서 기계는 가장 기본적이고 골격만 있는 비유예요. 룻거 하우어가 우리예요. 이 영화는 모르겠어요. 기자님 덕분에 제가 생각하게 되네요. 우리 주변에 있는 온갖 별 볼 일 없는 대중문화 속에 상당한 아름다움과 심오함이 있어요.

블루밍턴에 사는 것도 그래요. 여기 살면 시시한 컨트리 음악을 시도 때도 없이 들어야 해요. 대학교 방송국에서 그린데이 음악이 지겹게 나오듯이, 이곳 라디오에서도 컨트리 음악이 늘 나오거든요. 컨트리 음악은 "그대여. 그대가 떠난 뒤로 난 살 수가 없어요. 늘 술만 달고 살아요"라는 내용이 대부분이에요. 참을 수가 없었어요. 일 년 정도 살 때까지 그랬어요. 그러다 갑자기 깨달았어요. 만약 그들이 노래하는 떠난 여인이 비유라고 상상하면 어떨까, 하는 생각을 했어요. 그들이 노래하는 대상이 실은 본인 자신이거나 신이라고요. "당신이 떠난 뒤로 공허해서 살 수가 없어요. 내 삶에 아무 의미가 없어요." 이렇게요. 좀 특이하게 보자면, 그들의 노래는 놀라울 정도로 실존주의적이에요. 부재와 낭만의 그윽한 멋이 있고, 그래서 사람들에게 팔기에 알맞아요. 그렇지만 연민을 자아내는 힘과 마음이 그들의 노래에서 나와요. 그들은 놓쳐 버린 더욱 근본적인 무언가에 대해 그리고 그것이 없어서 본인들이 완전치 못하다는 사실을 노래해요. 딱 붙는 청바지를 입은 여인 뭐 그런 걸 노래하는 게 아니라요.

참 이상해요. 사람들이 이런 데 푹 빠져서 사는 것 같아요. 무척이나 플래너리 오코너적이죠. 그리고 이따금 이 모든 게 다 같다는 걸 깨달아요. 모든 게 전부 심오함에 관한 것이라는 걸 깨달아요. 또 그게 상업적인 이유에서 다양한 인구 계층에 밀을 건네도록 갖가지 방식으로 조정된다는 걸 깨달아요. 하지만 귀를 쫑긋 세우고 자세히 들어 보면 그건 무척이나 **심오해요.**

형편없는 대중문화에서 그런 멋진 게 나오는 경우가 그 밖에 또 있나요?

모든 경우에서 그렇죠. 우리는 「러브보트」와 「SOS 해상구조대」를 두고도 농담을 했어요. 우리가 그토록 비웃길 즐기는 **대단히** 상업적이고 환원주의적인 프로그램들이죠. 그러면서도 강렬하게 시선을 잡아끌어요. 대중예술에는 **예측 가능성**이 있어요. 아주 정형화된 이 예측 가능성은 사람들을 놀라게 하려는 시도도, 예술적인 무언가를 하려는 시도도 **전혀** 하지 않아요. 그런데 그게 **마음속 깊이** 위로를 주죠. 아무리 둔하거나 피곤한 시청자라 할지라도 앞으로 어떤 일이 벌어질지 **알아챌 수** 있어요. 그래서 만사가 순탄하리라는, 이 이야기가 보는 사람을 **어루만지고** 어떤 식으로도 위협을 가하지 않으리라는 질서감을 느낄 수 있죠. 보드라운 담요에 감싸진 채 푹신하고 풍만한 가슴에 안기는 셈이에요. 예술적인 측면에서 보면 이건 가장 위대한 예술은 아닐 수 있어요. 하지만 이게 하는 역할은 어떤 면에서 보면 **심오해요.**

이 모든 게 늘 헤아릴 수 없이 진지하고 심오해요. 그렇다고 해서 대중문화 학자 행세를 하면서 모든 걸 해체해야 한다는 말은 아니에요. 하지만 우리는 **예술**이 우리를 돌보고 우리 편을 드는 방법을 찾는다는 걸 알게 돼요. 예술이 **자기도 모르는** 새에 그렇게 하죠. 그래서 카엘이 멋져요. 카엘이 기적에 관한 글을 썼는데… 심오함이라는 측면이 숱한 난관에 부딪힌다는 내용이에요. 할리우드 시스템에 관한 글을 썼어요. 이를테면 잡초나 「쥬라기 공원」에서 제프 골드블럼이 한 대사 "생명은 언제나 방법을 찾는다"와 같은 이치죠.

멋지고 마법 같은 것이 늘 나와요. 진지한 예술이 할 수 있는 한 가지 일이 있다면 그건 사람들을 더욱 살아 숨 쉬는 상태로 이끌어 예술 본연의 소리를 듣게끔 할 수 있다는 거예요. 예술은 사람들을 유혹해서 예술 본연에 주목하게끔 만들어요. 알아채기 어려운 방식을 통해서요.

[타이어가 아스팔트 바닥에 닿으면서 기분 좋은 소리를 낸다. 마치 조리대 위에서 밀대로 밀가루 반죽을 밀어대는 것 같다. 타이어가 닿는 표면이 바뀌면서 소리도 계속해서 바뀐다. 차가 약간 흔들린다. 여느 때처럼 지금도 춥다. 창문이 살짝 열려 있어서. 창문 틈으로 바람이 새어 들어와 시끄럽다.]

예가 있다면요? 영화나 TV 프로 중에서요.

「트루 로맨스」의 장면을 이야기했었죠. 이 영화를 예술적으로 진부한 장치를 의도적으로 사용한 작품으로 보기가 **쉬울** 거예요. 얼마나 바보스러운지. 주인공 아버지는 죽어 버리고 주인공의 행방이 적힌 메모지가 냉장고에 붙어 있고. 놀라울 정도로 실존주의적이에요. 그건 아들을 보호하려는 목적이 절대로 실존주의와 관련이 없음을 의미해요. 그건 영웅 정신과 관련이 있죠. 본인이 어떻게 죽을지 선택하는 일과 관련이 있어요. 그의 얼굴에 가늠할 수 없는 슬픔이 깃들어 있었죠. 그 장면이 **모든 걸** 말해 줘요.

굉장한 장면이 있죠. 그가 체스터필드를 집어 들어요. 그게 마지막 담배라는 걸 알아요. 그걸 보고 미소를 짓죠.

그러곤 담배를 **즐겨요**. 마리화나 피듯 연기를 들이마시고 머금어요. 얼마간의 시간이 흐르며 그를 중심으로 색상이 밝아지고 소리가 더 날카로워지고 그가… 기자님이 『천사들』을 좋아할 만한 한 가지 이유가 결말에 있다고 생각해요. 그 남자는 가스실로 가게 되죠. 그가 말을 해요. 감방에서 하늘의 구름을 바라보며 그토록 소중한 날이 본인의 마지막 날이라는 사실이 얼마나 잔인한지 느껴요. 하지만 만약 그 날이 그의 마지막 날이 **아니었다면** 그토록 소중하게 느껴지지 않았을 거라는 사실도 깨달아요. 그게 바로 **현실**이에요. 훌륭한 책은 아니지만 『천사들』은 그런 순간들로 가득 차 있어요.

그러면 덜 의도적으로 고맥락 문화인 것들은…

이거 잠시만 끄고 제가 생각 좀 할 수 있게 해주실래요?

[휴식]

[그가 내게 지금까지 이야기한 여러 영화 중에서 먼저 얘기를 끌어나가
달라고 부탁한다.]

「라스트 모히칸」, 제 여자친구는 항상 이 장면을 두고 비웃어요. 다니엘 데
이 루이스가 매들린 스토우를 덩그러니 남겨두고 떠나면서 이렇게 말하잖
아요. "어떤 일이 일어나든 살아만 있어요. 내가 찾아갈 테니." 전 그 장면
이 무척 감동적이었거든요…. 그리고 늘 아둔했던 그 영국군 소령, 붉은 코
트를 입은 자 역시 매들린 스토우를 사랑하던 자였고… 그 둘은 나쁜 인디
언들에게 붙잡히죠. 누군가가 죽어야 하고…

그 영국군 소령이 죽음을 택하죠. 그 변화는 쉰들러와는 다른 방식
으로 그럴싸해요. 제가 믿게 된 무언가가 있어요. 영국군 소령과 내
티는 시련을 겪으며 서로의 존중을 얻게 되죠. 그래서 이 소령은 내
티가 살 가치가 있고 자신은 그렇지 않다고 생각하게 돼요. 저는 그
게 **무척이나**… 모르겠어요. 그리고 내티는 자비를 베풀어 자신의 장
총으로 소령을 죽이죠. 남근의 상징이 아무리 **직설적**이긴 해도 말이

에요. 이 영화는 낯간지러울 수도 있지만… 묘해요.

한 예로 기자님은 「영혼은 그대 곁에」를 좋아하지 않았어요. 그렇죠? 하지만 저는 남주인공이 자신을 더는 보지도 듣지도 못하는 홀리 헌터를 느끼는 장면에서, 오히려 자신의 손에 쥐어진 뭔가는 온전히 느끼지 못한다는 굉장한 비유를 발견했어요. 이 세상에 존재하지 않아 더는 손에 잡히지 않는 누군가를 사랑한다는 건 말이에요. 그런 누군가의 존재는 완전하지 못하지만, 그 부재를 훨씬 더 뼈저리게 느낄 수 있죠. 기쁨은 늘 강렬해요. 하지만 고통은 그보다 훨씬 더 통렬해요. 더 절실한 측면을 갖고 있으니까요.

「브로드캐스트 뉴스」라는 영화도 있죠. 많은 면에서 감독 제임스 L. 브룩스는 마음가짐이 매춘부 같아요. 하지만 앨버트 브룩스가 윌리엄 허트를 두고 악마라고 하는 장면이 있어요. 홀리 헌터가 이렇게 묻죠. "그게 무슨 말이야?" 그러자 그가 이렇게 답해요. "악마가 어떤 줄 알아?" 이 영화를 한 번밖에 보지 못했지만 절대로 잊히지 않아요. "붉은 망토를 두른 모습일까? 와우! 아냐. 악마는 마음씨 좋고 호감 가는 사람일 거야. 그러고는 선에 대한 우리의 기준을 서서히 낮추게 될 거야. 그게 그가 하는 일이야. 그리고 그는…"

"훌륭한 여자들을 채가겠지."

맞아요. 제임스 브룩스는 당연히 그걸 견뎌 내지 못해요. 그는 감상적인 앨버트 브룩스의 고민거리를 감당하지 못해요. 브룩스가 순수한 열정을 갖게 할 수 없어요. 제임스 L. 브룩스의 영화에서는 아무도 그렇게 할 수 없어요.

그러니 희한하죠. 이 거대한 쓰레기 더미 속에서 장미 한 송이가 피어나요. 그 쓰레기 더미에서 더 지독한 **악취**가 풍길수록 쓰레기 더미가 더 **썩어갈수록** 장미가 더 탐스러워지고요. "오, 대중문화는 위대해. 우리는 늘 이런 아름다움에 둘러싸여 있어"라는 말은 아니에요. 하지만 여기서 중요한 건 관객들이 머릿속에서 올바로 정리를 할 수 있느냐의 여부죠. 올바른 정신으로서 진지하게 관심을 기울이고 그 안에 어떤 아름다움이 있는지 보려는 **작업**을 할 수 있느냐의 여부예요.

역설적인 사실은 대중문화가 관객들에게 그런 작업을 하지 **않도록** 훈련시킨다는 점이에요. 대중문화가 관객들에게 말하죠. 그런 수고를 들일 **필요가** 없다고요.

[휴식]

[우리는 「글렌게리 글렌 로스」에 관해서 이야기한다. 그가 말한다. "지난 10년간 나온 영화 중에 절대적으로 훌륭한 영화예요." 안소니 밍겔라의 영화 「잉글리쉬 페이션트」에 관해서도 이야기한다.]

그런데 책은 읽어 보셨나요?

완전히 제 취향은 아니었어요…

그런데 그레이엄[스크리브너의 편집장]이 제게 그 책을 보내면서 근 20년 만에 출간되는 최고의 책이라 하더라고요. 아직 읽지는 않았지만 곧 읽어 보려고요.

처음 몇 쪽은 읽었어요.

가정적이지 않나요? 제 생각에는 무척…

[휴식]

저는 사람들과 그 영화를 봤어요. 「트루 로맨스」… 사람들이 그 부수적이고 친절한 장면에서 감동하는지 보려고요.

우린 역시 폴린 카엘 같군요. 이런 게 그녀의 감성이니까요. 그녀는 작은 불빛을 찾으면서 앞으로 줄곧 나아가죠. 아까 우리가 「쉰들러 리스트」에 관해 이야기했죠. 저는 그 영화를 그리 감명 깊게 보지 않았고요. 그런데 쉰들러는 놀랄 만큼 마음을 끄는 방식으로 아몬 괴트가 학살 행위를 멈추게끔 하려고 노력해요. 그의 과대망상증에 호소함으로써요. 또 그가 마음껏 용서를 구하게끔 함으로써요. 그리고 랄프 파인즈가 거울을 바라보면서 자신을 용서하는 자로 **보려**

고 노력하는 장면이 있죠. 그가 자신의 얼굴을 들여다봐요. "아냐. 내가 그 자를 죽일 거야" 하면서요. 그 순간은 쉽게 웃음거리가 될 수도 있었어요. 하지만 그는 자신의 눈과 영혼을 들여다보고서 그게 자신이 아님을 보게 돼요. 그렇죠? 그리고 자신이 얼마나 애처로운지 느껴요. 그걸 참지 못해요. 그래서 가서 그 소년을 총으로 쏴요. 그 10초 내지는 15초의 순간 동안 상당히 많은 것이 진행돼요. 영화 속에서 그의 중심적인 행위가 부도덕하고 부정한 것으로 끝나지만 그 점이 깔끔해요. 그래서 궁극적으로는 소설과 영화가 하나의 예술 형태로서 단편보다 유리한 것 같아요. 만약 단편에서 중심적 행위가 정직하지 못하다면, 독자들을 앞으로 계속 나아가게 하는 작은 불꽃들이 충분치 않은 거예요. 반면 소설이나 영화에서는 중심적 활동이 제 효과를 내지 못하더라도 훌륭한 장면들이 10가지 내지는 15가지나 있죠.

저는 「죠스」에서 아이가 저녁식사를 하는데 거기서 로이 샤이더가…

서로 인상을 찌푸리는 장면이요? 스필버그도 그 장면이 훌륭하다는 걸 알았을 거예요. 그리고 경찰서장의 내면에서 인격이 서서히 무르익어 가는 걸 들을 수도 있죠. 바로 그 순간에서 경찰서장이 잡아먹히지 않을 거라는 걸 알 수 있어요.

왜죠? 그는 호감이 가는 인물이고…

「브로큰 애로우」 이야기할 때도 이랬어요. 우리가 많은 면에서 같으니까요. 우리는 그 외 다른 사람들은 아무도 없다는 식으로 그 영화를 봤어요. 줄리가 있었지만요. 하지만 그건 기자님이 하는 게임과 같아요. 우리는 그중 많은 걸 보았어요. 우리는 관객이고 만약 톰 시즈모어를 그 영화에 출연시킨다면 영화를 망치는 셈이에요. 이렇게 영화를 보는 다른 방식들이 많아요. 감독을 이해하는 다른 방식들도 많고요. 하지만 이게 다른 수준의 긴장감을 더해요. 감독이 속임수를 쓸 것인가? 말 것인가? 이걸 어떻게 끌고 나갈 것인가? 주먹다짐이 끝나자 우리 둘 다 끙, 하고 소리를 냈죠.

그래서 제가 「세븐」을 좋아해요. 마지막 30분은… 새로운 장르였어요.

맞아요. 다만 블리드 대녀에게는 완전히 불필요한 대목이었죠. 블리드 대녀가 그 대화를 할 때, 전 그녀와 그녀의 아기가 곧 죽을 거라는 걸 알았어요. 그러니까 감정적으로…

하지만 그때는…영화가 그렇게 방향을 틀면서 놀라게 되는 긴장감이 있었어요.

네. 그런데 이상하게도 그 영화는 크게 흥행하지 못했어요. 그렇죠?

아뇨. 크게 흥행했어요.

그랬나요?

[휴식]

그런데 그리샴이 원작을 쓴 그 영화는 뭔가요?

「야망의 함정」이요.

그렇군요.

제게는 너무 노골적이었어요….

기자님은 똑똑한 영화 관객이군요.

[「마이애미 블루스」에서 알렉 볼드윈과 제니퍼 제이슨 리가 서로 좋아한 덕분에 우리도 그들을 좋아하게 되었다는 이야기를 한다.]

저는 「죠스」에서 좋았던 게… 평범한 남자가 상어를 잡았다는 점이에요.

책과는 내용이 크게 달라요. 책 읽어 봤나요? 책은 아주 끔찍한 『모비딕』의 리메이크라고나 할까요.

거의 울 뻔했어요. 그가 영웅 정신을 있는 힘껏 발휘해서…그는 물을 싫어하는데…

하지만 안타까워요. 「죠스 2」에서 샤이더가 똑같은 돛대 꼭대기의 망대에 걸터앉아 있는 걸 보니 영화가 망한 것 같더라고요. 「아라크네의 비밀」에서도 스필버그가 정확히 똑같은 걸 섞어 놓은 걸 봐도 그렇고요. 해리슨 포드가 뱀을 싫어한 「레이더스」에서도 그랬죠.

스필버그는 그렇게 자신을 패러디하는 반복적인 제스처를 보여요…. [죠스에서] 사람들이 서로에게 손을 뻗치는데…

손을 뻗치다니 무슨 말이죠?

누군가가 떨어지려고 할 때…

아, 그렇군요.

「미지와의 조우」에서 언덕에서 굴러떨어질 때 멜린다 딜론이 달려가서 그를 끌어당기죠…. 그 장면이 무척 감동적이었어요.

프레임이 잘게 잘려서 그가 구조될 때 우리가 그 손만 볼 수 있었던 건가요? 우리는 그게 그녀의 손이라는 걸 깨닫고 안도하죠. 기자님이 아시니까 제가 물어보는 건데, 스필버그는 왜 다른 감독들의 장치를 자기 영화에 넣는 페티시가 있는 걸까요? 트뤼포, 「쥐라기 공원」에 나오는 그 남자 누구죠? 리차드 아텐보로?

아텐보로는 늘 역할이…

아텐보로가 그 배역을 위해 오디션을 봤다고 생각하나요? 그가 또 어떤 영화에 출연했나요?

「비오는 오후의 음모」…

존 허트와 아주 젊은 팀 로스가 나오는 「히트」라는 영화를 본 적 있나요? 테런스 스탬프도 나오죠. 그 영화가 나온 지 얼마나 되었죠? 왜 이 남자가 우리를 향해 불을 깜빡이는 걸까요?

테런스 스탬프… 죽음에 직면하기를 원치 않았죠.

네. 그 점이 정말 특이해요. 그 여자가 **살아서** 좋아요. 팀 로스는 훌륭했어요. 그는 급이 다른 배우예요. 그는 다소 심기를 불편하게 하죠. 오로지 팀 로스 때문에 「포 룸」을 좋아한 사람은 미국에서 저밖에 없을 거예요. 그는 **절대적으로** 최고여서 아래를 내려다보지도 못하고 위만을 쳐다보았죠. 그 영화를 **두 번** 봤어요. 두 번째에는 누구와 함께 보러 가지 못하겠더라고요. 소문이 나서요. 제가 그 영화에서 어떤 부분을 좋아한 건지 모르겠어요. 왜 우리가 이런 걸 좋아하는지 모르겠네요.

똑똑한 감독이에요. 「저수지의 개들」에서도 「트루 로맨스」에서처럼 수축했다가 팽창하는 개그가 있어요. 팀 로스는 위장을 하고 범죄자들과 접촉하죠. 그는 가명으로 활동을 하면서 신임을 얻고…그리고 아래층으로 내려가 포스터를 바라보는데…

무슨 포스터를 바라보나요?

「실버 서퍼」요. 그러고서 그가 거울을 보면서 걱정하지 말라고 혼잣말을 한 다음 거리를 가로질러 걸어가고… 목소리가 나오는데…

관객들은 그가 걸어가는 장면을 경찰관들의 시선에서 보죠….

맞아요. 뒤에 있는 차 안에서요. 경찰관이 이렇게 말해요. "저렇게 위장 근무를 하려면 머릿속에 지브롤터만 한 바위가 들어차 있어야 하겠군. 이거 하나 줘?" "응. 곰 발바닥 빵으로 하나 줘." 이 대화가 영웅주의를 희석시키죠….

아주 환원주의적이기도 해요. TV에서 볼 수 있는 유머 장치가 많이 등장하죠. "날 그렇게 싸게 판 적은 없어. 오, 그럼 10달러? 좋아"라는 식의 대사가 나와요. 그런 건 시트콤마다 열 번은 나오죠.

다른 인물들도 그래요

맞아요.

타란티노는 셀프 패러디의 전형이에요. 그러고서 20만 달러를 받죠…. 「크림슨 타이드」 각본을 다시 쓰고서요. 그게 그가 한 일의 전부예요. 대중문화와 만화를 더하죠. 「실버 서퍼」를 두고 그런 논란이 있었어요.

그 영화에서는 「트루 로맨스」에 출연했던 그 배우가 또 나와서 "넌 배짱이 대단해"라는 대사를 역시나 또 하죠. 덴젤 위싱턴이 나오는 결말 부분이 좀 더 모호했더라면 그 영화가 무척 훌륭해질 수 있었을 텐데 말이에요. 그의 호언장담이 나오는 부분 말이에요. 상황이 얼마나 혼란스러울 수 있었는지를 충실히 보여 줄 수도 있었죠.
　잘 모르겠어요. 덴젤 위싱턴은 급이 다른 배우예요. 제가 그를 많이 좋아하는지는 모르겠어요. 스타의 존재감 하니까 말인데요. 그는 화면에서 어디에 있든 관객들의 눈을 채워요.

그런데 영화 관계자들이 영화에서 그에게 의존할 수 없다고 말한 걸 기사로 봤어요….

잠깐만요. 그는 **무수한** 흥행 영화에서 주요 역할을 맡았어요. 이런. 사람들이 이제는 역사 영화를 더는 보지 않아요. 흑인이 주인공으로 나오는 느와르 영화를 더는 보지 않아요. 굉장히 위험한 일이죠.

「영광의 깃발」…

「영광의 깃발」은 훌륭한 영화였어요.

그 장면 있잖아요. 매튜 브로데릭이 말에게 작별인사를 하는…

맞아요. 저급하게 들릴 수도 있는 이야기를 하죠. 낯간지럽게 보일 수 있는 시도를 한 **용감한** 영화였어요. 그리고 많은 면에서 독창적인 결말로 끝이 나죠. 「페리스의 해방」에서 매튜 브로데릭이 보여줬던 경직된 태도가 젊은 남자에게 완벽하게 들어맞았어요. 이른 시기에 권력에 오른 자에게요.

미숙하죠.

맞아요. 미숙한 젊은이예요. 이런 점에서 그는 **미숙해요**.

최고의 전투 장면은 앤티텀에서의 첫 장면이죠. 사람들이 말하길 최고의 전투 장면이라고 하죠.

「브레이브하트」도 꽤 멋진 장면들이 있어요.

브로데릭은 심약해서 기절을 하고…

그 장면 역시 기발해요. 그렇지 않으면 와그너 요새를 공격할 동기가 사라져요. "영예롭게 죽을 기회를 주십시오." 그건 그냥 피상적인 대사가 되고 말 거예요. 그가 앤티텀에서 어떻게 했는지 관객들이 보지 못했다면요.

정말 감동적이었어요….

정말 그랬어요.

음악도요.

오- [음악을 흥얼거린다. 그가 「영광의 깃발」의 테마 음악을 안다. 인상적이다.] 아주 거슬리는 사운드트랙이에요. 그런데 이 영화에서는 존재감이 커요. 이 영화 속 멜로드라마의 정신 역동에 대해서 그리고 진지한 예술이 그 어느 때보다도 멜로드라마에 적대적인 시기에 왜 이 영화에서 멜로드라마가 효과를 발휘하도록 허용했는지 흥미로운 에세이를 쓸 수 있을 것 같아요.

가장 극적으로 취급될 수 있는 주제들이죠.

그래요. 게다가 아주, 아주 먼 과거를 배경으로 해서 안전했어요. 신화 속에나 나올 법한 남북전쟁 시대.

모건 프리먼… 찰스턴을 걷죠. "맞아. 우리는 노예로 도망쳤어. 하지만 전사로 돌아왔지…"

그가 그 장면에서 **훌륭했어요**. 다른 영화에서 그를 그리 좋아하지는 않았지만 거기서는 훌륭했어요.

그는 이지 리더Easy Reader로 목소리 연기를 했죠.

「일렉트릭 컴퍼니」에서요? 그런데 히터 좀 더 틀까요? 이제 거의 다 오긴 했네요.

작가님 개들도 걱정되네요. 재밌지 않아요? 우리 둘 다 혼자 일하던 사람들이잖아요. 탁자를 두고 마주 보고 앉을 때보다 창밖의 어둠을 바라보면서 이야기하는 게 더 편해요. 놀랍지는 않지만 재밌어요.

저도 흥미롭네요. 우리는 의견이 수렴되었다가 달라지기도 해요. 기자님이 어떤 배우를 좋아하고 싫어하는지, 어떤 책들을 읽었는지 들으니 무척 재밌네요. 이런 일이 흔치 않아요. 몇 년 동안 잘 알고 지낸 작가들이 몇 있긴 해요. 그렇지만 이번엔 색달라요. 전 기자님을 불과 며칠 전에 만났잖아요. **강렬하네요.** 저도 기자님이 앞으로 어떻게 활동하는지 큰 관심을 갖고 지켜볼 거예요. 기자님이 **어떤 사람인지** 조금은 알게 되었거든요.

그럼 이제 음악 이야기를 잠시 해볼까요? 어떤 음악을 주로 듣나요?

저는 음악 취향이 열세 살 소녀예요.
　그러니까 노래를 한두 곡 발견하면… 지난 여름에는 「Strange Currencies」를 계속 들었어요. 지금 듣고 있는 건…

실내등을 다시 켜도 될까요?

좋아요. 음악 이야기 할 줄 알았어요. 잡지가 『롤링스톤』이니까요. 얼마 전에 라디오에서 나오는 부시 노래 두 곡을 녹음했어요. 한 곡은 「Glycerine」이고 다른 한 곡은 제목도 모르겠어요. "이 구름에서 내려오고 싶지 않아"I don't want to come back down from this cloud라는 가사가 나와요. 그런데 「Glycerine」은 브라이언 이노의 「The Big Ship」을 완전히 베껴서 만든 노래예요. 베이스 라인 **전체**를요. 집에 가면 두 곡 다 들려줄게요. 에릭 클랩튼의 「Cocaine」이 토미 볼린의 「Post Toastee」를 완전히 베껴서 만든 것과 마찬가지예요. 소송감

이죠. [내가 확인한다. 그의 말이 전적으로 옳다.]

저는 소수만 즐기는 음악을 조금 알아요. 고등학교 때는 퓨전 음악을 많이 들었고, 핑크 플로이드 그리고 사이키델릭하고 특이한 음악을 굉장히 많이 들었어요. 또 잘 알려지지 않은 호주 음악을 꽤 알고 있어요. 제 여동생이 호주에서 2년 동안 살면서 제게 테이프를 보내줘서요. 하지만 알다시피 제가 음악을 전반적으로 아는 건 아니고…『스핀』이나 다른 잡지의 음반 평을 읽으면 거기 나오는 음반들의 4분의 3은 모를 거예요.

그러다 앨라니스 모리셋의 노래를 듣게 됐어요. 라디오에서요. 절정에 달해 끽끽 소리를 내지르는 듯한 목소리가 절 강렬하게 **사로 잡았어요.** 그래서 두 달 동안 앨라니스 모리셋의 노래만 들었죠.

왜죠? 벽에 그녀의 포스터가 붙은 걸 봤어요.

[내가 발견하도록 앨라니스 모리셋의 포스터와『코스모』잡지를 그대로 두었다.]

이유는 모르겠어요. 앨라니스는 **무척** 에로틱하면서도 인간적이에요. 노래를 썩 잘하진 않아요. 목소리에 삐걱대는 부분이 있죠. **뭔지 는 모르겠지만 뭔가가 있어요.** 흥미롭게 설명은 못 하겠네요.

그 노래 좋아했나요?

어떤 노래요? 「I Want to Tell You」요?

아뇨. 그건 O. J. 심슨의 책이죠…O. J.가 「You Oughta Know」를 불렀다면 굉장했겠네요.

네. 그 노래 괜찮았어요. 그거 아세요? 제가 유일하게 **질색하는** 한 가지가 "난 취했는데 외출금지야"거든요. 그 말도 안 되는 X세대 찬가 같은 것 말이에요. 그런데 그녀의 **신곡**은, 음 이상하긴 해요. 만약 다른 가수가 불렀으면 전 용서하지 않았을 거예요. 그녀가 무리해서라도 다른 모습을 보이려 하는 게 **좋아요**. 예를 들어 셰릴 크로는 처음 봤을 때부터 토하고 싶었어요. 그런 가수들은 말하자면 똑같은 역할을 해요. 그리고 조안 오스본이 다음 타자로 나와서 야구 방망이 두 개를 들고 휘둘러댔죠. 앨라니스 모리셋에 이어서 15분을 장악하려고요.

그런 가수들이 하는 똑같은 역할이 뭘까요?

제가 보기에 그들이 하는 역할에는 바보스러워 보일 정도로 지나치게 진지한 면이 있어요. 우린 그런 면을 보고 조금은 비웃기도 하죠. 그래서 우리는 보다 강한 하드락 밴드에게서 듣기에 견디지 못하는 걸 그들로부터는 참고 **들을 수** 있어요. 그들에게는 유별나 보일 정도로 건강함과 바람직함을 추구하는 면이 있으니까요. 예를 들면 진중하게 정치적이고 다소 심오한 싱어송라이터, 이름이 뭐더라, 나탈리 머천트 같은 가수가 있죠. 그녀는 밴드 10,000 매니악스의 일원이었죠. 그녀의 음악 인생의 궤도는 전적으로 달라요. 작은 규모이지만 거듭해서 탄탄하게 성공을 거두었어요. 하지만 아까 말한 가수들은 다른 인물들이에요. 처음에 셰릴 크로가 있었죠. 아니, 처음에 조앤 아머트레이딩이 잠시 나왔었죠. 아, 조앤 아머트레이딩이 아니네요. 트레이시 채프먼이 있었죠. 후에 셰릴 크로가 나왔고 이어서 앨라니스 모리셋이 나왔고 그다음에 조안 오스본이…

에디 브릭켈도요.

제가 이런 점을 지적하기에는 좀 무리가 있네요. 한 일 년쯤은 라디오에서 컨트리 음악을 들을 테고, 또 한 일 년쯤은 형편없는 얼터너티브 음악을 들을 테니까요. 지금은 시답잖은 얼터너티브 음악을 좀 듣고 있는 단계예요. 제가 그 음악에는 좀 더 민감해요. 그러니까 그들은…

좀 더 노련하죠. 그들은 뭘 말할 수 있을까요?

생각해 볼게요. 「What If God Were One of Us」라는 노래 있잖아요. 그걸 R.E.M.이 불렀다고 상상해 봐요. 진지하지 않은 밴드도 아니고 또 그렇다고 허세를 아예 안 부리는 밴드도 아니죠. 하지만 그 밴드에는 방랑자 같은 면이 있어요. 그리고 우리는 그 밴드의 음악 인생이 원숙해져 가고 있다는 걸 알아요. 1996년의 10cc 같은 존재라는 걸 알아요. 덕분에 그 밴드는 이상한 자유를 누리게 되죠.

제가 좋아하는 건, 어쩌면 그런 기사가 나왔었는지도 모르겠네요. 어쨌든 전 업계에 어떤 자들이 관여하는지, 누가 음반 계약을 체결하는지뿐만 아니라 누구 음악이 라디오에 나오는지 같은 내막을 알기를 좋아해요. "난 LA에 살고 싶어"라며 노래를 부른 셰릴 크로와 앨라니스는 여러 면에서 미디어가 만들어 낸 존재이니까요. 선글라스를 끼고 정장을 차려입은 남자들 대여섯 명이 그들이 좋은 가수인지뿐만 아니라 대중에게 팔릴 만한 존재인지까지도 결정한다고 상상하곤 해요. 시장이 존재하는지도 판단하고요. 제가 너무 무지해서 보지 못하고 놓친 그런 게 또 있을까요?

없는 것 같은데요. 그런데 정장 차림의 남자들뿐만이 아니에요. 셰릴 크로의 「All I Wanna Do」가 나왔을 때… 어딘가에서 누군가가 "우린 성공했어"라고 말하는 게 직감적으로 느껴졌죠. [휴식] 이런 식으로 생각해 보면 TV 시리즈물은 어떤가요. TV에서 보게 되는 건 등장인물들이 아니라 자기가 출연한 프로를 홍보하려고 안간힘을 쓰는 배우들이죠.

그래서 「SNL」 보기가 몹시 괴로워요.

음악을 들을 때에도 그런 걸 느끼나요? 앨라니스 모리셋에게서나…

아뇨. 다시 말하지만 전 아주 무지해요. 제 음악 취향은 아주 절충적이고 포괄적이에요. 학생들이 들려주는 걸 그냥 들어요. 심지어 너바나에 대해서 들어 보지도 못했어요. 보컬이 죽기 전까지요.

너바나는 어떻게 생각해요?

전적으로 훌륭해요. 그런데 또 **믿기지 않을 정도로** 고통스러워요. 저는 우리 세대에 관해 이야기하려고 서툴게 손을 더듬어 암중모색을 해요. 그런데 코베인은 어마어마하게 강력하면서도 불편한 방식으로 같은 내용을 말해요.

랩에 관한 책을 썼어요. 이유가 뭔가요?

마크[코스텔로]와 제가 책 한 권 분량의 긴 에세이를 썼어요. 원래 『안타이오스』라는 잡지에 실릴 예정이었는데, 아예 책으로 나왔어요. [데이비드의 세 번째 책 『설전하는 래퍼들』을 말한다.] 왜 우리를 비롯한 많은 백인이 흑인 음악, 그러니까 흑인들의 진지한 정치적 랩을 듣는 일에 그렇게 **열을 올리는지**에 관한 내용이에요. 흑인 음악은 백인과 관련된 모든 것에 대해 증오로 가득 차 있었어요. 그런데 이 밴드들이 백인 레코드사들에게 회유당하고 미국 광고업계가 힙합이라는 현상을 집어삼켜 소화했죠. 책은 랩에 관한 내용이 아니에요. 전 랩에 대해서는 많이 몰라요.

게다가 전 소설 쓰기가 겁났어요. 마크가 저와 함께 이 책을 쓰고 싶어 했어요. 저는 스스로 작가라고 느끼기를 절실하게 바랐고요. 그런데 소설을 쓰려고 할 때마다 중구난방으로 엉망인 글이 나왔어요. 그래서 우리 둘이 이 글을 써봐야겠다고 생각한 거죠.

음악에 관해서 좀 더 이야기해 주실래요?

화내지 마세요. 전 음악에 관해서 거의 몰라요. 전 라디오나 듣는 한심한 사람이에요.

[휴식]

[작가가 되는 일에 관하여 이야기하는 중] 추적하려는 시도죠. 우리가 다른 사람들보다 조금이라도 더 나은지는 모르겠어요. 하지만 우리는 빙빙 돌며 방황하는 궤적을 추적하려는 시도를 묘사할 수 있어요. 다른 사람들이 공감할 수 있는 방식으로요. 작가가 다른 사람들보다 **똑똑하다고는** 생각하지 않아요. 오히려 더 아둔하거나 **혼란**에 더 쉽게 휩싸이죠.

전적으로 맞는 말이에요.

그걸 인상적인 한마디로 요약해 보려고 해요. 제가 생각하는 바에 가깝게요.

작가님은 평범한 사람이라는 점이 작가로서 큰 강점이라고 말씀하셨는데요. 전 그게 똑똑한 말이라고 생각했거든요. 그런데 그게 정확히 어떤 의미인가요?

전 20대 초반에 **심각한** 문제를 겪었어요. 전 **착실한** 모범생이었고 논리학, 의미론, 철학을 월등하게 잘했어요. 그래서 제가 다른 사람들보다 똑똑하다고 생각하는 문제가 있었어요. [가짜에 대한 이유다.] 그런데 본인이 다른 사람들보다 똑똑하다는 입장에서 글을 쓰게 되면, 독자에게 거들먹거리거나 독자를 폄하하거나 수작을 부리게 돼요. 아니면 글의 목적이 본인이 얼마나 똑똑한지 보여 주는 거라고 생각하게 돼요.

제게 어떤 일이 일어났는가 하면요. 20대에 끔찍한 일이 많이 있었고 그때 제가 그리 똑똑하지 않다는 걸 깨달았어요. 제 생각보다 똑똑하지 않다는 걸 깨달은 거죠. 교육을 많이 받지 못한 사람들을 비롯해서 다른 많은 사람들이 제 생각보다 훨씬 더 똑똑하다는 걸 깨달았어요. 그래서 뭐라고 해야 할까, 좀 **겸손해졌어요.** 그리고 또 공교롭게 알게 됐어요. 마음에 더 치중해서 들여다보면… 산문이 더 아름다워 보인다거나 덜 냉담해 보인다거나 하는 그런 걸 알게 됐어요.

저는 인간의 경험에 더 치중해서 바라봐요….

제가 교육 수준이 과할 정도로 높은 지적인 사람들과 전혀 다른 건지 의심이 들어요. 저는 다른 사람들이 저와 같은지 내지는 저만큼 똑똑한지 믿기까지 아주 힘든 시기를 거쳤어요.

　그리고 부탁하는데, 이 내용을 기사에 실으실 거면 지금 말하는 제가 12년 내지는 15년 전의 저라는 걸 확실히 해주세요. 이렇게 말하고 나니 진짜 쑥스럽거든요. 게다가 제가 이런 말을 한 건 다른 사람들도 저 같을 거라 생각해서 그런 거예요.

참 그리고… 『하퍼스』에 실린 글에서 작가님이 본인의 머리를 한 꺼풀씩 벗겨 낸다고 말씀하셨는데요.

네. 맞아요. 20쪽짜리 제 정신세계에 들어오신 걸 환영해요. 제 눈 안에는 온갖 소용돌이와 미친 듯 돌아가는 원들이 있어요. 여기서 비결은 그것들을 솔직하면서도 더 흥미로워 보이게 하는 거예요. 사실 우리가 하는 생각 대부분은 그리 흥미롭지 않아요. 대개는 그저 혼란스럽죠. 그런 것들은 수사법을 써서 풀어 놓으면 정말 흥미로워요. 어떤 이유를 갖고서 솔직해질 수 있는 방법이니까요.

2분 있으면 테이프 갈아야 해요. 전적으로 옳은 말이에요. 이유를 갖고서 솔직해질 수 있는가….

녹음기 끄죠. [휴식] 그게 사실인지 아닌지를 떠나서. 첫 스무 페이지만 보면 다 알아요.『스크루테이프의 편지』는 꽤 유치하고 단순한 책이에요. 그렇지만 C.S. 루이스는 놀랄 정도로 똑똑하죠.

특이한 게 있어요. 제가 알아챈 건데, 기자님이 비유를 들어서 주장하는 건 듣지 못했어요. 그런데 누가 기자님한테 뭐라고 말하면 기자님은 그와 비슷한 글귀를 자주 인용하는 반응을 보여요. 내지는 그 글귀가 좋은지, 별로인지를 이야기하죠. 기자님의 그런 반응에 제가 언짢아지지 않고 그저 그걸 느끼고 알아채는 이유는 제 안에도 그와 비슷한 요소가 있어서예요. 작가 특유의 어떤 특징이죠.

그런데 제가 군이 이 점을 들추는 유일한 이유는 뭔가 다른 게 있어서예요. 뭔가 다른 게 있어요. 그렇게 인용하는 말이 진실인가, 아닌가의 문제도 있어요. 그러니까 그게 진실되게 느껴지는가, 진실로 다가오는가의 문제도 있어요. 그게 영리한 말인가, 전적으로 옳은 말인가, 내지는 신선한 말인가의 여부는 그저 부분적인 문제예요. 음 모르겠어요…. 요점을 딱 꼬집어 말하지 못하겠네요.

기자님이 그 책에 아주 강하게 끌릴 것 같아요. 전 서른 살 때 그 책을 처음 읽었어요. 맹세하는데, 레나타 아들러와 나보코프 서신집을 꼭 읽을 거예요. 나중에 확인해 보세요. 기자님도 제가 권한 책을 정말 좋아할 것 같아요.

[테이프의 한 면이 다 된다.]

◆◆◆

미니애폴리스/시카고, 공항에서 집으로 운전해 가는 중
일리노이주립대학교를 지나가는 길

[육중한 체구와 두건. 그가 누군가에게 제기차기를 하자고 했는데 그 사람이 거절하면 그를 두들겨 패기라도 할 것 같다.]

대인관계 전략에 관한 이야기인데요. 작가님이 취하는 접근법에 근본적으로 거짓된 면이 여전히 있어요. 어느 정도 말이에요. 작가님은 여전히 본인이 다른 사람들보다 더 똑똑하다고 생각하는 것 같아요. 그리고 본인이 다른 사람인 것처럼 행동해요. 아이들의 소프트볼 게임에서 뛰는 서른한 살 내지는 서른두 살 먹은 사람처럼 행동해요. 본인의 실력을 감추고서 타석에 들어서야 그걸 시험해 보려는 사람 같아요.

책에서 그렇다는 건가요?

아뇨. 대인관계에서요. 작가님은 정말 다른 사람인 것처럼…

기자님은 까다로운 사람이군요.

작가님은 억누르려고 하는 경향이 있어요. 본인이 의식하는 바를 조심스러운 방법으로 억누르고 감추려는 경향이 분명히 보여요. 본인의 지력이 본인보다 어린 사람들과 같게끔 보이려고 하는…

이런, 그러면 제가 정말 이상한 사람이 되잖아요.

[그가 운전을 한다.]

아뇨. 그렇지 않아요. 쇄신된 사람으로 보일 거예요….

제가 다른 사람들과 다르거나 더 똑똑하다고 생각했다가 거의 죽을 뻔했어요.

이해해요.

[그는 또 튀는 걸 꺼리는 중서부 사람 특유의 수줍음을 지니고 있다.]

그런데 제가 좀 더 똑똑해질 수 있었던 건 제가 다른 사람들보다 크게 똑똑하지 않다는 걸 깨달은 덕분이에요. 내지는 다른 사람들이 저보다 훨씬 더 똑똑한 면이 있다는 걸 깨달은 덕분이에요. 특히 미니애폴리스에서 기자님과 줄리와 벳시와 함께 있었을 때 제가 인위적으로 행동한 건 없어요. 제게 자제하는 면이 있기는 했어요. 기자님이 기사로 다룰 수도 있는 사람들에 대해서 악의적인 말을 하지 않으려 했어요. 혹은 제가 벳시나 줄리에게 개인적인 걸 물을 때…

그러다 보니 너무 지치더라고요.

　모르겠어요. 그래서 제가 외로워져요…. 좀 뜬금없는 비유이긴 하지만, 레터맨 쇼에 출연한 여배우가 자기 남편과 이야기하는 것 같아요. [그의 단편 「내 모습」] 제가 기자님한테 말씀드린 특정한 내용은 정말 진실이에요. 제가 **용기** 내서 말한 거예요. 왜냐하면 기자님이 맘만 먹으면. 그건 또 신뢰의 손짓이기도 하죠. 왜냐하면 기자님이 맘만 먹으면 전 기자님에게 털어놓은 그런 내용을 충분히 글로 많이 썼고, 기자님이 그 내용을 아주 다양한 방식으로 표현할 수 있다는 걸 알 만큼은 역량이 되는 작가예요. 그 내용 중 대부분에서는 제가 형편없는 놈으로 비춰지겠죠. 하지만 기자님은 이렇게 생각할 거예요. "흠, 데이브가 이번 인터뷰에서 정말 **흥미로운** 인격을 사용하는군." 실은 그런 걸 조금 시도해 보려고 한 적이 몇 번 있었어요. 그런데 그때마다 기자님이 그런 저를 매번 잡아내요. 그러면 우리 둘 다 웃고 말고요. 그게 뭔지는 잊었는데…[내 호감을 사려고 한다.]

　제가 보기에 글로 표현하는 자신이 현실 속의 자신과 다른 사람들이 있는 것 같아요. 저는 모든 글을 쓸 때 초고를 여섯 번 내지는 여덟 번씩 써요. 제가 가장 똑똑한 작가는 아닐지도 몰라요. 그런데 이런 면은 제 성격에 딱 들어맞아요. 정말 정말 열심히 하는 거요. 저한테 24시간만 줘 보실래요? 이 인터뷰를 메일로 하면 어떨까요? 그러면 전 정말, 정말, 정말로 똑똑해질 수 있어요. 전 그리 **빠른** 사람이 아니에요. 저를 많이 의식하기도 하고요. 더욱이 쉽게 혼란을 느껴요. 혼자 방 안에 있으면, 거기에다 충분한 시간이 주어지면 전 아주 똑똑해질 수 있어요. 사람들은 그런 식으로 저마다 달라요. 무슨 의미인지 아시겠죠? 전 사람들과 일대일로 대면할 때 그리 똑똑하지 않아요. 저를 의식하게 되고 완전히 혼란에 빠져요. 제가 바라는 건 기자님이 이 기사를 다 쓰면 제게 보내 주고 제 말을 인용한 부분들을 제가 다시 다 써서 기자님께 보내는 거예요. 물론 기자님은 절대로 그렇게 하지 않겠지만…

그래요. 저 스스로 명석하고 재능이 있다고 생각해요. 하지만 또 충분히 인지하고 있는 사실은…그래서 이런 인터뷰에서 불안해해요. 제가 혼자 있고 충분한 시간이 주어진다면 훨씬 더 재능을 발휘할 수 있어요. 지금처럼 오락가락하지 않고요.

그렇다고 제가 바보는 아니에요. 기자님과 지적으로 이야기할 수 있어요. 그런데 기자님 말을 잘 따라가지를 못하겠어요. [선심 쓰는 척? 날 추켜세우는 중?] 만약 우리가 메일로 인터뷰를 한다면, 제가 도서관에 갈 수 있다면, 전 기자님이 말하는 내용을 찾아볼 수 있겠죠. 그러면 기자님과 제가 동등해지겠죠. 그게 제가 분명히 솔직하게 말할 수 있는 부분이에요.

[어쩌면 고통스러울 정도로 인간적으로 솔직하다.
후에 우리 둘 다 입을 다문다.]
"전 뭘 잘 모르는 시골뜨기예요. 진짜 작가는 아니에요. 그냥 평범한 사람이에요." 이렇게 말하려는 건 아니에요. 뭘 과장하려는 건 아니에요.

하지만 또 그러셨어요. 저를 과하게 칭찬하셨어요. 제 말은…

[우리가 녹음기를 끈다. 그가 대화를 중단해 달라고 부탁한다. 데이비드는 운전 중이다. 내가 혼자서 R.E.M. 노래를 흥얼거리기 시작한다. 날은 어둡고 나는 혼자가 아니라는 걸 잊는다. 당황해 주위를 둘러보니 데이비드 역시 노래를 흥얼거리고 있다. 우리는 앞에 펼쳐진 도로를 따라 달린다.]

◆◆◆

블루밍턴으로 돌아옴
열쇠로 문 여는 중
개들이 꼬리를 마구 흔들어 대며 짖는다.
데이비드가 가방을 내려놓는다. 안도한다.

[개들에게 하는 인사다. 데이브가 들어오니 개들이 날뛴다. 그가 바닥에 무릎을 꿇는다. 개들이 그를 따른다. 우리 아버지가 옛날에 만든 광고에 나왔던 아이와 개들의 모습이다. 개들이 찌르고 핥고 치고 쿵쿵대며 냄새를 맡는다.]

(엘비스 목소리) 다시는 너희만 두고 가지 않을게. 정말이야. 맹세해.

[둘러보고 바닥 깔개를 확인한다. 개들이 더럽힌 흔적이 있다.]

(개들에게) 바닥에 똥을 좀 싼 건 전혀 문제가 되지 않는단다. 얘들아. 우리도 가끔 그럴 때가 있지. 어이, 얘들아?

[배관에서 얼음이 흐르는 소리가 들린다고 말한다. 그가 쿵쾅거리며 집 안을 돌아다니면서 배관을 확인한다. 얼음이 녹아 없어지도록 물을 틀어 둔다.
"『LA 타임스』에서 전화가 왔는데"… 메모지에 적혀 있다.
　"모험담에 관해서 알아요?" 그가 내게 묻는다. 난 모험담에 관해서는 아무것도 모른다.
　우리가 나와서 개들을 산책시킨다. 길가는 얼어붙은 채 텅 비어 있고 살랑 바람이 분다. 저 멀리까지 풍경이 보인다. 데이비드가 호주머니에 손을 넣고 있다. 드론과 지브스가 놀도록 우리가 기다려 준다.]

지브스터가 기자님을 보고 즉각적으로 반응하네요. 드론은 훨씬 더 거친 놈이에요.

[동네에 관해] 사람들이 내킬 때마다 낙엽을 태워요. 근처에 도축장도 있고요. 어찌 보면 야만적인 동네에요. 이동주택 주차 구역도 두

어 곳 있고요.

[우편함을 들여다본다. 우편함에 DFW라고 쓰여 있다.]

눈에다 오줌을 누면 좋지. [우리가 집안으로 들어온다. 오랫동안 차를 탔다가 걸으니 아직도 다리와 신발 밑바닥의 감각이 이상하다.] 개똥을 좀 치워야겠어요. 개똥 치우는 것 정도는 감당할 수 있죠. 세상에, 집에 오니 좋구나. 개똥 좀 치우는 것 정도야….

[테이프에서 목소리가 흘러나온다. 나는 우리가 어디까지 이야기했는지 보려고 마지막 테이프를 확인한다.]

세상에, 제 목소리가 저래요?

[테니스 라켓 케이스: 트로피. 짐 풀기. 그의 낡은 면도용품 가방.
 혼자 사는 여느 남자처럼, 화장실 변기 커버가 올려져 있다. 변기 커버에 패드가 입혀져 있다.]

이메일을 확인해야 하는데 괜찮을까요…?

제 전화선이 기자님 전화선이죠. 제 냉장고가 기자님 냉장고고요.

제 여분용 담요도 기자님 여분용 담요예요.♦

[나는 이 말을 하고서 다소 당황해한다. 우리는 이메일 인터뷰를 하지 않을 테니까. 내가 처음 도착했을 때 우리가 나눴던 이메일에 관한 대화가 떠오른다. 그가 집에 모뎀을 두지 않는 이유다. 데이비드: "제가 피하면 그들이 알아서 다가오겠죠." 그들이 누구인지에 관해서는 아무런 정보가 없다.

탄산음료가 상자째로 있다. 그는 여행 중 비타민을 많이 복용했다.]

저는 하루에 다이어트 라이트를 열 캔에서 열두 캔은 마셔요. 그러고는 캔을 아무 데나 놔두죠. 원래는 다이어트 코크를 마셨는데, 한 친구가 거기에 **소금**이 엄청 들었다고 하더라고요. 그래서 목이 더 마른다고요. 그래서 이걸로 바꿨죠. 제가 마시기에는 맛이 좀 약하고 탄산이 많지만 적어도…[재밌다. 그는 엄청나게 마셔 댄다. 하루에 여섯 개들이로 두 박스라니.]

[하지만 그는 자신이 마시는 양이 어마어마하다는 걸 인정하고서 매일 가게에 가서 캔을 하나씩 사는 대신 대량으로 사기로 한다.]

♦ 115쪽 팝타르트를 건네는 장면에서 "제 것이 곧 당신 거니까요"와 같은 이 말은 스페인어로 환영을 뜻하는 표현 "저희 집이 곧 당신 집입니다"(Mi casa es su casa)의 다양한 변형으로, 월리스가 자주 쓰는 말이다.

하나씩 사고서 매번 떨어지는 대신 여섯 상자를 사야 해요. 저는 캔을 아무 데나 놔둬서 어떤 게 새것이고 아닌지 알 수가 없어요.

[10대 때『반지의 제왕』을 다섯 번이나 읽었다고 내게 말한다. 뭔가 생각이 났는지 부엌으로 가더니 말한다. "첫날 밤 샀던 쿠키가 그대로 있어요."]

톨킨을 좋아했군요. 독자들이 작가님의 세계에 푹 빠지도록 긴 책을 쓰는 게 즐거운가요? 작가님이 톨킨의 책에 푹 빠졌던 것처럼요.

그런데 그것과는 달라요. 제 책은 더 어렵고 덩어리들로 이루어져 있어요. 톨킨의 작품은 아주 긴 선형적 서사죠. 마치 항해를 하는 느낌이라고나 할까요.

그런데 제가 방문한 웹 게시판에서는 사람들이 작가님 책을 읽으면 마치 다른 세계에 들어가는 것 같다고 이야기하더라고요.

아주 멋진 얘기군요.

[우리는 플라스틱 일회용 용기에 담긴 차가운 쿠키를 씹는다. 지브스가 살그머니 오더니 우리 바로 앞의 카펫에 털썩 앉는다.]

[지브스에 관해] 지브스는 주변에 먹을 게 있으면 아주 고분고분해져요. 드론, 너도 앉아. 이거 못 먹어. 착하지, 얘야.

[나는 그에게 이번 소설을 쓸 때 어떤 음악을 들었는지 묻는다.]

시러큐스에 있었을 때는 아무것도 안 들었어요. 테이프 플레이어가 없어서요. 그런데 여기서는 너바나를 들었어요. 대학원 제자가 줬거든요. 엔야라고 하는 여자 가수의 음악도 들었어요. 스코틀랜드 인이에요.◆

[데이비드가 테이프를 꺼내 음악을 틀고 바닥에 앉는다. 처음 튼 건 부시이다. 그가 말했듯이 「Glycerine」은 브라이언 이노의 노래에서 나왔다. 데이비드가 노래를 따라 부른다.]

노래 제목이 「The Big Ship」이에요. 『Another Green World』라는 앨범에 수록돼 있어요.

작가님은 1년 반 동안 조사를 하고서 또 1년 반 동안 소설을 썼나요?

아뇨. 제가 조사를 시작한 건… 정말 재밌는 게 있어요. 스벤 버커츠

◆ 월리스가 착각하고 있다. 엔야는 아일랜드 출신 뉴에이지 가수다.

가 쓴 글 읽었나요? 그가 제 책의 등장인물들의 이름이 나온 『하퍼스』 기사를 읽고서 제 책에서 테니스에 관한 부분이 자전적인 내용이 확실하다고 주장을 펼쳤어요. 그가 왜 그런 큰 실수를 저질렀는지 이해가 안 돼요….

다시 돌아가 봐요. 작가님은 87년 『에스콰이어』 기사 떠오르는 별 「문학계 우주에 관한 길잡이」에서 본인 이름을 보았죠.

그게 여름에 야도에 있었을 때의 일이에요. 재밌는 여름이기도 했어요. 『제국은 서쪽으로 나아간다』라는 중편소설의 첫 절반을 썼어요. 제게는 중요한 작품이었어요. 어쨌든 그 작품의 첫 절반을 쓰고 지금은 없어진 잡지 『Us』의 촬영 때문에 뉴욕으로 갔어요. 거기서 유명한 타마 야노비츠를 만났어요. 촬영을 마치고 나오는데 기분이 엉망이더라고요. 결국 워싱턴 스퀘어 근처에 있는 친구 집으로 가서 그날 밤을 보냈어요.

　그런데 누가 제 차를 부수고 도둑질을 해갔어요. 그 소설의 절반은 전부 손으로 썼었어요. 첫 절반은 정말 달랐어요. 그런데 누군가가 트렁크를 열어서 그 원고를 훔쳐간 거죠. 정말 웃기는 일이었어요. 도둑들이 가방을 꺼내서 안을 들여다보고서 그걸 내다 버린 게 분명했어요. 그 가방을 두 블록 떨어진 곳에 있는 대형 쓰레기통에서 찾았어요. 원고는 사라졌고요. 잘 모르겠지만 도둑들이 크랙 코카인에 불을 붙이는 데 그 원고 뭉치를 썼든가 뭐 그랬을 거라 생각했어요.

어쨌든 그렇게 끔찍한 일을 당하고서 야도로 돌아갔어요. 원고를 다시 썼죠. 그로부터 두 달 동안은 원고를 타이핑해서 준비했어요. 그때 야도에 있으면서 일자리를 구했어요. 제가 졸업한 대학교에서 한 학기 동안 강의를 맡아 달라는 제안을 받았고, 그해 가을 애머스트에 머무르며 학생들을 가르쳤어요. 황당하더라고요. 제가 거기 학생이었을 때 같이 수업을 들었던 학생들이 강의실에 있었거든요. 제가 4학년이었을 때 1학년이었던 학생들이요.

별일이군요.

네. 정말 그랬어요. 그리고 어떤 일이 있었을까요?

잠깐만요. 그게 가능한가요? 그 학생들이 휴학을 했던 건가요?

아뇨. 저는 85년 봄에 졸업했고 87년 가을에 거기서 강의를 했어요. 그러니까 1년이 지난 거죠.

아뇨. 2년이죠.

네. 그래서 제가 졸업반이었을 때 그 학생들이 1학년이었고 제가 가르칠 때는 졸업반 학생이 되어 첫 학기를 맞이한 거였어요.

잃어버린 가방을 찾으러 돌아다녔을 때, 젠장, 이제 나에 대해서 큰 포부를 갖게 되었고 언론에도 기사가 실렸는데 나한테 이런 일이 벌어지다니, 이런 생각을 했나요? 어떤 면에서는 상징적이네요.

아뇨. 제 머릿속의 유일한 생각은… 원고 첫 절반을 쓰는 데 석 달이 걸렸어요. 그런데 희한하게도 야도로 돌아가서 작품 전체 초고를 다시 쓰는 데 불과 일주일 정도밖에 안 걸렸어요. 아니, 제 생각에는… 그때 제가 제 삶을 아주 효과적으로 읽지는 않았던 것 같아요.

88년에는 집에서 지냈어요. 그리고 투손의 사막에 있는 작은 오두막집에서 잠깐 지냈고요. 원고를 다시 쓰는 중이었어요. 책에 수록된 단편 서너 편을 다시 써야 했거든요. [『희한한 머리카락을 가진 소녀』]

그러고는 상황이 완전히 꼬여 버렸어요. 그 일에 대해서 아실지 모르겠네요. 그 책에 수록된 단편들이 여러 잡지에 실렸었어요. 그중 하나가 레터맨 이야기였어요. 책에 있는 내용은 제가 전에 썼던 내용, 그러니까 『플레이보이』의 앨리스에게 판권을 팔았던 내용과는 많이 달랐어요. 제가 처음으로 썼던 내용은 실제 레터맨 인터뷰의 내용을 많이 담고 있었어요. 그 사실을 『플레이보이』 측에 말해야 한다는 생각은 하지 않았어요. 이야기 전체를 어떤 부분이 허구이고 어떤 부분이 실제인지 분간이 안 되도록 짰거든요. 그런데 어쨌든 『플레이보이』가 마감을 거쳐 발행되기 2주 전쯤 제가 참고했던 그 인터뷰가 재방송되었어요. 레터맨 재방송분 중 하나였어요.

그러고는 상황이 아주 난처해졌죠. 앨리스는 제가 의도적으로 그녀를 곤경에 빠뜨리려 했다고 생각했어요. 그런 피해망상 같은 생각을 계속 하더라고요. 어쨌든 『플레이보이』는 결국 나왔어요. 그러는 동안 『플레이보이』의 변호사들이 바이킹의 변호사들에게 전화를 걸어서 어떤 상황이 벌어지고 있는지 알렸고, 바이킹에서 「제퍼디!」를 소재로 한 단편을 샅샅이 검토하기 시작했어요. 『제국은 서쪽으로 나아간다』와 존슨 대통령을 소재로 쓴 단편도요. 사실 많은 주변 인물들이 실제 인물이었어요.

그렇게 투손에서 얼마간 지냈어요. 88년 겨울에는 샘페인에서 지냈어요. 투손에서 넉 달을 보냈고 샘페인으로 가서 88년과 89년 초까지 다섯 달 정도를 지냈어요. 그 책은 말하자면 죽임을 당했어요. 바이킹이 제 책에서 이미 손을 뗐어요. 한 수집가가 제게 보여주더라고요. 그 수집가가 바이킹이 작업한 제 책의 교정쇄를 갖고 있었어요. 그건 수집가들에게는 도안이 거꾸로 인쇄된 우표와 같죠. 수천 달러의 가치가 있어요. 바이킹이 그 책을 죽였으니까요. 황당해요. 바이킹에서는 손해를 보겠다는 생각조차 하지 않았어요. 그저 소송당할 일만 생각했죠.

이봐, 드론! 내 의자를 뜯어먹을 셈이야?

심경이 어땠나요?

머리가 멍했어요. 사람들이 초상보호권이라는 원칙을 들먹거렸

390

거든요. 사생활보호권이 아니라 초상보호권이요. 예를 들어 「제퍼디!」 단편을 발행한다면, 제가 팻 세이잭을 닮았다는 이유로 그의 행세를 하고 쇼핑몰 오픈 행사를 뛰면서 본래는 그가 받아야 할 수익을 받는 셈이라는 거죠. 너무 말이 안 되더라고요.

　그런데 또 제가 쓴 편지들이 법적으로 볼 때 허황하기도 했어요. 문학의 원칙과 사회적으로 보편적인 원리를 들먹이면서 열변을 토해 가며 구구절절하게 쓴 편지였죠. "이 인물들이 우리의 의식에 관여하지만, 우리가 그들을 바꿀 권리는 없습니다" 뭐 이런 식으로요. 어쨌든 파란만장했어요. 개인적으로 제게는 『제국은 서쪽으로 나아간다』가 영향력이 큰 작품이었어요. 그 작품을 쓰면서 저 자신의 많은 부분을 죽인 것 같았거든요.

나보코프도 똑같이 이야기했어요. 책을 쓰면서 본인의 일부를 없애고 죽이게 된다고요.

그 작품은 소설 이론을 개괄하는 내용이었어요. 바스가 그걸 읽었는지 내내 궁금하더라고요. 그 작품은 전적으로 살인적이면서도 또 그에게 아첨을 떠는 오마주였거든요.

　그 시기에 저는 **극심한 공포**에 빠져 있었어요. 글을 더는 쓸 수 없을 것 같아서요. 저는 학생일 때 글을 쓰기 시작했기 때문에, 글쓰기가 학업에서 벗어나 기분전환으로 하는 취미 활동이라는 생각을 하고 있었어요. 어쨌든 상황을 어떻게든 해결해 보려고 프린스턴과 하버드 대학원 철학 전공에 지원했어요. 그리고 하버드로부터 아주 좋은 제안을 받았죠. 그래서 89년 초반에 하버드에 진학했고, 보스턴으로 이사를 가서 마크 코스텔로와 함께 아파트에 살게 됐어요.

거기서 많은 걸 했어요. 거기서 마크 코스텔로와 함께 『설전하는 래퍼들』을 썼어요. 그리고 출간되지는 않았지만, 포르노를 주제로 아주 긴 에세이도 썼고요. 실은 『플레이보이』에서 저한테 『플레이보이』다운 작가라고 해서 그런 글을 쓰게 된 거였죠. 저한테는 포르노 스타들과 인터뷰한 내용을 담은 재미난 테이프들도 있어요. 아, 그리고 『비트겐슈타인의 정부』에 관한 긴 에세이도 썼어요.

어쨌든 하버드에서 공부를 시작했어요. 아주 분명한 점은 제가 그 세상과 **완전히** 동떨어져 있다는 거였어요. 거기서는 대학원생으로서 전적으로 학업에 몰두해야 했어요. 학업 외에 글 쓸 시간이 없었고, 사흘마다 칸트 이론에 관한 글을 4백 쪽씩 읽어야 했어요.

[드론의 뱃속에서 꼬르륵 소리가 요란하게 난다.]

그리고 『희한한 머리카락을 가진 소녀』가 노튼으로 다시 팔렸나요?

바이킹의 편집자였던 게리 하워드가 제 책과는 관련 없는 이유로 바이킹을 그만두고 노튼으로 갔어요. 무슨 이유인지는 모르겠지만 그가 제 책을 믿었고 노튼이 제 책을 입수하도록 설득했어요. 단, 저한테 레오 버넷 등 몇몇 등장인물의 이름을 바꾸라고 하더라고요.

그렇게 노튼에서 책이 나왔는데 공교롭게도 출간이 순조롭지 못했고 아무도 제 책에 관심을 보이지 않았어요. 그래도 게리 하워드가 아니었다면 제 책은 세상에 나오지 못했을 거예요.

그래도 그 책이 널리 회자되었어요.

[지브스가 날뛴다. 물건들을 쳐대고 짖는다.]

뉴욕의 지하세계에서는 꽤 존재감이 있었어요. 그런데 『시스템의 빗자루』가 그 책보다 **훨씬** 더 많이 팔렸어요. 그 책은 그냥 **죽었어요.** 흄이 자기 책을 두고 이야기했듯이, 인쇄기에서 사산되어 버렸죠.

　지브스! 우리 이야기하고 있잖아. 너 우리 안에 가둬 둘 거야. 쉿, 조용히 해.

『시스템의 빗자루』는 얼마나 잘 팔렸나요?

잘은 모르지만 출판사에서 본전은 뽑았어요. 노튼은 그러지 못했고요. 아니, 노튼도 본전은 뽑았어요. 에이번이 페이퍼백 판권을 사들였거든요. 에이번은 투자한 돈을 거둬들이지 못했지만요.

　노튼에서는 새 페이퍼백을 냈어요. 실은… 제가 출판사 측에 거저 준 거예요. 게리 때문에요. 출판사에서는 제게 돈을 제안할 수 없었어요. 그렇지만 그 책은 제 책인 만큼 게리의 책이기도 했어요. 어쨌든 역시나 가을이었어요. 그러니까 제가 하버드에 가서 그해 여름에 술을 끊었어요.

하버드에서의 생활은 암울 그 자체였어요. [생경하다. 그의 집, 그의 거실에서 그가 그 일을 이렇게 담담하게 이야기한다. 체스를 두려거나 속임수를 쓰려는 게 아니리 그저 본인의 이야기를 나서서 하고 싶어 한다.] 그 학기에 맥린병원에 갔어요. 제가 자살할까 봐 정말 걱정되었거든요.

제게는 큰일이었어요. 거기 들어간다는 게 당혹스러웠거든요. 하지만 그때 처음으로 제게 뭔가를 해줘야 할 필요가 있다는 식으로 저 자신을 소중하게 대했어요. 하버드 정신과 전문의에게 가서 이렇게 말했죠. "보세요. 제게 이런 문제가 있어요. 편치가 않아요."

그 의사가 저한테 입원을 권유했어요. 그 말은 하버드를 중퇴해야 한다는 얘기였죠. 하버드 학과장인 워렌 골드파브에게 가서 중퇴하겠다고 말했어요. 한없이 원통했어요. 그래도 기꺼이 그럴 의향이 있었어요. 살아남으려면요. 지금 생각해 보면 잘한 일이에요.

그때가…

1989년 늦가을이었어요. 학교로는 다시 돌아가지 않았고요. 맥린병원에서 꽤 빨리 나왔어요. 그런데 학교로는 돌아가지 않았어요.

『희한한 머리카락을 가진 소녀』가 언제 나왔나요? 그때였나요?

그랬던 것 같아요. 그런데 책이 나온 줄도 몰랐어요. 제 기억에 캠브리지 공공도서관에서 낭독회를 한 번 했던 것 같아요. 낭독회에 열세 명이 왔는데, 그중에 조현병에 걸린 여자 한 명이 있어서 낭독회 내내 소리를 질러 댔죠. (고개를 흔들며 웃는다) 그냥 **암울**했어요. 암울한 시기였어요.

하지만 평은 아주 강렬했어요.

제가 유일하게 기억하는 게 한 가지 있는데, 누군가가 그 책을 두고 과시 행위 같다고 했어요. 보여 주기식이라고 생각했던 거죠. 기억도 안 나고 실은 생각도 안 해봤는데, 『뉴욕 타임스』에서 그 책을 평했던가요? 어쨌든 절망적인 시기였어요. 좋았던 옛 시절 외에는 아무것도 생각하지 않았어요.

그런데 책이 나온 걸 보고서 흐뭇했나요? 당시 작가님을 괴롭힌 게 뭐였나요? 인정받고 싶다는 욕구와 글쓰기 간의 연관성이었나요?

그때는 이루 말할 수 없이 슬펐어요. 늘 그랬어요. 더는 글을 쓸 수 없을 거라고 생각했어요. 그 책이 나온 건 우주에서 들려오는, 귀에 거슬리는 새된 웃음소리 같았어요. 저는 이미 다 끝장나 버렸고, 그때 나온 **그 책**은 어떤 존재였을까요? 그건 아주 지독한 방귀 냄새처럼 맴돌았어요. 무슨 의미인지 아시겠어요? 그 책이 정말로 잘 된다

면, 그건 제가 **망가져 버렸다는** 사실을 더 뼈저리게 상기시켜 주는
셈이었죠.

글 쓰는 능력을 잃었다고 생각했기 때문인가요?

글 쓰는 의미가 무엇인지 더는 알 수 없었어요. 제가 관심을 가졌던
건, 그러니까『제국은 서쪽으로 나아간다』가 적어도 제게는 그 의
미를 접어서 만든 작고 무한정 응집된 어떤 존재였어요. 그러곤 그
게 폭발해 버렸죠.

그런데 이야기가 너무 거창한 것 같기도 하네요. 실은 그렇기도
했어요. 상황을 극복하려고 2, 3년간 폭음에 의존하기도 했어요. 그
런데 희한하게도 그렇게 술을 마시다가 술을 끊어 버렸어요. 상황
이 더 심각해졌어요. 제가 **어마어마한** 실수를 한 거였어요.

하버드에 간 게 큰 실수였어요. 대학원을 다니기에는 나이가 너
무 많았어요. 학문적으로 철학자가 될 생각이 더는 없었어요. 그런
데 학교를 중도에 그만두기가 너무 수치스러웠어요. **저희 아버지가**
철학과 교수라는 걸 잊지 마세요. 저희 아버지가 거기 있는 많은 교
수들을 존경했어요. 그중 몇몇과 지인 사이이기도 했고요. [어떤 면
에서 보면 또 다시『모비딕』이다.] 말도 못하게 끔찍한 일들이 벌어졌
고, 전 거길 떠났어요. 다시는 돌아가지 않았어요.

참, 당혹스러운 일이 있었어요. 저희 어머니가 제게 야채 주스 만
드는 기계를 보내셨거든요. 제가 떠나고서 곧바로 그게 우편으로

학교에 도착했어요. 왜인지는 모르겠지만, 그게 학과 사무실에 가 있더라고요. 그걸 늘 가져오고 싶었어요. 그런데 학교로 다시 가서 그걸 가져올 용기가 도무지 안 나더라고요. 사람들을 대면할 수 있을지 도통 모르겠어서요.

그러다 마크가 뉴욕의 법률 회사에 일자리를 얻어서 이사를 갔어요. 저는 그와 살던 아파트에 한동안 혼자 살았어요. 가르치는 일자리를 얻었고요. 그해 봄에요. 아니, 미안해요. 그해 봄에는 로터스 소프트웨어 코퍼레이션에서 경비원으로 일했어요. 별일이죠.

거기서 무슨 일을 했나요?

아직도 제가 한 경험 같지가 않아요. 석 달 동안 매일 폴리에스테르 옷을 입은 적은 난생처음이었어요. [재밌는 일이다. 몇 주 후 그의 여동생 에이미와 통화를 했다. 에이미는 데이비드가 면을 아주 좋아한다고 했다. 에이미의 면 셔츠 중에서 아무리 여성스러운 것이라도 직물의 짜임이 마음에 들면 훔쳐 입는다고 했다.] 폴리에스테르로 된 제복을 입어야 했어요. 경비봉이라는 걸 휴대해야 했고요. 다른 경비원이 경찰들이 쓰는 기술을 시범으로 보여 주었어요. 기술이 여러 가지였는데, 전 아주 잘하지는 못했지만, 그럭저럭 꽤 잘했어요. 무작정 **걸었던** 게 기억나네요. 교대 근무를 했는데, 이른 새벽부터 아침 중반까지 근무를 섰어요. 이른 새벽에는 사람이 아무도 없었어요. 그냥 경비봉을 빙글빙글 돌리면서 형광등 아래를 걸어 다녔죠. 최대한 아무 생각도 안 하려고 하면서 말이에요.

그때 인생이 끝장났다고 생각했나요?

네. 삶이 다했다고 거의 확신했어요.

이때가 자살시도 환자 관리 기간이 끝난 후인가요? [보니는 그를 면회하러 맥린병원에 갔을 때 처음 한 일이 가위를 찾아서 그의 머리칼을 잘라준 것이라고 내게 말했다. 그만큼 그의 몰골이 말이 아니었다.]

음, 꽤 절망적인 시기였어요. 맥린에 총 8일 있었어요. 제가 거기 갔던 가장 큰 이유는 뭔가 어리석은 짓을 할까 봐 겁이 나서였어요. 고등학교 때 한 친구가 있었는데, 그 애가 자살을 하려고 차고에서 차를 움직이는 상태로 해놓고서 앉아 있었어요. 결국 **죽지**는 못하고 뇌를 크게 다쳤어요. 뇌에서 **정서**를 담당하는 부분을 크게 다쳤어요. 그래서 늘 참혹한 고통 속에 살았어요. 저는 자살시도를 하려다가 계획을 망칠 사람이 있다면, 그게 바로 저일 거라는 걸 알았어요.
　당시 제 정신상태가 어땠는지 아시겠죠. 자살시도를 한들, 제대로 하지 못하고 사지마비 환자가 되었을 거예요.

[내가 그에게 반 고흐의 이야기를 들려준다. 반 고흐는 단발 권총을 갖고 들판으로 가서 가슴에 총을 쏴 죽으려고 했다. 그런데 총알이 **빗나가 버**

398

렸다. 그래서 마을로 터덜터덜 걸어오고 말았다. 모두가 그를 얼빠진 인간이라고 이미 생각하고 있었다. 상처만 입었지 죽지는 못했다.]

그 이야기는 몰랐어요. [처음에는 이 이야기를 그다지 재밌어하지 않는다. 그러다 웃는다.] 제가 기회를 잡지 못하는 것과 똑같네요.

문학계에서 성공하고 싶다는 욕구 때문에 괴로웠나요?

네. 그러면서도 또 인식하고 있었던 게, 그때가 이십 대 후반이었어요. 그런 성공이 꽤 허무하다는 걸 어느 정도 알고 있었어요. 그런데 절 유일하게 끌어당긴 한 가지가 있었어요. 소설에 대한 강렬한 이론적 관심이었어요. 하지만 그것도 결국에는 허무하게 느껴졌어요. 메타픽션. 포스트모더니즘. 메타픽션 다음엔 무엇일까? 메타픽션이 앞으로 어떻게 될까? 대중문화를 여기로 끌어들일 방법은 무엇일까? 설명하기가 매우 어려워요. 아주 정확하지 않은 진단이겠지만, 전 그냥 우울했던 것 같아요.

예를 들어서, 1986년, 87년의 작가님이었다면 작가님이 후에 『하퍼스』에 기고한 글을 보고서 싫어했을까요? 꽤 단순명료한 글이라는 이유로요.

그때의 저였다면 싫어하지 않았을 것 같아요. 아예 **읽지**를 않았을 거예요. 첫 두 쪽을 읽고서는 "하! 누가 이런 글을 좋아해!"라고 하면서 다른 글을 찾아 읽었겠죠.

그렇다면 이번 작품은 어떻게 생각했을까요?

오, 아주 좋은 질문이에요. 상당 부분 보고서 감탄했을 것 같아요. 그 고난도의 조종술과 유머를 보고서요. 산문을 보고도 그렇고요. 그런데 책을 잘 이해하지는 못했을 것 같아요. 독자들이 이해했으면 하고 지금 제가 바라는 바를 그때의 제가 이해하지 못했을 것 같아요.

인물을 비롯한 여러 요소의 의미가 뚜렷하지 않기 때문인가요…?

그런 요소들은 의미가 뚜렷하지 않은 게 아니라 쉬워요. 어려운 건 머리 앞쪽에 있어요. 그런 요소들은 의미가 뚜렷하지 않거나 의미가 뚜렷하다고 구분할 만큼 두드러진 문제가 아니에요. 알다시피, 무엇이 흥미로운가, 무엇이 발전했는가, 다음엔 무엇이 올까, 라는 문제가 중요해요. 무엇이 **진실**인가가 아니라 무엇이 신선하고 참신한가, 라는 문제가 중요해요. 그런 문제들을 이해하기가 무척 어려워요.

[여기서 날 다시 쿡 찌른다. 그 문제는 그냥 남겨 두라는 신호이다.]

하지만 어쨌든. 그러고서 두어 해는 꽤 따분했어요. 그러다 다음 해 가을에 일자리를 구했고…

시간순으로 정리해 봐요. 재밌을 것 같아요…

그러죠. 그게 나을 것 같군요. 제가 무슨 이야기를 할지 기자님이 모를 테니까요.

좋아요. 전 로터스에서 경비원으로 잠시 일했어요. 그리고 새벽에 일찍 일어나기 힘들다는 아주 대담한 이유로 일을 그만두었어요.

얼마나 오래 일했나요?

석 달하고 반이요.

포크너도 그런 종류의 일을 했어요. 『내가 죽어 누워 있을 때』를 집필할 당시 야간에…

그런 걸 어떻게 다 알아요? 작가들의 일대기를 모아놓은 대단한 책이라도 있나요?

아, 수집할 수 있는 작은 야구 카드 시리즈가 있어요. 뒷면에 그런 정보가 쓰여 있어요. 구독 신청을 해야 해요….

그렇군요. 어쨌든 경비원 일은 흥미롭지 않았어요. 10분마다 확인을 하고서 "이쪽 구역 이상 무!"라고 의미 없는 보고를 해야 했거든요. [그가 무전기에 대고 말하는 시늉을 한다.] 알다시피, 로터스는 산업 스파이 행위 때문에 피해망상일 정도로 신경을 썼어요. 그런데 저는 워낙 신참이라서 접근 제한 구역에는 갈 수 없었어요. 그래서 "이쪽 복도 이상 없음"이라는 말만 하면서 돌아다녀야 했죠. 회사에서는 경비원들이 출근 카드를 찍지 않을까 봐 늘 노심초사했어요. 모르겠어요. 어땠는지. 아무 의미 없는 권위를 주제로 쓴 시시한 60년대 소설 같았어요.

이런 생각을 하면서 순찰을 돌았나요? "이런 젠장, 난 아주 젊었을 때 책을 두 권이나 낸 사람인데."

아뇨. 사실 제가 그 일을 좋아한 한 가지 이유는 아무 생각 없이 돌아다닐 수 있다는 거였어요. 이런 식으로요. "음, 여기 천장 타일이 있군." "음, 여기 칸막이 사무실이 있군."

[지브스가 낑낑거린다. 내가 조용히 하게 하려고 지브스의 코를 두드린다. 데이브는 내가 선을 넘었다는 듯이 바라본다. 그가 말을 멈춘다.]

미안해요.

실은 그럴 필요가 있어요. 지브스, 자 봐. 넌 손님한테까지 귀찮게 하고 있잖아. 손님마저 널 때리잖아. 드론이 뼈다귀를 먹을 때면 지브스가 속상해요. 어떻게 보면 드론이 지브스를 괴롭혀요.
[하지만 나 역시 그렇다.]

좋아요. 어쨌든 새벽에 더는 일찍 일어나기 싫어서 경비원 일을 그만두었어요.

쉿, 앉아. 앉아. 앉아. 앉아. 착하지. 이제 가만있어. 조용히 해.

그리고 또 일자리를 구했어요. 최악이었어요. 워터타운에 있는 오번데일 헬스클럽이라는 곳에서 타월 보이로 일했어요. 어설프게 겉만 번지르르한 곳이었어요. 사람들이 절 타월 보이라고 부르지는 않았는데, 실제로는 타월 보이였어요. 회원들이 클럽에 들어오면 회원증을 확인하고, 조악하기 그지없는 용량 미달의 컴퓨터 시스템으로 회원들이 몇 번이나 방문했는지 조회하는 일을 가끔 했어요.

그런데 어쨌든 그 일을 그만둔 이유가 있었어요. 제가 거기 앉아서 일하고 있었는데 누가 들어오는 거예요. 타월을 가지러요. 그런데 그 사람이 마이클 라이언이었어요. 『비밀의 삶』이라는 책으로 지금 유명한 마이클 라이언 말이에요. 머리칼이 쭈뼛 곤두서는 자서전이죠. 지금은 우리가 이렇게 개를 쓰다듬지만[『비밀의 삶』은 십대 시절 마이클 라이언이 개와 섹스를 하려고 했다는 내용으로 시작한다. 데이비드와 나는 지금 드론을 쓰다듬고 있다.] 하지만 그때는 음, 음…

마이클 라이언은 저와 같은 해에 위팅 작가상을 받았어요. 그로부터 2년 전인 1987년에요. 그때 그 망할 연단 위에 올라가 유도라 웰티에게 상을 받으면서 그를 보았죠. 그런데 2년이 지나서 저는… 말 그대로 다른 사람 눈에 띄지 않으려고 어딘가 밑으로 뛰어든 게 그때가 유일했어요. 그가 들어오자 저는 어설프게 미끄러지는 척하면서 카운터 밑으로 들어갔어요. 거기에 여자 직원이 있었는데…기억은 잘 안 나지만 제가 얼굴을 푹 숙이고서 아무 반응도 하지 않았던 것 같아요. 당연히 여자 직원은 가지 않고서 "데이비드, 무슨 일이에요?" 하고 물었고요. 손님이 있는 앞에서요. 결국 그 직원이 그에게 타월을 주었어요.

그날 나머지 근무 시간 동안 어찌어찌 일을 하긴 했어요. 그가 어떤 방에 있는지 확인하려고 구석에서 살그머니 들여다보고는 (약간 웃는다) 후다닥 달려가서 타월을 수거함에 넣었어요. 기억하기로 그날 일을 그만두었던 것 같아요. 다시는 가지 않았어요.

그때가 6월이었어요. 모아 둔 얼마 안 되는 푼돈으로 두 달 동안 생활했어요. 결국은 친구 몇 명이, 누군지 기억은 안 나는데. 마리 카르와 데브라 스파크였던가. 데브라 스파크 알아요? 지난 가을에 파버 앤 파버에서 『성인을 위한 코코넛』이라는 책을 냈어요. 정말 좋은 책이에요. 그런데 지금 그녀는 콜비에서 가르치는 일을 해요. 그 친구들하고 『플라우셰어스』의 편집자인 드윗 헨리가 제게 일자리를 구해 줬어요. 애머슨에서 시간제로 학생들을 가르치는 일이었어요. 전 그 일을 했고요. 2년 반 정도 했어요. 90년 가을부터요. 아니, 정확히 2년이요. 네 학기를 가르쳤어요. 뭘 가르쳤냐면, 이런, 내가 또 뭘 했더라? TV에 관한 에세이를 써서 『리뷰』에 기고했어요. 그걸로 먹고살았어요.

아! 그리고 브라이턴으로 거처를 옮겼어요. 아! 그래요! 브라이턴으로 갔어요. 제가 있던 곳에서 길 건너 포스터 스트리트에 포스터 파크라는 게 있었어요. 그 근처에 재활 시설이 있었고요. 이름은 기억이 안 나요. 어쨌든 포스터 스트리트 건너편에 있는 YMCA에서 만난 사람들 몇 명과 그 재활 시설로 갔어요. 그 시설을 이용할 수 있는 무료 이용권 같은 게 있었어요. 체력 단련실 같은 곳에서 사람들을 만났어요. 그 체구가 큰 사람들과 함께 체력 단련실에 있었는데, 제가 벤치 프레스를 너무 무겁게 들곤 하는 바람에 그게 제 가슴 위로 떨어져서 빼낼 수가 없었어요. 그래서 그 덩치 큰 거친 남자들에게 도움을 요청하곤 했죠. 어쨌든 그렇게 해서 그들을 알게 되었는데 재활 시설에 대해 이야기해 주더라고요. 당시에 그렇게 들은 내용을 갖고 뭘 하지는 않았는데 이런 생각은 했죠. "음, 소설 소재로 쓰면 재밌겠군." 그리고 91년 가을, 겨울에 제가 꽤 친하게 지냈던 친구 세 명이 전부 AA에 갔어요. 그중 한 명은 보스턴에 살았어요. 그 친구들하고 커피를 엄청 많이 마시면서 그들이 그 프로그램에 관해 하는 이야기를 들었어요.

아, 그리고 그때까지 몇 년 동안 테니스를 치지 않았어요. 그러다 몇 명과 테니스를 치게 됐어요. 그들이 제가 잘 치는 걸 보더니 같이 치던 친구를 소개해 주더라고요. 윈체스터인지 렉싱턴인지에 있는 클럽에서 경기를 했죠. 그런데 그 친구는 수년 전에 롱 아일랜드에 있는 테니스 아카데미에서 테니스를 가르치던 사람이었어요.

[어찌 보면 너무 깔끔하게 정리된 듯 들린다.]

아! 그리고. 음, 기억나요. 제가 맥린에 있었을 때 의사들이 제게 약을 **처방**하려고 했어요. 전 더는 아무것도 복용하고 싶지 않았어요. 항우울제 말이에요. 의사들이 항우울제를 복용하라고 꽤 납득이 가게 설득했지만, 저는 전혀 복용하고 싶지가 않았어요. 삼환계 약제, MAO 억제제, 사환계 약제 등에 관한 글을 많이 읽은 게 기억나네요. 그런데 AA는 아니고 다른 어떤 프로그램을 했던 친구가 있었어요. 그 친구가 프로작을 복용해서 그 약에 관해 이야기를 해주었고 저도 관련된 글을 읽었어요. 그런 일들이 많이 있었어요. 아! 그리고 하버드에서 영화를 주제로 한 스탠리 카벨의 수업을 들은 적이 있어요. 그는 에머슨과 소로를 전문적으로 연구한 미국 철학자죠. 「행복의 추구」라는 영화에 관한 책도 썼어요. 미국 영화에 아주 정통한 사람이에요.

마크 크리스핀 밀러도 있죠.

제 생각에 그는 생존한 작가들 중에서 텔레비전에 관한 한 최고의 작가예요. 음, 그래서 어쨌든 애머슨에 있었을 때, 전 늘 거기 있는 도서관에 갔어요. 도서관에서 뭘 할지 몰라서 대개는 서성거리며 돌아다니기만 했어요. 그 전해에 글을 쓰기 시작했는데, 두 편의 꽤 긴 이야기였던 것 같아요. 그런데 둘 다 제대로 써지지 않아서 도중에 그만두었어요. 그러다가 마이클 마르톤에게 편지를 썼어요. 그가 전화를 걸어오더니 제 고향과 성장기에 관한 글을 써달라고 하더라고요. 중서부와 여러 마을에 관한 글을 원했어요. 결국에는 테니스와 수학에 관한 글을 쓰게 되었지만요. 그리고, 음. [머릿속의 기계가 부드럽게 돌아가는 소리가 들린다. 트트트트!] 그건 제가 이미 글을 쓰기 시작한 후의 일인 것 같아요. 잘 모르겠어요. 다양한 주제에 관해서 아주 많은 글을 읽었고 어느 때가 되자…

[나보코프: 어떻게든 소설의 발톱과 날개가 자라난다.]

그때는 어찌 보면 자포자기한 시기였어요. 더는 글을 못 써도 그리 마음이 어지럽지 않았어요. 그보다는… 어느 시점이 되자 제 독서에 일종의 체계가 생긴 것 같았어요.

　게다가 헤아릴 수 없이 슬프고 방향감각을 완전히 상실했다 해도, 인생을 돌이킬 수 없을 정도로 망쳐 버린 건 아니라는 생각을 하게 됐어요. 어떤 면에서는 **흥미로웠어요**. 자세히는 말하지 못하겠어요. 제 지인들 중에 저와 같은 때에 고통스러운 시기를 겪은 사람들이 **많았어요**. 아주 다양한 방식으로요. 그중 많은 수는…

어떤 부류의 사람들이었나요?

오, 이런. 변호사, 증권 중개인, 젊고 전도유망한 학자, 시인 등이요.
음… 한 명은 몇몇 방송국에 광고를 파는 친구였어요.

「굿바이 뉴욕 굿모닝 내사랑」의 빌리 크리스탈 같군요.

그 영화는 보지 못했어요. 잭 팰런스가 무서워요. 잭 팰런스가 나오
는 영화는 안 봐요.

「셰인」 봤나요?

네. 그래서 그가 무서워요. 그 광대**뼈**만 해도. 어쨌든…

앞날이 창창했던 사람들이…

카터의 말로 하면 뭐라고 해야 하죠? 불안감. 그냥 분위기 자체가 우
울하고 들쭉날쭉했어요. 어느 때부터 저는 글을 매일 쓰기 시작했어
요. 또 그러다 보니, 이번 책 첫 장의 초고를 쓰고 있더라고요. 본인
을 남에게 이해시키지 못하는 사람에 관한 이야기였어요. [지브스가
끙끙댄다.] 그 부분은 초고를 열다섯 번 내지는 스무 번이나 썼어요.

그 대목을 여자친구에게 읽어 줬어요.

와우!

정말 재밌었어요. 굉장한 도입부예요.

그 대목에는 대학 도시에 살던 시절 제 경험이 조금 담겨 있어요.

지금 아주 늦은 시간이야. 지브스. 너 우리에 가둘 거야. 앉아서 조용히 해. 지브스마이스터. 드론. 다들 착하지. [개들을 찰싹 때린다] 자, 지브스. 이제 가서 저거나 뜯어 먹어. 그만 **좋아라하고**. 자, 이제 보세요. 지브스가 1초 만에 저걸 떨어뜨리고서 성질을 부릴 거예요. [데이브로부터 개의 심리를 배운다. 1초 만이라니…] **저것 보세요**.

아니, 그 대목은 91년 추수감사절과 크리스마스 사이에 썼어요. 91년에는 부모님과 함께 집에 있었어요. 그 기간에도 부모님은 절 많이 보지 못했어요. 짧은 도입부를 많이 쓴 시기였거든요. 그러곤 돌아왔어요. 모르겠어요. 제가 아주 대담해졌어요. 온갖 곳을 다니면서 **염탐**을 하고 조사를 했어요.

재활 시설이 브라이턴에 한 곳, 서머빌에 한 곳, 메드퍼드에 한 곳 있었어요. 우리는 함께 빈둥거리곤 했죠. 거기는 정말 이상했어요. 사람들은 제가 왜 거기에 있는지 묻지 않았고, 제가 왜 거기 있는지 별 **신경**을 쓰지 않았어요. 그냥 그렇게 앉아서 마음껏 커피를 마셨어요. 그러던 중 몇 사람에게 **호감이 생겨서** 안면을 트게 되었어요. 그들에게서 인생 이야기를 많이 **들었는데**, 그중 일부는 흔적의 형태로 이번 책 속에 담겨 있어요. 하지만 제가 그들을 무척 좋아했기 때문에 내용을 전부 비틀어서 글로 썼어요.

[지브스가 다시 날뛴다.]

전 재활 시설이 나오는 대목은 별로 좋아하지 않았어요.

의외네요. 사람들은 전부 그 대목이나 테니스가 나오는 대목을 좋아한다고 하거든요. 물론 두 대목이 서로 뗄 수 없는 관계라는 환상이 있어야 하죠.

아마 두 번째 낭독회에서…

[테이프의 한 면이 다 된다.]

[그가 녹음테이프의 리더 부분을 보고 있다. 신기하다고 생각하는 것 같다.] 그 부분에 힘을 좀 주어야 해요. 아니, 이미 지나갔군요.

　제가 글을 본격적으로 쓰기 시작했을 때는 작업이 상당히 진행된 상태였어요. 참, 그리고 누군가와 어떤 일이 있었는데, 그 사람이 누군지는 말씀드리지 못하겠네요. 어쨌든 그런 일이 있었고, 저는 결국 시러큐스로 옮겨가게 되었어요.

불편한 관계였나요?

그런 건 아니었어요. 그들이 거처를 옮겨 갔고 저는 그들을 그리워했어요. 그들을 만나고 싶었고 저도 거기로 옮겨 가고 싶었어요. 그런데 뭘 어찌할 수가 없었어요. 제가 이름을 말할 수 없는 그 사람 때문에요….

그렇군요.

[테이프를 멈춘다.]

어느 순간 제가 쓰는 글이 책이 될 거라는 걸 알았고, 학생들을 가르치면서 책 쓰는 일을 병행할 수 없다고 생각하게 됐어요. 시간이 너무 많이 소요되어서요. 보스턴에 살기에는 비용도 **극도로** 많이 들었고요. 시러큐스에는 친구들이 몇 명 있었어요. 프랜즌과 함께 차를 몰고 가서 지낼 만한 곳을 둘러본 게 기억나네요. 그도 이사를 할까 생각하던 중이었거든요. 전 그곳이 맘에 들었고 살기에도 저렴해서 거기로 이사를 가기로 했어요. 거기서 이번 책의 대부분을 썼어요. 일자리도 없었고 아무 일도 하지 않았거든요.

선금을 받아서 아파트에 살았어요. 아파트 크기가 거짓말 안 보태고 보통 집의 현관 정도였어요. 왜인지는 모르겠지만 그 집을 정말 좋아했어요. **말도 안 되게** 자그마한 집이었어요. 앞쪽 복도가 외

투 넣는 옷장 하나 들어갈 정도였어요. 끝내줬어요. 말 그대로 옮길 수 없는 책들이 수두룩했어요. 글을 쓰고 싶으면 책상 위에 있는 물건들을 전부 침대로 옮겨야 했어요. 또 잠을 자야 하면 침대 위의 물건들을 도로 책상 위로 옮겨야 했고요.

하지만 모든 게 질서정연하고 가지런했어요. 그리고 책은… 어느 때에든 그 많은 정보를 머릿속에 담아둘 필요가 없었어요. 그리고 작은 집에 있으니 무척 아늑했어요. 눈도 **많**이 왔었고요. 그해 기**록적인** 폭설이었어요. 어디든 가는 게 거의 불가능했어요. 하지만 근처에 식료품점이 있었고, 코앞에 친구가 살아서 그 집에 가서 시간을 보내곤 했죠.

시러큐스로 거처를 옮긴 게 92년 4월인가 5월이었어요. 그때 250쪽까지 쓴 상태였어요. 첫 250쪽을 타자로 쳐서 완성한 다음 보니에게 출판사로 보내 달라고 부탁했어요. 선금 때문에요. 갖고 있던 마지막 돈은 시러큐스로 이사하는 데 써야 했기 때문이죠. 실은 굉장히 짜릿했어요. 처음으로 정말 **빈털터리**가 된 때였거든요. 두어 달 동안은 보니가 출판사에 제 책을 팔 수 있을지 없을지 기다리면서 연명해야 했어요. 마음이 후한 사람들이 "네가 와 주었으면 좋겠어. 우리 집에 와서 같이 저녁 먹자"라고 말해 주곤 했죠. 그렇게 지인들 집에 가서 저녁을 먹었어요. 제 형편이 어떤지 알았던 거죠…. 몇 가지 이유로 부모님으로부터 돈을 받지는 못했어요. 그때가 스물일곱 내지는 스물여덟 살이었던 데다가. 아니, **서른** 살이었군요. 그리고… 어쨌든 제가 부모님에게서 돈을 받는다는 건 말도 안 되는 일이죠.

짜릿했겠네요. 그런데 어떤 종류의 선금이었죠?

음, 제가 이미 말했는데. 아뇨, 애덤 베글리에게는 말하지 않았어요. 마이클이 제가 선금에 관해서 아무에게도 말하지 않았으면 했어요. 여섯 자리 숫자 밑이에요.

그래도 아주 밑은 아니죠?

꽤 밑이죠. 그런데 좋았던 건 출판사에서 선금을 한 번에 다 주지 않았어요. 나눠서 주었어요. 첫해에 일부를 주고 그다음 해에 또 일부를 주었어요. 그러니까 더 편하더라고요.

절반을 주었나요?

(걸쭉해진 담배를 뱉는다.) 그보다는 많았어요. 또 숫자 얘기군요. 괜찮았어요. 다만 돈을 해마다 나눠서 받으니 금액은 그리 많지 않았어요.

그런데 심적인 면에서 궁금한 게 있어요. 작가로서 무참히 무너졌다고 생각했는데 소설로 꽤 괜찮은 선금을 받게 되니 기쁘지 않았나요?

[그가 녹음기를 다시 끈다.]

실은 뛸 듯이 기쁘지는 않았어요. 소설을 끝내기 전에 돈을 받은 거잖아요. 다리 아래로 뛰어내린 심정이었어요. 돈을 받았으니 소설을 완성해야 하잖아요.

89년에 맥린에 들어간 일 이후로, 제가 한 가장 용감한 일이었어요. 제 몸 안의 모든 세포가 일제히 돈을 미리 받는 걸 원치 않았거든요. 그래도 제가 소설을 끝내리라는 걸 알았어요. 당시 쓰던 글이 절 위해 살아 숨 쉬고 있었거든요. 이렇게 말하니 제가 차기작에서도 선금을 받을 거라고 기자님이 생각할지도 모르겠군요. 하지만 지금은 달라요. 가르치는 일로 돈을 벌고 있으니까요. 선금을 받을 필요가 없어요. [요란한 트림 소리]

어쨌든. [그는 지금 다 터놓고 이야기하는 중이다. 다른 것은 다 제쳐 두었다.] 그리고 책의 상당 부분을 쓴 시기는…

오, 와우…

[드론이 나를 밀어서 쓰러뜨렸다. 내가 웃으면서 바닥을 구른다. 이 커다란 개 두 마리가 전부 나를 핥고 건드린다. 내가 카펫 위에서 웃는다….]

기자님은 제 삶이 어떤지 다 알고 싶으시죠? 지금 이게 바로 제 삶이에요.

전 지금 아버지가 옛날에 만든 광고 속 아이가 된 것 같아서 웃는 거예요.

정말 그러네요. 그런데 말이에요. 드론이 머리에 온 **무게를** 실어서 누군가에게 기대는 걸 아주 좋아해요. 자기 머리를 다른 사람에게 기대는 걸 좋아해요. 그게 이상하게 마음이 찡해요. 드론이 기자님을 **정말** 좋아하네요. 원래 남자한테는 절대로 안 가는데 말이에요.

[내 기분을 또 좋게 만든다.]

그냥 제가 관심을 보여서 그런가 봐요.

좋아요. 어쨌든 전 거기 살았어요. 선금 일부를 곧바로 받았어요. 출판사에서 원고료 절반은 선금으로 주고 나머지 절반은 원고를 받으면서 주었어요. 선금은 2년에 걸쳐 나눠서 주었어요. 그 돈으로 시러큐스에서 그해와 이듬해 일부를 버텼어요. 그리고 이사를 했어요. 93년 봄에 일리노이주립대에서 일자리 제안을 받았거든요. 여러 이유로 거기서 일하기로 마음먹었어요. 그중 한 가지는 의료보험이 없어서였어요. 차 사고가 나서 가족들이 걱정할까 봐 시러큐스 주변을 시속 15킬로미터로 운전하는 게 지긋지긋했어요. 그래서 여기로 이사를…

아주 완벽하게 자세한 내용이네요.

그렇게 여기로 이사 왔어요. 93년 여름에요. 책은 4분의 3 정도 쓴 상태였어요. 그 보상은… 곧 탈고가 다가온다는 거죠. 오르소와 할의 테니스 경기가 펼쳐지고 게이틀리가 총상을 입었는데도 병원에 가지 않는 아주 긴 대목이 있었어요. 원고를 4분의 3이나 썼으니 휴식 삼아서 주^州 축제를 주제로 한 글을 썼어요. [『하퍼스』에 실림] 제가 여기 이사 오고서 2주 후의 일이었어요. 가르치는 일을 그해 가을에 시작했고 또 책을 완성했어요. 정말 재밌었어요. 여기 말고 다른 집에서 대학원생들하고 수업을 했거든요.

축제에 같이 간 현지인은 누구였나요?

음, 킴벌리와 함께 축제에 갔어요. 실은 그녀의 목소리가 아닌 다른 사람의 목소리를 글에 실었어요. 제 의도를 이해하실지 모르겠네요. 그녀는 다른 사람 목소리가 들어간 걸 탐탁지 않아 했어요. 어쨌든 그녀가 지퍼라고 부르는 놀이기구까지 타게 되었죠. 글에 가짜로 꾸며낸 내용은 없어요. 이상하죠. 전 아무것도 안 했는데 말이에요. 음, 어쩌면 배턴 트윌링은 그리 대참사가 아니었는지도 모르겠네요. 비록 당시에는 대단히 위험천만해 보였지만요.

전에는 전혀 시도하지 않았던 질감의 글이었군요.

그냥 냄새가 **좋다**, 이런 식으로 표현하지 않았어요. 어떻게든 비웃는 식으로 썼죠. 예를 들면 이렇게요. "온천지에 소똥 냄새다. 그렇지만 똥은 중요하다. 더러우니까…"

어쨌든 그렇게 글을 썼어요. 다만 한 가지 사소한 세부사항은 음, 제가 만들어 낸 거예요. 그건 원래 로터스에서 시작되었어요. 전 형광등 불빛을 **못 견뎌요**. 일리노이 대학교에서 기자님도 보셨겠지만, 빌어먹을 형광등 **천지예요**. 원래는 로터스에서 시작되었지만, 심지어 제가 어려서도…

여하튼 여러 이유에서 그해에는 **상태가 엉망이었어요**. 그래서 집에서 수업을 할 수밖에 없었어요. 수업이 끝나면 저는 거실에서 글을 썼고요. 지브스 때문에요.

이 집에서요?

아뇨. 이 집은 지난봄에야 샀어요. 수업을 했던 그 집은 이 집으로 이사 오기 전에 **우편**을 통해서 빌린 집이에요. 일리노이-웨슬리언 근처예요. 멋진 집이었지만 아주 좁았어요. 거기서 수업을 했고, 말 그대로 사람들이 『약물 치료 개요서』, 『정신과 간호』, 『프랑스 예술 영화의 등장』 따위의 책을 **옮겨야** 했죠. 집에서 수업을 하려니 좀 생소했어요.

책 집필이 거의 끝나 가는 걸 알 수 있었어요. 사람들이 집에 오면 제 원고를 깔고 앉고선 산더미 같은 원고라며 농담을 하곤 했죠.

끝을 향해 가고 있다는 걸 알 수 있다고 했는데, 왜인가요?

아마 기자님도 마찬가지였을 거예요. 끝이라 하면… 곧 끝나리라는 걸 알았던 건 앞으로 상황이 어떻게 될지 보였으니까요. 어떻게 끝날지 알고 있었어요. 모든 게 다 있는 방에 다른 사람들이 들어와도 별 상관이 없었어요. 흐트러져 섞일 것이 전혀 없었거든요. 걱정하지 않았어요. 다른 사람들이 고개를 들이밀고 들여다본다고 해서 제가 작업을 망칠 거라고 걱정하지는 않았어요. 그런데 시러큐스에 있었을 때는…한두 사람을 빼고는…

[개가 바닥에 등을 대고 뒹군다.]

아무도 집에 오는 걸 원치 않았나요?

말 그대로, 아무도 들어올 수 없었어요. 여자친구와 제가 저희 집에서 보낸 시간을 다 합해 봤자 두 시간 정도였을걸요. 물리적으로 한 사람이 더 집에 있는 게 불가능했으니까요. 하지만 어쨌든 괜찮았어요. 새로 간 집에서는 사람들을 집으로 들여 가르치고 작업을 하고, 모든 게 한곳에서 이루어졌어요.

그리고 지브스가 있었죠. 손으로 직접 쓴 원고가 산더미 같았고 또 타자를 쳐서 작성한 원고도 산더미 같았어요. 마지막에는 앉아서 원고 전체를 타자로 쳐서 작성했죠. 지브스를 두고서요.

제 옆방이 지브스 전용 방이었어요. 지브스가 반려견용 안전문 위에 앞발을 올리고서 저를 향해 온종일 짖어댔어요. 저는 헤드폰을 쓰거나 귀마개를 사서 꼈어요. 그 스펀지로 된 귀마개 아시죠? 하지만 그걸로는 소용이 없었죠. 결국 여기 사는 친구 한 명이 항공사 직원들이 쓰는 걸 줬어요. 이어머프 아시죠? 귀마개를 하고서 그 위에 또 이어머프를 썼어요.

자판 소리를 듣지 못하는 채로 타자를 치면 느낌이 정말 기이해요. 어디 이상한 곳에 **정박한** 느낌이에요. 완전히 꿈 같아요. 전 일정이 늦었어요. 1994년 1월 1일에 원고를 넘겨야 했는데 1994년 6월 18일에 원고를 넘겼어요. 원고를 늦게 넘겨서 출판사에서 제게 소송을 걸까 봐 덜덜 떨었죠. 얼마나 순진해요. **이 세상** 사람들 중 절반이 늦는다고 보니가 제게 말을 해줬어야 하는데 말이에요.

또 뭐가 있을까요? 그렇게 여름에 원고를 넘기고서 제 여동생 결혼식에 갔어요. 그러곤 마이클로부터 여섯 달 동안이나 아무 소식도 듣지 못했어요. 미치겠더라고요. 그가 계속 재촉했었거든요. "원고 빨리 넘겨요. 원고 빨리 넘겨요"라고요.

그러다 마침내 마이클에게서 연락이 왔어요. 장장 25쪽에 걸쳐서 편지를 써 보냈더라고요.

어떤 내용이던가요?

그냥 원고를 읽었다고 하더라고요. 첫 절반은 이해가 잘 된다고 했어요. 그리고 원고 **삭제**에 관해서, 또 **독자가 느낄 부담**에 관해서 이야기했어요. 아, 또 재밌는 일이 있었어요.

[그가 이제는 아예 나를 위해서 기사를 쓸 참이다. 나와 함께 계획을 하고 정리를 한다.]

일단 타자를 치고서 인쇄를 했어요. 분량이 어마어마할 거라는 건 알았고요. 마이클은 최대한 천 쪽쯤 나오겠다고 생각했어요.

처음에 이야기했을 때…

마이클은 책이 꽤 길 거라는 걸 알았어요. 그래도 제가 두어 달마다 그에게 연락을 하긴 했어요. 어찌 보면 제가 그를 속인 거예요. 원고가 얼마나 긴지 그에게 말하지 않았지만 눈속임을 쓸 수 있겠다고 생각했어요. 그래서 원고를 한 행 띄기에 글자 크기를 9로 해서 인쇄했어요. 그렇게 하니까 책 분량이 1,070쪽 정도 나오더라고요.

그런데 마이클에게서 전화가 왔어요. 그가 유일하게 불같이 화를 낸 때였어요. 첫 50쪽을 읽다가 눈이 아파졌다고 하더라고요. 제게 도대체 뭐 하는 거냐고 물었죠. 제가 그렇게 인쇄해서 주면 분량이 얼만큼인지 자기가 눈치 못 챌 거라고 생각했냐면서요.

그러더니 제게 처음으로 권력을 휘두르더라고요. 두 행 띄기에 보통 글자 크기로 해서 원고 전체를 다시 인쇄해 오라고 했어요.

그로부터 사흘 동안 원고 분량이 얼마나 나올지 벌벌 떨었어요. 원고를 인쇄했죠. 가엾은 프린터기. 제가 8년 동안 쓴 프린터기였어요. 그 책의 여러 초고를 총 오천 장쯤 인쇄했을 거예요. 어쨌든 인쇄를 해보니 천칠백 쪽쯤 되더라고요. 아주 암울했죠. 그가 제게 편지를 보냈어요. 몇백 쪽을 삭제해야 한다는 건 저도 알고 있었어요. 그에게 원고를 보내기 전에 이백 쪽 정도를 삭제했었어요. 그런데 삭제할 때마다, 그러니까 이백 쪽을 삭제하고 나서 추가로 백오십 쪽을 더 썼죠. 왜 그런지 아시죠? 한 곳을 삭제하면 다른 수백 곳을 손봐야 하고…

어쨌든 그가 편지를 보냈어요. 알다시피, 힘든 두어 달이었어요. 정확히 뭐라고 말해야 할지 모르겠네요. 한동안 걱정했어요. 그가 큰 실수를 저지른 것 같아서요. 그가 이렇게 말했죠. "책값은 30달러로 하고 싶어요." 제 머릿속에서 불길이 일었죠. "이건 아니야. 원고를 삭제하는 게 상업적인 이유 때문이라니. 이렇게 하면 난 매춘부나 마찬가지야." 그게 94년 크리스마스 즈음이었어요. 그리고 이미 말한 것 같은데, 파티에서 우연히 리처드 파워스를 만났어요. 그가 굉장히 큰 도움이 되었어요. 그리고 제가 원고를 스티브 무어에게 읽으라고 주었고, 무어가 글의 구조적인 면에서 제게 조언을 해주었어요. 또 몇몇 사람에게도 원고 이야기를 해서 그들로부터 편지를 받았고요.

저보다 나이가 많고 입지가 잘 다져진 작가들을 몇 알고 있어요. 편지로 연락하는 사이예요. 그들에게 편지를 써서 도움을 청했고 유용한 조언을 많이 들었어요. 그때 담배도 끊었어요. 94년 12월, 95년 1월, 2월. 그동안 350쪽을 삭제했어요. 그리고 원고를 다시 보냈어요. 그해 봄에 저는 비소설에 단편에, 갖가지 다른 작업을 하는 중이었어요.

봄에 마이클에게서 또 편지가 왔어요. 지난봄이었네요. 5월 즈음이었을 거예요. 그가 이렇게 썼어요. "저기 있잖아요. 삭제를 더 해야 할 것 같아요. 원고를 다시 보면서 또 윤문을 했어요." 그렇게 그가 2백 쪽을 추가로 삭제했어요. 삭제한 대부분이 각주였어요. 그런데 그가 삭제한 부분들을 제가 다 받아들이지 못해서 그중 절반만 삭제하는 데 동의했어요. 그래서 백 쪽을 삭제하게 됐죠.

그해 대부분은, 그해에는 크루즈선에 관한 글을 썼어요. 기분전환인 셈이었죠. 하지만 그해 대부분은 어떤 작업도 제대로 끝내기가 힘들었어요. 이 **책**이 끈질기게 절 **따라다녀서요.**

[개들이 딱딱 소리를 내며 뼈다귀를 뜯는다.]

하지만 전 마이클이 똑똑하단 걸 알고 있었어요. 그를 믿고 신뢰했기 때문에 그가 한 말을 진지하게 받아들였어요. 힘든 작업이긴 했어요. 내가 이걸 삭제해야 하나? 내가 이걸 삭제하지 않는다면? 삭제한다면? 도대체 지금 내가 뭘 하고 있는 거지?

전화비가 4백 달러나 나왔어요. 시도 때도 없이 마이클에게 전화를 해서요. 그의 집으로도 전화를 했어요. 그가 기차를 타고 퇴근하는 중에 제가 그의 집으로 전화를 거는 바람에 그의 아내와 대화를 하면서 친해지기도 했어요. 멋진 일이었어요. 제가 다른 사람과 원활하게 작업할 수 있으리라고는 생각지도 못했어요. 그런 일이 처음이었어요. 마크와 함께 글을 썼던 경험은 별일도 아니었고, 어쨌든 원고 전체를 다시 타이핑하게 되었어요. 어쨌든 마이클과 작업을 하면서 그에게 **고마웠을** 뿐만 아니라 제가 똑똑해진 것 같았어요. 쓸데없이 무익하게 힘든 일이 있어요. 그런가 하면, 힘들긴 하지만 냉철하게 꼭 해야 할 일이 있고요. 마이클은 정말 사리에 밝았어요. 이런 식으로 말했어요. "좋아요. 이 대목은 아예 삭제하지 않아도 될지 몰라요. 그런데 여기서 다섯 쪽을 삭제하면 읽는 게 30퍼센트는 수월해져요. 독자가 느낄 10퍼센트의 생경함은 남겨 두고요. 이 부분을 설명하려면 나중에 삼십 쪽이 **필요할** 거예요." 어떤 식인지 아시겠죠? 정말 **합리적**이었어요.

그렇게 5월, 6월, 7월이 지났어요. 아니, 5월, 6월이 지났어요. 그래서 지금까지 오게 됐고요. 여름에는 다른 글을 썼어요. 『디테일즈』에 실을 글을 위해서 테니스 경기를 보러 갔어요. US 오픈 테니스 대회에 갔어요. 아, 그리고 『빌리지 보이스』에 실을 도스토옙스키에 관한 긴 글도 썼어요. 그걸 쓰느라 7월이 다 지나갔어요. 여름 내내 바빴어요.

그러고서 본문 편집이 있었죠.

아주 **빌어먹을**, 빌어먹을 악몽이었어요. 그때가 8월이었어요.

교정교열자들을 싫어할 때가 있나요?

말씀드릴게요. 리틀 브라운은 정말 좋았어요. 마이클한테 말한 적이 있거든요. 리틀 브라운과 작업하기 전에 안 좋은 경험이 있었다고요. 대학교 신입생이 쓴 과제물처럼 교정을 해놓은 적이 있었어요. 만약 그런 일이 생긴다면 책이 완전히 엉망이 될 거라고 마이클에게 이야기했어요.

그래서 출판사에서 책임자 급의 편집자를 배정해 주었어요. **그의 전화번호를 제게 주더라고요.** 그래서 그 사람과 여러 차례 연락하면서 원고에 관해 상의했어요. 그리고 교정쇄 작업을 할 때는 출판사에서 외부 편집자를 **따로** 섭외했어요. 그 사람의 전화번호를 또 제게 주더라고요. 저는 그 사람과 함께 교정쇄를 편집했고 중요한 부분들은 대조 검토 작업을 했어요. 어마어마한 양의 세부사항을 일관되게 통일해야 했거든요. 어쨌든 제가 알기론 그렇게 하는 게 일반적인 관행은 아니었어요. 추가 인력을 고용한 것도 그렇고 연락처를 준 것도요.

어쨌든 그런 적은 난생처음이었고… "아카데미에 감사의 뜻을 전합니다"라는 말처럼 들릴 거라는 건 알아요. 하지만 그런 적은 처음이었고. 전 게리를 좋아하긴 했지만, 리틀 브라운에서는 교정교열 편집자에서 마이클, 홍보 담당자들까지 전부가 (a)똑똑했고 (b)제게 잘해주었어요. 이를테면 더 좋은 책이 나오겠다 싶어서 제가 뭔가를 편집자에게 제안하면 그쪽에서 그걸 군말 없이 실행에 옮겼어요.

책에는 감사의 말이 없어요. 감사해야 할 사람들이 너무 많아서요.『시스템의 빗자루』앞부분에 긴 감사의 말을 넣었는데 제 눈에는 너무 고지식해 보였어요. 그래서 편지를 썼어요. 책에 기여해 준 열 사람 정도에게요. 그들에게 달리 감사의 말을 전할 방법이 없다고 이야기했어요. 그리고 재활원 사람들을 비롯해서 보스턴 주변에도 제게 도움을 준 사람들이 많이 있었죠. 제가 감사의 뜻을 전할 방법이 없었지만요. 이 정도면 다 이야기한 것 같아요.

교정쇄는 완전히 빌어먹을 악몽이었고요.

그러고서 여동생이 최종본을 교정교열했나요?

이 세상에서 최고의 교정자는 저희 어머니예요. 에이미는 그다음이고요. 또 그다음은 저예요. 제가 지금까지 본 바로는요. 한 페이지당 1달러를 에이미에게 줬어요. 그럴 만했죠. 그 돈으로 에이미는 차를 샀어요.

책 전체에 대해서 돈을 지불하지 않았나요?

에이미가 양장본 교정을 볼 거예요. 페이퍼백을 내기 전에 실수를 잡으려고요. 에이미가 그 작업을 할 거고 제가 돈을 지불할 거예요. 아니, 벌써 선불로 돈을 줬네요. 교정자 돈은 떼먹으면 안 되죠.

보니가 원고를 읽는 데 얼마나 걸렸나요? 상당한 분량이었을 텐데요.

모르겠어요. 원고를 읽어 달라고 부탁하고 싶지 않았어요. 보니가 당황스러워하거나 그걸 읽기에 너무 이르다고 말할 것 같았거든 요. 보니는 정말 좋은 에이전트예요. 다만 보니의 취향과 제 취향은 달라요. 그녀가 제 주파수대에서 진동하지는 않아요. 그냥 이러죠. "음. 데이비드가 뭘 하는지 난 잘 몰라. 그냥 하는 걸 하게 내버려 두 는 거지."

제 단편의 경우에는 보니에게 보내요. 단편을 보는 그녀의 눈을 신뢰하니까요.

제 원고를 카리스 콘, 존 프랜즌, 마크 코스텔로에게 보냈어요. 물론 마이클도 제 독자였고요. 그는 정말 똑똑한 일을 했어요. 어떤 식인지는 몰라도, 제가 그를 신뢰하도록 만들었어요.

책 홍보는 어땠나요?

[데이비드는 이제 나와 완전히 한 팀이다. 녹음을 제대로 하려고 한다. 기억이 떠올라 말을 해야 할 때마다 녹음기를 켜고 끈다.]

제가 담당했다면 하지 못했을 일들이 많이 있어요. 엽서 홍보도 하 지 못했을 거고요. 제 책 뒷면에 그 모든 백인 남성의 추천사를 싣지 도 못했을 거예요. 다만 책 뒷면에 볼먼의 이름 철자를 틀리게 싣지 는 않았을 거예요. 당혹스러운 실수죠.

그렇지만 기자님은 이 과정이 어떻게 돌아가는지 알죠. 일단 원고를 넘기고 나면, 출판사 측에서 저들이 할 일을 하게 되죠. 그런데 기분이 좀 그랬어요. 저에게는 규칙이 있거든요. 저는 친구들에게는 추천사를 써주지 않아요. 추천사를 그리 많이 써준 적도 없지만, 친구들에게는 추천사를 써주지 않아요. 존이 마이클에게서 제 책의 견본 서적을 받았다고 말했을 때, 저는 그가 추천사를 써주고 싶지 않다 하더라도 원망하지 않을 거라고 말해주었어요. 저도 그의 책에 추천사를 써주지 않을 셈이거든요. 그래서 책 뒷면에 적힌 추천사 중에서 그의 추천사를 보면 마음이 불편해져요. 상호 결탁처럼 보일 수 있잖아요. 물론 실제로는 그렇지 않지만요.

출판사에서 우리 연령대에서 꽤 잘 알려진 작가들을 섭외했다는 느낌이 드는군요. 그리고 그 사람은…

마크 칠드레스. 보니는 마크의 에이전트이기도 해요. 릭 무디는 마이클이 담당하는 작가이고요. 볼먼과 저는 수년 동안 서로에게 추천사를 써주었어요. 희한하게도 우리는 성향이 판이하게 다른 작가인데 함께 묶이곤 해요. 음. 우리의 첫 책도 같은 해에 나왔어요.

이전으로 잠시 돌아가 볼게요. 소식을 기다리는 여섯 달 동안 불안했나요? 아니면 어느 정도 확신이 있었나요?

아까 말한 것과 같아요. 이 책을 정말 열심히 썼어요. 그랬더니 이상하게도 평온해지더라고요. 제가 불안했던 건 원고를 삭제해야 한다는 걸 알았기 때문이에요. 마이클이 하자는 대로 원고를 삭제했다가 책을 망칠까 봐 두려웠어요. 그것 때문에 불안했어요. 그런데 묘하게도 맥린에 다녀오고 난 해에 어떤 습관이 생겼어요. 적어도 몇 달간은요. 글 같은 것에 대해 아무 생각도 안 할 수 있었어요.

그런 습관이 생겨난 때를 생각해 보니… 그런데 기자님 바지에 신기한 자국이 조그맣게 나 있네요. 그거 애 전문이에요. [데이브가 웃는다. 드론이 내 허벅다리에 코를 대고 있었다.] 드론은 거기에 뭔가 끔찍한 사고가 난 것처럼 보이게 하는 데 전문가예요. 대개는 데이트하러 나가기 직전에요. 저기 앉아서 책을 읽다 보면 또 이런 얼룩이 생긴 걸 발견하게 되죠.

[드론이 이제는 내 주머니를 핥는다.]

고된 여름이었어요. 힘겨웠어요. 저는 결혼도 하고 싶고 아이도 갖고 싶었으니까요. 제 여동생이 결혼했을 때 힘들었어요. 저보다 어린 동생이 결혼을 하니까요. 가족들에게도 뭔가 일이 있었고요. 게다가 저는 그냥 지쳐 있었어요. 지쳐 있었어요. 해야 할 비소설 작업도 많았고요.

그런데 누군가가 작가님에게 와서 "너 정말 성공했어"라고 말한 건 언제였나요?

마이클이 제게 좋은 말을 해주곤 했는데, 비판적인 제안을 하는 쪽으로 그런 말을 해주었어요. 그래서 그걸 전부 글로 풀어낼 수 있었어요. 그의 그런 방식은 약을 삼키게 하는 사탕 같은 것이었죠.

그리고 카리스가 제 책을 좋아했는데, 카리스는 제가 쓰는 모든 글을 좋아해요. 어떤 일이 있었어요. 마크가 난 그레이엄과 아주 절친한 사이인데, 그녀는 누구보다도 출판업계에 대해 잘 알아요. 그녀는 정말 좋은 사람이에요. 드릴로를 담당한 편집자였는데, 그 점이 저에게도 도움이 되었어요. 출판사에서 엽서 홍보를 하고 견본 서적에 제 서명을 넣고자 해서 종이가 가득 든 상자를 제게 보냈을 때 전 그걸 어떻게 받아들여야 할지 몰랐어요. 그래서 마크에게 전화를 걸어 의논을 했죠. 또 난으로부터 알게 된 게 있어요. 출판사에서 제 책을 지원해 주려고 하고 그들이 제 책에 관심이 많다는 걸 알게 됐어요. 책이 천 쪽이나 되는 데도 불구하고 출판사에서 제 책을 꽤 괜찮게 여긴다는 걸 알게 됐어요.

안도했나요? 맥린에서 나온 지 불과 4년쯤 된 때였을 텐데요.

과장하고 싶지는 않아요. 당혹스러웠을 수도 있고 감정적으로 무너졌을 수도 있어요. 제가 짐작하기로는… 음, 설명하기 힘들어요. 그런데 이번 책은 이전의 책들과는 다른 이유들로 썼어요. 그러니까 저는 스스로 작가라고 생각하길 원했어요. 그건 책이 출간되든 말든 제가 책을 쓰겠다는 의미였죠.

4년 전에는 온통 이런 생각이었어요. "이런, 다음번에 쓰는 글이 별로이면 어쩌지…" 그런 상황이 벌어진다는 건 상상할 수 없었어요. 어떤 면에선 **포기한** 상태였어요. 많은 걸 포기했죠…. 쉿, 지브스, 조용.

그럼 이번 책을 쓰면서 진정한 작가가 된 건가요?

네. 제가 생각하기론 그래요. 이번에는 많은 면에서 달랐어요. "좋아. 있는 힘껏 최선을 다하겠어"라는 말을 처음으로 했어요. 이런 말 대신에요. "그래, 대충 빨리 작업해야지. 그래야 '내가 그렇게 글을 급히 쓰지만 않았다면 진짜 괜찮은 책이 나왔을 텐데'라고 생각할 수가 있지." 그 방어 체계가 뭔지 아시겠어요? 바로 전날 밤에 급히 과제를 해놓고 점수가 잘 안 나오면, 원래는 더 잘할 수 있었는데, 라고 합리화하는 거죠.

이번 책을 쓸 때는 할 수 있는 한 최선을 다했어요. 어찌 보면, 이렇게 공을 들였으니 사람들이 제 책을 좋아할지 아닐지 제가 더 마음을 졸였을 거라고 짐작할 수도 있어요. 그런데 묘하게도 뭔가를 정말로 열심히 하고 나면 아주 기분 좋게 지친 상태가 찾아와요. 평온해진달까요.

[번민에 관한 햄릿의 대사…] "난 마음속에 번민이 있어 잠 못 이루고 있었네…."

제 생각에는…음, 어쨌든. 아니에요. 전 그렇게 불안하지 않았어요. 아까 말했지만, 책 작업이 완전히 끝났다고 **느껴지지** 않았어요. 다 끝났다고 생각했는데 출판사에서 다시 원고를 인쇄하라고 했으니까요. 그렇게 인쇄를 해서 넘기고 이젠 정말 끝났다 생각했는데, 또 몇 달 동안 마이클이 원고 삭제 작업하는 걸 기다려야 했고 또 삭제한 원고를 재작업해야 했어요. 그러고서 또 끝났다고 생각했는데, 몇 달 후에 원고가 더 삭제되었다는 소식을 들었죠. 삭제 작업 직후에는 편집자가 전력을 다해서 작업했을 거예요. 한 달 후에 책이 나왔으니까요. 상황이 이렇다 보니, 끝났다고 느껴지지 않았어요. 교정쇄는 완전 엉망이었고요.

그래서 전 지금 이 단계가 끝나길 바라요. 이 인터뷰까지 마쳐야 모든 게 비로소 끝났다고 느껴질 것 같아요. 이 상황도 제가 책을 시작할 때 함께 시작된 끝없는 흐름의 일부이니까요. 이 상황도 그 일부처럼 느껴져요. 기자님이 가고 나면 저는 이틀 동안은 전화선을 빼놓겠죠. 그제야 모든 게 끝날 거예요. 그러고서 기자님께 소식을 전할 거예요. 제가 안정을 찾을 때까지 하루쯤은 걸릴 테니까요.

제게 말해 주실 수 있는 희열의 순간이 있었나요?

잘 모르겠어요. [긴 정지]

스벤은 똑똑한 사람이에요. 저는 상당히 불안해했어요. 그의 평이 나올 걸 두 달 전에 미리 알았어요. 그런데 그가 쓴 평의 마지막 단락이 뭐에 관한 거였냐면… 제게 스벤이 큰 존재이고 제가 겁에 질려 있었다는 걸 깨달았어요. 마지막 단락을 읽고서 기분이 어땠는지 기억나요. 잡지를 가져와 읽고는 한 번에 두 계단씩 내려와서는 밖으로 나왔죠. 그 믿기지 않는 기분…

[『애틀랜틱』에 실린 스벤 버커츠의 리뷰: "월리스는 소설의 다음 단계를 밟으려 하고 있다. 그는 회로판처럼 평평해진 세상에서 변절자의 정신을 토머스 핀천 식으로 축하한다. 그는 풍부하고 희극적인 표현 방식을 새로운 밀레니얼 시대에 사용할 수 있게끔 가다듬었다…지략이 넘치고 경쾌하며 지성적이고 독특하다. 그의 작품과 함께 하는 자라면 온 세상이 검게 빛나는 걸 보게 될 것이다."]

[데이브가 테이프를 확인한다.] 우리는 서로 확연히 다른 방식으로 작업하는군요. 전 이 내용을 절대로 요약할 수 없을 것 같은데요. 어쩌면 전 미니멀리스트인가봐요. 삐딱한 면에서요.

테이프가 거의 다 됐어요. 집에 혹시 테이프가 있나요?

[내가 시계를 확인한다.]

12시 10분이에요.

시계 좀 제대로 봐요. 지금 새벽 2시 20분이에요. 이 정신없는 사람 같으니라고.

[내가 책의 여러 대목을 그에게 읽어 준다. 라몬트 츄와 라일 부분]

이게 어떤 원리인지 아시죠. 어느 한 면에서는요. 그런데 50가지 다른 면이 또 있죠.

"미래의 명성을 향한 집착이 그 밖의 모든 것을 창백하게 만든다." 이건…

누가 그 말을 하죠?

서술자요. 이 대목을 들으면 무엇이 떠오르나요?

89년 가을이 떠올라요…. 전 더는 가망이 없었고, 라몬트 츄가 선수들에게서 느꼈던 감정을 다른 사람들이 저를 보고 느낄 기회가 결코 없을 거라는 사실에 고통스러웠어요. 그게 얼마나 애처로운 처지인지도 깨달았고요.

"얼마 전 세상을 떠난 M. 창[그는 왕년의 스타들을 전부 물리쳤다]에 필적하는 상대로 거론되길 원한다… 그가 라일에게 털어놓는다. 그는 명성을 원한다…. 올해 몇 차례 패배할 거라는 두려움 때문에 그가 실제로 패배했

433

다…."

일관되게 말하기가 상당히 어려워요. 12살, 13살, 14살 즈음, 어린 나이에 시작해 앞날이 밝았을 때는 제가 아주 특출하게 잘할 수 있을 것 같았어요. 얼마간은 그렇게 느끼는 게 당연했고요. 테니스 잡지에서 선수들의 경기 사진을 오려내 모아 놓고서 그들을 동경했던 게 기억나네요. 알다시피, 그리 흥미롭지는 않은…

　누구나 어느 정도는 그랬을 거예요. 서른 살에는 잘나가는 족부 전문의가 되고 젊고 매력적인 아내를 얻고 20만 달러를 벌어들일 거라고 생각하는 결의의 찬 열여덟 살짜리 의대 학부생에서부터 「비버리힐스의 아이들」을 보는 것까지 거르면서 연습에 열중하는 아홉 살짜리 스케이트 선수까지요. 미국인들의 현실이죠.

　저걸 잠깐 껐으면 좋겠는데…

[책 홍보에 대한 그의 두려움 — 데이비드: "요란한 선전이 늘 그렇듯이 똑같은 반응이 나올 거예요. 사람들이 입꼬리를 올리며 비웃겠죠…." 만약 책이 홍보 엽서와 함께 그에게 온다면 말이다.]

추론을 끝까지 해보자면 나쁜 관심이란 건 없다는 건데, 전 이 말에 전적으로 반대해요. 그건 타마 야노비츠의 슬로건이었죠. "나쁜 관심이란 건 없다." 작가를 제자리에 멈춰 서게 하는 건 분명 나쁜 관심이에요. 그렇지 않아요? 사람들이 게임 쇼에 보이는 관심보다도 못한 거예요.

(책을 더 읽는다) "너는 잡지에 사진이 실리기를 간절히 바라지…"

사실 저는 그게 끝없는 슬픔이라는 중요한 주제의 한 단면일 수도 있다고 생각해요.

"처음 사진이 실린 후… 유명인들은 사진이 실리는 걸 즐기지 않아. 자기 사진이 잡지에 더는 실리지 않을까 봐 두려워해. 그들은 덫에 걸린 셈이야. 너처럼."

아주 멋진 대화로 들리네요.

지성이 넘치죠.

지금 생각난 건데, 크루즈선이 지닌 슬픈 면이 무엇인지 아는 데 한참 걸렸어요. 크루즈선을 주제로 쓴 제 글 읽어 보셨나요?

물론이죠.

크루즈선 여행의 큰 거짓말은 충분히 즐기고 보살핌을 받으면 내 안의 불만족스러운 부분이 잠재워진다는 거죠. 사실 크루즈선 여행은 욕구를 더 강하게 할 뿐인데 말이에요. 이게 제가 쓴 글의 내용이에요. 얼마 안 되는 제 경험에 비춰 볼 때, 이건 글쓰기와도 어느 정도 관련이 있어요. 스물네 살 때 『뉴욕 타임스 매거진』에 제가 웃는 사진이 실린 적 있어요. 정확히 딱 10초간 기분이 좋더라고요.

매거진이요?

아, 미안해요. 『뉴욕 타임스 북 리뷰』요. 또 『월 스트리트 저널』에 제 얼굴을 점묘 기법으로 그린 그림이 실리고 "아주 잘 나가는 작가의 별나고 획기적인 소설"이라던가 뭐 그런 제목의 기사가 실린 적이 있어요. 제가 야도에 있었을 때 그 기사가 나왔어요. [그는 과거에 자기가 어떤 인간이었는지 의무적으로 경멸을 느끼는 쇄신된 사람이다.] 기분은 정말 좋았어요. 사람들이 전부 거실에 앉아서 그 기사를 읽고 있었거든요. 기분이 굉장히 좋았고 좀 과장하자면 날아갈 듯 황홀했어요. 그런데 30초간은 그렇게 좋다가 굶주린 듯 그걸 더 원하게 되더라고요. 그러니까 바보가 아닌 이상, 진짜 문제는 좀처럼 만족하지 못하는 자신이라는 걸 알겠죠. 그렇게 단 몇 초간 좋다가 그걸 더 많이, 그보다 더 나은 걸 갈망하는 굶주림이 생겨요.

적어도 이번 책에서 제 흥미를 끌었던 점은, 물론 기자님이 쓸 에세이와 관련해서는 그다지 흥미롭지 않겠지만. [이제 기사를 "에세이"라고 부른다. 에세이란 그가 쓰는 글인데 말이다. 재미있다.] 어쨌든 제 흥미를 끌었던 점은 그 일반적인 패턴과 신드롬이 적어도 우리

문화 안에서는 반복되는 것처럼 보인다는 거예요. 그게 우리 문화의 일부를 이루는 풍족한 중산층을 대상으로 수백만 가지의 다양한 방면에서 거듭 반복되는 것처럼 보여요. 그런데 우리는 그 사실을 알아채지 못하고요. 알아채지 **못하는** 것처럼 보여요.

이건 지엽적인 이야기인데, 사실상 작가님은 20대 중반에 원하던 독자층을 얻었어요…. 「자의식」을 인용하자면요. 업다이크가 어머니의 집에서 다섯 살 때 찍은 자기 사진을 봐요. 그게 이제는 사악하게 보여요. "난 지금 네가 원하던 존재가 되었다." 무슨 의미인지 아시겠죠? "네가 날 이 길로 이끌었다. 이제 나는 무엇을 해야 하나? 나는 그의 지시를 기다린다." 그러니까 제 말은 어떤 의미에서는 작가님이 스물다섯 살 때 품었던 야망을 실현했다는 거예요. 본인이 발휘하고 싶었던 영향력의 측면에서요….

어쩌면 그 야망 때문에 일을 하게 되고 언론에 모습을 드러내고 또 본래 품었던 야망이 그릇된 것임을 깨달아요. 그렇죠? 묘한 역설적 관계예요. 야망을 품지 않는다면, 그 야망이 착각에 따른 것임을 절대로 깨달을 수 없어요.

  하지만 기자님 말이 맞아요. 그 착각이 허무한 것이라는 결론을 내리게 되면 큰 문제가 생겨요. [사흘 전에 공항에서] 기자님이 말했듯이, 본인의 일부를 죽일 수는 없으니까요. 본인의 그런 면까지 포용할 수 있는 기제를 만들어야 해요. 다만…거기에 휘둘리지 않는. 무슨 의미인지 아시겠죠?

몇 살 때 소설을 쓰기 시작했나요?

스물한 살이요.

그 전에는 전혀 안 썼나요?

아홉 살 때 제2차 세계대전에 관한 소설을 쓰기 시작했어요. [내가 웃는다.]

그러다 그만두었나요?

네. 그건 제2차 세계대전 때 고도로 발달된 힘과 기술을 갖고서 히틀러의 벙커에 침입하려는 사람들에 관한 이야기였어요. 「켈리의 영웅들」인지 「더티 더즌」인지를 보고서 그 이야기를 쓴 것 같아요. 영화를 좋아한 경험에 자극을 받아서 시작한 일이나 마찬가지였죠. 그러고서… 본격적으로 소설을 쓰기 시작한 건 스물한 살 때였어요. 실은 마크 때문에 시작한 셈이에요.

　글을 좀 쓴 적이 있어요. 대학 때요. 다른 학생들 대신 과제물을 해준 적이 몇 번 있었어요. 그 이유는 많은 학생이… 꽤 괜찮은 일이었죠.

과제물을 써주고 그들에게서 돈을 받았나요?

음, 그렇게 노골적으로 이야기하고 싶지는 않네요. 다만, 복잡한 보상 체계가 있었다고 해두죠. 자주 그런 건 아니었어요. 한 가지 재밌었던 건 다른 학생들의 과제물 두세 건을 읽고 나니 그들의 문체가 어떻게 들리는지 파악되더라고요.

이런 생각이 들었죠. "세상에, 내가 이걸 정말 **잘하네**. 난 좀 특별한 종류의 위조범인가 봐. 누가 하는 말이든지 그 사람처럼 그럴싸하게 흉내 낼 수 있어." 교수들이 한 말을 비슷하게 모방해서 교수들 대신 논문을 쓰기도 했어요. 그 교수가 직접 쓴 것처럼 보이게요. 더 그럴싸할 때도 있었어요.

나보코프는 그걸 파란 마법을 부리는 능력이라고 했어요.

네. 별일이었죠. 전 늘 유명인 흉내를 내는 일을 전문적으로 하고 싶었거든요. 목소리로요. 하지만 그러지 못했죠. 그렇게 흉내를 낼 만한 날렵한 목소리와 표정이 부족해서요. 그렇지만 할 수는 있어요. 참, 마크와 저는 몇 년 동안 발행이 중단되었던 오래된 유머 잡지를 되살렸어요.

누굴 흉내 낼 수 있었나요?

스쿠비 두와 더들리 두-라이트를 흉내 낼 수 있어요. 또 제임스 카터 흉내를 정말 잘 내요.

저를 위해서 한 번 해주실 수 있나요?

이걸 기사에서 소리가 나게 재생할 방법이 있나요?

[그가 한 가지를 한다. 썩 잘하지는 못한다.]

과제물을 얼마나 많이 써줬나요?

전 마이클 페뮬리스가 아니었어요. 제가 쓴 건 한 손으로 꼽을 정도예요.

돈 때문이었나요?

아, 왜 그러세요…. 어쨌든 우리가 그 유머 잡지를 되살렸어요. 전 그 잡지를 무척 좋아했고 마크는…

[테이프의 한 면이 다 된다. 우리에게는 이제 테이프가 없다. 데이브가 전 여자친구의 테이프를 내게 하나 건넨다. "Step!"이라고 쓰인 오래된 스텝 에어로빅 믹스 테이프이다. 우리는 거기에 녹음을 한다.]
학교 수업 시간에는 『에이다 혹은 아더』, 『중력의 무지개』, 그리고 바셀미의 작품을 많이 읽었어요.
　　교내에 지성 넘치는 문학청년들이 있었는데, 예민하고 정치적 올바름을 추구했어요. 베레모를 쓴 청년들이요. **아직도** 제가 저를 작가라고 칭하길 싫어하는 한 가지 이유는 그들과 같은 부류로 오해받기 싫어서예요. 이스트 코스트의 대학들에는 소규모 교내 잡지가 있고 그걸 누가 장악할지를 두고 작게나마 내분이 일어나죠. 그 허영이 너무 살벌해요.

[그의 강점 중 하나: 그는 중서부 사람처럼 판단하고 말을 한다. 그 번뜩이는 지성 안에 어린애가 무심하게 쓰는 속어가 숨어 있다. 땅 아래에 있는 시멘트 바닥 같다.]

어쨌든 우리는 잡지 만드는 일에 열중했고, 마크는 늘 소설을 썼어요. 그가 영문학과에서 논문으로 소설을 썼어요. 당시 마크는 저보다 한 학년 위였어요. 저는 한 해를 휴학하고 통학버스를 운전했거든요.

왜죠?

아주 행복하지가 않아서요. 학교 다니면서 아주 행복하지가 않았어요. 뭔가 채워지지 않는 부분이 있었어요. 제가 읽고 싶은 책이 많았는데 독서 수업에서는 전혀 다루지 않았어요. 어머니와 아버지는 아주 쿨한 분들이셨죠. 제가 책임을 회피하고 꾀를 부리려는 게 아니라는 걸 확실히 아셨어요. 제가 일 년을 휴학하고 집에서 살면서 통학버스를 운전하도록 내버려 두셨어요. 그때 책을 많이 읽었어요. 제가 평생 읽은 책 대부분은 그해에 읽은 거예요.

어쨌든 제 전공은 철학이었어요. 진지한 주제죠. 인정받을 수 있는 경력을 쌓아야 했어요.

[내가 이 원고를 읽고서 당장 그 집으로 달려가 그에게 다르게 살라고, 앞으로 어떤 일이 벌어질지 그에게 설명할 수 있다면 얼마나 좋을까. 그렇게 할 수 없다는 게 문득 이상하게 느껴진다.]

어쨌든 마크가 저보다 한 학년 앞섰고, 영문학과 논문으로 소설을 썼어요. 전 그게 가능한 일인지 몰랐어요. 사실 그게 전적으로 **가능한 건 아니었거든요**. 당시 학교에는 저명한 작가들이 있었어요. 브래드 레잇하우저도 있었고 마릴린 로빈슨도 있었어요. 그분들에게 쓴 글을 읽어봐 달라고 하고 조언을 구할 수 있었어요. 마크가 그 길을 텄죠.

그해 봄에 워크숍을 했어요. 제가 학부 재학 중에 한 유일한 워크숍이었어요. 알란 렐축이라는 분한테서요. 맞아요. 『미국의 해독』을 쓴 분이죠. 그분과 제가 죽이 잘 맞았던 건 아니에요. 어쨌든 그렇게 워크숍을 했는데, 거기서 학생 몇몇이 맘에 들더라고요. 그중에 실력이 월등하게 좋은 학생들이 몇 있었는데, 지금은 뉴욕과 LA의 가톨릭 학교에서 가르치는 일을 하고 있어요. 어쨌든 그 친구들 덕분에 수업에 친숙해질 수 있었어요.

그러고서 저도 소설을 논문으로 써야겠다고 생각했어요. 제가 써야 할 철학 논문은 너무 어려워 보였고 또 겁이 났거든요. 그래서 즐겁게 소설을 써야겠다고 마음먹었어요. 일종의 부업처럼요. 다 쓰면 백 쪽쯤 되겠다고 생각했어요. 그런데 『시스템의 빗자루』 첫 번째 초고가 칠백 쪽이나 나왔어요. 다섯 달 만에 쓴 거였어요. 묘했어요. 그건 마치…

여러 가지 일이 한데 겹쳤어요. 제 초고에 이론적으로 생각할 부분이 많더라고요. 모방이라는 문제도 있었고요. 또 그 친구들이 과연 뭘 해낼 수 있을지 동경하는 마음도 있었어요. 어쨌든 우리는 독서 모임을 만들어 책을 읽었죠. 아. 그리고 앤디 파커라는 교수도 있었어요. 이론에 정통한 분이셨고, 우리 중 많은 수가 그분의 영향을 받았어요. 그분이 제 논문 심사위원이 되겠다고 하셨어요. 저를 마누엘 푸익에게 소개해 준 분이기도 하고요.

그렇게 갖가지 기묘한 일이 한꺼번에 찾아왔어요. 큰일이었죠. 원래는 철학 전공으로 대학원에 가려고 했거든요. 가족들 사이에서는 아무 말도 없었어요. 저희 아버지는 자식들에게 뭔가를 강요할 바에야 차라리 마취 없이 사지를 절단할 분이시죠. 하지만 전 제가 대학원에 가야 한다는 걸 **알았고**, 가족들 사이에서 대학원에 **가지 않**을 방법도 없었어요. 그런데 전 대학원에 가는 대신 그해 봄에 문학 프로그램에 지원했어요. 아무에게도 말하지 않고요.

그런데 실은 제 철학 논문이 원활하게 진행되고 있었어요. 햄프셔 출신 교수와 함께 작업을 했어요. 그 교수가 이렇게 말하더군요.

"제정신이니? 이 논문을 출간할 수도 있어. 그러면 **일자리를 얻게 될 거야**. 대학원 재학 중에 말이야. 정말 바보 같구나." 그런데 신기하게도 소설 쓰는 게 정말 좋더라고요. 『시스템의 빗자루』를 쓰는 게 저의 97퍼센트를 쓰는 거였다면, 철학 논문을 쓰는 건 저의 50퍼센트를 쓰는 것 같았거든요. 그건 정말로…

실제로 소설을 쓸 수 있다는 능력에 놀랐나요?

네. 상당히 빨리 쓰기도 했고, 교수들이 제 글을 좋아했어요. 정체기를 넘어섰어요. 졸업반 되기 전 여름에 글 쓰는 게 급격히 좋아졌어요. **몰라보게 좋아졌어요.** 어떻게 그렇게 됐는지는 모르겠어요. 그러고서 몇 년 동안은 더 나아지지 않더라고요.

아, 또 기자님이 관심 가질 만한 부분이 있네요. 89년에 절망에 빠졌던 이유 중 하나가 어떤 면에서 제가 테니스 치던 시절이 떠올랐기 때문이에요. 꽤 늦은 나이인 열두 살에 테니스를 시작했고 실력이 급격하게 좋아졌죠. 열세 살인가 열네 살 즈음에는 지역 선발전에서 꽤 잘해서 국가 선발전에도 나갈 만큼 실력이 좋았어요. 주니어 쇼에 설 만한 실력이 되었던 거죠. 그런데 바로 그때부터 테니스가 제게 중요해졌어요. 그게 절 옥죄기 시작했어요.

기자님이 이런 걸 알 만큼 스포츠를 많이 해봤는지는 모르겠네요. 특정 스포츠, 그러니까 공을 던져야 하는 야구나 농구 내지는 골프 같은 스포츠에서는 이 숨막힘이라는 게 정말 역설적이에요. 겁을 먹으면 먹을수록 경기를 더 못하게 돼요. 저는 풋볼만이 테스토스테론에서 뿜어져 나오는 격렬함을 유발할 수 있는 스포츠라고 생각해요. 체중이 140킬로그램이나 나가는 라인맨이라면 경기에서 유리할까요? 불리할까요? 반면 당구나 테니스 같은 정밀함이 요구되는 스포츠에서는 어떨까요? 그 무엇도 그런 두려움으로부터 선수를 지켜주지 않아요. 게다가 제게 그 두려움은 경기 결과가 제 정체성에 중요한 존재가 된다는 것이었어요. 그러다 89년이 되니 "이런, 또 똑같은 상황이군." 이렇게 생각하게 되더라고요. 글쓰기도 꽤 늦게 시작했죠. 스물한 살에요. 제가 작가가 되고 싶은지도 몰랐어요. 그래도 앞날이 굉장히 창창해 보였죠. 그런데 그 전도유망함이 뭘 의미하는지 느끼는 순간 그게 무너져 버렸어요. 어떤 순환하는 주기 같은 게 보였어요. 어린 시절의 그 충격과 절망이 성인기까지 이어지는 걸 느낄 때마다 심정이 이랬어요. "난 갇혀 버렸어. 벗어날 수 없어."

『시스템의 빗자루』에 대한 평을 읽고 어땠나요?

소름 돋더라고요. 아니, 실은 아무것도 제대로 느끼지를 못했어요. 지금 생각해 보니 의도적이었던 것 같아요. 그때 마리화나를 엄청나게 피우고 있었으니까요. 그때가 제 인생에서 유일하게 술집에 가서 알지도 못하는 여자들한테 들이대던 때였어요. 저 같지는 않았죠. 제게는 안 그래도 많은 일이 일어나고 있었기 때문에… 그런데

이상하죠. 당시 사람들에게 기분이 좋고 설렌다고 말할 수도 있었
는데 말이에요. 그런데 오히려 혼란스러웠어요. 아주 심란했어요.

87년 봄이군요.

맞아요. 그 전부터 유별나게 살기 시작했어요.

애리조나 대학원에서는 반응이 안 좋았나요? 『시스템의 빗자루』로 입학 지
원을 했죠?

학교에는 『시스템의 빗자루』 중에서 꽤 현실적인 내용을 담은 대목
과 다른 두 편의 긴 글을 포트폴리오로 보냈어요. 『시스템의 빗자
루』는 대부분 84년 9월에서 85년 2월 사이에 썼어요. 그래서… 그
걸 다시 썼어요. 한 부분을 다시 썼어요.
    재학 중에 여러 단편을 작업했고, 그중 서너 편은… 아주 재밌었
어요. 「여기저기」라는 단편을 쓴 적이 있는데, 썩 좋지는 않았어요.
그런데 첫 학기에 페너 교수가 그 단편을 아주 싫어했어요. 하지만
결국 그 작품으로 오 헨리 상을 받았죠. [『1988년 오 헨리 상 수상작
모음집』] 제가 할 수 있는 일은 그 책을 페너 교수에게 보내지 않는
게 전부였어요. 제게 마음의 상처를 주었으니까요.

저도 그런 경험이 있어요.

[교수가 내가 쓴 글을 싫어했는데, 그 글이 『뉴요커』와 『미국 최고 단편 집』에 실렸다.]

재학 중일 때 그랬나요? 그런데 제게 뭘 물어봐요. 기자님 경험을 제 게 투사시켜 봐요. 아주 똑같은 경험일 테니까요….

기사는 저에 관한 내용이 아니잖아요.

그렇긴 하죠. 그런데 그때 심정이 어땠나요? 궁금해서요.

신나기도 하고 두렵기도 했어요.

만약 제가 그런 답변을 내놓았으면, 기자님은 "이런, 제게 아무 말 도 안 해주시는군요"라면서 마음 상해했을 거예요. 이런 문제는 말 하기가 어려워요. 말하기가 어렵죠.

페너 교수가 뭐라고 썼나요?

"이건 포트폴리오에 있던 글과는 다르네요. 여기서 이런 종류의 글 을 쓰려고 하는 게 아니길 바라요. 우린 한 학생을 잃고 싶지 않으니 까요."

정확히 인용하자면 뭐라고 했죠?

"포트폴리오를 받고서 무척 기뻤습니다. 하지만 여기서 지향하고자 하는 작품의 방향이 이런 쪽이 아니기를 바랍니다. 학교 측에서는 한 학생을 잃기를 원치 않습니다." (그의 머릿속에서 즉석으로 나온 내용이다.) 정말 싫었던 건 학교에서 솔직하지 못했단 거예요. 협박할 거면 이런 식으로 했어야죠. "여기서 이런 글을 계속 쓴다면 쫓아내 버리겠어." 그런데 "학교 측에서는 한 학생을 잃기를 원치 않습니다"라니. 복잡하고도 자기보호적인 입장이죠. 씁쓸해하면서도 솔직하지 못한 반응이에요. 그런데 그게 의외의 면에서 제게 도움이 되었어요. 오히려 좋은 말을 해준 셈이었죠. 그런데 그들은… 잠깐만요. 어떤 글귀를 인용하려고 하는데, 에머슨인 것 같아요. "그리 크게 외치는 당신은 누구인가? 당신이 하는 말이 들리지 않아."

그런데 재학 중일 때 어떻게 에이전트를 구해서 『시스템의 빗자루』를 출판사에 팔았죠?

애리조나에 로버트 보스웰이라는 사람이 있었어요. 저와 안면이 있는 사이였죠. 제가 그의 전 여자친구를 끈질기게 쫓아다녔거든요. 당시 그는 결혼한 상태였고, 그는 절 자기의 전 여자친구의 거절을 영영 받아들이지 못하는 사람으로 알고 있었죠. [얼마나 젊디 젊은 중서부인인가. 그가 그런 행동을 하다니.] 저는 그에게 책을 다 썼다고 말했어요. 그랬더니 그가 도서관에 가서 에이전트 목록을 찾아보라고 하더군요. 도서관에 에이전트 연합에서 나온 책자가 있었거든요. 그 목록의 첫 스무 명에게 원고를 보내라고 하더군요. 제 에이전트가 프레드 힐이 된 건 우연이 아니었죠. 그런데 도서관에서 에이전트 목록을 찾을 수가 없더라고요. 결국 그가 제게 목록 사본을 주었고, 저는 에이전트들에게 편지를 썼죠.

그런데 다른 작가들은 의학박사 학위, 법학 학위를 취득하거나 보조금을 지원받거나 NEA 펠로우십을 받기도 하죠.

그런 게 지금까지도 있는데 지원을 안 했다면 바보 같다고 생각하시겠죠. 구겐하임에 몇 번 지원했었어요. 제 말도 안 되는 바람 중 하나는 그게 도움이 되리라고 생각한 거죠.

보스웰은 학교에서 반신반인 같은 존재였어요. 아주 특출한 학생이었어요. 그렇게 특출하다 보니…

어쨌든 제 책을 몇 챕터 보냈어요. 재밌었어요. 반응이 제각각이었거든요. 티크너 앤 필즈에서는 이런 반응을 보였어요. "제 생각에는 이야기 속에서 플롯이나 인물들, 둘 중 하나가 이겨야 한다고 생각해요. 그런데 이 글에서는 어느 편도 이기지 않았네요. 그래서 원고를 받아들이기가…" 코크 스미스, 그게 그의 이름이었던가요? 그리고 여러 에이전트가 보낸 편지의 내용이 이랬어요. "경비원 인생에 행운이 있기를 바랍니다." "원고를 더 읽어 보고 싶네요. 아시겠지만 원고 검토비는 X입니다." 전 그때도 그게 완전히 사기라는 걸 잘 알고 있었죠.

마침내 두 곳에서 확실한 제안이 들어왔어요. 애리조나에 제가 좋아하는 사람이 있었어요. 그가 말하길 웨스트 코스트의 에이전드를 선택해야 한다고 하더라고요. 제가 투손에 사니까요. 게다가 이스트 코스트의 에이전트는 전부 매춘부 같다고 하더라고요. 그래서 프레드 힐과 점심식사를 하게 됐어요. 그 후로 그를 8년 동안이나 보지 못했지만요. 그때 프레드가 제 필명을 "데이비드 포스터 월리스"로 하라고 권했어요. "데이비드 레인즈 월리스"는 당시 『더 뉴요커』의 기고가였으니까요. 제 실제 에이전트는 보니였어요. 그녀는 제가 애머스트를 졸업하기 전 해에 윌리엄스를 졸업했고, 우리 사이에 공통적으로 아는 지인들이 있었어요.

보니가 일찌감치 에이전트 역할을 하기 시작했어요. 극성스러운 유대인 엄마처럼 전화로 이것저것 제게 지시했어요. 저는 그냥 보니의 치맛자락을 붙들고서 그녀를 엄마처럼 졸졸 따랐어요. 와스프의 박탈감 뭐 그런 건 몰라요. 그런 식이었어요. 또 보니는 게리와 함께 일을 하던 사이였고요.

그때 경매가 있었어요. 경품권 서비스 같은 조건을 제시해서 바이킹이 낙찰되었던 것 같아요. 그런데 스크리브너에 톰 젠크스라는 사람이 있었어요. 전 그냥 그가 아주 멋지고 매력적인 사람이라고 생각했어요. 태도가 세련된 남자였어요. 그때 전 사람들이 어떤 의도를 갖고 호의를 보이는지 전혀 알지 못했죠.

450

그래서 바이킹에서 계약을 따냈나요?

네. 바이킹에서 책이 나왔어요. 게리가 편집의 측면에서 좋은 제안을 많이 해주었는데 제가 전부 무시했어요.

원고가 팔리니 기분이 어떻던가요?

날아갈 듯 기뻤어요. 원고가 수천 달러에 팔렸고, 전 새 차를 샀죠.

그 차는 아니군요.

실은 그래요.

[내가 웃는다.]

버짓 렌터카에서 6천 달러를 주고 샀어요. 제 차는… 불쾌한 일이 있었어요. 저는 차를 못 사고 곧 쫓겨날 수도 있는 아슬아슬한 선에서 가격을 부르기 시작했어요. 그러다 가격을 높이니 거기 사람들이, 그들은 아주 직업 정신이 투철한 사람들이었어요. 그랬더니 그 사람들이 이런 식으로 절 대우하더라고요. "만나서 반가워요. 저녁 드시러 꼭 오세요." 그 말이 아주 달콤하게 들리더라고요. 그들에게 경멸이 느껴졌어요. 그들이 스스로 어떤 인간인지 몸소 보여 주었

451

으니까요. 그들은 자기가 가진 증오에 대한 일관성조차 없었어요.
그래서…

◆◆◆

오전

개를 산책시키는 중이다.

그가 동네를 구경시켜 준다. 왜 동네를 좋아하는지 알려준다.

[기다란 밭이 펼쳐진 풍경] 바람이 불면 잔물결이 일어요. 마치 물 같
죠. 바다 같아요. 초록색이라는 점만 빼면요. 정말 그래요. 여긴 뭐
다른 건 별로 없어요. 그런데 남쪽으로 1킬로미터 더 넘게 가면, 전
업 농가와 농지들이 있어요. 평온하고 아름다워요.

또 미쓰비시 공장도 있고 농장을 지원하는 시설들이 많아요. 로-
테크와 앤더슨 시즈라는 회사들도 많고요. 스테이트팜 보험 회사도
있어요.

아주 어렸을 때 흡혈귀에 대한 환상이 있었어요. 어떤 때는 상어
에 푹 빠지기도 했고요. [그는 영화 「로스트 보이」를 좋아한다.] 확실
히 알 수는 없었을걸요. 그가 흡혈귀로 변했다 사람으로 변했다 하
기를 원한 건지 잘 모르겠더라고요….

•••

그는 배가 고프다.

다시 렌트카 안

월그린에 가서 음료수를 사고 아침을 먹으러 간다.

식당에서 아침 먹는 걸 원치 않는다. 맥도날드에 가고 싶어 한다.

[그는 자립적이고 단호한 사람이다. 두둑한 지갑으로 무장을 하고 온 기자를 앞에 두고서 자기가 마실 다이어트 라이트 음료수 값을 본인이 내길 간절히 원한다.]

(금속 사바랭 캔에 대해 열변을 토하는 중) 캔 안에다 동전을 가득 넣으면 문진으로 쓰기 딱 좋아요. 뚜껑은 집안에서 개한테 원반처럼 던져주면 딱이고요. 오드잡의 모자처럼요. [그는 "뭔가 폭발하는 영화"의 팬으로서 말한다.]

•••

맥도날드

[음식을 아주 많이 시킨다. 카운터에 있는 여직원에게 그가 말한다. "저희가 타고 온 버스가 있어요." 그의 마지막 농담. 데이트에 관한 농담이 아니다.

여직원이 우리를 보고 미소 짓더니 주문한 엄청난 음식을 갖고 갈 건지 묻는다. 차로 돌아왔는데 그가 맥도날드 더블 베이컨 치즈 버거에 들어 있는 베이컨에 대해 애정을 듬뿍 담아 말한다. "고무 같아요. 비계가 없는."]

저는 맥도날드 감자튀김이 얼마나 맛있는지 늘 잊곤 해요….

전 맥도날드에서 자주 먹지는 않아요.

[우리가 차 안으로 가져온 봉투 안에서 감자튀김을 꺼낸다.]

전 피클은 빼고 먹어요. 어머니는 제가 편식을 한다고 말씀하시곤 했죠.

[이 말을 적자 얼굴이 창백해진다.]

♦♦♦

그의 집

아침식사

[개들에게 음식을 준다. 접시와 가방을 놓은 채로 자리를 비우지 말라고

내게 주의를 준다.] 테이블 위에 음식을 올려놓고 자리를 비우면 안 돼요. 개들이 다 먹거든요. 꼭 테이블에서 음식을 먹어야 하고요.

제가 개들에게 말 거는 정신 나간 할머니처럼 보일까 봐 걱정되네요. [그와 개에 관한 내용을 내가 적을 때면 그가 앓는 소리를 낸다. "개들이 기분 나빠할 거예요." "작가님 개들이 어떻게 기분 나빠 하나요? 개들이 기사를 **읽지** 못할 텐데요."]

[내 컵케이크의 절반을 달라고 부탁한다.]

(성경의 서사시를 연상시키는 목소리로) "얘들이 먹어요. 정말 좋네요. 정말 **좋아요.**" 앉아. 앉아.
[다시 맥도날드에 대해] 나빠요. 다만 아주 좋은 면에서요.

[NPR에서 조지 번즈가 오늘 세상을 떠났다는 소식이 들려온다.]

조지 번즈가 왜 죽었는지 궁금하네요. 누가 곤봉 같은 것으로 해치워 버렸을까요. 그게 유일한 방법이라고 생각하고서요.

제가 오늘 아침 샤워를 하는 중에 라디오에서 추모 방송이 길게 나왔어요.

작가님 호텔 방에서 엄청난 양의 비타민을 봤어요. 어떤 용도로 복용하시나요?

비타민 C와 B를 많이 복용해요. 담배를 많이 피우거나 니코틴을 많이 섭취하면 비타민을 대량으로 복용해야 한다고 들었어요. 저는 비타민 C를 3,000 내지는 5,000mg 정도 섭취해요. 소변이 리갈 패드처럼 샛노란색으로 나와야 비로소 안전하구나, 하고 안심해요. 비타민 B6은 100mg, 비타민 A도 복용해요. 피부가 안 좋거든요. 아연도 복용해요. 그 정도네요.

　이건 비상용으로 비축해 둔 비타민이고요. 용량이 500mg 정도예요. 먹기에 골칫거리긴 하죠. 한 알 삼키려면 음료수 캔 하나를 다 마셔야 해요. (개들에게) 저분에게도 지금 당장 드리자. 좀 고단하다고 느끼실 것 같으니까.

개들에게도 비타민을 주나요?

아뇨. **기자님**에게 드리려고요. 너무 지치게 무리해서는 안 돼요. 기자님은 잠도 충분히 못 잤고 지금 음식도 입에 안 대고 일도 너무 열심히 해요. 자, 드세요. (웃는다) 90년대의 바쁜 남성이네요.

이걸 다 먹나요?

네. 한번에 다는 아니고요. 그러면 질식할 거예요. 한 번에 하나씩 드세요. 정밀하고 다소 분석적이고 철학적인 방식으로요.

이 많은 걸 하루에 다 드시나요? 이 많은 알약을요?

네. 해롭진 않아요. 뭐든 익숙해지지 않으면 불편하기 마련이죠.

그런데 책이 왜 천 쪽이나 되죠?

글쎄요. 다채로운 인물들이 많이 등장하는 글을 써보고 싶었어요. 행동이 별나고 자유분방하면서도 느린 인물들로요. 천 쪽을 쓰겠다는 목표를 정해 놓은 건 아니었어요.

그렇지만 원고가 길어질 걸 알고 있었잖아요.

뭔가가 얼마나 길어질지 미리 알 수 있나요? 전 전혀 모르겠던데요.

무슨 말씀인지 알겠어요. 하지만 야구에서처럼 본인이 뭘 향해서 배트를 휘두르는지는 알잖아요.

맞는 말이에요. 오백 쪽은 넘을 거라고 예상했어요. 전에는 오백 쪽 넘게 글을 써본 적이 없어요.

왜죠?

[그는 샤워를 해서 아직 젖은 상태다. 세인트폴 NPR 스튜디오 밖에서 담배를 피울 때 그의 머리에서 김이 솟았던 게 기억난다.]

제 책이 아주 환영받지는 못할 거라고 생각했어요. 한 가지 이유는 현재 미국인들의 정신적인 삶이 어떤지 그 결을 나타내는 글을 쓰고 싶었기 때문이에요. 그건 독자들에게 엄청난 쓰나미 같은 게 몰려올 거라는 걸 의미하죠. 그래도 책이 독자에게 전적으로 불친절하지는 않아요. 중간에 의도적으로 어렵게 쓴 부분은 제외하고요. 이 책은 덩어리들로 나누어져 있어요. 뚜렷한 종결이나 마지막 행들이 있어요. 그런 게 나올 즈음이면 나가서 담배나 뭐 그런 걸 피우고 들어올 때가 된 거죠.

챕터가 짧기도 해요.

네. 특히 처음 부분이요. 많은 챕터가 아주 아주 짧아요.

일하는 독자들에게는 힘들 거예요. 온종일 일하고 집으로 돌아와 문을 열면 천 쪽짜리 어려운 책이 기다리고 있으니까요. 집에 오면 어마어마한 게 기다리고 있죠.

아까도 말했지만, 특별한 목표를 갖고 있었어요. 상당히 어려우면서도 충분히 좋고 재밌는 글을 쓰고 싶었어요. 기꺼이 책을 읽고 싶을 정도로요. 그 과정에서, 독자가 본인이 생각하는 것보다 더 자발적이라는 점을 알려 주고 싶었어요.

지금 제 목표가 무엇이었는지 얘기하는 거예요. 그 목표로 무엇을 성취했는지 얘기하는 게 아니라요.

물론 전략적으로는 기자님 말이 맞아요. 마이클이 지적했고 저도 동의했어요. 이 책이 기본적으로는 평론가들의 발을 짓밟고 그들 얼굴에 침을 뱉고 감히 그들을 화나게 하는 것이라는 점 말이에요. 저도 전에 서평을 써본 적이 있기 때문에, 서평을 쓰고 돈을 얼마나 받는지 알아요. 마감 기한이 어떤지도 알고요.

이번 책이 어려운 책이라고 생각하나요? 아니면 쉬운 책이라고?

둘 다라고 생각해요. 어떤 면에서는 쉽게 읽혀요. 중간에 한 행마다 도전 정신을 자극하는 꽤 어려운 부분들이 있기는 하지만요. 이 책은 어려운 책과 쉬운 책 모두가 되도록 고안되었어요. 권말의 주석을 읽는지 안 읽는지에 따라 아주 다른 책이 돼요. 내지는 번호가 나올 때마다 주를 찾아서 읽거나 혹은 나중에 다 몰아서 읽거나 미리 읽는지의 여부에 따라서도 다른 책이 돼요. 권말의 주를 읽지 않으면 확실하지 않은 플롯이 많아요.

책을 직접 읽으니 어렵던가요? 쉽던가요?

글쎄요. 마지막 두 번은 무지하게 지루하더라고요. 다만 그건 교정 작업을 할 때였어요. 초고 앞부분을 사람들에게 보낸 적이 있어요. 좋은 친구들이었기 때문에 책이 별로면 제게 사실대로 말할 사람들이었어요. 의견을 좀 들으려고 그들에게 원고를 보냈는데 실은 용기를 많이 얻었어요. 친구들이 어느 대목을 읽다가 제게 전화를 해서는 깔깔대며 웃더라고요. **재미없지는 않아**, 라는 의미로 들렸어요. (부드러운 목소리로) 카리스, 마크 코스텔로, 존 프랜즌.

책이 또 재미에 관한 것이잖아요.

그래서 책이 재미있기도, 재미없기도 해야 했어요. 예를 들어, 저는 상대방이 듣고서 크게 웃어 대다가 문득 불안해하는 농담을 좋아해요. 웃다가 잠시 곱씹게 되는 농담이요. 완전히 블랙 유머는 아니지만, 등골을 서늘하게 하는 유머죠.

또 속악한 장치를 의도적으로 사용한 부분도 있어요. 매해를 그해에 보조금을 지원하는 기업명으로 칭한 게 그 예죠. 그렇지만 신빙성 있어 보이게 썼어요. 다양한 보조금이 작용하는 원리와 다르지 않아요. 내지는 기꺼이 돈을 낼 의향도 없으면서 높은 수준의 서비스를 요구하는 유권자들을 만족시키는 방식과도 다르지 않아요.

국가 부채에 보조금을 지급하는 일과도 다르지 않죠.

거기에 반하는 장치들은 예를 들면 특정 약물의 합법화에도 반대해
요. 우리가 세월이 기업에 팔리는 걸 허용하는 사회를 원하나요? 만
약 상황이 나빠져서 그런 조치가 필요하게 되면, 우선 다른 여러 면
에서 문제와 위기가 분출될 거예요.

독자들을 상상할 수 있나요? 독자들을 어떻게 상상하나요?

제가 상상하는 독자들은 현대의 은어나 관용구를 이해할 만큼 젊은
사람들이에요. 현대의 은어나 관용구는 현재 언어가 작용하는 방식
에 **충실하죠**. 「청춘의 양지」가 50년대의 특정 종류의 언어에 충실한
것과 마찬가지로요. 또 제가 상상하는 독자는 교육수준이 어느 정
도 높거나 읽기 연습을 많이 한 사람들이에요. 어려운 글을 읽는 연
습을 하면 거기에 보상이 따른다는 사실을 알아야 읽을 수 있는 부
분들이 책에 있거든요.
[그의 여동생 에이미의 질문이 마이클의 질문과 비슷하다. 여기서 독자
들을 얼마나 짜증나게 할 셈이야?…]

긴 글이라고는 앤 라이스나 스티븐 킹의 글을 읽은 게 전부인 사람
들이라면, 그들에게 요구되는 부담을 받아들일 수 없을 거예요. 책
의 꽤 초반부터요. 넓은 독자층을 형성하고 싶다는 포부는 전혀 없
어요.

하지만 지금은 넓은 독자층을 갖고 있잖아요.

음. 무슨 의미죠?『뉴욕 타임스』베스트셀러 목록에서 15위를 한 거
요? 그래서 뭐가 어떻게 되는 건지는 모르겠어요. 제 책은 6만 부 이
상 찍지 않았어요.

『에이다 혹은 아더』가 1위를 했었고…

드릴로의『라트너의 별』을 보면 그런 점을 은밀하게 체계적으로 암
시하는 내용이 나와요. 주로 수학에 관한 내용인데 결말은 그리 강
력하지 않아요. 기자님이 드릴로를 좋아하실 것 같아요.

독자의 이미지는… 대학생인가요? 책에 갑자기 푹 빠진?

낭독회를 다니면서 알게 되었는데, 제 책에 가장 열광하고 감동하
는 사람들은 젊은 남자들이더라고요. 이해가 가요. 책이 꽤 남성적
이니까요. 외로움에 관한 괴짜 같은 책이기도 하고요. 대학 때 심지
어 실험적인 작품들마저 제가 읽고 열광한 이유는 당시 품고 있던
어떤 감정이나 사고방식 내지는 인식이 책에서 재현된 걸 발견했기
때문이죠. 그래서 그런 생각이나 감정을 가진 사람이 나만이 아니
구나, 하고 안도했어요. 저만 이런 식으로 느끼는 게 아니라는 걸 알
았어요. 편집증의 반대가 진실일지 모른다고 걱정하는 사람이 저뿐

이 아니라는 걸 알았어요. 서로 연결된 건 **아무것도** 없다고 걱정하는 사람이 저뿐이 아니라는 걸 알았어요.『중력의 무지개』초반부를 읽고 엄청난 힘을 얻었어요.

또 전 사람들에게 슬픔이 있을지 생각해요. 이를테면 아직 45세가 되지 않은 사람들에게요. 이 슬픔은 즐거움, 성취, 오락과 관련이 있죠. 그들이 바라보는 세상 속에는 공허함 비슷한 게 있어요. 제 책의 일부가 그들의 신경 말단에 몇 마디라도 말을 건넸으면 해요.

[잠시 멈춘다.]

제가 지금 한 말 중에 뭐라도 인용하실 거면, 제가 제 책에 바라는 점 내지는 제 책이 뭘 지향하려는 건지 말하는 거라는 걸 기사에 언급해 주세요. 제가 일부러 가식적으로 하려는 게 아니고…

[시계가 다시 울린다…]

독자를 만난 게 생소했나요? 전에는 북투어를 해본 적이 한 번도 없었죠?

없었어요. 신기했어요. 그래도 제게 저돌적으로 다가오는 독자들이 있긴 했었죠.

가장 열정적인 독자는 누구였나요?

음, 특이한 현상이 있어요. 작가가 친근하면서도 이상한 글을 쓰면 별난 사람들이 작가에게 친밀감을 느끼는 경향이 있어요. 무슨 의미인지 아시겠어요? 내지는 사람들이 "이 책을 정말, 정말, 정말로 좋아해요"라고 말하는데 지치더라고요. 1 나노 초 동안은 기분이 좋아요. 그런데 "감사합니다"라는 말밖에는 뭐라 말을 해야 할지 모르겠어요. 그 사람들은 제가 뭔가 다른 말을 더 하길 기대해요. 그리고 제가 그들이 느끼는 친근감의 리듬 속으로 빠져들길 원해요. 물론 그런 건 **존재하지 않지만요**. 그게 슬프고 속상해요.

이상하네요. 그들은 아주 멀리서 작가님을 동경해 왔는데요.

작가들의 경우에는 그런 것 같지 않아요. 우리가 동경하는 사람들은… 아마도 유명 영화배우나 신기록을 세운 선수들인 것 같아요. [지브스가 우리가 음식을 먹는 걸 보고 낑낑댄다. 데이비드가 식사하는 모습을 지켜보는 관객인 개들이 고개를 돌려서 본다. 개들은 테니스 경기도 보았을 것이다. 감자튀김을 입으로, 햄버거를 입으로. 마치 테니스 공을 네트 너머로 보내듯 매우 신중하다.]

글을 쓸 때면, 독자들 머릿속의 목소리가 잠시 제 머릿속의 목소리가 돼요. 그 느낌은, 발칸인의 정신 결합에 비유하면 될까요.

　어떤 면에서 독자들은 작가에게 친밀감을 느껴요. 독자에게 작가는 친구로 사귀고 싶은 사람일 뿐만 아니라 이미 친구나 **마찬가지**

예요. 제가 전화번호부에 제 번호를 등록하지 않고 메일도 안 쓰려 하는 한 가지 이유는 그런 상황을 대하기가 힘들어서예요. 다른 사람 마음에 상처를 주고 싶지 않아요. 하지만 그것 역시 착각이죠. 급속히 퍼지는 착각이요. 그런데 또 깨닫게 돼요. 제가 한 일로 인해 그런 상황이 벌어진 거라는 걸요. 그래서…

전화번호부에 얼마나 오랫동안 등록을 해놓지 않았나요?

4년인가 5년 전부터 그랬어요. 제게 전화를 거는 사람들이 서넛 있었어요. 제 전화번호를 다른 사람들에게 알리지 말라고 부모님께 말했어야 하는데, 깜빡했어요. 그래서 사람들이 부모님에게 부탁해서 제 전화번호를 알아냈어요. 물론 전부 좋은 사람들이었어요. 다만 곤경에 처해 마음이 심란한 사람들이 많았고 자신들의 문제를 아주 세세하게 말하길 원했어요. 예를 들면 가장 가까운 친구들에게 하는 식으로요. 그래서 그게 무척 곤혹스러웠고… 음, 저는 정말로 사람들 마음에 상처를 주고 싶지 않아요. 그래서 비겁한 행동을 한 거죠. 제 전화번호를 바꾸고 그 이후로 전화를 연결하지 않았어요. 사람들이 더는 저를 찾을 수 없게요.

같은 사람들이 계속해서 전화를 걸었나요?

대여섯 명이 전화를 걸어 왔어요. 엄청나게 전화를 하기 시작했죠.

일주일에 한 번? 한 달에 한 번?

그 중간 정도예요.

어린 대학생인가요? 성인인가요?

밴쿠버에 사는 컴퓨터 오퍼레이터가 있었어요. 지하실에 사는 사람이었어요. 마음이 짠하더라고요. 그는 끔찍한 고통에 시달리고 있었어요. 하지만 그가 제게서 뭘 원하는지 확실치가 않아서 제가 그에게 물었죠. 그랬더니 화를 내더라고요. 무서웠어요.

본의 아니게 그와 정신적 친구가 되었군요?

어찌 보면 그래요. 제 생각에 천 쪽짜리 어려운 책을 기꺼이 읽는 사람은 고독 때문에 문제를 겪는 사람일 것 같아요. 아니면 저나 기자님 같은 사람을 찾는 사람이거나 본인이 필요로 하는 친밀감을 늘 느끼지 못하는 사람일 것 같기도 하고요. 일상의 대인관계 속에서요. 그래서 그런 사람들은 친구를 찾는 것 그 이상인 것 같아요. 전누군가의 친구가 되는 건 개의치 않아요. 물론 어느 정도 상한선은 있지만요. 그런데 이상한 건 그들이 동등하지 않은 기반에서 제게 찾아온다는 거예요.
　그들은 이미 저를 안다고 느껴요. 물론 사실은 당연히 저를 알지 못하지만요. 그들은 책 속의 저를 아는 거고, 저를 정말로 아는 건 불가능해요. 미니애폴리스의 줄리는 제가 친구로 삼은 몇 안 되는 사람 중 하나예요. 그녀가 제게 팬레터를 썼거든요. 『시티 페이지스』 편집자로서요. 하지만 줄리는 많은 작가와 작업을 했고 그 차이에 대해서 잘 알고 있어요. 그래서 그녀와 저는 인간으로서 서로에게 진심으로 호감을 갖고 있다는 사실을 알게 되었어요. 책이 끼어들지 않고서요.

그런데 그런 식으로 투어를 한 적은 없죠. 팬들이 있었잖아요.

맞아요.

사람들이 줄을 길게 서 있었어요. 몇몇은 작가님에게 깊은 인상을 심어 주려고 하더라고요. 그들이 어떤 눈빛으로 작가님을 바라보는지, 내지는 얼마나 당황해서 허둥대는지 보고서 그 사실을 알아챌 수 있었을 것 같은데요. 그 느낌이 어땠나요?

[정지] 너무 복잡해요. 어찌 보면 멋지고 흐뭇한 일이에요. 그런데 또 다른 면에서는 긴장이 많이 돼요. 제가 한 사람 한 사람마다 일종의 교류를 해야 한다는 의무감이 느껴지니까요. 그런데 또 다른 사람들이 기다리고 있죠. 또 책 네 권에다가 사인을 받으려고 하는 사람도 있는데, 거기에 응하면 다른 사람들이 기다려야 하잖아요? 사

인을 받으려는 그 사람을 화나게 하겠어요? 아니면 기다리는 다른 사람들을 화나게 하겠어요? 제 불만 중 하나가 서점에서는 이런 상황일 때 별다른 도움이 되지 않는다는 점이에요. 서점에서는 어떻게 대처해야 할지 조언해 주지 않아요. 그냥 상황에 던져지는 거죠. 많은 일을 스스로 해야 하고요.

기분 나쁜 건 아니에요. 그저 피곤할 뿐이죠.

[내가 화장실에 가려고 자리를 비운다.]

이제 나와 녹음기 둘만 자리에 남았군. 드론은 바닥을 쳐다보는 중이고, 저는 담배를 피우고 있습니다. 이제 담배를 피우지 않겠다고 했는데, 지금 이렇게 피우고 있군요. 전 녹음기에 대고 말하는 중입니다.

전에 낭독회를 열기에 충분치 않은 인원이었는데도 낭독회를 한 적이 있죠. 그런데 이번 낭독회에서는 사람들이 서로 들어오려고 난리였죠. 기분이 어땠나요?

기자님이 기사로 쓸 수 있는 말로 요약해 보려고 하는 중이에요.

어떤 면에서는 아주 만족스러웠어요. 빤한 말처럼 들리겠지만 정말 만족스러웠어요. 전 낭독회를 하면 지레 겁을 먹어요. 저한테 몰두하고 저에 대해 걱정을 하거든요. 두 번인가 낭독회가 열리지 않은 적이 있어요. 어찌나 안심이 되던지…. 무슨 뜻인지 아시겠죠?

그 과정이 묘한 건 낭독회가 열리기 전까지는 지독한 공포가 엄습해 오다가, 지브스. 조용히 좀 해! 그러다 막상 낭독회를 하면 재미있어요. 낭독회가 반쯤 진행되어서야 제가 본격적으로 발동이 걸리는 거죠.

괜찮아. 이런, 이런. 우리. 우리. [마침내 이 협박을 하고서 지브스를 우리에 가둬 둔다.]

기자님이 절 위해서 멋진 말로 포장해 주시겠죠. 간결하게 그럴듯한 말로 요약하기가 어렵네요.

투어에서 어떤 부분이 재밌었나요? 사람들이 전부 책을 읽고 와서 작가님이 낭독하는 걸 기다리고 있었잖아요.

[그는 이런 부차적인 부분은 즐기지 않기로 단단히 마음먹은 사람처럼 보인다. 몰래 놔두고 떠나려는 아내와 함께 파티에 참석한 사람처럼 말이다. 그는 유명인사가 되는 과정을 즐기지 않기로 결심했다.]

그런데 투어가 2월 18일에 시작되었고 책은 2월 19일에 출간되었어요. 당연히 그 장소에 모인 사람들 중 90퍼센트는 책을 읽어서 그 자리에 있는 게 아니었죠. 그저 유별나고 요란한 홍보 열기에 끌려 그 자리에 온 사람들이죠. 어떤 종류의 설렘이든 현실을 인식하고 나면 한풀 꺾이고 말아요. 나와는 전혀 상관없는 어떤 기제가 돌아가고 있다는 현실을 인식하게 되면요.

그렇긴 하지만, 정말 예쁜 여자들이 관객들 틈에 있다면, 그들이 제게 내지는 제가 하는 말에 관심을 기울인다면 어떨까요? 단순히 **포유동물**의 차원에서는 기쁜 일이죠.

왜죠?

이런. 예쁜 여자들이 곁에 있다는 건, 그들이 제게 관심을 보인다는 건 꿈이자 절망의 문제니까요.

작가님의 투어 장소를 적은 목록을 찾으려고 하는데요. 찾을 수가 없어요.

이런, 걸렸군요. [그가 웃는다. 주방과 벽에 걸린 전화기 옆쪽의 벽을 가리킨다.]
저기 목록이 있어요.

저걸 좀 떼서 봐도 될까요?

그렇게 하세요. 기자님이 하지 않으면 제가 뗄 생각이었어요.

[테이프가 뜯어지는 요란한 소리]

투어를 하게 될 도시가 몇 곳인지 들었을 때 기분이 어땠나요?

보기보다 복잡해요. 실은 마크와 난에게 전화를 걸어 의논했어요. 리틀 브라운에 피해를 끼치고 싶지는 않았거든요. 그런데 또 너무 길게 투어를 하고 싶지는 않았어요. 규모가 작은 투어는 여덟 곳에서 열 곳의 도시를 돈다고 하더라고요. 그래서 그 정도 규모로 하고 싶다고 했어요.

출판사에서는 몇 개 도시를 원했나요?

구체적으로 숫자까지 정하지는 않았어요.

출판사에서 원래 어떤 투어를 계획했는지 이야기해 주었어요. 홍보부 사람들도 여타 사람들과 다르지 않아요. 투어의 **초고**를 만들어 놓죠. 처음 계획은 제가 제자들 몇 명과 밴을 타고 중서부 지역을 돌아다니면서 서점 주인들과 이야기를 하고 책을 사라고 설득하는 거였어요. 그래서 제가 보니에게 출판사에 전화를 걸어서 설명하라고 시켰어요. 제가 출판사 책을 영업하는 사원으로서는 지구상에서 가장 최악인 사람일 거라고요.

좋아요. 보스턴에서는 어떤 일이 있었죠? [목록에 적힌 첫 번째 도시이다.] 재밌는 일이 있었나요? 흥미로운 일이나?

보스턴은 흥미로웠어요. AA의 공개모임에서 절 도와주었던 몇 사람을 포함해서 제가 아는 많은 사람이 거기에 있었거든요. 제 절친한 친구의 부모님도 거기 계셨어요. 저랑 아주 친한 사이죠. 그분들은 『타임』에 실린 제 사진 때문에 기뻐서 어쩔 줄 몰라 했어요. 그분들에게 『타임』에 사진이 실린다는 건 어떤 도착을 알리는 신호였거든요.

누구에게나 그랬을 거예요.

그렇게 **생각해요?** 전 모르겠어요. 마크 어머니의 눈가가 촉촉해졌던 게 기억나요. 그게 제게 참 뜻깊더라고요. 그리고 제 친구 지나가 프로비던스에서 왔어요.

　가장 멋졌던 일은 음, 재난처럼 시작되었어요. 전 보스턴에 갔다가 다시 돌아와야 했어요. 어쩔 수 없는 상황이었죠. 그래서 그들이 차를 빌려서 절 태워줬어요. 무척 좋았어요. 안 그랬으면 버스를 잡아타고 가야 할 처지였거든요. 전에 보스턴에서 뉴욕으로 가는 버스를 타봤는데, 그건 오후 시간을 보내는 그리 좋은 방법이 아니더라고요. 어쨌든 그들이 차를 구했고 5분 만에 차가 왔어요. 끼익 브레이크 소리를 내면서요. 그날은 재의 수요일이었어요. 나이든 아일랜드인 가톨릭 신자가 저를 위해 운전해 주었어요. 가는 내내 가톨릭에 대해 강의를 하더라고요. 무척 흥미로웠어요.

그런 종류의 사치에 놀랐나요?

그 남자가 차를 운전해 준 게요. 리무진은 아니었어요. 차량 서비스라고 하더라고요.

링컨이군요.

제가 중요한 사람이 된 것 같았어요. 출간 기념 파티 때문에 돌아가야 했거든요. 그들이 몇백 달러를 들일 만큼 제가 중요한 사람이었어요. 제가 중요한 사람처럼 느껴졌어요.

전에도 그렇게 많은 호텔에서 숙박한 적이 있나요?

없었어요.

어땠나요?

괜찮았어요. 다만 크루즈선 탔던 경험과 좀 비슷했어요. 제가 얼마나 금세 사치에 익숙해지는지, 미니바 서비스가 얼마나 금방 어마어마한 호사에서 그저 부차적인 서비스로 변하는지 알게 됐어요⋯. 심지어 지금도 제가 식료품점에 먹을 걸 사러 나가야 한다는 게 **짜증**이 나요. 제가 어지르면 누군가가 대신 치워 준다는 걸 아는 일에도 익숙해졌죠. [휘트니 호텔에서 그가 나가기 전에 객실 청소부를 위해서 방 안을 직접 정리하는 모습을 본 적이 있다.] 게다가 일반적인 호텔 숙박도 아니었어요. 리틀 브라운이 미리 호텔 비용을 지불해 놨고, 저는 그저 추가 요금이 너무 많이 나오지 않게 신경 쓰기만 하면 됐어요.

이 일을 두고 벳시와 얘기했었어요. 기사를 위해서라면 말씀드릴 수도 있어요. 엄청난 편집증에 시달렸어요. 스펙트라비전에서 해주는 소프트코어 포르노 영화를 봐도 될지 생각하느라 정신이 없었어요. 그런데 영화 등급이나 제목이 리틀 브라운 측에 발급되는 청구서에 찍히지는 않을까 무지하게 걱정되더라고요. "뜨겁게 젖은. 8.95달러." 이런 식으로 청구될까 봐요. 리틀 브라운의 비용 청구 담당 부서에 고지식한 노처녀가 있어서 제가 "뜨겁게 젖은"을 봤다는 사실을 알면 어쩌나 하고 걱정했어요. 그래서 영화 보기를 포기했죠.

비용을 따로 지불할 수도 있었을 텐데요.

맞아요. 그럴 수도 있었겠죠. 하지만 그렇게 하려면 호텔 측이 컴퓨터상에서 그 기록을 지우는지 확실히 확인해야 해요. 그렇게 하려면 데스크 직원과 대면을 해야 하죠. 직원은 제가 왜 그렇게 허둥대는지 단번에 알아챌 거예요. 굴욕과 영화 보는 재미는 당연히 같지 않죠. [내 말보로를 피운다. 그의 아메리칸 스피릿이 다 떨어졌다.]

뉴욕은요?

뉴욕도 무척 재밌었어요. 에린이라는 친구가 있어요. 제 친한 친구의 아내죠. 48살의 메노파 교도 여인이죠. 그녀가 첫 이틀을 저와 함께 보냈어요. 그녀가 저와 함께 KGB에서 열리는 낭독회에 갔는데, 그녀는 낭독회가 처음이었어요. 그녀는 낭독회가 MTV 언플러그드 콘서트 같다고 생각했나 봐요. 알다시피, 문밖에 사람들이 줄을 서고 그랬으니까요.

　저도 그녀의 눈으로 경험을 하게 됐죠. 그녀가 저와 같은 호텔에 머물렀어요. 재밌는 일이 있었는데, 잡아탄 택시의 운전기사가 정신이 이상한 사람이었어요. 조현병 환자여서 온 도로를 이리저리 누볐어요. 그래서 택시에서 내려야 했죠. 전 그냥 이렇게 말했어요. "충분히 가까이 왔어요. 여기서 내릴게요." 어쨌든 정신이 온전치 못한 사람이었죠. 운전면허를 보니 다음날 만료되더라고요. 온갖 종류의 나쁜 업보가 있는 건 확실한가 봐요.

　게다가 그녀는 차고 있던 목걸이를 도난당할 뻔했어요. 어떤 남자가 불쑥 나타났는데 하마터면 그 사람이 목걸이를 채갈 뻔했죠. 저는 뉴욕에 사는 사람처럼 보여야 했고, 그녀와 그 남자 사이에서 민첩하고 매끄럽게 행동해야 했어요. 그의 눈을 마주치지 않고 걸음을 늦추지 않으면서요. 제가 꽤 침착했던 것 같아요. 저보다 더 경험이 없는 누군가와 동행한다는 건…

전에 뉴욕에서 낭독회를 한 적이 있죠?

네.

어땠나요?

파란만장했죠. 아무도 오지 않은 곳에서 낭독회를 한 적이 있어요. 나인티 세컨드 스트리트 와이라는 곳에서 난생처음 낭독회를 했어요. T. C. 보일, 프랭크 콘로이와 함께요. 제가 스물네 살이었을 때였어요. 그리고 카페 림보에서 낭독회를 했어요. 괜찮았지만 제가 낭독을 하는 동안 사람들이 뭔가를 먹으면서 이야기를 했죠.

몇 시에 KGB에 도착했나요?

꽤 늦게 도착했어요. 낭독회 시작 10분 전에 도착했어요.

어떤 광경이었나요?

리사 싱어, 에린, 그리고 제가 일제히 멈춰섰어요. 안에 바가 같이 있는 건물일 거라고 생각했거든요. 거리에 기다리는 사람들이 있었으니까요. 리사는 기겁을 했고요.

　멋진 일이죠. 사람들과 함께 있고, 그들이 저를 보고서 열광해요.

무슨 의미인지 아시겠죠? 그래서 에스코트가 있어야 해요. 그래야 무심해질 수 있죠. 걱정은 그들이 할 테니까요.

　재밌었어요. 우리는 들어가지를 못했어요. 전 두건을 하고 있었고, 어느 순간 사람들이 계단에 있는 저를 보고서 아, 저 사람이 저자구나, 라고 알아채더라고요. 그러더니 성경 속 장면처럼 여기저기서 길을 터주었어요. 솔직히 말하면 정말 묘했어요. 자존감이 올라가서면서도 두려움이 엄습했거든요.

왜 두려웠죠?

실내가 사람들로 꽉 찼고 모두 저를 빤히 쳐다보고 있어서요. 제가 만약 조금이라도 일을 **그르친다면**, 제가 만약… 어떤 상황인지 아시겠죠? 많은 이해관계가 걸려 있는 것 같았어요. 사회적으로요. 『뉴욕 타임스』에서 나온 여자분이 플래시를 터뜨려서 낭독을 하기가 힘들었어요. 그래서 낭독을 멈추고 플래시를 그만 터뜨리라고 말해야 했어요. 성질 고약한 놈처럼 보일까 봐 걱정됐죠.

　거기 가 본 적 있나요? 오후 다섯 시에 지하철 안에 있는 것 같았어요. 사람들이 뒤엉킨 채 서 있고… 제 순서 전에 낭독한 사람은 바텐더더군요. 케네디를 죽이려는 나치의 음모에 관한 글이었어요.

　사실 그 낭독회는 몸 푸는 연습이었어요. 본격적인 낭독회는 타워[타워북스: 지금은 없어졌다]에서였어요. 그 낭독회는… 그냥 좋은 연습이 될 거라고 생각했어요. 그 낭독회가 널리 알려질 거라고는 생각지도 못했어요. 그냥 바에서 낭독회를 한다고만 알았죠.

전부 문학계 사람들이던가요?

네. 많은 사람을 알아보겠더라고요.

사진을 찍지 말라고 부탁했나요?

네. 제가 낭독을 하는 동안에요. 책을 읽는데 누가 사진을 찍으면 눈에 보랏빛 점이 보이잖아요. 글자를 읽을 수가 없어요.

기분이 좋았나요?

저 때문에 거기 그렇게 많은 사람이 있었으니까요. 저 때문이라는 걸 알죠. 거물급 인사들도 많이 있었어요.

누구요?

기억이 잘 나진 않아요. 규모가 큰 파티나 출판계 행사에서 봐서 어렴풋이 기억나는 얼굴들이었어요. 사람들 옷차림을 보고서도 알 수 있었어요. 거기서 제가 제일 옷을 못 차려입은 사람이었어요.

책 출간 파티이기도 했죠?

친구들에게조차 말을 못 했어요.

거울은요? 거울 보지 않는 규칙은요?

그런 상황에서는 적어도 표면상으로는 제가 관심의 중심이 돼요. 그러니 제가 다른 사람들에게 어떻게 보일지 걱정하게 되죠. 그래서 달려가 확인을 하고 마음을 가다듬으려고 하죠. 미친 일이에요. 결국 미치게 돼요. 제가 스스로 약속을 했는지는 모르겠어요. 그런데 담배를 뱉으러 몇 번이나 화장실에 간 건 기억해요. 더욱이 전 깨끗한 옷을 입은 상태도 아니었어요. 보스턴에서 차를 타고 **곧바로** 달려왔으니까요. 전 완전 엉망이었어요. 제가 제 모습을 걱정하기 시작하면 완전히 미쳐 버릴 거라는 걸 알았어요.

그게 최선일 때가 많죠. 멋져 보였어요. 니트로 된 초록색 폴로 셔츠에 흰색 진이었죠.

그게 괜찮아 보였다면, 그건 제가 삶에서 배운 가장 큰 모순 중 하나일걸요. 제게 준비할 시간이 한 시간 정도 주어졌다면, 옷을 차려입을 충분한 시간이 주어졌다면, 전 아마 이상한 차림으로 나갔을 거예요. 무슨 말인지 아시겠죠? 다만 겨드랑이가 더럽지 않아서 다행이었어요.

[그가 투어를 한 도시들 중에서 골라 말한다.]

시애틀은요?

기억에 남았던 일들을 생각하는 중이에요.

샌프란시스코는요?

LA에서가 굉장했죠.

LA요?

LA에서는 더튼스[역시나 지금은 없어졌다]라는 서점에서 낭독회를
했어요. 괜찮았어요. 좌석이 없어서 사람들이 전부 복도에 서 있었
어요. 저는 박스 위에 올라가야 했고요. 평소대로 주최 측에서 글자
를 확대해서 준 원고를 읽고 있었어요. 권말의 주석을 읽는데 책을
들고 있을 방법이 없더라고요.

　또 심각한 문제가 있었어요. 사인회에서 최악은 북 딜러들이었
어요. 제가 무슨 말을 하려는지 아실 거예요. 처음 북 딜러가 왔을
때 저는 "와우. 이 사람이 내 책을 **정말** 좋아하는구나"라고 생각했

어요. 업다이크의 『베크가 돌아왔다』의 주인공 소설가가 된 것 같았어요. 책들이 비닐로 단단히 싸여 있더라고요. 그런데 그들은 인사말 같은 건 안중에도 없고 그저 사인만 해달라고 했어요. 얼마 안 있어 알게 되었죠. 그저 책값을 올리려고 한 거라는 걸요.

어쨌든 그런 사람들이 줄을 서 있었어요. 어떤 유형이 있었어요. 언제든 상상할 수 있는 유형의 사람들이었어요. 일종의 **수집가죠.** 강박적이고 까다롭고 침울해 보이고 입을 꽉 다문 사람들이요. 어김없이 책을 여덟 권 내지는 열 권씩 가져왔어요. 샌프란시스코였을 거예요. 제가 규칙을 세웠어요. 한 번에 책 두 권에만 사인을 하겠다고요. 그리고 줄을 선 사람들이 다 없어지면 제가 다시 책에 사인을 해주겠다고 했어요. 다만, 사람들이 기다리고 있을 때는 사인을 해주지 않겠다고 했죠.

현명한 방법이네요.

그래요. 똑똑한 방법이기도 해요. 꽤 복잡한 상황을 방지할 수가 있거든요. 그런데 LA에서 본 딜러는 한 백 가지쯤 되는 걸 들고 나타났어요. 책이며 잡지며 기사며 온갖 것을 들고 나타났어요. 그는 즐거운 기색이 전혀 없었어요. 에이전트인 보니가 그 자리에 있었어요. 보니가 제가 물건 스무 개에만 사인을 할 거라고 그에게 말했어요. 그랬더니 소란을 피우기 시작하더라고요. 저도 성질이 나서 그 사람에게 한 마디만 더 하면 사인을 아예 안 하겠다고 했어요. 화가 뻗치더라고요.

아이오와는 어땠나요?

아이오와 시티는 끔찍했어요. 제가 돈이 다 떨어졌거든요. 웨스턴 유니온에서 돈을 주지 않더라고요. 아이오와 시티 버스터미널에 웨스턴 유니온 직원이 있었어요. 트롤 같이 덩치가 작고 머리칼이 붉은 남자였어요. 아주 심술궂은 사람이어서 발로 짓밟아 버리고 싶더라고요. 택시가 밖에서 절 기다리고 있었어요. 그는 처음에 접수받은 게 없다고 하더니 나중에는 또 접수를 받았다고 하더라고요. 그러고는 제게 수표를 주면서 은행으로 가라고 했어요. 현금이 충분히 없다면서요. 은행은 문을 닫은 상태였고요. 그러니까… 제가 그 사람 머리칼을 한 줌 뽑아올 수 있었다면, 그는 지금 엉덩이가 마구 찔리는 걸 느낄 걸요.

어쩌다 돈이 다 떨어졌나요?

현금이 얼마 없었어요. 500달러를 갖고 있었는데 택시비며 팁으로 다 썼어요. 호텔이 도시에서 멀리 떨어진 곳에 있었어요. 게다가 잠도 제대로 못 잤어요. 휴스턴이 무척 더웠거든요.

그렇게 하고서 낭독회에 갔더니 서점 주인이 제가 낭독회를 시작하기 말 그대로 2분 전에 제이 매키너니가 쓴 서평을 주더라고요.

또 나중에 안 일인데 낭독회가 라디오로 방송되었고요. 서점에서는 말해주지 않았어요. 책에 욕설이 있었는데, 제가 결국 공중파 라디오에서 허용되지 않는 말들을 한 거죠. 질의응답 시간이 있다는 것도 말해 주지 않았어요. 그리고 사인회가 시작되었는데 제가 썼던 어떤 글귀를 읽은 한 여성이 와서 제가 기형아들에 대해 매우 몰이해하다는 말을 했어요.

『마오II』에 관해 쓴 글 맞죠?

[데이비드는 이렇게 글을 썼다. "내가 아는 한, 소설 작가가 된다는 일을 나타낸 최상의 비유는 돈 드릴로의 『마오 II』에 나온 글귀이다. 여기서 그는 집필 중인 책을 작가를 계속 따르면서 끝도 없이 작가를 쫓아 기어 다니는, 소름 끼칠 정도로 기형의 모습을 띤 신생아라고 묘사한다. (예를 들면, 작가가 식사를 하려는 중에 식당 바닥을 기어 다닌다든가 아침에 일어났을 때 침대 발치에서 가장 먼저 모습을 드러낸다든가 하는)…"]

(우울하게) 맞아요. 그 글을 한 시간 만에 썼어요. 드릴로의 비유가 얼마나 정확한지 쓴 거죠. 어처구니없는 일이었어요. 무엇보다도 전 거의 울기 일보 직전이었어요. 최악의 순간이나 마찬가지였으니까요. 그 일 이후로는 상황이 좋아졌어요. 시카고는 괜찮았어요. 미니애폴리스도 괜찮았어요.

LA와 뉴욕을 비교한다면요?

LA 사람들은 책의 세계에 온 **관광객들** 같았어요. 카디건 차림에 슬
리퍼를 신고 있었어요. 무슨 의미인지 아시겠죠? 반면 뉴욕의 낭독
회에서는 사람들이 낭독회를 공적인 행사로 생각하고 또 그런 행사
에 익숙한 것 같았어요. 사람들을 보기 위해 그리고 사람들에게 자
신을 내보이기 위해 그 자리에 있는 것 같았죠.

　실은 그러다 보니 제가 낭독자로서의 부담을 좀 덜었죠. 사람들
이 서로를 바라보고 있었으니까요. 저마다 자신을 전시하고 있다고
여기면서요. 지금 생각해 보면 그 어디보다 뉴욕에서의 낭독회가
좋았어요.

[우리는 낑낑대는 소리를 듣지만 그게 정확히 무슨 소린지 알아채지 못
한다.]

이런, 지브스가 우리 안에 있어요! 지브스를 잊고 있었어요.

[우리는 산책을 한다. 데이브가 지브스를 풀어 준다.]

영화계 사람들도 만났나요?

아니요.

보니의 집에서 저녁 식사를 했나요?

린치에 관한 글을 작업하다가 알게 된 친구가 있어요. 홍보 담당자인데 그 자리에 있었고요. 스트레이트펠드도 있었어요.

[지브스가 귀 펄럭이는 소리를 내면서 몸을 턴다.]

말을 안 하거나 뭘 숨기려 하는 게 아니고, 저는 그에 관해서는 아무 얘기도 듣지 못했어요.

[테이프의 한 면이 다 된다.]

책이 유행이 지난 존재라고 생각하나요? 그 때문에 걱정하시나요? 어제 이야기했지만, 『롤링스톤』에서는 작가님 나이대의 작가를 십 년 동안 한 번도 취재한 적이 없어요.

책은 문화적인 대화에서 정말 중요한 부분이었어요. 지금은 더 이상 그렇지 않지만요. 꽤 유력한 주류 잡지인 『롤링스톤』이 작가들을 취재하지 않는다는 사실이 많은 걸 말해 줘요. 『롤링스톤』만의 문제는 아니에요. 문화가 책에 얼마나 관심을 갖는지에 관한 문제예요.

　제가 보기에 기자님은 작가들과 자주 어울리고 책이 대화의 중요한 주제라는 걸 알아요. 우리는 앞으로 불평하고 신음하게 될 거예요. 교육의 쇠퇴, 사람들의 주의집중 시간 하락, 그리고 이런 상황을 초래한 TV의 책임에 관해 이야기하게 될 거예요. 제게 흥미로운 질문은 **무엇 때문에** 책이 문화적 대화에서 갖는 중요성이 작아지게 되었는가예요.

소수의 취향이라서요?

네. 어느 면에서는 그래요. 우리 중 많은 수가 잊고 있는 사실이 있어요. 그 잘못의 일부가 책에 있다는 점이에요. 책이 주류에서 벗어나고 상업적인 중요성이 떨어지게 되면서 어떤 순환 주기가 생겼어요. 책들이 자아를 보호하려고 점점 더 자기들끼리만 이야기를 하게 되면서 그런 주기가 생기게 되죠. 또 책들이 스스로를 현실의 일반적인 독자들과 동떨어진, 세속으로부터 격리된 세계로서 입지를 굳히기도 하고요.

전 책이 유행이 지난 구식이라고는 보지 않아요. 다만 책들이 제 역할을 할 수 있는 근본적으로 새로운 방식을 찾아야 한다고 생각해요. 예를 들어 우리는 한 세대로서 그 일을 아주 잘 해내지는 않았어요.

이봐, 지브스. 잠시만 좀 조용히 해줄래. [지브스가 낑낑거리더니 앉는다.]

486

반드시 새로운 방식을 찾아야 한다는 거군요. 어떤 새로운 방식이죠?

그런데 전 잘 모르겠어요. 제가 보기에 그 방식에는 과거의 영구불변한 진리와 질문들을 이해할 수 있게 만드는 어떤 방법이 수반되어야 한다고 생각해요. 이론적인 방식으로 밖에는 설명하지 못하겠네요.

좀 풀어서 말해 주실 수 있나요?

(침묵의 언어적 노려봄) 음, 풀어서 말하는 게 문제가 아니에요. 너무 어렵고 복잡해요. 그걸 한두 문장으로 압축해서 말하기가…

[녹음기를 끈다. 휴식]

[우리가 몇 분 동안 의논을 한다. 그가 준비가 되었다는 생각이 들면 말을 하기로 한다. 그러기 위해서는 그가 차에서 말했듯이, 그가 여러 초고를 거치는 걸 지켜봐야 한다. 그가 녹음테이프의 돌아가는 흐름을 조절하면서, 즉석에서 몇 가지 답안을 생각해 내는 방법을 찾아낸다. 영리하다. 그가 녹음기를 다시 켠다.]

[관객에게] "영화를 선사하는" 일에 대해서는 확실하게 모르겠어요. 하지만 기자님 말이 맞아요. 제가 또 같은 말을 되풀이해야 하나요?

그래요. 다른 형태의 예술들은 하지 못하는, 정말 좋은 소설만이 할 수 있는 일이 있어요.

중요한 건 자아라는 벽을 뛰어넘고 내적인 경험을 묘사하는 일인 것 같아요. 또 두 의식 간의 긴밀한 대화를 만들어 내는 일도 중요해요.

여기서 전략은 그 일을 한 번에 해내고, 그것도 길게 이어지는 선형적 언어 소통과의 관계가 근본적으로 다른 한 세대를 위해서 그 일을 해낼 방법을 찾는 거예요. 이번 책이 특이한 방식으로 구성된 한 가지 이유는 그게 적어도 일종의 내적 경험을 구조적 면에서 모방하려는 시도였기 때문이에요. 모니칼스 피자집에서 우리는 경험이 정말로 그처럼 느껴지는지를 두고 의견을 달리했었죠. 제가 방금 말한 그 일을 해냈는지는 모르겠어요. 다만 흥미를 갖고서 해내고자 노력하는 일이에요.

책의 주제도 해결하지 못했나요?

네. 제가 보기에는…

[녹음기에 대고] 데이비드는 요즘 사람들이 MTV, 영화, TV를 더 많이 본다고 한다. 그래서 독자들이 움직이는 세계가 이를테면 우리 부모님들이 움직이던 세계와는 매우 다르다고 말한다.

제 짐작에는 그래요. 전 세상이 느껴지는 방식을 신경학적으로 반영한 글을 제일 먼저 쓰고 싶어요.

[개들이 낑낑댄다.]

(손가락으로 딱 소리를 내면서) 이리와! 이리와, 지브스.
하지만 기자님 말이 맞아요. 사실은…

전 실은 작가님 말을 인용한 거예요.

아주 영리하게 들리는군요.
　이리와! 지브스, 너 때문에 미치겠다. 앉아! 앉아. 네가 이러면 내가 생각을 할 수가 없어.
　하지만 그게 내적인 경험의 종류에도 영향을 미친다고 생각해요. 소설이 어떤 느낌을 다루는가에도 영향을 미쳐요. 요즘 사람들은 화면 앞에서 더 많은 시간을 보내요. 형광등 켜진 방, 칸막이로 된 사무실, 전자 데이터 전송의 이편 내지는 저편에 있죠. 그런 교류 속에서 한 인간으로서 살아 숨 쉬고 또 인간성을 발휘한다는 게 무슨 의미일까요? 반대로 50년 전에 중요했던 건 잘은 모르겠지만, 집과 정원을 장만하고 차를 운전해 15킬로미터 정도를 달려서 그리 고되지 않은 산업적인 업무를 하는 일터에 가는 것이었겠죠. 그리고 같은 마을에서 살다가 죽고, 다른 마을들이 어떤지는 사진과 이따금 영화 속 장면에서만 보고요. 지금과 예전이 **달라** 보이는 게 그토록 많아요. 그리고 그게 달라지는 속도가…

제가 보기에 소설의 전략은 특유의 언어와 결을 만들어서 실은 아무것도 변하지 않았음을 보여 주는 모방을 만들어 내는 거예요. [닷새 전 첫 인터뷰 때와는 다른 입장이다. 당시 나는 사람들에 관한 것은 변하지 않는다는 입장을 고수했다.] 그리고 늘 중요했던 것이 여전히 중요해요. 그러니까 해야 할 일은 감각과 결이 완전히 다른 세상에서 그런 전략을 실천할 방법을 찾는 거예요.

또 중요한 건 어떤 기본적인 인간성이라는 얘기죠.

그래요… 음, 내가 누굴 위해 사나? 내가 무엇을 믿나? 내가 무엇을 **원하나**? 이런 질문들은 너무 깊고 심원해서 그걸 소리 내어 말하면 오히려 지극히 평범하게 들려요.

제 생각에 모든 세대에서 사람들이 기본적으로 추하게 행동하는 이유에 대해 새로운 구실을 찾는 것 같아요. 유일하게 지속적인 게 추한 행동이에요. 이제 우리가 찾은 구실은 미디어와 기술이에요.

저는 사람들이 추하게 행동하는 이유가 살아 숨 쉬는 인간이라는 것이 너무 두렵기 때문이라고 생각해요. 사람들은 정말로 두려움을 느껴요. 그 이유는…

[내가 개들에게 가까이 다가갈수록 데이비드가 나를 더 좋아한다. 반려동물을 키우는 사람으로서, 자기가 기르는 개의 취향에 대해 어쩔 수 없이 자연스럽게 갖게 되는 신념을 품고 있다.

개가 계속 낑낑거린다. 데이비드는 담배를 씹느라 턱이 커졌다는 농담을 한다. 그는 언제나 담배를 뱉는다.]

그 두려움은 인간의 기본적인 조건이에요. 우리가 두려움을 느끼는 이유는 다양해요. 하지만 우리가 여기서 해야 할 일은 우리가 늘 두려움을 느끼지는 않으면서 사는 법을 배우는 거예요. 그런 종류의 두려움을 멀리하기 위해 온갖 것과 더불어 **사람들을** 이용하지 않으면서요. 이게 제 개인적인 견해예요.

미국인 남성으로서 제가 두려움을 느낄 때 짓는 표정 속에는 아무것도 충분치 않다는 깨달음이 있어요. 어떤 즐거움도 충분치 않고 어떤 성취도 충분치 않아요. 자아의 중심에는 기묘한 불만족 내지는 공허함이 있는데, 이런 감정들은 외부의 그 무엇에 의해서도 누그러지지 않아요. 제 짐작에 그런 감정들은 예전부터 있었어요. 사람들이 곤봉으로 서로 머리를 치기 시작한 후부터요. 다만 그런 건 다양한 단어와 문화적 언어로 묘사할 수가 있어요. 특히 우리가 직면한 과제는 외부로부터 더 많은, 더 나은 것이 비롯되지 않는다는 점이에요. 그 사실이 일시적으로는 구멍을 메우거나 아예 구멍을 삼켜 버리는 것처럼 보이죠.

내부적인 수단으로 그런 걸 누그러뜨릴 수 있을까요?

개인적으로 저는 그런 감정들이 누그러질 수 있다면 그건 바로 내부적인 수단을 통해서일 거라고 생각해요. 그게 무슨 의미인지는 모르겠어요. 어떤 면에서는 괜찮은 것 같아요. [녹음기를 다시 끈다. 그가 머릿속으로 답변의 초안을 생각하거나 답을 다시 생각할 때 우리는 녹음기를 끄곤 한다.] 저는 그런 감정들이 내부적 수단을 통해 누그러질 수 있다고 생각해요. 그런 내부적 수단을 얻고 개발해야 해요. 그건 통속 심리학에서 나오는 말이긴 한데, 너 자신을 사랑하라는 말과 관련이 있죠.

삶에서 상대방이 인간으로서 귀중한 존재라는 이유로 그들을 상당한 예의, 사랑, 사심 없는 순수한 관심으로 대하던 때를 생각해 보세요. 우리 자신에게도 그렇게 할 수 있어야 해요. 정말로 소중하고 귀한 친구를 대하는 방식으로 우리 자신을 대해야 해요. 혹은 삶에서 그 무엇을 준대도 바꿀 수 없을 정도로 사랑하는 우리의 아이를 대하는 방식으로요. 이렇게 하는 건 가능한 일이에요. 우리가 여기서 할 일은 어떻게 하면 그렇게 할 수 있는지 배우는 것이죠. [입 안 가득 뭐가 들어있는 듯한 소리를 내면서 컵에다 침을 뱉는다.] 좀 독실하게 들릴 말이라는 건 알아요.

[우리가 잠시 멈춘다.]

여자는요?

데이트를 가끔 했어요. 뭐라고 말해야 할지 모르겠네요.

힘들었나요?

무언가에 몰두하면, 어떤 면에서는 아주 이기적인 존재가 돼요. 일을 하고 싶으면 일을 해야죠. 그러면 결국 사람들을 이용하게 돼요. 사람들이 곁에 있었으면 할 때는 사람들이 곁에 있도록 두지만, 그러고는 그들을 보내 버리죠. 다른 사람들 감정을 신경 쓸 여력이 되지 않아요. 제 삶에서는 그게 꽤 심각한 문제예요. 전 아이도 갖고 싶으니까요. 그런데 지금 제 삶은 꽤 이기적이고 충동적이에요. 제가 존경하는 작가들 중에 자녀가 있는 작가들이 있어요. 그렇게 살 수 있는 방법이 있다는 건 알아요. 전 그 점을 두고 걱정해요. 제가 그 점에 대해서 뭘 더 말하고 싶은 건지 잘 모르겠네요. 제가 투어 중에 여자와 자고 싶다는 농담도 했잖아요.

그런 점을 터놓고 공유할 수 있는 누군가가 있었으면 좋겠네요.

그래요. 지난 몇 주 동안 결혼하고 싶다는 생각을 많이 했어요. 저도 누군가가 있었으면 해요. 아무도 절 깊이 이해하지 못하니까요. 글 쓰는 업계에 속하지 않은 기자님 친구들은 『타임』에 실린 기자님 사진을 보고 감탄할 테고, 기자님의 에이전트와 편집자도 좋은 사람들이겠죠. 하지만 그 사람들도 자기들만의 문제가 있어요. 이런 문제를 두고 기자님과 대화하는 건 재미있지만, 기자님은 또 저와는 다른 기자님만의 문제와 관심사가 있겠죠. 삶을 공유할 수 있는 누군가와 함께한다는 건 특별해요. 함께 행복해하고 함께 혼란스러워하는 거죠.

호텔로 돌아갔을 때 전화할 수 있는 누군가가 있었으면 하는 거죠?

음, 묘해요. 그러니까… 몇 달 동안 여자친구가 없었고, 그 점이 그리 아쉽지는 않았어요. 그런데 지난 몇 주 동안은 그립더라고요. 하지만 또 그런 걸 위해서 [긴밀한 관계, 호텔에서 전화를 걸 상대] 무턱대고 여자친구를 **사귈 수는** 없다는 걸 알아요. 그러니까 누군가를 얻으려면 어느 정도 노력이 필요하고, 그 사람과 충분히 가까워지기 위해서 자기 것을 얼마간 희생해야 하죠. 그래서 저는 저 자신이 그리 안타깝지 않아요. 하지만 문제긴 해요.

다른 사람과의 물리적 만남을 통해 경계가 새롭게 정해진다는 건 좋은 것 같아요. 걱정과 포부만의 문제는 아닌 것 같아요. 저는 좁은 범위에 한정된 사람이에요. 상대방 머리가 바로 코앞에 있다는 걸 깨닫죠.

그런 경험은 여러 방법을 통해 얻을 수 있어요. 아주 어려운 연습을 통해서요. 이 연습을 통해서 하나의 신체가 된다는 걸 다시 배울 수 있죠. 그런 경험은 내가 누구인지, 어디에 있는지 잊을 정도로 황홀하게 아름다운 음악을 통해서도 얻을 수 있어요.

하지만 모든 일이 그렇듯, 그런 경험은 온전한 정신과 머리에서 이루어져야 하죠. 어찌 보면 더 외로워질 수도 있어요. "내가 이렇게 하면 이 사람에게 이런 영향을 미칠까?" 뭐 이런 식이 된다면 말이에요.

뉴욕에서 이런 말을 들은 적이 있어요. 누가 그런 농담을 했는지 기억은 안 나지만요. 섹스 후에 작가가 무슨 말을 하는지 알아요? "당신에게만큼 내게도 좋았나?"

[우리가 웃는다. 그리고 나는 농담을 확실히 이해하지 못했다는 걸 깨닫는다.]

그 농담의 어떤 점이 재밌는 건가요?

그런데 왜 그렇게 크게 웃었죠? 제가 보기에 글쓰기에는 완전히 헐벗은 진심과 조작이 절묘하게 섞여 있는 것 같아요. 또 무언가가 어떤 특정한 영향력을 발휘할지 늘 가늠하려 하는 경향이 있어요.

그건 아주 귀중한 자산이긴 하지만 가끔은 신경을 끊어야 할 필요가 있어요. 제가 이번 책처럼 긴 글을 쓸 때 여자들과 관계가 그토록 어려워지는 이유는 제가 자발적이면서도 저를 무척, 무척, 무척 의식하게 되기 때문이에요.

작가가 형편없는 배우자라고 생각하나요?

보통 사람으로서 제가 짐작하자면, 작가는 유쾌하고 노련하고 만족스럽고 겉보기에는 배려심 깊은 배우자가 될 수도 있어요. 하지만 그렇게 하면서 오히려 외로움을 느끼겠죠. 이 이야기를 들으며 『무한한 재미』의 오린을 떠올리고 있다면, 틀리지 않아요.

어제 우리가 이야기했던 두건에 대해서 좀 이야기해 주세요.

투손에 있었을 때 쓰기 시작했어요. 기온이 늘 37도 이상이었거든요. 정말 더울 때는 땀이 많이 나서 종이에 뚝뚝 떨어질 정도였어요. 실제로 그해에 반다나를 쓰기 시작했고, 87년에 야도에 있을 때 크게 도움이 되었어요. 타자기에 땀을 흘려서 전기에 감전될까 봐 걱정되었거든요.

　게다가 그걸 쓰니 기분이 좋더라고요. 당시 여자친구를 잠시 사귀는 중이었는데, 수피 무슬림 교도였지만 60년대 여성 같았고 온갖 방면에서 아는 지식이 많았어요. 그녀가 말하길 신체에서 기가 모이는 여러 부위가 있는데 그중 중요한 곳 하나가 두개골 꼭대기에 있는 이른바 분수 구멍이라고 했어요. [그가 어디인지를 가리킨다. 돌고래와 고래의 물구멍이 있는 부분이다.] 그래서 많은 문화권에서 머리를 덮도록 **권장했다고** 하더라고요. 그래서 저도 머리를 덮기로 했어요.

두건을 늘 쓰지는 않아요. 불안할 때마다 써요. 제게는 안심 담요나 마찬가지예요. 아니면 뭔가를 준비하거나 마음을 다스릴 때도 써요. 그렇지만 지난밤에 우리가 웃었듯이, 제가 그걸 쓴 걸 보고서 사람들이 그걸 멋부림이나 트레이드마크 같은 걸로 생각할 때면 오싹해져요. 그건 그냥 기벽에 가까워요. 제 약점을 인식한다는 거죠. 제 머리가 폭발할까 봐 걱정되거든요.

사람들은 그게 작가님이 젊은 독자들과 공감하려는 방식 중 하나라고 생각했어요.

X세대가 머리띠를 자주 하는지는 모르겠어요. 여기서 제일 안 좋은 점은, 그러니까 남서부에서는 사람들이 늘 머리띠를 착용해요. 반면 뉴욕에서는 사람들이 멋지게 옷을 차려입을 때 머리띠를 하죠. 여기서 저는 아무 무늬도 없는 흰 머리띠를 썼어요. 사람들이 저를 오토바이족으로 착각해서요. 머리띠를 하면 할리 클럽 회원처럼 보이거든요. 전 그런 건 원치 않아요. 여기서는 택시 타기도 힘든데요.

하지만 사람들은 그걸 상업적 제스처라고 생각하는데…

아니에요. 뭐라고 말해야 할까요. 이런 주제를 거론하지 않았으면 좋겠어요. [「보르헤스와 나」단편처럼 말이다.] 이게 의도적인 것이 될까 봐 걱정돼요. 제가 두건을 쓰지 않는다면, 그게 상업적인 행위라는 사람들의 생각을 제가 인정했기 때문에 쓰지 않는 걸까요? 하지만 그게 상업적인 행위로 **보인다 하더라도** 제가 원하는 대로 두건을 쓴다면요? 이건 미친 듯 돌아가는 또 하나의 원일 뿐이에요.

또 다른 미친 원이군요. 숱한 악순환 중 하나인가요?

그렇다고 생각해요. 하지만 역시나 두 시간 내에 시작해서 끝나 버려요. 전 다시 돌아올 테고요.

유명해진 걸 여기서도 느끼나요? 제가 여기 있다는 건 잊으시고요. 물론 뉴욕과 LA에서 느끼셨을 텐데요. 하지만 여기 개 두 마리와 함께 이렇게 앉아 있을 때도 유명해진 게 느껴지나요?

주변에 다른 사람들이 있어서 저를 다르게 대우해 줄 때 더 크게 느끼는 것 같아요. 페덱스 기사가 저희집에 왔을 때처럼요. 처음 보는 직원이었어요. 제가 여태 침대에 누워 있는 중이었는데, 제게 『빌리지 보이스』를 건네주더라고요. 그러면서 이렇게 말하더군요. "유명해지니 기분이 어떤가요?" 당황스러웠어요. 여긴 저의 집이고 그런 유명세와는 상관없는 곳이니까요. 아마 몇 달 동안은 상황이 얼떨떨할 거예요.

이 지역 사람들이 아니요? 페덱스 직원들도?

『타임』과 『뉴스위크』 때문이죠. 전 이해가 안 갔지만, 완전히 차원이 달라요. 여긴 문학계도 아니고, 블루밍턴에 사는 사람이 언제 마지막으로 『타임』에 기사가 실렸는지도 모르겠어요. 그래서 소식이 불처럼 번졌어요. 제자들의 부모님들이 전부 자식들에게 전화를 걸어서는… 완전히 발가벗겨지는 것 같은 느낌이었어요.

[탁자를 두드리기 시작한다. 이 이야기 때문에 그가 불안해졌다.]

월그린이나 맥도날드의 직원이 아니라 페덱스 직원이 그랬군요. 어떤 식으로든 침범당했다는 느낌이었나요?

네. 등골이 서늘했어요.

그래서 뭐라고 답했나요?

이렇게 말했죠. "저희집 개들이 저를 더는 존중해 주지 않아요." 사람들이 그런 종류의 말을 할 때면 그 말을 재치있게 받아치면서 공감해야 한다는 의무감이 느껴져요. 전 지금 기자님한테도 그런 걸느껴요. 사람들은 재치 넘치는 답을 기대해요. 모두가 듣고서 기분좋게 웃으면서 헤어질 수 있는 그런 답이요. 전 거기에 대해서 화가 나요. 제 의사, 기분에 상관없이 선택적으로 반응해야 하니까요. 기자님과 함께 있는 지금은 신경 쓰지 않아요. 모든 게 결정돼 있으니까요. 하지만 아까 말한 것 같은 상황에서는 신경을 써요. 제 생각에 해결책은 사람들을 체계적으로 자주 실망시켜서 더는 그런 걸 묻지 않도록 하는 거예요.

시간이 언제였나요?

10시 15분쯤이었을 거예요. 그 남자는 사십 살이었고요. 그는 또 보더스에서 열릴 낭독회에 자기도 온다고 했어요. 놀랐어요. 보더스에서 낭독회가 열린다는 말은 **금시초문**이었거든요. 알고 보니 이달에 반스 앤 노블에서 열릴 낭독회를 말하는 거였죠.

그 사람이 미소를 짓던가요?

그랬어요. 그런데 우리는 배달 온 물건을 내려다보고 있었고 저는 서명을 해야 했죠.

작가님이 원했던 지점에 지금 다다랐다고 생각하나요?

좀 더 자세히 설명해 줄래요?

작가님 책이 좋은 평을 받았고, 작가님은 나가서 책 홍보도 했죠. 집필해야 할 다른 책들도 있고요. 이제 블루밍턴에 돌아왔어요. 개들도 여기 있고 작가님은 집에 있어요. 이제 에세이집을 끝내야 하고요. 작가님이 어떤 말을 하면 사람들은 그걸 진지하게 받아들이죠.

저는 지금 원하는 지점에 와 있어요. 지난밤에 이야기한 것처럼, 지금 이 상황이 좋은 점도 있고 나쁜 점도 있고 위험한 점도 있어요. 모두 헤쳐나가야 해요. 제 힘으로요. 제가 모든 걸 헤쳐나가는 데 아무도 도움을 줄 수 없어요. 여기는 헤쳐나가기 좋은 장소예요. 여기에 혼자 남겨지니까요. 게다가 지금 이 상황과는 아무 관련 없는 이유로 저를 좋아해 주는 친구들이 몇 있어요. 정말 소중한 존재들이죠. 제가 달리 있을 만한 곳이 없어요.

지금 직업적으로 있는 위치에 만족하나요?

글쎄요. 아뇨. 제가 예술적으로 원하는 위치에 있다고는 생각하지 않아요. 그런 위치에 있었으면 좋겠어요. 지난해에 훨씬 더 창의적인 작업을 할 수도 있었는데, 상황이 이렇다 보니 지장이 생겼어요. 지금 에세이집 때문에 걱정이에요. 몇 가지 글을 다시 써야 해요. 마이클이 아마 편집과 관련해서 훌륭한 제안을 해주겠죠.

이번 책을 타자를 쳐서 집필했죠. 전체를요. 세 번 정도였나요?

네. 다만 첫 두 번은 원고 수정이 많았어요. 내용을 끼워 넣기도 하고요.

이 작업을 하는 내내 작가님은 이 책이 독자들에게 어떻게 받아들여질지 몰랐죠. 그러다 모든 상황이 원하는 대로 흘러갔고요.

『타임스』에서 절 헐뜯었죠.

음. 『타임스』는 잊고요. 이번은 『타임스』가 중요하지 않은 몇 안 되는 경우 중 하나예요.

제게 큰 걱정은 지금 상황을 즐기는 능력이 떨어지고 있다는 거예요. 이 상황을 즐기지 못할 거예요. 저 자신에 대한 기대만 높아질 거예요. 우리 자신에 대한 기대는 아주 가는 선과 같죠. 어느 정도까지는 그런 기대가 자극이 되고 영감을 안겨 주고 엉덩이에 불붙은 듯 우리를 움직이게 하는 원동력이 되죠. 하지만 그 정도를 넘어서면 그 기대가 독이 되고 우리를 마비시켜요. 그래서 전 여기 사는 게 좋아요. 뉴욕은 제가 이런 상황을 헤쳐나가는 데 도움이 되지 않아요. 알다시피, 기자님도 저에게 도움을 주지 못해요. 아무도요.

제가 짐을 싸서 이 집을 나가고 나면, 작가님은 이제 더 이상의 투어 없이 개들과 함께⋯

전화로 사실 확인을 하는 작업이 남아있기는 하지만, 실제로 다 끝난 거나 마찬가지예요.

[나는 그에게서 뭔가 긍정적인 반응을 끌어내길 원한다. 어떤 성취감을 끌어내길 원한다. 그는 풋볼에서 테니스로, 글쓰기로, 맥린으로, 그리고 다시 글쓰기로 넘어왔고 자신을 다시 일으켜 세웠다. 어려운 일을 해냈다. 그리고 이제 앞으로 나아갈 존재가 되었다. 그런데 난 그 기미를 찾아볼 수가 없다. 그는 지금 상황을 테니스 선수로서 보고 있다. 경기는 여전히 진행 중이다. 아직 경기 후반부이다. 그는 앨리를 유심히 바라보는 중이다. 태양이 코트를 비추고 있다. 그가 친 공이 어떻게 떨어질지, 네트 반대편에서 어떤 일이 벌어질지 지켜보는 중이다.]

너무 두려울 것 같아요. 지난 3주 동안은 말하자면 코드를 빼놓은 상태였어요. 이제는 앉아서 모든 걸 오롯이 느껴야 해요. 질문은 그걸 해낼 용기가 있는지의 여부예요. 그냥 사흘 연속으로 극장에 가서 가만히 앉아 있을 수도 있어요. 한동안 그렇게 할지도 몰라요. 여기서 산다는 건… 그래도 결국 제 발목이 잡히겠죠.

그래도 여기는 있기에 좋지 않나요? 오롯이 자기 공간인 집과 개들이 있잖아요.

여긴 좋은 곳이에요. 좋은 곳이에요. 제가 설레어 본 지가 꽤 되었는데, 어젯밤 차를 타고 이 동네로 들어설 때 오래간만에 설레었어요. 블루밍턴으로 돌아오는 비행기를 탔을 때도요. 대학 때부터는 아니었지만, 휴가를 보내러 집으로 올 때면 집으로 돌아온다는 따뜻하고 묘한 설렘이 있어요. 여기가 내 집이구나, 하는 느낌이요. 여러 면에서 저는 행운아예요. 만약 이 모든 상황이 5, 6년 전에 일어났다면 전 산산조각나고 말았을 거예요.

왜죠?

제게 집이 없었으니까요. 조금이라도 제 자신을 친구로 대접해 줄 밑천이 없었기 때문이에요. 내지는 저 자신을 돌볼 밑천이 없었기 때문이에요. 하지만 지금은 적어도 기본적인 터전은 있어요.

[그가 고개를 끄덕이더니 녹음기를 끈다.]

♦♦♦

그의 집을 둘러본다.
월리스 박물관 투어
벽 장식, 책
거실

식료품점 통로에서 찍은 앨라니스 모리셋 사진이 실린 『스핀』 표지. 미국 국기. 기괴한 초현실주의 포스터 몇 점. 손님용 방은 트로피 보관 전시실 내지는 고독의 요새 같다. 다양한 언어와 판으로 된 그의 책들. 그가 쓴 에세이가 실린 잡지들. 『시스템의 빗자루』 스위스판. 금속 덩어리만큼 큼지막한 『무한한 재미』 책들.

그의 침실에 걸린 바니 타월.

개들이 쓰는 물건. 개들이 물어뜯어 놔서 의자며 탁자의 모서리가 다 닳아 있다. 카펫 위의 개털과 개똥 얼룩. 반려견용 우리. 개들이 씹어 놓은 물건들이 여기저기 흩어져 있다. 책장 위에 상어 인형이 있다(그는 열렬한 상어 팬이다). 지구가 그려진 낡은 지도. 책장 세 개. 음… 그가 몸을 수그리는 걸 잊을 때면 머리를 부딪치곤 하는 낮게 달린 샹들리에. 방금 전 그가 전화상으로 나를 "이 사람"이라고 했을 때 얼마나 마음이 상하던지.

[심지어 "『롤링스톤』 기자"도 아니다. "이 사람이랑 지금 막 끝났어."]

개들의 사진. 벽에 걸린 스코틀랜드 기병대 포스터: 그는 어쨌든 자부심 강한 스코틀랜드 혈통이다. 그의 아버지가 주었다고 한다.

거실에 있는 석탄을 태우는 벽난로. 벽돌 벽. 인조 나무 장식 판자. 음료수 캔. 책을 좋아하고 사교 클럽에 가입한 남학생이 사는 집 1층 같다. 커튼. 1층짜리 집. 방 대여섯 개와 지하실. 업다이크 엽서. 만화: 비교 해부학; 뇌— 남성, 여성, 개. 프라 필리포 리피의 그림. 벽에 붙은 "Sign of the Killer Cow" 카드.

지브스가 던지며 갖고 노는 장난감들이 여기저기에 있다. 거실: 빽빽이

들어찬 책장 세 개와 개들 물건 외에는 아무것도 없다. 애서가인 개들이 사는 공간이다.

바니 타월이 그의 방 창문 하나에 커튼처럼 걸려 있다. 그가 머리를 두는 쪽에는 독일 철학자들의 사진이 걸려 있다. 그는 독일인 조상이 있다. 이 철학자들에 대해 이렇게 말한다. "이 사람들은 주로 배가 불뚝 나오고 수염이 있고 찌푸린 인상에 털로 뒤덮인 모습이에요. 신체적으로 안 좋은 쪽으로 서로 닮았어요." 방 안에 있는 서랍장 위에는 그의 가족사진 모음이 있다. 대학생 아이들이 기숙사 벽에 붙여 놓은 것 같다. 여동생과 나머지 가족들의 사진이 벽에 걸려 있다. [그의 집은 그가 밟아 온 삶의 각 단계를 보여 주는 전시실 같다: 기숙사 단계, 일 단계, 일리노이 단계, 성공 단계 (이상하게도 손님용 방에 그렇게 해놓았다). 책들과 개들. 그의 여동생은 예쁘게 생긴 여자 데이비드 포스터 월리스이다.]

옷가지가 어수선하게 널려 있다. 벽장은 기숙사 방에 있는 벽장 같다. 많은 운동화, 바닥에 놓인 물건들, 방한용 신발들, 접어 올려 신는 신발들, 손님들이 들이닥친 금요일 밤 길고 바쁜 시간대를 넘긴 식당의 주방 같다. 여닫이문, 가득 찬 개수대. 낡은 냄비들. 바닥에 널린 잘려진 쪽파를 연상시킨다. 물건들이 다른 물건들에 걸쳐져 있다. 걸쳐놓는 건 그의 정리 방식을 가장 잘 설명하는 말이다. 그가 옷을 어떻게 정리하는지 말이다. 푸른 빛이 감도는 회색 조명. 그리 깨끗하지 않은 창문을 통해 빛이 스며들어 온다. 겨울 오후 같은 느낌이다.

화장실.

[그가 이야기한다. "들어가고 싶지 않을걸요. 제가 아수라장으로 해놨거

506

든요."]

덮개를 씌운 변기. 엽서: 기어다니는 개코 원숭이들. 클린턴 일가. AA 기도 문처럼 들리는 세인트 이그나티우스 기도문 ("신이여, 관대하게 하시고 / … 비용을 생각지 않고 베풀고 / 쉬지 않고 일하게 하시며 / 보상을 바라지 않고 일하게 하시며…") 머리로 계단을 기어오르는 아기.

오디오 옆에 있는 테이프와 CD들. 보티첼리 달력. 비너스의 탄생. 금과 은으로 된 체스 세트.

[내가 차고로 들어간다. 데이브가 일리노이의 데이브, 긁개와 사이가 좋은 중서부 남자로 되돌아와 있다. 그가 차에서 남극 대륙을 긁어낸다. 차가 얼음으로 뒤덮여 있다. 마치 제조업체에서 원래 그렇게 포장해서 보낸 것 같이 보인다.]

이런 내 불쌍한 똥차.

차종이 뭐죠? 닛산인가요?

(죄수가 자기 번호를 읊듯이) 1985년 닛산 센트라예요. 보기엔 이래도 **시동**이 걸려요. 절대로 고장이 안 나요. 늘 시동이 걸려요. 실은 골치 아파요. 제가 차를 새로 사야 하는데 말이에요. 그런데 어떻게 해야 할지 모르겠어요. 이걸 내다 버릴 수는 **없**으니까요.

왜요?

제 **친구**나 마찬가지니까요. 이걸 그냥 차고에 내버려 둘 수는 없어요. 그냥 아픈 거니까요.

   그런데 **저걸** 타니까 내가 전혀 느껴보지 못한 운전 경험이 있구나, 하는 걸 알았죠. [그가 내가 몰고 온 초록색 폰티악 그랜드 앰을 가리킨다. 타워 북스, 더튼스, 책 홍보 투어, 휘트니 호텔처럼 이 차 역시 이제는 존재하지 않는다.]

[그가 집으로 올 때와 맥도날드로 갈 때 운전을 했었다.]

운전할 때 **미끄러지는** 듯한 느낌은… 제 차에는 충격 흡수 장치도 없거든요. 제 차를 타면 잔디 깎는 기계를 타는 것 같아요.

담배와 관련된 한 무더기의 물건들이 창가에 있다. [그가 나를 차분히 바라보고 내가 여전히 녹음기에 대고 말을 하는 걸 보고 웃는다. 나도 웃는다.]

이 그림은 어떤 아이가 그린 거죠? 선반에 있는 거요. "닭대가리 데이비드월리스"?

음. 친구의 딸이 절 닭대가리라고 불러요. 저도 **개를** 닭대가리라고부르죠. 그 애가 가장 최근에 쓰게 된 **공격** 방법이에요.

[포스터가 있다. 동유럽에서의 관광 일정이 적혀 있다.]

동유럽에도 갔었나요?

아뇨. 부모님이 지금 거기 계세요.

여행 일정도 보내주시나요? 멋지네요.

네. 그래요.

[초현실주의적인 이미지. 라스타파리안 식 머리 모양을 하고 몸을 구부린 채 피리를 부는 신의 형상.]

그건 호피족의 플루트 신이에요. 부모님이 그 조각상을 갖고 있어요. 친구가 제게 그 엽서를 보내 주었고요. 전 『하퍼스』측에다가 그 그림을 실어 보라고 늘 말해요. 보기 좋거든요.

역설: 간절히 원하는 사람들에게 세간의 관심이 쏠린다고 생각하나요? 아니면 역설적으로 관심 얻으려는 생각을 그만둘 때 오히려 세간의 관심이 쏠리게 될까요?

글쎄요. 늘 관심 얻기를 원하면서도 그만큼 훌륭한 글을 쓰는 작가들이 있으니까요. 메일러가 아주 유명해지기를 원했죠. 실제로 그렇게 유명해졌고요. 어느 정도는 본인의 체질과 관련 있는 것 같아요. 만약 정말 강인한 사람이 아니라면, 어떤 일이든 해내기가 힘들어요. 그런 관심을 원할 때 말이에요. 그 외 다른 걸 생각할 여력이 없으니까요. 기자님은 유녕해지고 싶나요?

[그가 상황을 정리한다. 우리는 집으로 다시 들어온다.]

전 최대한 넓은 독자층을 갖고 싶어요.

음, 영리한 답변이군요. 하지만 제게 질문할 때처럼 단도직입적으로 답변해 주세요.

[내가 녹음기를 끈다. 그걸 보고 데이비드가 웃는다.]

전 그 사람보다 어려요. 제 머릿속에서는 이게 가장 중요해요. 그는 틀림없이 이 지점에서 성취감을 느꼈을 거예요. 세간의 관심을 거머쥐어서요. 저는 그가 그 상황이 제가 상상한 것만큼 좋다고 말하기를 여전히 바라요.

작가님은 가면을 벗고 정체를 드러내기가 두렵다고 했는데요. 사람들이 작가님 책을 많이 읽고 그 책이 좋다고 말하면, 또 작가님을 두고 강한 작가라고 평하면 안심되지 않나요?

몇 년 지나서 기자님과 이야기를 나눈다면 무척 흥미롭겠어요. 제 경험으로는 그렇지 않아요. 사람들이 제 글을 좋다고 할수록 제가 사기꾼이 아닌가, 하는 두려움이 더 커져요. 저에 대한 반발이나 역전이 훨씬 더 강해질 수 있어요. 무슨 의미인지 아시겠죠? 본인에게 많은 관심이 쏟아질 때 최악의 상황이 있어요. 그건 바로 본인이 나쁜 관심을 두려워할 때예요. 나쁜 관심이 제게 상처를 주면, 저는 절겨누고 있는 무기의 구경이 커진다는 걸 알게 돼요. 예를 들면 22구경에서 45구경으로요. 하지만 또 끔찍한 게 있어요. 더 복잡해요. 거기에 좋은 면도 있기 때문이에요. 저도 기자님과 같아요. 저에게도 많은 관심을 바라는 면이 있어요. 제가 훌륭하다고 생각하고 다른 사람들이 그걸 알아주기를 바라는 면이 있어요. 그리고… 그건 소심함과 과시 행위의 기괴한 조합 같아요. 그런 면에서 우리가 닮은 것 같아요.

작가님은 본인이 시간을 낭비하지 않고 있음을 사람들에게 보여 줘요. 밤이고 낮이고 주중이고 매 계절이고 쉬지 않잖아요.

혹은 문화에 의해 일종의 기묘하고 자기충족적인 것으로 여겨지는 뭔가를 하고 있을 때는 시간을 낭비하는 게 아니에요. 그냥 남들 발길이 닿지 않은 길을 간 거예요. 우린 의학부 예과를 갈 수도 있고

월스트리트에 갈 수도 있어요. 그게 훨씬 더 미국적인 거예요. 모든 게 정말 복잡해요.

아주 흥미로울 거예요. 기자님이 떠나기 전에 연락처를 주고받 았으면 좋겠어요. 하인라인에 관한 글을 다 쓰고 나면 『아트 페어』 를 읽고 기자님에게 편지를 보낼 거거든요. 기자님 머릿속은 어떤 세상인지 정말 궁금해요.

여기 와서 앨라니스 모리셋 좀 잠깐 보세요. 재밌는 것 같아서…

[결국 걸려들었다. 성공: 유명세에 관한 좋은 이야깃거리를 찾았다. 중간 급 팝 스타를 시작으로 한 이야기.]

우습죠. 기자님이 왔는데도 그냥 두었어요.

제가 오기 전에 분명 이걸 띌 생각을 했을 텐데요. 왜죠? 그녀가 예쁘네요.

네. 예뻐요. 다만 엉성하고 아주 인간적인 방식으로 예쁘죠. 잡지에 나오는 많은 여자들은 **에로틱하지 않은** 식으로 예뻐요. 우리 주변 사 람들과는 **같아 보이지 않으니까요.** 그 여자들이 주차료 징수기에 동 전을 넣거나 샌드위치를 먹는 모습을 상상할 수가 없죠. 그런데 **그 녀는.** 물론 저는 그 이미지의 일부마저도 만들어진 거라는 걸 알 만 큼은 똑똑하지만. 그래도 그 엉성함 속에 섹시함이 있어요. 그냥 한 시도 눈을 뗄 수가 없어요.

작가님 집에 왔을 때 제가 기대했던 것들이 많이 있었어요. 그런데 이건 그중 하나는 아니네요.

저도 다른 사람들처럼 약점이 있어요.

유치한 블루밍턴 라디오를 듣다가 「I Want You to Know」를 듣게 되었어요. 심지어 그녀가 누구인지도 몰랐어요. 여름에 여기서 지내던 제 여자친구가 아니 디프랑코와 P. J. 하비 그리고 또 누구더라? 아, 토리 에이모스를 열렬히 좋아했어요. 알다시피 그들은 전부 괜찮아요. 그런데 앨라니스 모리셋은 말이에요. 좀 역설적이긴 하지만, 지금 이런 야단법석인 상황 덕분에 제가 그녀와 5분만이라도 차를 마실 수 있었으면 하는 마음이에요. 그것만으로도 보상 이상이죠.

물론 전 절대로 그렇게 못할 거예요. 완전히 겁먹고 말걸요. "당신처럼 사는 인생은 어떤가요?" "모르겠는데요. 그냥 닥치고 썩 꺼져요."

그녀가 전화를 걸면 나갈 건가요? 이렇게 말한다면요. "저랑 차 마셔요. 시카고의 드레이크에 있을게요."

그럼요. 다만 우스워 보일 거예요. 이 내용을 기사에 싣는다면, 제가 기사를 이용해서 그녀를 만나려 하는 것처럼 보일 거예요. 그래도 전 단숨에 달려 나갈 거예요. 가는 내내 땀을 뻘뻘 흘리면서 박하사탕을 입에 쑤셔 넣고서요. 미쳐버릴걸요. 일주일 동안은 충격에서 헤어나지 못할 거예요. 그래도 전 다 제쳐놓고 달려나갈 거예요.

[휴식]

[어쩐 일인지 그의 머릿속에 아이들이 있다. 그가 자식 키우는 일을 책쓰는 일에 비유한다. 가족 내에서 자신이 하는 역할에 대해서는 자부심을 느껴야 하지만, 자식들이 세상에서 앞길을 잘 꾸려나가는 일에 대해서는 초연해야 한다. 그가 이렇게 말한다. "자식이 잘되길 바라는 건 좋지만 그 영광이 자신에게 돌아오길 바라는 건 나빠요."

그러고서 우리는 다시 앨라니스 이야기를 한다. 나는 책을 이용해서 좋아하는 사람을 만나는 게 그리 나쁜 일은 아니라고 말한다. 그건 악의의 마법이 아니라 선의의 마법이다.]

제가 보기에는 그게 매우 이상해요. 선의의 마법이 변질되는 게 걱정돼요. 그런 마법을 이용하는 게 걱정돼요. 실은 그 점을 주의해야 해요. 숙명적으로 무모하고 경솔하게 행동하게 되니까요.

앨라니스 모리셋과의 데이트라고요? 저는 분명 힘의 역학에 놓이게 될 거예요. 불리한 힘의 역학에 놓이게 되겠죠. 얼빠진 듯이 바라보면서 추파를 던질 거예요. 기사에서 절 그런 식으로 다루지는 마세요. 소녀 팬과 차는 사람처럼 말이에요. 잠자리에 관해서 제가 농담을 하긴 했지만 실제로 실천에 옮기진 않았어요.

앨라니스를 생각해 보니 좋군요. 현실을 가늠할 수 있어서요. 실제 세계에서 특정 인구 계층에게는 작가님이 절대적으로 중요한 존재예요. 그녀 또는 그녀의 팬의 눈으로 보자면…

전적으로 좋지만은 않아요. 제 대학 동기가 나온 HBO 영화를 봤을 때 그토록 관심을 가졌던 한 가지 이유는 제 책을 읽는 사람들보다 그가 나온 영화를 보는 사람들이 더 많다는 걸 알았기 때문이에요.

어쩌면 아닐 수도 있어요.

HBO 시청자 수가 5백만 명인가요? 6백만 명인가요?

그게 아마도 『롤링스톤』과 관련해서 흥미로운 점일지도 몰라요. 기자님은 그 기제를 보게 될 거예요. 실체가 어떤지 보게 될 거예요. 사람들이 그걸 어떻게 견딜지는 모르겠어요. 사람들이 그 기제의 좋은 면과 나쁜 면을 어떻게 감당할지 잘 모르겠어요. 사람들이 미치는 건 당연한 일이고요.

[투어 일정표를 찢어서 던져 버린다.]

화장실 볼일 다 봤나요? 제가 화장실을 난장판으로 만들 거거든요.

[그가 설레하는 게 한 가지 있다. 오늘 밤 내가 그의 집을 떠난 지 몇 시간 후, 그러니까 내가 차를 몰고서 서커스 비디오와 스테이크 앤 쉐이크라 불리는 스테이크 체인점을 지나고, 한 라디오 방송에서 필 콜린스 노래를 듣다가 다른 방송 채널로 돌리니 또 나오는 그의 노래를 듣고, 또 국무부의 「피플 투 피플」 프로그램의 일환으로 영국의 캔터베리, 러시아의 블라디미르, 일본의 아사히가와 등의 자매 도시들을 알리는 표지판을 지난 후, 측량사들이 뭐라 이름을 붙일지 몰라서 고민한 듯한 머니 크릭이라는 소도시를 지나고 나면, 데이비드는 잠시 혼자 있게 될 것이다. 그러고는 옷을 차려입고 침례 교회로 갈 것이다. 춤을 추러.]

그곳은 흑인들이 다니는 침례 교회예요. 하지만 사람들이 많이 와요. 흑인 침례교도들은 춤을 추거든요.

작가님도 춤을 추나요?

제가 춤을 출 수 있다는 걸 몇 년 전에 알았어요. 제가 춤을 무척 좋아한다는 것도요. 아직 썩 잘추지는 못해요. 저는 주로 절크와 스윔을 추죠. 블루밍턴에서 이 춤을 추면 아주 세련된 사람으로 인정받아요. 보그 댄스는 추지 않아요. 그것만은 제가 사양해요. 전 보그 댄스는 안 춰요.

교회가 어디에 있나요?

댄스 나이트라고 하는 행사가 열리는데, 무지 촌스럽게 들리죠. 배관공 노동조합에서 열려요. 우리가 식사를 한 곳에서 좀 떨어져 있어요. 기계공 노동조합이라는 데서도 열려요. 장소가 넓고 타일 바닥이 매끈해요. 근사하죠. 사람들이 전부 댄스용 신발을 신고 와서 춤을 춰요.

[그의 친구가 방금 춤을 추러 오라고 전화를 해서 그가 갈 참이다. 좋은 생각이다. 그가 홀로 있는 것에 관해서 이야기를 많이 했는데, 내가 그와 함께한 며칠 내내 그리고 그 이전부터 몇 주 동안이나 그는 혼자 있지 않았기 때문에 내 생각에는 그가 아직 혼자 있을 준비가 되지 않은 것 같다. 이게 결국 그에게는 책의 끝이다.]

어떤 음악에 춤을 추나요?

촌스러운 70년대 디스코에서부터 90년대 40위권 노래까지 다양해요. 음악을 들으러 가는 건 아니죠.

스테이트팜의 직원들이 오나요?

아뇨. 화이트칼라 계층이 모이는 곳은 아니에요. 이 도시에서는 온 인종이 한데 섞이는 법이 없는데, 이따금 그럴 때면 정말 멋져요. 우리 중에 여기에 가는 사람이 몇 있어요. 대학 교정 근처에 교회가 하나 있어요. 그 교회는 흑인들이 다니는 침례 교회와 일종의 친한 친구 사이예요.

거기서 친구를 사귈 생각인가요?

그럼요. 교회 이름이 정확히 뭔지는 잊었는데. 무슨 숫자가 앞에 붙은 블루밍턴 침례교회였는데. 하지만 멋져요. 사람들이 그저, 각자 혼자 춤을 추도록 내버려 두길 원하거든요.

대화에 나온 작품들

28 자기 집에서 사람을 내보내는 상황에 관한 긴 인용구는 『재밌다고들 하지만 나는 두 번 다시 하지 않을 일』에 실린 「권위와 미국 영어 어법」의 일부이다.

58 「치어스」, NBC, 1982~1993. ("내가 보기엔 샘과 다이앤 이야기 같은데.")

73 질의응답 형식에 수년 동안 익숙했던 데이비드는 1999년 단편집 『끔찍한 남자들과 짧은 인터뷰』(*Brief Interviews with Hideous Men*)에서 그 경험을 훌륭하게 살렸다. 「굿 올드 네온」이라는 단편에서 그는 왔다 갔다 찬반양론을 펼치며 상대방이 앞으로 어떤 말을 할지 예상하면서 상대방을 적당히 동등한 수준으로 이끄는 방법에 관해 썼다. ("소심함은 제게 이렇게 작용하기도 해요. 전 이런 게임을 아주 쉽게 하죠. '네가 원하는 건 뭐야? 그게 네게 어떤 영향을 미치지?' 어찌 보면 정신적인 체스나 마찬가지예요. 이게 대인관계에서는 상황을 무척 어렵게 만들어요. 그런데 글쓰기에서는…") 이 단

◇ 수록된 에세이와 소설집의 표제는 한국어 판본을 기준으로 삼았습니다. 한국어 판본이 없는 경우 원서 제목을 옮기고 원문을 병기했습니다.

편은 『오블리비언』에 수록돼 있다. 놀라울 정도로 탁월한 작품이다.

91 「로스트 하이웨이」, 데이비드 린치, 1997
데이비드는 후에 NPR과의 인터뷰에서 이 영화가 그리 훌륭하지 않았다고 말했다. 그는 이 영화를 "별 목적 없는 노닥거림"이라고 칭했다. 린치에 관한 그의 글은 『거의 떠나온 상태에서 떠나오기』에 "데이비드 린치, 정신머리를 유지하다"라는 제목으로 수록돼 있다. 그는 NPR과의 인터뷰에서 이렇게 말했다. "린치에게는 냉담함과 비열함이 있는데, 난 그런 면을 싫어하면서도 또 거기에 매력을 느낀다. 알다시피, 우리는 사디즘을 멀리서 관망하기를 즐기지 않는가."

127 에드거 라이스 버로스, '존 카터 바숨' 시리즈(「화성의 공주」 등), 1917~1964
남북전쟁 참전 용사가 화성에서 사랑을 찾고 팔 여섯 달린 외계인들과 모험을 하게 된다는 내용의 시리즈 소설

테니스

129 『하퍼스』에 실린 테니스에 관한 글 「테니스, 삼각법, 토네이도」는 "토네이도 앨리에서 파생된 스포츠"라는 제목으로 『끈이론』에 수록되어 있다.

130 마이클 조이스에 관한 글은 "선택, 자유, 제약, 기쁨, 기괴함, 인간적 완벽함에 대한 어떤 본보기로서 테니스 선수 마이클 조이스의 전문가적 기예"라는 긴 제목이 달렸다. 「에스콰이어」는 "끈 이론"(String Theory)이라는 두 단어로 이 글을 표현했다. 『끈이론』에 수록되었다.

131 데이비드가 트레이시 오스틴에 관해 쓴 글이 "트레이시 오스틴이 내 가슴을 후벼 판 사연"이라는 제목으로 『끈이론』에 실렸다. 이 글에서 데이비드는 경기장에서 절대적으로 정신을 집중하는 데 "일종의 천재성이 필요한지 아니면 우둔함이 필요한 건지" 이야기한다. "운동선수로서 천재적 재능을 타고나 발휘하는 사람들은 필연적으로 자신의 재능에 눈멀고 귀먹

은 게 분명하다. 그런 눈 멂과 귀먹음은 천재적 재능을 타고난 대가가 아니라 그 같은 재능의 본질이기 때문이다."

146 「도깨비집에서 길을 잃다」는 『도깨비집에서 길을 잃다』(*Lost in the Funhouse*, 1968), 그리고 네 권의 대학 단편 선집 중 한 권에 수록되었다.

160 도널드 바셀미의 단편 「풍선」(The Balloon). 1988년 『60가지 이야기』(*Sixty Stories*)에 수록돼 있다. 1996년 『살롱』(Salon)과의 인터뷰에서 데이비드가 로라 밀러에게 이렇게 말했다. "이 단편을 읽고 처음으로 작가가 되고 싶다고 생각했다."

174 1995년 도스토옙스키를 주제로 한 글에서 데이비드가 종교에 관해 이렇게 썼다. "도스토옙스키 이후 어떤 책에서든 인간과 신의 관계를 이야기하기가 무척 어려워졌다. 따라서 그 점에 있어서 문화가 잘못되었다는 얘기다." 「조지프 프랭크의 도스토옙스키」가 『재밌다고들 하지만 나는 두 번 다시 하지 않을 일』에 수록되었다.

176 「미래의 묵시록」, 「초능력 소녀의 분노」, 영화 「스탠 바이 미」(원작이 스티븐 킹의 중편집 『사계』에 실린 「더 바디」이다), 스티븐 킹, 1978, 1980, 1982. 이 시기는 스티븐 킹의 안정기에 해당한다.

180 "매 순간 그리 재밌지는 않지만, 성인이자 한 인간인 제 안에 얼마간의 근육을 붙게 할 그런 일을 하는 데 제가 얼마큼의 시간을 소비할까요?"라는 데이비드의 말은 리틀 브라운에서 출간된 그의 마지막 소설 『창백한 왕』(*The Pale King*)의 주제와 흡사하다.

287 데이비드가 크루즈선 여행을 주제로 쓴 산문 「재밌다고들 하지만 나는 두 번 다시 하지 않을 일」이 동명의 산문집에 실렸다. 데이비드가 1995년 『하퍼스』에 이 글을 기고했을 당시를 편집자 콜린 해리슨이 이렇게 회상했다. "우리 손에 순수한 코카인이 쥐어진 게 분명했다."

데이비드 린치

306 「블루 벨벳」, 1986. (데이비드가 언급한 "프랭크 부스" 역은 데니스 호퍼가 맡았다. 섬뜩한 악인으로 등장하며, 늘 다스 베이더를 연상시키는 산소 호흡기로 숨을 쉬고서 엽기적인 짓을 저지른다.)

309 「트윈 픽스」, ABC, 1990~92.

310 「이레이저헤드」, 1978.

313 마크 레이너, 『내 사촌, 내 위장병학자』(*My Cousin, My Gastroenterologist*, 1990); 『자기야, 너도』(*Et Tu Babe*, 1992)
데이비드의 고향 중서부를 운전하고 지나갈 때: 레이너는 『내 사촌, 내 위장병학자』에서 그 지역을 이렇게 묘사했다. "옥수수, 옥수수, 옥수수, 옥수수, 옥수수, 휴게소, 옥수수, 옥수수, 옥수수, 휴게소."

315 집에 TV를 두지 않은 것과 관련해서: "친구 집에 가서 TV를 보는 편이 더 나아요. 안타부스를 복용하는 것과 마찬가지죠. 제가 볼 수 있는 TV의 양이 줄어들 테니까요." 데이비드는 「톰프슨 아주머니의 집 풍경」에서 2001년 9월 11일에 교회 지인인 톰프슨 아주머니 집에 가서 TV 본 일을 이야기했다. 이 산문은 『재밌다고들 하지만 나는 두 번 다시 하지 않을 일』에 수록돼 있다.

348 폴린 카엘, 전 『뉴요커』 영화 평론가. 두 권의 작품집으로 『영화관에서 보낸 5001번의 밤』(*5001 Nights at the Movies*, 1991)과 『영원히』(*For Keeps*, 1994)가 있다.

352 「트루 로맨스」, 쿠엔틴 타란티노 각본, 토니 스콧 감독, 1993. 크리스토퍼 월켄이 결국 영웅처럼 죽음을 맞이하는 데니스 호퍼와 설전을 벌이는 장면이 영화 45분 40초에서 시작하여 56분 00초에 끝난다.

363 「크림슨 타이드」, 토니 스콧, 1995.
「트루 로맨스」와 「크림슨 타이드」에서 "넌 배짱이 대단해"라는 대사를
한, 출연 분량이 극히 적은 배우는 「소프라노스」 출연 전 젊었던 제임스
갠돌피니이다.

379 레터맨 쇼를 소재로 한 단편 「내 모습」(My Appearance)이 『희한한 머리
카락을 가진 소녀』(*Girl with Curious Hair*)에 수록돼 있다. 여배우가 토크
쇼에 나가서 자기 모습이 어떻게 비칠지 너무 불안한 나머지, 몰래 이어폰
을 끼고 남편에게 질문에 대한 답변을 대신 생각해서 말해 달라고 부탁한
다. TV 게임 쇼 「제퍼디!」를 소재로 한 단편 「표정 없는 작은 동물들」(Little
Expressionless Animals)과 존슨 대통령을 소재로 한 단편 「나와 린든」(Me
and Lyndon)이 같은 단편집에 수록돼 있다.

387 워싱턴 스퀘어 파크에서 도난을 당했다가 야도에서 다시 써서 『희한한
머리카락을 가진 소녀』에 수록한 단편은 「제국은 서쪽으로 나아간다」
(Westward the Course of Empire Takes Its Way)이다. 데이비드가 이 단
편을 이렇게 평했다. "존 바스가 쓴 「도깨비집에서 길을 잃다」의 속편 같
은 작품이다."

403 데이비드가 오번데일 헬스클럽에서 일했던 경험을 게리 하워드에게 이야
기했다. 하워드가 이렇게 말했다. "미국에서 잘나가는 젊은 작가가 헬스
클럽에서 타월 정리하는 일이나 했을 생각을 하니 빌어먹을 정도로 슬펐
어요."

416 주(州) 축제를 주제로 한 산문 「거의 떠나온 상태에서 떠나오기」가 『하퍼
스』에 처음 실리고 이후 『거의 떠나온 상태에서 떠나오기』에 수록되었다.

446 데이비드의 교수가 싫어했으나 오 헨리 상을 받은 「여기저기」(Here and
There)가 1989년 『희한한 머리카락을 가진 소녀』에 수록돼 있다. 데이비
드가 케임브리지 공공도서관의 낭독회에 모인 열세 명의 관객에게 이 책
을 읽어 주었다. 관객 중에는 낭독회 내내 소리를 질러댄 조현병 환자도
한 명 있었다.

449 데이비드는 1999년 단편집 『끔찍한 남자들과 짧은 인터뷰』에 실린 두 번

째 작품인 「죽음은 끝이 아니다」(Death Is Not the End)에서 구겐하임 상에 관해 썼다. 작품 속 주인공은 미국에서 가장 성공한 시인으로, "미국 문학계에서 '시인 중의 시인'으로 알려져 있으며" 노벨상을 비롯하여 각종 상과 지원금을 받았다. 작품 속 대목을 인용하면 이렇다.

그렇지만 존 사이먼 구겐하임 재단 펠로십을 수상한 적은 한 번도 없었다. 작가 인생 초기에 세 번이나 탈락했던 그는 개인적이거나 정치적인 어떤 일이 구겐하임 펠로십 심사위원회 내에서 이루어지고 있다고 짐작하고 자기가 그냥 억울하게 피해를 봤다고 생각했다. 그러고는 또 갈망으로 굶주려 조교를 고용해서 성가시게 3통이나 제출해야 하는 구겐하임 재단 펠로십 신청서를 작성하게 하고 '객관적인' 고려라는 치사한 익살극을 다시금 거쳤다.

감사의 말

이 책은 데이비드 월리스가 본인의 생각, 작품, 경험에 대해 보인 너그러움과 열린 태도의 결과물이라 해도 과언이 아니다. 그는 (그의 개, 자동차와 더불어) 내가 그다지 반갑지 않은 손님처럼 굴었을 때에도 따뜻하고 관대하게 날 대해 주었다. 이 책을 작업하면서 자랑스럽고 감사했다.

데이비드의 부모님인 짐 월리스와 샐리 월리스, 여동생인 에이미는 데이비드와 마찬가지로 매력과 지성이 넘치고 따뜻한 분들이다. 더없이 괴로운 상황에서도 끝없는 인내심과 아량을 보여 주었다. 데이비드와 마찬가지로 이들의 도움이 없었다면 이 책은 세상에 모습을 드러내지 못했을 것이다.

데이비드의 에이전트이자 벗인 보니 나델, 데이비드의 벗인 마크 코스텔로와 조너선 프랜즌 역시 그 어떤 때보다도 힘겨운 상황에서 따뜻하게 도움을 주었다. 카리스 콘, 콜린 해리슨, 게리 하워드, 메리 카, 조지 손더스를 비롯한 작가와 편집자들도 긴 질문에 성실하고 친절하게 답변해 주었다.

랜덤 하우스의 수잔 카밀과 팀 바틀렛은 내게 꾸준히 힘을 보태주는 분들이다. 브로드웨이 퍼블리셔의 다이앤 살바토레 역시 넘치는 지성과 따뜻함, 활기를 겸비한 분이다. 이 책의 편집을 맡은 찰리 콘래드는 작업이 원활히 진행되도록 날카롭고 예리한 제안을 해주었다. 데이비드 드레이크, 캐서린 폴록, 레이첼 로키키, 줄리 케플러는 데이비드가 신중한 태도에서 우려를 보였던 마케팅과 홍보 부문에서 소중한 팀 동료들처럼 내게 지원을 아끼지 않았다. ICM의 리사 뱅크오프는 여전히 최고의 조언자이자 벗이다.

이 책은 잡지 『롤링스톤』에서 시작되었다. 잔 웨너 그리고 이전에 데이비드에게 테니스 에세이를 의뢰한 적이 있는 윌 다나는 멋진 동료이다. 션 우즈, 에릭 베이츠, 안나 렌저, 피비 세인트 존, 코코 맥퍼슨 역시 더없이 귀중한 도움을 주었다. 1998년 AVN 어워즈에서 데이비드의 (적절한 표현인지는 모르겠지만) 에스코트를 맡았던 에반 라이트도 데이비드와의 일화를 흔쾌히 유쾌하게 들려주었다.

책은 독자들을 만나기에 앞서 친구 같은 존재들을 먼저 만나곤 한다. 이 책의 친구들은 바로 라이언 서덜랜드, 다린 스트라우스, 엘렌 실바, 에비 샤피로, 엘리자베스 페렐라, 닉 마니아티스, 팻 립스키, 데보라 랜다우, 리치 코헨, 제나 시옹골리, 맷 버처이다. 이 책의 교정작업에 많은 시간을 할애해 준 크라운의 책임 제작 편집자 레이첼 만덕은 거의 매일 같이 전화로 나와 상의를 했는데 안타깝게도 (전자 데이터 전송의 시대라 그런지) 2010년 1월인 지금까지 직접 만나 본 적이 없다. 레이첼은 나보다는 데이비드 월리스의 작품에 대한 사랑으로 헌신을 다해 이 책을 작업해 주었다. 그녀와 마찬가지로 지금까지 언급한 모든 사람이 데이비드에 대한 무한한 애정으로 내게 인내와 관대함을 베풀어주었다. ——데이비드에게 다시 한 번 감사하다.

처음부터 진실되거나, 아예 진실되지 않거나
: 데이비드 포스터 월리스와의 일주일

지은이 데이비드 립스키 | 옮긴이 이은경 | 발행인 유재건 | 펴낸곳 엑스북스
주간 임유진 | 편집 방원경, 신효섭, 홍민기 | 마케팅 유하나
디자인 권희원 | 경영관리 유수진 | 물류유통 유재영, 이다윗
등록번호 105-87-33826호 | 주소 서울시 마포구 와우산로 180, 4층
대표전화 02-334-1412 | 팩스 02-334-1413 | 이메일 editor@greenbee.co.kr
초판 1쇄 발행 2020년 8월 17일

엑스북스(xbooks)는 (주)그린비출판사의 책읽기·글쓰기 전문 임프린트입니다. 이 도서의 국
립중앙도서관 출판예정도서목록(CIP)은 서지정보유통지원시스템(http://seoji.nl.go.kr)과 국가
자료종합목록구축시스템(http://kolis-net.nl.go.kr)에서 이용하실 수 있습니다.(CIP제어번호:
CIP2020028379)
책값은 뒤표지에 있습니다. 잘못 만들어진 책은 구입처에서 바꿔 드립니다.
ISBN 979-11-90216-36-4 03840